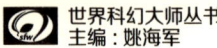
世界科幻大师丛书
主编：姚海军

环形世界

工程师

[美]拉里·尼文 著

吴可颖 译

四川科学技术出版社

Ringworld Engineer by Larry Niven

Copyright © 1980 by Larry Niven

This edition arranged with The Lotts Agency, LTD.

through Andrew Nurnberg Associates International Limited

Simplified Chinese edition copyright：2018 SCIENCE FICTION WORLD

图书在版编目（CIP）数据

环形世界工程师 / ［美］拉里·尼文　著；吴可颖　译

成都：四川科学技术出版社，2018.6

　　（世界科幻大师丛书 / 姚海军　主编）

　　ISBN 978-7-5364-9084-0

Ⅰ．①环… Ⅱ．①拉… ②吴… Ⅲ．①科学幻想小说
– 美国 – 现代 Ⅳ．①I712.45

中国版本图书馆CIP数据核字（2018）第112502号

图进字21-2015-59号

世界科幻大师丛书
环形世界工程师

出　品　人	钱丹凝
丛书主编	姚海军
著　　者	［美］拉里·尼文
译　　者	吴可颖
责任编辑	宋　齐　姚海军
特邀编辑	钟睿一
封面绘画	午　未
封面设计	李　鑫
版面设计	李　鑫
责任出版	欧晓春
出　　版	四川科学技术出版社
	四川省成都市槐树街2号出版大厦　邮政编码：610031
开　　本	140mm×203mm
印　　张	12.375
字　　数	270千
插　　页	2
印　　刷	四川华龙印务有限公司
版　　次	2018年12月成都第一版
印　　次	2018年12月成都第一次印刷
定　　价	46.00元

ISBN 978-7-5364-9084-0

题　献

《环形世界》出版已经十年了,但我至今还不停收到与其有关的来信。大家一直在讨论书中各种直白的或隐含的设定,以及这些设定在数学、生态学和哲学上的含义。这些讨论非常精确入微,仿佛"环形世界"是一个正式提案的工程项目,而他们是拿了报酬去实现这个工程的人。

一个住在华盛顿特区的读者给我寄来一份第一版《环形世界》的完整校对稿,标题是《尼文迈克阿瑟论文·第一卷》。这份校对稿给我提供了巨大的帮助。(如果你有《环形世界》第一版的平装本,你可以在里面找到许多错误。这个版本很值钱。)

佛罗里达州某高中的学生认为"环形世界"必须有一个排污系统。

一位剑桥大学的教授对"司克力斯"[①]的最小张力做出了估算。

[①]司克力斯(Scrith)是拉里·尼文自创的一个词,在《环形世界》中指建造"环形世界"地基的材料。

弗里曼·戴森[1]（是的，弗里曼·戴森本人！）丝毫不怀疑"环形世界"的可能性（天哪！），但他却问，为什么工程师们不去建造一大批小型的"环形世界"呢，那样岂不是更安全吗？我希望本书给出的答案能令人满意。

当然，"环形世界"上没有石化产品。弗兰克·加斯佩里克[2]指出，任何与我们同一水平的文明都会以酒精作为原料。机器族人（the Machine People）应该能够拿这些远古动植物的糨糊另作他用，甚至可以弄出个塑料王国来。

在波士顿的一次演讲中，我听到有听众指出，从数学上说，环形世界可被看作一座没有终点的吊桥。概念上简单，但却难以建造出来。

各种地方都有人在说，"环形世界"需要有喷气式姿势调节器。（在1971年世界科幻大会期间，曾有麻省理工学院的学生在酒店的过道里高声呼喊"环形世界不稳定！"）不过，科腾和丹·沃德森两人各自独立地用了好几年时间才把这种不稳定性量化了出来。科腾还计算出了"移动"环形世界的相关数据。

非常感谢丹·沃德森为我计算出"环形世界"陨石防御系统的参数……实际上那是我"唯一"主动索要的资料。我想对所有做了那些工作、写了那些信的人说：如果没有你们不请自来的帮助，这本书是不会存在的。我是压根儿也没有打算过要写一本《环形世界》续集的。那么就把本书献给你们吧。

---

①弗里曼·戴森（Freeman Dyson，1923年—），英裔美籍数学物理学家。他于1960年提出著名的戴森球构想（Dyson Sphere），其要点是，将太阳用一个巨大的球状结构包围起来，以便太阳的大部分辐射能量可以被截获并得到充分利用。《环形世界》就是基于"戴森球"这个理论设想而创作的。

②弗兰克·加斯佩里克（Frank Gasperik，1942—2007），美国作家、歌曲作家，是本书作者拉里·尼文的好友。

目 录
CONTENT

目录

CONTENT

第一章　飞电瘾者

路易·吴正在飞电，过电流瘾，两个男人闯进了他的私人空间。

他以完美的莲花打坐姿势，盘坐在艳黄色的室内草坪地毯上，脸上的笑容愉悦无比，如梦如痴。

公寓很小，就是一个大大的房间而已，他能看见两边的门。但他此刻正沉迷在只有飞电佬①才能体会的愉悦之中，没有看见他们进来。突然他们就出现在屋子当中了：这是两个脸色苍白的年轻人，身高都超过七英尺。他们带着蔑视的微笑打量着路易，其中一个哼了一声，松手把一个武器形状的东西放回口袋里。他们径直向前逼近。路易站了起来。

让他们大意的不光是那幸福的笑容，还有那个拳头般大小的电流罩，它像一个黑色塑料肿块，从路易·吴的头顶鼓出来。显然他们是在对付一个飞电的瘾君子，结果完全可以预料。这个男人的大脑肯定已经好些年都空空如也了，只有那些流入大

①飞电佬（wirehead，直译"电线脑"）指电流上瘾者，这样的人有一根导线植入大脑，过电流瘾时只要在头顶上戴上电流罩（droud）就可以接通电源，而当电流通入大脑的快感中枢时，就会对快感中枢产生刺激，从而带来强烈的欣快感。

脑快感中枢的电流。他肯定已经因飞电上瘾而罔顾生活,快要饿死了。他是个小个子,比闯入者要矮一英尺半。他——

没想到他们刚靠近,路易就深深地侧身弯腰下去,保持身体平衡之际,猛地踢出一脚、两脚、三脚。第一个闯入者倒在地上,身子缩成一团,停止了呼吸;另一个回过神来,拔腿往后逃跑。

路易紧追其后。

路易追杀过来时,脸上还带着一种心驰神往的极乐神情,看着那神情,年轻人已惊得半身僵住。他伸手从口袋掏出刚才放进去的麻醉枪,说时迟那时快,路易一脚就把那枪踢飞了,躲过他的一记重拳,一脚踢在他的膝盖上,再一脚落在另一个膝盖上(苍白的大个子已经不能动弹),又一脚踢向他的下身,接着是心脏(大个子整个身体弯曲向前,发出一声口哨般尖利的惨叫),最后一脚的落点是他的喉咙(叫声戛然而止)。

第二个闯入者现在已经四脚着地,大口喘着粗气。路易又照着他的脖子狠砍了两下。

两名闯入者都躺在艳黄的人造草坪上,一动也不动了。

路易·吴走过去锁门,愉悦无比的笑容始终没有离开他的面颊。他发现门是好好锁着的,警报器也完全正常。即便这时,他脸上的表情也依然没变。他又检查了通向阳台的门:门闩着,警报器正常工作。

他们到底是怎么进来的呢?

他心怀不解,坐回到原处,再次打起了莲花坐,一动不动地又坐了一个多小时。

这时定时器响了,电流罩的开关切断。

电流瘾是人类众多罪恶中最新的一种。人类空间中的大多数文明形态在各自历史的某个阶段都曾把这种恶习视为巨大的祸害，飞电瘾者不再工作，最后他们会因无法生活自理而死亡。

三十年河东，三十年河西。几代人之后，同是这些文明，却基本以喜忧参半的态度对待飞电成瘾之事。一方面，从前那些老旧的恶习，诸如酗酒、毒瘾、强迫性赌博等等，在它面前都是小巫见大巫，那些吸毒上瘾的人会觉得电流瘾的快感更为强烈；另一方面，它让成瘾者死得慢得多，也不太可能生孩子。

它几乎不需要什么花费。飞电兜售者当然可以抬高手术的价钱——但是谁会买账呢？只有把电线植入大脑的快感中枢之后，用户才会变成飞电佬。而到了这一步，这些小贩就无法再从他们身上赚钱了，因为用户在家里就可以插上电流，快活一通。

那是一种非常纯粹的快感，没有杂质，也不会导致事后不适。

所以，到了路易的时代，那种会被电流瘾——或者其他低等自毁行为——所奴役的人，早在八百年前就逐渐被淘汰出了人类种族的繁殖链。

现在甚至还有一些装置，能够远程搔挠人的快感中枢。比如"塔斯普"。在大多数星球上，它都是非法的，而且造价不菲，但人们还是照用不误。（假设你看见有一个阴沉的陌生人走过，脸上的皱纹里刻满了愤怒或痛苦，你躲在一棵树后面也可以把他立刻送进仙境："叮"的一声，他脸上的神色顿时明亮起来，刹那间他的烦恼无影无踪……）塔斯普基本不会把人彻底毁掉，大多数人都能接受。

定时器响起来，切断了头顶上的电流罩。

路易的身体好像整个都垮了下来。他举起手，越过他那光溜溜的头皮,摸到他又长又黑的辫子的发根,把电流罩从那藏在头发底下的插座里拔出来。他把电流罩握在手里,若有所思;然后才像往常一样,把它扔进一个抽屉里锁上。那个抽屉随即消失不见。那书桌看起来像一张巨大的古董木桌,实际上是薄如纸张的众品船体材料[①],那里面的空间简直取之不尽,可以分成许多秘密的小格子。

他总是经不住诱惑想要重设那个定时器。在上瘾的初期他就经常这么干,不管不顾,结果把自己弄成了一个干瘪的布偶,成天脏兮兮的。最后,他终于从自己从前的顽强中找回了一点残留的决心,给自己做了一个定时器,这玩意儿必须一丝不苟地专注二十分钟才能重设,于是也就打消了他老想重设的欲望。按目前的设置,定时器会让他先过十五个小时的电流瘾,然后再让他睡上十二个小时。他把后者叫作维修保养。

那两具尸体还横在那儿。路易不知道该拿它们怎么办好。如果他当时马上给警察打电话,就会招来不必要的关注……但如果到现在才通知他们,都已经过了一个半小时了,怎么解释?跟他们说自己被打昏过去,不省人事了?他们一定会仔细检查他的大脑,直至找到细微的骨折为止!

这点他是明白的:每次他飞电之后都有一段黑暗而抑郁的时间,在此期间他什么决定也做不了,只能像个机器人一样木然地依照例行维护,就连晚饭也是由程序事先设定好的。

他喝了满满一大杯水,把厨房的运行程序打开,去上了个厕所,然后做了十分钟的健身运动。他尽量逼迫自己消耗体力,想

[①]众品公司是傀儡师一族的产品制造公司,众品公司最成功的产品就是众品船体,共有一号、二号、三号、四号四个型号。众品船体在各个种族中都很畅销。

靠这个来抵抗抑郁，尽量不看那两具越来越僵硬的尸体。做完运动时，晚饭也正好准备就绪。他食不知味地嚼着食物，想起以前的自己不管是吃饭还是运动，无时无刻都把那个电流罩戴在脑壳上，电流罩会把正常电流的十分之一输进他的大脑快感中枢里。有过那么一段时间，他曾和一个也有电流瘾的女人同居。他们飞着电做爱，然后一起玩战争游戏、比赛讲双关语笑话，到最后，除了电流以外，她对一切都失去了兴趣。直到那时候，路易才恢复了他天生的警觉，逃离了地球。

他此刻在想，逃离这个世界也许比处理那两具巨大的、惹人注目的尸体还要容易一些。会不会他的一举一动已经受到监视了？

那两个闯入者看上去不像武装特工人员。尽管他们的个子很大，但是肌肉松弛，在偏橘红而不是黄色的阳光下，脸色依然显得苍白。他们肯定是低重力区的人，很可能来自峡谷星。他们打斗的架势也不像武装特工……但却能绕过他的警报系统。这两个家伙很可能只是特工雇的打手，说不定还有同伙在等着他们呢。

路易·吴解除了阳台门上的警报，走了出去。

峡谷星跟一般的行星不太一样。

这颗行星比火星大不了多少。直到几百年前，它的大气层密度还不够大，只能勉强维持需要光合作用的植物的生长。空气中含有氧气，但是太稀薄了，不足以维持人类或克孜人在这里生存。星球上土生土长的生命只有那些像地衣一样生命力顽强的原始植物。动物还压根儿没有演化出来。

可是，在峡谷星的那颗橘黄色太阳周围，环绕着一圈彗星状

5

的光晕,那里面存在着磁单极子。另外,这颗行星本身也富含放射性元素。克孜帝国吞并了这颗行星,靠着拱顶建筑和空气压缩机驻扎了下来。他们把这颗行星叫作"前哨",因为这里离那些尚未被征服的皮尔因世界很近。

一千年之后,不断扩张的克孜帝国与人类的太空疆域相遇。

到路易斯·吴出生时,人类与克孜人之间的一系列战争已经早已结束。人类赢得了每一场战争。克孜人总是尚未准备妥帖就匆忙出击。峡谷星上的文明是第三次人类对克孜战争的遗产。那时,住在仙境星上的人类突然产生了一种对诡异武器的嗜好。

"仙境缔约者"作为武器只用过一次。它是普通采矿工具的巨型翻版,本质上是一种粉碎机,可以射出一束强光来抑制电子的负电荷,光束所及,一切固态物质都会在瞬间带上暴烈的正电,从而自我瓦解成一团单原子雾气。

仙境星人制造了一台巨大的粉碎机并把它运送到"前哨"星上。这台巨大的粉碎机在射出一束强光抑制负电荷的同时,还可平行地射出一束类似的强光抑制质子[①]。

这两束强光触到星球表面,切出一道三十英里宽的沟壑。随着一道强大的雷电在粉碎机的两个端点之间奔涌,克孜人的工厂、住房立刻随着岩石化作喷射的尘埃。强光在地表制造了一道深达十二英里的切口,将岩浆暴露出来,形成一条大致上从东向西流动的岩浆流,其形状和面积都类似地球上墨西哥的下

[①]这里指的是《环形世界》第十章提到的"奴隶主分解器"。它可以发出两束平行的光线,其中一束像普通采矿用的粉碎机的光线,用来抑制电子的负电荷;另一束则是抑制质子的光线。同时使用两束光的话,就会产生巨大的电流,形成一道坚固的电浆(又叫等离子体),造成强大的连续爆炸。

加利福尼亚州[1]。克孜人的整个工业体系顿时化为乌有，而受静力场保护的那几个圆形拱顶也没有幸免。岩浆从巨大的切口中心高高喷出，吞噬了拱顶，又凝结成了岩石。

最终的结果是，裂口变成了一片海洋，四周被几十英里高的峭壁环绕，而海洋的中心又是一个狭长的岛屿。

其他人类星球或许会怀疑是否真的因"仙境缔约者"结束了这场战争，因为照常理，光凭坑大沟深是不足以吓阻克孜族长的。但仙境星人对此坚信不疑。

在第三次人类对克孜战争之后，"前哨"归并于人类疆域，更名为"峡谷"。当然，峡谷星的本土生物受到了很大伤害，不光是因为落到星球表面的上亿吨尘土，也因为水资源的流失，几乎所有的水都流入峡谷，渗进了地下。不过，峡谷之内倒有了舒适的气压，一个规模小巧的文明开始兴盛起来。

路易·吴的公寓在十二层，这座高楼耸立在峡谷北坡之上。他走到阳台外，这时天色已晚，峡谷的谷底一片昏暗，但峡谷的南面还沐浴在日光中。眼前有几座悬挂式花园，一些本土地衣植物从花园的边缘垂挂下来。在那面刀削斧劈的石壁上，老式升降机如银线般垂挂好几英里高。虽然空间转换亭已让这些交通工具彻底过时，但是旅行者仍然用它们来观赏风景。

从路易的公寓阳台可以俯瞰一个带状的绿地公园，公园一直通到岛屿中心，里面的植物肆意生长，呈现出克孜人狩猎园的样貌，粉色和橘色的植物跟从地球进口来的陆生植物交融在一起。在峡谷一带，到处都能见到来自克孜世界的生物。

那儿的克孜游客和人类游客一样多。那些克孜男人就像是

①下加利福尼亚州(Baja California)，又称北下加利福尼亚州，是墨西哥最北部的一个州，北面与美国加州接壤。

用两条后腿走路的橘色大肥猫，只不过耳朵是粉色的，像一把把中国油纸伞那样张开着；粉色的尾巴毫无遮掩地裸露在外；腿很直，手很大，这表明他们制造并使用工具。他们站直了有八英尺之高。尽管他们小心翼翼，避免撞到人类游客身上，但如果个别人类擦肩路过时距离太近，他们那些精心修理过的爪子还是会从黑色的指尖上露出来。条件反射……应该是吧。

有时候路易会很好奇，到底是什么冲动让他们回到这个本来属于他们的世界。也许他们当中有些人的祖先在这儿，还活在那些拱顶建筑的静止时间里，被埋在那座熔岩岛下面。有朝一日他们一定会被挖出来的……

由于有飞电瘾，峡谷星上的很多事情他都没有参与过。在低重力环境下，这儿的人类和克孜人一直把攀爬那些峭壁当作一项户外运动。

现在，他还有最后一次机会去尝试那种运动。这是他脱身的三条途径之一。途径之二是去乘电梯；途径之三是去地衣花园的转换亭。他还没去看过那些花园呢。

那么，就先下到地面上吧。他穿上一件轻便的压力服——可以折叠放进小箱子的那种。

峡谷星的地表有很多矿区，还有一片峡谷地衣植物幸存品种的巨大保留地，不过被照管得漫不经心。除此之外，这个星球上大多数的地方都像月球表面那样荒凉，一个小心谨慎的人完全可以神不知鬼不觉地把一艘太空飞行器降落到这个星球上，然后把飞行器藏在某个要用深度雷达搜索才能找得到的地方。其实已经有一个小心谨慎的人这么干了。十九年来，路易·吴的飞船就一直藏在一个不起眼的岩洞里，那岩洞在一座低品位矿山的北向峭壁上，其隐秘的洞口永远笼罩在空气稀薄的峡谷星地表阴影中。

不管是转换亭、电梯还是攀岩，只要去到地表上就自由了。不过，三个出口都可能有武装特工在盯着。

或许他有点神经过敏了。地球上的警察怎么可能找到他呢？他已经整了容，发型也改变了，甚至生活习惯都调整过。以前他最喜欢的东西如今他全部放弃了。他现在睡的是床而不是睡盘[1]；他不再碰奶酪，觉得它们是馊了的牛奶；他公寓的陈设全是些可折叠伸缩的大路货。他唯一拥有的衣服是用昂贵的天然纤维做成的，一点光学效果也没有。

他离开地球的时候是个眼神游离、形容枯槁的飞电佬。从那时起，他强制自己制定合理膳食，还用健身来折腾自己，每周上一次功夫课（这是稍稍有点犯法的事情，如果让当地警察碰到，他就会被列入黑名单，只不过不是"路易·吴"这个名字罢了！），一直坚持到今天。他现在身体健康、容光焕发、肌肉坚实——就连年轻时代的路易·吴也从未想过要练出那样的肌肉。那些武装特工是怎么认出他的呢？

还有，他们是怎么进来的？普通盗贼不可能通得过路易的警报系统。

那两具尸体还躺在人造草坪上，很快屋里的空调机就盖不住它们的臭味了。此时此刻，尽管有点后知后觉，他还是为自己杀了人感到可耻。但他们闯入了自己的私人领域，当时他又正在飞电的瘾头上，实在不算违法。再说，在快乐中加一点自责，快乐会变得更加刺激——特别是杀死一个小偷带来的人类最原

---

①睡盘（sleeping plates，又作"睡眠板"），是一种用"人工重力"（artificial gravity）技术制造的睡垫，人躺上去，它就会浮在空中，感觉不到任何重力。见《环形世界》第四章。

始的快感。他们肯定知道他是谁,这对他来说既是十足的警告,也是直接的冒犯。

下面的街道上走着成群的克孜人和人类的游客,还有本地人,他们来来往往,个个看上去都纯洁无辜,或许是真的无辜。如果有特工人员此刻正在监视他,也一定是从那些高楼上,从某个黑眼睛一样的窗户内,通过望远镜来观察他。游客当中没有抬头往上望的……这时路易·吴盯住了一个克孜人,将目光定在他身上。

这家伙身高有八英尺,身宽三英尺,一身厚重的橘色皮毛,掺杂着斑驳的灰点。他跟周围的几十个克孜人看上去很像,引起路易注意的是那身皮毛的样子——一撮一撮的,像是打了补丁的衣服,而且几乎大半个身子的毛都发白了,仿佛毛下面的皮肤被严重烧伤过。他眼睛的周围有黑色的斑纹,那双眼睛并不是在看风景,而是在搜寻打量路过的人类游客的脸。

路易猛地扭过身来,不让自己傻傻地盯着街道。他转身回到房间里,尽量不显出慌乱。他锁上阳台门,重新设置了警报系统,然后从书桌内把藏起来的电流罩掏出来,做这些时双手还在颤抖。

他刚才看见的是动物对话官,这还是二十年来第一次见到他。他曾经代表克孜人出使人类空间,跟路易、一个皮尔森星傀儡师和一个古怪的人类女子一起,去过一个叫作"环形世界"的巨大构造体,在那里一个很小的地方经历了一番探险并带回来一些宝物,那个对话官因此从克孜族长那里赢得了一个完整的名字。现在还叫他"对话官"就是在找死,但他的新名字是什么来着?头一个音像是个咳嗽声,像德语的"ch",或是像狮子进攻前发出的警告咳嗽声:"喀咪——"。对,就是这种声音。他到这里干什么？自从有了一个真正的名字、土地和一个极可能已怀上孕的配偶以后，喀密就再也没有起过离开克孜帝国的念头。难道他是来这个被人类殖民的星球旅游的？想到这点路易觉得很荒谬。

会不会，他知道路易·吴就在峡谷里呢？

他必须离开，马上，去峡谷的岩壁，找到他那艘飞船。

于是路易·吴开始捣鼓电流罩里的定时器。此时他眯着眼，用一些小工具拨弄定时器里的微小设置。他的双手不住地发抖，真是讨厌……不管怎样，这个定时器必须改设置，因为他现在要离开这个一天二十七小时的峡谷星了。

他知道自己的目的地。还有一个人类世界可以去，那里绝大部分的地表都是月球那样的不毛之地。他可以神不知鬼不觉地把飞船着陆到金克斯星球西端的真空中。现在重设电流罩的定时器，过上几小时的电流瘾，然后再鼓起勇气想办法。他给自己设定了两小时的飞电，完美的安排。

就在两个小时快要过去的时候，又一个闯入者来到面前。在飞电的销魂状态中，路易是不会被任何情况烦扰的。他看清楚入侵者时，甚至松了一口气。

那怪物稳稳地站在那里，身体的重量支撑在一条后腿和两条分得很开的前腿上。他的两肩之间隆起了一个厚厚的鼓包：那是他的大脑外壳，上面覆盖着厚厚的金色鬃毛，这些鬃毛卷卷曲曲的，里面还有熠熠生辉的宝石。从脑壳的两边伸出两条细长的、柔软弯曲的脖子，脖子末端是两个扁扁的头。在傀儡师种族的整个历史上，那两张嘴的松弛嘴唇一直被当作手来使用。现在，这怪物一只嘴里衔着一把人类制造的麻醉枪，一条长长的、开叉的舌头绕在扳机上。

路易·吴已经二十二年没见过一个皮尔森星傀儡师了。再次见面感觉不错。

这个傀儡师不知道从哪里冒出来的。这一次路易看清了，他是眨眼工夫就出现在那张黄色草坪上的。之前的疑虑纯属多余：没有什么武装特工，峡谷星的盗贼案就这么破了。

"踏碟！"路易高兴地喊出来[1]。他朝那外星人猛地撞过去。这是很容易搞定的，因为傀儡师都是些胆小鬼。

然而那支麻醉枪发出了橘红色的光。路易·吴摔倒在地毯上，全身肌肉软绵绵的。他的心脏在吃力地跳动着，眼前是一片黑点。

傀儡师优雅地绕过两具尸体，两只头上的眼睛从不同的两个方向查看路易，然后他低下头来，用两副牙冠平齐的牙齿咬住路易的手腕，但只是轻轻地咬着，不至于伤到他，倒退着把他拖过地毯，然后把他放平。

顷刻之间，公寓不见了。

路易·吴并没有很担心。他没有这种不愉快的感觉。他平心静气（电流瘾所带来的恒定快感会让人产生一种凡人通常不可能有的抽象思维），重新评估自己的处境。

他曾在皮尔森傀儡师的家园星球上见过"踏碟"这种交通工具。它是一个开放式的瞬移系统，比人类世界那些封闭式的转换亭要先进多了。

显然，有个傀儡师设法把踏碟安装在了路易的房间里，然后又派两个峡谷星人来逮捕他；当这一招失败后，这傀儡师就只好

---

[1] 踏碟（stepping discs），一种木偶师人制造的高技术交通工具。参看《环形世界》第七章。

亲自出马了。他一定是急着想找到路易。

这让他感到加倍地放心。武装特工完全跟这事无关。再说了，傀儡师有一套明智的懦夫哲学，背后是百万年的历史传承。他们不大可能要他的命；要他的命完全不必付出这么大代价，也不必冒这么大的风险。他想，对付他们应该不难。

他依然躺在一块黄色草坪的黏合垫上，踏碟一定一直藏在这下面。在屋子另一头，有一个巨大的橘红色毛绒枕头……不对，是个克孜人睁眼躺在那儿，不知道是睡着了、瘫了还是死了——就是那位动物对话官。路易真高兴看到他。

现在他们在一艘太空船里——一艘众品公司的船舱。在透明的舱墙之外，边缘明晰的银色岩石映照着空中明亮的阳光。一大片绿色和紫色夹杂的地衣表明他此时仍在峡谷星。

但是他并不担心。

傀儡师松开了他的手腕。装饰品在他的鬃毛里闪闪发光：是一些类似黑色蛋白石的东西，但实际上不是天然宝石。傀儡师低下一颗扁平无脑的头，把插在路易头顶上的电流罩拔了出来。他拿着电流罩，踏进一个长方形的碟子里，然后就立即消失不见了。

第二章　强募远征队

克孜人的眼睛已经在他身上打量好一阵了。此时,陷于瘫痪状态中的克孜人试着清了清喉咙,发出一阵咕噜作响的声音:"路——易呜。"

"嗯。"路易答道。他此时难受得想要自杀,但无能为力。他连动一动自己的指头都困难。

"路易,你……是飞电佬?"

"去你的。"路易说道,想拖延时间。这招管用,克孜人果然放弃了努力。此刻路易真正在乎的只是他那不知去向的电流罩——他本能反应般地环顾四周,想搞清楚自己的处境到底有多糟。

他身子下面的室内草坪上有个六角形,这是踏碟接收器的记号。标记外的黑圈应该就是传送器。除了这些,整个地板都是透明的,船舱左边和尾部的墙也一样。

一个超光速推进器几乎占了整个船的长度,安装在船舱的地板之下。路易不得不凭感觉来认识这个机器。它不是人类制造的;它有着半融化外观,大多数傀儡师的制造物都是这个样子。所以他大概能推断,这艘飞船具有超光速飞行的能力。看来他是要出远门了。

透过船舱后方的墙,路易看见一个货仓,它的一侧有一个弧形的舱门。整个货仓几乎全被一个倾斜的锥形物体占满,这物体有三十英尺高,长度是高度的两倍。顶部是一个转塔,上面有给武器做的接口,但也可以用来接入遥测仪。转塔下面是一个包罩式的窗口。再下面是一个弧形的门,门放下来就是一架斜梯。

这是一艘登陆船,用来探路的,由人类制造,路易想——而且是特别定制的。它没有那种半融化的外观。登陆船那头,他看到一面银色的墙,那可能是燃料舱。

他没有找到自己这个舱室的门。

路易费了些力,把头转到另一边。现在进入他眼帘的是这艘船的驾驶舱。这艘船的大部分区域都是绿色的不透明墙体,但他的目光可以穿透到驾驶舱,看到一排弯曲排列的屏幕和各种刻度细密的仪表盘,还有一些旋钮把手之类的,它们形状正好适合傀儡师的嘴形。驾驶座是一个有衬垫的凳子,上面有缓冲网,还有为皮尔森傀儡师的臀部和肩膀特别设计的凹陷处。那面墙没有门。

他把目光转向右舷——怎么说呢,各个舱室还是相当大的。他看到一个淋浴设备、一对睡盘,还有延展开阔的一大块地方,被厚厚的毛皮盖着,很可能是克夜人睡觉用的水床。在睡盘和水床之间有一个体积庞大的东西,路易认出来它是一个食物回收和发放设备,那是来自仙境星的产品。床的远端是更多的绿墙,没有气密舱门,也没有控制气密舱门的设施。他们被关在一个盒子里,没有出口。

这是傀儡师一族的杰作:一艘"众品三号"—— 一个腹部扁

15

平、两头溜圆的圆柱体。傀儡师的商业帝国已经售出了几百万艘这个型号的飞船。他们的广告说，这种飞船固若金汤，除了重力和可见光，可以抵御任何威胁。大约在路易出生的年代，傀儡师就已经逃离已知空间，朝麦哲伦星云飞去了。而到现在，二百余年之后，到处仍可看见众品公司的飞船。一些船的主人已经换了十几代了。

二十三年前，傀儡师制造的飞船"说谎者号"以每秒779英里的速度向环形世界的地表冲去，多亏一个静力场保护了路易和船上的其他乘客——那艘飞船竟然连一条划痕都没有。

"你是个克孜勇士。"路易的嘴唇又肿又僵，"你能从这艘众品飞船逃出去吗？"

"不能。"对话官回答道。（不是"对话官"，是"喀密"！）

"问问没坏处。那么，喀密，你来峡谷星做什么？"

"有人给我送了个消息，说路易斯·吴住在'前哨'的裂缝里成天飞电。我有全息照片为证。你知道你飞电时的样子像什么吗？就像一株海草，叶子随着海水摇来晃去的。"

路易发现眼泪沿着自己的鼻子落下，"该死的，太烦了。你为什么在这儿？"

"我来告诉你，你是一个多么没用的东西。"

"谁让你告诉我的？"

"我不知道。应该是那个傀儡师。他有事想找我们俩。路易，你的脑子真的废了吗？你没有注意到那个傀儡师……"

"对，那不是涅索斯。不过你注意到他那鬃毛的打理方式了没有？那种讲究的发型，怎么说也得每天花上至少一个小时才能做得出来吧。如果我在傀儡师的世界里见到谁有这种发型，我会认为他的地位一定很高。"

"然后呢?"

"任何一个头脑清楚的傀儡师都不会冒生命危险做星际旅行。傀儡师把他们的世界整个儿搬走了,不消说也包括那四个用于农业耕作的星球;他们以亚光速飞了上万年,仅仅是因为他们信不过普通的太空飞船。不管眼前这位是谁,他一定是个疯子——任何被人类见到的傀儡师都是。我不知道他会干什么。"路易斯·吴说,"反正他们又冒出来了。"

此时,傀儡师站在驾驶舱内,踩在一个六边形踏碟上,正透过那面墙盯着他们。

他说话了,是一个女人的声音,一个可爱的女低音,"听得见吗?"

喀密从墙边一下子蹦开,脚在空中滞了一秒才落地,向前冲去。他猛地一拳朝那面墙打过去。换成任何一个傀儡师都会被吓得缩成一团,但眼前这个却丝毫不为所动。他说:"我们远征队差不多人齐了,现在只缺一位船员。"

路易发现自己的身子可以转动了,于是他转过身来说:"慢着,倒回去从头说起。你已经把我们关在这个盒子里了,所以没必要再隐瞒任何事情。你是谁?"

"你随便叫我什么都行,只要你高兴。"

"你到底是干什么的?你想拿我们做什么?"

傀儡师犹豫了一下,"我曾是我们那个世界的'最最后的那位'。我也是你们所认识的涅索斯的配偶。可现在我两者都不是了。我需要你们跟我再去一次环形世界,恢复我的地位。"

喀密说:"我们不会为你效劳。"

路易问:"涅索斯还好吗?"

"我要谢谢你的关心。涅索斯身心康健。他在环形世界受到了惊吓，不过他正需要那样的惊吓来恢复理智。他现在在家里，照看我们的两个孩子。"

在路易看来，涅索斯所遭受到的，足以把任何人都吓傻。环形世界的原住民把涅索斯的一颗头给砍掉了。多亏了路易和蒂拉及时想到用止血绷带去包扎那怪物的喉咙，要不然他肯定会流血而死。"那么你已经给他移植了一颗新头了吧。"

"当然。"

喀密说："如果不是神经错乱，你绝不会出现在这里的。你们那几百亿的傀儡师怎么会选择你这样一个脑残来统治他们呢？"

"我并不认为自己神经错乱了。"傀儡师的后腿不安地扭动弯曲着。（他的脸上如果说有什么表情的话，也就是一副嘴唇松弛的白痴相而已。）"请不要再提这个了。我对我的同类一直恪尽职守，我的四位前任也是如此，可是保守派得势取代了我们。他们错了。我要证明这一点。我们将前往环形世界，找到宝藏，那是他们那微弱的理解力所无法理解的财宝。"

"绑架一个克孜人，"喀密瓮声瓮气地说，"或许也是个错误。"他那长长的利爪伸了出来。

傀儡师透过透明墙看着他们，"你可以不来，路易也可以不来。因为你已有名有姓，而路易也有他的电流罩。第四名船员是个囚犯。我的代理人告诉我她已经被释放，正往我们这里而来。"

路易苦笑了一下。没有电流罩，一切幽默都是苦涩的。"你实在没有多少想象力，对吧？这一切安排跟第一次探险简直一模一样。我、喀密、一个傀儡师，再加上一个女人。那个女人是谁？又一个蒂拉·布朗？"

"不,不！涅索斯惧怕蒂拉·布朗,不管什么原因,我相信他一定是有道理的。我已经把哈尔罗蒲丽尔拉拉尔从武装特工那里偷偷放出来了,这样我们就有一个环形世界原住民做向导了。至于其他的队员,我为什么要放着你们几个不用呢？明摆着,你们都从环形世界逃出来了。"

"是的,除了蒂拉,我们都逃出来了。"

"蒂拉是自己选择留在那里的。"

克孜人说:"我们上次去探险是有报酬的。我们回来时得到了一艘飞船,它可以在1.25分钟内飞越一光年。那艘船为我挣得了名字和地位。跟这相比,现在你又能给我们什么样的报酬呢？"

"很多东西。现在你的身体能动了吗,喀密？"

克孜人站了起来。他似乎已经摆脱了麻醉枪带来的大部分不适。路易还是晕乎乎的,手脚发麻。

"你健康状况还好吧？有头晕、疼痛或者恶心的症状吗？"

"急什么,你这啃草根儿的？你把我关在自动治疗室里已经一个多小时了。我的动作没法协调,肚子饿得要命,再没有什么比这更糟的了。"

"好啦,我们对那种药物的试验也只能到这个程度。好了,喀密,你会得到报酬的。'补生精'这种药物让路易·吴保持年轻力壮223年。我们的人已经在研制类似产品,可以用在克孜人身上。探险任务结束时,你可以拿这药的配方回去给你们克孜的族长。"

喀密很困惑的样子,"我会变年轻？你已经把这东西种到我身体里了？"

"是的。"

"这种东西我们自己也可以研发出来。只是我们并不想要它。"

"可我需要你年轻强壮。喀密,我们这趟探险不会有什么大的危险!我并不打算着陆到环形世界本身,只是在太空港的棱台上着陆。你可以分享我们得到的所有知识,路易你也可以。至于你能到手的酬劳嘛……"

这时踏碟上出现的,是路易的电流罩。它的盒子被打开过又重新封上了。路易的心都快要跳出来了。

"先别用它。"喀密以命令的口气说。

"好吧。幕后人,你盯上我多久了?"

"十五年前我就发现你在峡谷星了。那时我的代理正在地球上想办法营救哈尔罗蒲丽尔拉拉尔。他们进展很慢。于是我在你的公寓里安装了踏碟,等待合适的时机。我现在得去找那个环形世界土著,招募我们的向导了。"傀儡师用嘴碰了碰操纵板上一大排控制键,向前走了两步就消失了。

"别用电流罩。"喀密说。

"依你吧。"路易把背转了过去。如果他犯了电流瘾,说不定会发疯去攻击那个克孜人,至少这不是坏事……他紧紧地抓住这个念头。

对于哈尔罗蒲丽尔拉拉尔,路易能为她做的一直不多。

当年,哈尔罗蒲丽尔拉拉尔加入路易、涅索斯和动物对话官的探险队,帮助他们寻找逃出环形世界的办法,那时她已经几千岁了。她住在一个浮在空中的警察站里,警察站下面的土著居民一直把她当作活在天空中的女神。整个探险队一直都在表演那出戏——在哈尔罗蒲丽尔拉拉尔的指点下,假装是原住民的神——当时他们正在艰难地设法回到已毁坏的"说谎者号"上。

而那时她和路易已经坠入情网。

环形世界的原住民中,探险队遇上的那三种形态都跟人类有关系,但又不完全是人类。哈尔罗蒲丽尔拉拉尔几乎是个秃子,嘴唇外翻得只比猴子稍稍好点。有时候,这老妖啥也不要,一心只想跟他尝试各种做爱的花招。路易曾经很疑惑,搞不准那事是否真的在他身上发生过。他能看到蒲丽尔的性格缺陷……但是,该死的!他自己也有一堆缺点呢。

他对哈尔罗蒲丽尔拉拉尔是有愧疚的。那时他们需要她的帮助,涅索斯就对她使用了一种傀儡师特有的怪异武力。涅索斯用了塔斯普来控制她。路易竟然同意他这么干。

她跟随路易回到了人类空间。他们一起走进联合国在柏林的办公室,她从此就再没出来过。如果这位幕后人真能把她救出来,并送她回家,那就比路易能为她做的强太多了。

喀密说:"我觉得那傀儡师在胡说。肯定是个自大狂。傀儡师怎么会让一个神志不清的家伙统治他们?"

"因为这是冒险,他们不想自己尝试。老板的位置并不舒服。对傀儡师来说这倒也说得通:从占比极小的妄想狂中,挑出最聪明的当领导……也可以换一个角度来看:历史上那些幕后人都在从反面教导整个傀儡师族群要低头做人,不要企图获取太多权力,那是不安全的。所以啊,两方面都讲得通。"

"那你认为他说的是实话?"

"我所知不多。他撒谎又如何呢?反正他已控制我们了。"

"他掌控了你,"克孜人说,"他用电流来掌控你。你怎么就不感到羞耻呢?"

路易当然感到羞耻。他挣扎着不让这种羞耻感影响他的判断,免得跌入绝望中。他想逃,但无法逃出这个实实在在的盒子:它的墙、地板和天花都来自众品公司。但是关住他的不是这些……

"如果你还在琢磨逃跑的话,"他说,"你最好想想这个:你将会变得年轻。在这一点上他不会骗你的,骗你没有任何意义。你年轻了会发生什么?"

"胃口更好;精力更旺盛;好斗。你该担心了,路易。"

随着年龄的增加,喀密的块头变大了许多。眼睛周围那一圈墨镜般的黑斑几乎变成灰色的了,身体的其他部位也出现了灰毛,一走动就显现出结实的肌肉。年轻一点的克孜人只要头脑清楚就不会想跟他斗。比较麻烦的是他的伤疤。上次到环形世界时,他身上的毛和皮肤被烧掉了一大半。二十三年过去了,那些烧掉的毛已经重新长出来,但它们一簇一簇长在疤痕组织上,参差不齐。

"补生精可以治好伤疤,"路易说,"你的毛可以长得平滑光亮,也不会有白毛间杂。"

"这么说,我会变得漂亮些。"他的尾巴在空中甩来甩去,猛地意识到问题所在,"我要杀掉那个吃树叶的! 伤疤就像记忆,抹去了让我怎么办!"

"正是如此。"路易停了停,"你怎么证明你还是喀密呢?"

喀密停住了尾巴,看着他。

"他用电流控制我。"路易并不认为自己被控制了,不过他故意大声这么说。傀儡师一定对他们存有戒心,防着他们叛变。"他拿什么控制你? 当然是配偶、土地和特权,还有一个名字——喀密,这些只属于那个逐渐老去的英雄。要是你们族长不相信你变年轻了怎么办? 除非你给克孜人带回补生精,再让幕后人出面证明你还是你。"

"别瞎猜了。"

路易·吴突然忍不了了。他伸手去抓电流罩，结果克孜人猛地扑过去，把那黑塑料盒放进他那橙黑相间的手中，转来转去。

"随你的便吧。"路易翻了一个身仰躺着。反正他该补瞌睡了。

"你是怎么变成一个飞电佬的？ 到底是怎么回事？"

"我……"路易说，"你必须明白……"然后又顿了顿，"记得我们最后一次见面吗？"

"记得。很少有人类被邀请到克孜人的帝国去。那时的你配得上那样的荣幸。"

"也许吧。还记得你带我参观那个'族长往事博物馆'吗？"

"我当然记得。你试图告诉我，我们可以改善星际各种族的关系。我们只需让一队人类记者团带着全息摄影机参观一下那个博物馆就行了。"

路易笑了，回忆着当时的情景，"我是这么说过。"

"当时我并不相信。"

"族长往事博物馆"雄伟壮观。这是一座占地很广的巨大建筑物，向四面八方延伸展开。它由大块火山岩建成，石块之间砌得严丝合缝。它属于全方向设计，四座高塔上装配有激光炮。馆里的陈列室无穷无尽，喀密和路易花了两天才看完。

族长往事的官方记录一直追溯到遥远的过去。路易看到了远古的匈达特[①]大腿骨，上面安着一个手柄，那是原始克孜人使用的大棒。他还看到可以列入手持大炮类别的武器，估计没有几个人类可以举得起它们。还有镀银的盔甲，厚实得像安全门；以及一把双手斧，它能砍倒一棵成熟的红杉树。他跟喀密说起

①一种不适合克孜人食用的动物，但其血液可用于心灵感应术。

邀请人类记者团参观那会儿,他们正好走到了哈维·摩斯堡尔展厅。

在第四次人类对克孜人战争中,哈维·摩斯堡尔的家人被杀害后,全部被吃掉。停战多年之后,经过一番偏执狂般的精心准备,摩斯堡尔全副武装独自登陆克孜星球。他连杀了四个雄性克孜人,往族长的后宫投进了一枚炸弹之后,族长的卫兵才把他杀死。喀密曾经解释说,他们之所以动作慢了点,是因为想要毫发无损地活捉他。

"你把那叫作毫发无损?"

"因为他玩命抵抗啊,他真英勇!我们有详细的记录。我们尊敬那些勇敢而强大的敌人,路易。"

哈维·摩斯堡尔的皮被揭下来做成标本——那张皮伤痕累累,你必须多看两眼才能辨认出那是什么物种。它被放置在一个高高的基座上,基座上有一块众品公司制造的金属牌,四周除了地板,空无一物。一个普通的人类记者或许会对这个标本产生误解,但是路易明白它的含义所在。"不知道是否能让你明白,"时隔二十年之后,作为一个被绑架的、被剥夺了电流罩的飞电佬,路易这么说,"当我看出哈维·摩斯堡尔是人类时,那种感觉真是好极了。"

"回忆往事的感觉不错,可我们刚才是在说你的电流瘾来着。"喀密提醒道。

"电流瘾不是因为快乐染上的,你得去植入那个插头才行。而那一天我非常快乐,我觉得自己像个英雄。你知道那会儿哈尔罗蒲丽尔拉拉尔当时在哪里吗?"

"她在哪儿?"

"政府的人把她拘留了,就是特工人员。他们盘问了她很多问题,该死的,我当时完全束手无策。但我还是在保护她。是我把她带回地球的。"

"她把你的魂勾走了,路易。幸亏我们克孜女性是没有感情的。你对她简直百依百顺。要知道,是她自己要求看看人类空间的。"

"当然,因为有我作地球向导。可事情并没有如愿。喀密,我们带着哈尔罗蒲丽尔拉拉尔,开着'大运号'回到地球,把她交给了一个克孜-地球人联盟,从此我们就再也没见过面了,甚至不能对任何人谈这件事。"

"是的,第二艘量子超光速引擎成了族长的秘密。"

"也是联合国的顶级机密。我认为他们甚至没有通告其他人类政府,他们跟我说得他妈的很清楚:我最好绝口不谈此事。当然,环形世界也是这秘密的一部分,因为没有'大运号',我们怎么到得了那儿? 说到这,我感到很奇怪,"路易停了一下,"那位幕后人,怎么能指望我们到达环形世界呢? 距地球二百光年——从峡谷星走还要远一些——当然,如果用那艘飞船的话,三天就可以到。你觉得他会不会有另一艘'大运号'正悬停在什么地方?"

"别扯远了。你为什么要把一个电线插头移植到脑袋上?"喀密弓起身,爪子伸了出来。大概是一种条件反射,非意识控制的动作……大概是吧。

"我后来离开克孜帝国回家,"路易说,"那些武装特工说什么也不允许我见蒲丽尔。如果我能组织一个环形世界探险队的话,她这个当地人作为向导就非去不可。但是,见鬼,我根本没法跟人谈起这事,除非是跟政府的人……或者你。而你对此并不感兴趣。"

"我怎么走得开？我有土地、名字,后来又有了孩子。克孜女人的依赖性很强。她们需要男人的照顾和关怀。"

"他们现在怎么样了?"

"我的大儿子将管理我的所有财产。如果我离开他太久,他会跟我争夺那些财产,最后把它们据为己有。如果……哦,路易! 你到底为什么变成了个飞电佬?"

"有个混蛋用塔斯普朝我打了一枪!"

"噢?"

"我当时正在里约的一个博物馆闲逛,突然有人从柱子后面给了我一枪。"

"可我们去环形世界的时候,涅索斯也带了塔斯普,用它来控制船员。他对我们俩都使过那玩意儿。"

"没错。控制我们,还说是为我们好,这不是典型的皮尔森傀儡师吗? 现在那个'幕后人'也对我们采用同样的办法。瞧,他遥控着我的电流罩,又给你注射了青春不老药,结果还能怎样? 我们会对他言听计从。就是这么回事。"

"涅索斯也对我使用过塔斯普,可我没变成飞电佬。"

"我那时也没有变成飞电佬,但我想起了一些事。我觉得自己很没用,我很想念蒲丽尔——我又想来一次休假,像往常一样一个人开着飞船,飞到已知空间的边缘逍遥一番,直到我觉得我可以重新见人,重新面对自己。但是对于蒲丽尔,这种办法已经忘不掉她了。接着我就碰到了那个混蛋,他改变了我。他开的那一枪并没带来多大的刺激,但却让我想起了涅索斯的塔斯普,那效果可是强大十倍。我……强忍了快一年,终于去找人在脑袋里植入了插头。"

"我应该把那电线从你脑子里扯出来。"

"那样会产生难看的副作用。"

"你后来又怎么钻到前哨星的山谷里去了?"

"哦,你说那件事啊。也许我得了被迫害妄想症吧,但你看啊,哈尔罗蒲丽尔拉拉尔进了武装特工大楼就消失不见了。而这边路易·吴又成了飞电佬,指不定会乱说话。我觉得我最好还是逃掉。在峡谷星着陆不容易被人发现。"

"我想'幕后人'也发现了这一点。"

"喀密,你要么把电流罩给我,要么让我睡觉,要不然就把我杀了。我不想说话了。"

"那就睡吧。"

第三章　远征队中的幽灵

在飘浮着的睡盘上醒过来,感觉真好……路易随即回过神来。

喀密在撕咬一大块带骨的鲜红生肉。仙境星人常常生产这些食物再生器,以供多个种族的需要。克孜人吃完停了好一会儿才说:"带在船上的设备都是人类制造的,至少都是人类设计的。甚至连船壳也是从某个人类星球买来的。"

路易像子宫里的婴儿一样双眼紧闭,膝盖蜷缩,仿佛正在做自由落体一般悬浮在空中,但是他无法忘记此时自己身处何方。"我觉得那个大登陆船像是金克斯星人的东西。虽然是根据订单制作的,但产地是金克斯。你的床感觉怎么样,克孜老哥?"

"这床是人造纤维。模拟克孜人的皮仿造,然后偷偷出售,毫无疑问是卖给人类的,这里面有某种奇怪的幽默感。要是我能追查到那个厂家,一定能找到不少乐子。"

路易伸展身体,不小心碰到睡盘的控制开关,睡盘塌了下来,将路易轻轻地放到地板上。

外面是一片夜色:头顶闪烁着耀眼的白色星星,地面笼罩在一片无形的天鹅绒般的黑暗之中。就算他们能穿上太空服逃出去,那条峡谷可能已经在星球的那一边了。也有可能它就在窗外那道高高的山脊后面,谁知道呢?

再生厨房有两个控制键盘,一个印着星际语的使用说明,另一个印着英雄语。两间厕所一边一个。路易不太喜欢这么直白的布置。他在厨房里点了早餐,想试试这个厨房的菜单都有些啥。

克孜人大声吼道:"难道你对眼下的局势一点没兴趣吗,路易?"

"看一眼你的脚下。"

克孜人跪了下来,"呃……是的。这超光速推进器是傀儡师造的。幕后人就是开着这艘飞船从他们的行星舰队中逃出来的。"

"还有踏碟呢。傀儡师向来只在自己的星球上使用踏碟,不在别的地方使用。而幕后人派了人类来抓我,用的就是踏碟。"

"幕后人肯定是偷了踏碟和这艘船,还有些其他的东西。他的钱应该都从众品公司来的,但一直没有动过。路易,我相信幕后人没有得到傀儡师的支持。我们应该想办法追上他们的行星舰队。"

"喀密,这里一定有传声器。"

"这个吃树叶的会在乎我们说什么吗?"

"动动脑子就明白了。"他情绪低落,索性不在乎说话的语气了,毕竟喀密拿着他的电流罩呢。"一个傀儡师脑子一热,绑架了人类和克孜人。不用说,这事让那些老实本分的傀儡师感到害怕。他们会让我们跑去报告克孜人的族长吗? 要知道,克孜族长一直在努力建造更多像'大运号'那样的飞船,这种船要追上傀儡师的行星舰队只需四个多小时,加速跟上舰队还需要一段时间——在三个单位重力下，大概要花三个月……"

"够了，路易！"

"该死的，现在不是挑起战争的时候！涅索斯说，傀儡师干涉了第一次人类和克孜人的战争，他们是向着人类的……等等，你是不是跟别的什么人讲过这个了？"

"换个话题。"

"行啊，但是我正好想到这个——"由于他们的话有可能会被录下来，路易说话的时候有点偏袒"幕后人"，"你、我、'幕后人'——在已知空间里，只有我们三个知道那些傀儡师在干吗，除非我们俩有谁把那事说出去了。"

"我明白你的意思：如果我们在环形世界走丢了，'幕后人'不会伤心太久。但'幕后人'也许并不知道涅索斯那时有失慎重的做法。"

他要是回放这段录音就会知道的，路易想道。都怪我。我需要为了一个吃树叶的而小心说话吗？他开始大吃猛嚼自己的早餐。他点了一些简单而丰富的东西：半个葡萄柚、一块巧克力奶蛋松、一块清煮的恐鸟胸脯肉、一杯牙买加蓝山咖啡（加了泡沫奶油）。这些食物大都不错，只是泡沫奶油不太像样。不过，那块恐鸟胸脯肉实在不错。恐鸟早就灭绝了，但24世纪的一位遗传学专家却使这种鸟重新复活，至少他是这么宣称的。这个循环再生厨房仿造了这种鸟肉，口感肥美浓郁。

但这和插电过瘾根本不能比。

对于这种时不时出现的抑郁情绪，他已经知道了怎么应对。一般它只是在跟飞电的享受作比较时才会出现，路易相信这是人类的正常心理。被一个发疯的外星怪物出于奇怪的目的囚禁起来，并没有使得这事变得更糟。对路易来说，这个黑色的早晨真正可怕的是,他将不得不放弃那个电流罩。

吃完早餐,他把脏盘子往厕所里一扔,问道:"你想拿我的电流罩换个什么?"

喀密轻蔑地哼了一声,"你有什么可以做交换的?"

"我用名誉担保,外加一套上好的非正式睡衣。"

喀密的尾巴在空中乱甩,"你从前也算是一个有用的伙伴。如果我把电流罩还给你,你会变成什么? 一个游手好闲的废人。我得把这电流罩收着。"

路易开始他的健身活动。

在半个重力单位的环境里,单手俯卧撑很容易。不过每只手做一百次就不容易了。可是船舱的顶部曲线太低,有些往常做的动作他做不了。他做了两百个分腿跳,又尽量用张开的手指去碰张开的脚趾。

喀密好奇地看了一阵,"我很纳闷,'幕后人'是怎么把他的地位给丢了的?"

路易没有回答。他的身体呈水平方向悬浮,脚尖勾在睡盘下面,腿肚子处压着一个托盘,缓慢地做着仰卧起坐。

"还有,他想在那个太空港的棱台上找到什么? 当时我们发现,那些减速环太大,根本动不了。他是不是想从环形世界的飞船上捞些什么?"

路易又点了一对恐鸟腿。他把上面的油擦掉,开始玩起了轮抛杂耍,就像两根超大号的印第安棒。大滴的汗珠沁出来,然后慢慢从他的脸上和身上滑下。

喀密的尾巴在不停地甩来甩去,那对粉红色的大耳朵往后贴着脑袋,仿佛是为了让敌人无处下手。喀密不高兴,但那是他的问题。

傀儡师突然出现,只隔着一堵不可穿透的墙。他那鬃毛的发型改变了,之前像蛋白石一样的发亮装饰物也换了位置……他可是独自一人呢。他站在那里掂量了一会儿眼前的情形,然后说:"带上电流罩吧,路易。"

"那可由不得我。"路易扔掉重物,"蒲丽尔在哪儿?"

傀儡师说:"喀密,把电流罩给路易。"

"蒲丽尔在哪儿?"

一只巨大的毛茸胳膊圈住了路易的咽喉。路易向后猛踢,使出全身力气。克孜人咕唉着把电流罩插入了接口,动作出奇地温柔。

"好吧,好吧。"路易说。克孜人放开路易,路易坐了下来。他已经猜到几分——当然,克孜人也猜到了。路易这才意识到,他有多么想见到蒲丽尔……多想看到她从武装特工部走出来……只要能见一面。

"哈尔罗蒲丽尔拉拉尔死了。我的代理人骗了我。"傀儡师说,"他们早就知道那个环形世界的土著已经死了十八个标准年了。我可以留下来,找到那些人的藏身之处,把他们一窝端了,但这也许又会花上十八年,甚至一千八百年!人类空间太大了。让他们留着那笔不义之财吧。"

等一会儿摘掉电流罩,路易会痛不欲生,但此时他笑着点点头。他听到喀密在问:"她是怎么死的?"

"她的身体接受不了补生精。联合国的人怀疑她不是人类。她衰老得特别快。到地球一年零五个月之后她就死了。"

"她死了,"路易沉思道,"是我还在克孜帝国的时候……"但还是有令人疑惑的地方,"她有自己的长寿药,比补生精还好。

我们带了一瓶低温保存的回来。"

"它被人偷了。我就知道这么多。"

被人偷了？可蒲丽尔根本没有机会走到地球的大街上去接触普通的贼啊。联合国的科学家可能会打开那个瓶子，研究里面的东西，但他们需要的量不会超过一个微克……具体怎么回事，他永远也不会知道。后来他们就把她扣押下来了，在她临死之前尽量汲取她的知识。

会痛得很厉害的，但不是现在。

"我们不必再拖延了。"傀儡师坐到自己那加了缓冲垫的座位上，"为了节约能源，你们将在静力场中旅行。在进入超空间之前，我会用尽一个辅助燃料箱，抵达目的地之后依然燃料充足。喀密，给我们的飞船起个名字如何？"

喀密问："这么说来，你这样瞎摸瞎撞，没有任何计划吗？"

"到达太空港的棱台之前，是的。给飞船取个名字吧。"

"就叫它'火热探针'吧。"

路易笑了，琢磨着傀儡师是否明白这个词的意义。喀密使用了克孜人的一种刑具的名字。傀儡师用嘴衔住两个把手，把它们并在一起。

第四章 偏离中心

路易身体一沉，感到体重似乎翻了一倍。星空中已经看不到黑色的峡谷星了，现在窗外是一幅完全不同的景象，在他们脚下正下方的位置，一颗星星变得比周围的星星更亮。"幕后人"离开了缓冲网和驾驶座，他的样子也变了，走动起来的时候似乎很累，他的鬃毛——又换了发型——好像已经很久没有打理了。

电流并没有使路易的大脑停止活动。眼前的一切显而易见：他和喀密一定已经在静力场里度过了两年；与此同时，傀儡师独自驾驶着"火热探针号"穿越了超空间；而已知空间[①]——这个由许多被探索过的星系组成的、半径约四十光年的空间泡泡——肯定早就被远远地甩在他们后面了；他还看到，"火热探针号"的驾驶系统是为皮尔森的傀儡师设计的，所有的乘客都待在静力场里，他们能否从那里面出来，全看傀儡师愿不愿意。他还记得他最后看到的一个人类，也知道哈尔罗蒲丽尔拉拉尔死了，都是因为自己的疏忽。等电流罩从头上取下来——这事很快就会发生——他就会感到要命的孤独。不过现在，小小的电流还在涓涓流入他的脑子，这一切暂时都不要紧。

[①]"已知空间"是以地球为中心的一小块银河系空间，参见《环形世界》。

他看不到推进器的火焰。"火热探针号"想必只靠无反作用力推进器在前进。

"说谎者号"的设计师把发动机全都放在它那巨大的三角形机翼上。当他们在环形世界的上空飞行时，"说谎者号"被某种巨型激光炮之类的炮火击中，发动机全被烧毁了。"幕后人"一定不想重复那个错误，路易想道。"热针"的推进器可能装在它那坚不可摧的船壳内。

喀密问道："我们还要多久才能着陆？"

"我们将在五天内进入港口。没有行星舰队的先进驱动系统，凭着人类生产的机器，我们只能以二十个单位重力来减速。你觉得卧舱里的重力还舒服吧？"

"轻了点。是地球标准重力吗？"

"环形世界，相当于0.992G。"

"差不多，不用调整了。'幕后人'，我想研究一下环形世界的情况，但你什么工具也没给我们。"

傀儡师考虑了一下这个提议，"你们的登陆船中有一副望远镜，但它不能直接对着下方看。再等一会儿。"傀儡师将身子转过去对着操作盘，另一只脑袋转过来往后看着，窸窸窣窣讲着口音浓重的英雄语。

喀密说："请使用星际语。至少得让路易听懂。"

于是这个脑袋说起了星际语："又可以说点话了，真好，说任何语言都好。我好孤独。给你，这是从'热针号'的望远镜里得到的投影图。"

路易的脚下出现一幅图像：一个长方形，没有边线，在它里面，太阳和星星似乎突然大了很多。路易用手挡住太阳光，寻找着。环形世界就在那儿：一条淡蓝色的带子弯成了一个半圆。

　　想象一下：一条宽一英寸、长五十英尺的淡蓝色圣诞彩带，把它侧立在地板上，围成一个圆圈。现在放大它的尺寸和规模：

　　环形世界是一条用结实无比的物质做成的彩带，宽100万英里，周长6亿英里，组成了一个半径9500万英里的圆环，中心有一个太阳。这个圆环以每秒770英里的速度旋转，快得可以产生相当于一个单位重力的向外离心力。那些环形世界的工程师们在环的内侧建构了土壤、海洋和大气层，还在环的两个边缘分别筑起一千英里的高墙，挡住里面的空气不至外泄。可想而知，空气总会从边缘墙的上方漏出去，只是不会那么快。这个环的中央还有一个内环，由二十个长方形的方块组成，占据着相当于太阳系中水星的轨道位置，这些方块的阴影使环形世界昼夜交替，制造了三十个小时的循环周期。

　　环形世界就是一个面积为6亿平方英里的宜居星球，是地球的三百万倍。

　　路易、动物对话官、涅索斯以及蒂拉·布朗曾经在环形世界上待了将近一年：他们横跨环形世界二十万英里，然后回到"说谎者号"坠落的地点。然而他们只走了环的五分之一宽，远远算不上来这儿旅行的专家。不过，又有哪个有思想、有脑子的生命敢自称是环形世界的专家呢？

　　不过他们研究过边缘墙外面的一个太空港棱台。如果"幕后人"说的是实话，那他们就不需要做太多，只需降落到棱台上，取走"幕后人"想要的东西，然后离开。这事要快！因为——

　　透过"幕后人"摆放在他们面前的望远镜，那幅长方形的图像里，灾难已经显而易见。环形世界那淡蓝色的曲面和从前一样——那样颜色让人想起地球，只不过这里是三百万个地球的大小,距离太远,看不清细节,只能模糊地看到方块投下的一道道午夜的深蓝色——而它的太阳已经远远偏离了环的中心。

"这是什么情况?"喀密说,"我们在这个环上度过了一个克孜年的时间,可是一直没有注意到这个。这怎么可能呢?"

傀儡师说:"你们在的时候,环形世界可能还没有偏离中心。那是二十三年前才发生的。"

路易点点头,没有说话。此时环形世界居民的命运让他害怕,唯有电流的快感可以排遣他心中的恐惧和内疚,他生怕一出声就会打破这脆弱的平静。"幕后人"继续说道:"环形世界这个结构在其轨道平面上是不稳定的。这一点你们一定了解吧?"

"不!"路易说,"我也是回到地球后,做了一点研究才知道的。"

两个外星人都看着他。他并不喜欢这种关注。好吧,只好跟他们说了,"这一点很容易明白。环形世界在竖轴线上是稳定的,在轨道平面上是不稳定的。因此,必须得有一个东西把它的太阳稳定在轴线上。"

"可现在它已经偏离了!"

"说明有个东西停止运作了。"

喀密的爪子在看不见的地板上乱挠。"那他们死定了! 几十亿人呢——百亿、万亿也说不定?"他把脸转向路易,"我烦透了你那愚蠢透顶的微笑。没有电流罩你是不是能更好地说话?"

"我这样也能好好地说话。"

"那么,请说吧。为什么环形世界不稳定? 难道它脱离轨道了?"

"是的。自转那么快,必须非常稳定才能留在轨道上,一旦把环形世界推离中心,它就会越偏越远。计算偏离的方程式太复杂了,我用电脑反复算过,得出了一些数据,但还是不太敢相信。"

"幕后人"说:"有一阵我们也曾想过自己建造环形世界。但不稳定性是个大难题。一个强一点的太阳耀斑都能产生足够的冲击力,使整个结构失去平衡。五年之后,它就会碾着自己的太阳旋转了。"

"我得到的数据也一样,"路易说,"这里肯定就是这种情况。"

喀密又用爪子挠起了地板,"喷气式方向调节器!环形世界的工程师应该安装了这东西的!"

"也许吧。我们知道他们是用巴萨德冲压发动机来驱动飞船的。这么说吧,在边缘墙上有许多大型的巴萨德冲压发动机,它们能把环形世界稳定在以太阳为轴心的位置上。那些发动机可以聚合太阳风中的氢元素,永远不会缺燃料。"

"那些发动机一定很大吧,可是我们什么也没有看见!"

路易咯咯笑了一声,"你管什么叫大?这可是环形世界啊。我们没看见而已,就这么回事。"他实在不喜欢喀密居高临下地在他面前张牙舞爪。

"你这么容易就接受这个事情了?可能会有大量的环形世界居民拥挤到已知空间,人口会因此暴涨千万倍。他们更接近你的族类,而不是我的。"

"你这个残酷无情的食肉动物。你给我记住,"路易对克孜人说,"听着,这事会让我烦恼。'幕后人'摘掉我的电流罩后,我会更加烦恼,但是不至于烦死,因为我会渐渐习惯。你能想出什么办法帮他们吗?任何办法?"

克孜人转过身去，"'幕后人'，我们还有多少时间？"

"我尽量算出来。"

环形世界的太阳已远远偏离了它的中心。路易估计，从环形世界的近日点到太阳的距离大概是七千万英里，那么从远日点算就是一亿二千万英里。近的那边获得的阳光会是远日点的三倍，这样的情形经过七天半（每天三十小时）就会轮回一次。气候会因此改变。受不了这种剧变的植物会死掉，动物也是如此。人也一样。

"幕后人"已研究完望远镜里的图像，此时移到电脑面前。隔着那堵绿墙，路易看不见他在干什么。路易很想知道，这艘船的隐秘部位还封藏着什么秘密。

这时傀儡师跳了出来，"从现在开始的一年零五个月，环形世界将会撞上它的太阳。我想那时环形世界也会崩溃解体。在这个旋转速度下，所有的碎片都会飞到星际空间里去。"

"阴影方块。"路易低声自语道。

"啊？对，阴影方块会比太阳先受到碰撞。不过，我们起码还有一年的时间。这对我们够充裕了。""幕后人"轻快地说，"我们压根儿不会在环形世界上着陆。你们的探险任务是隔着几万英里查看那个太空港棱台，以免被环形世界的流星防御系统击中。我相信太空港已经废弃了。我们可以在那上面安全着陆。"

喀密问道："你到底想找什么？"

"我很吃惊你记不得了。""幕后人"将身体转向操作台，"路易，时间到了。"

"等一下——"

他脑袋里的电线已经断开了。

第五章　戒断症状

路易透过墙看过去,傀儡师在捣鼓他的电流罩。他想到了死亡,成千上万的惊人的死亡数字。他又想到了身边这两个操控着他脑子里的电流的外星人,幻想着他们的死亡,以及自己死去的感觉。

傀儡师两个扁平的脑袋不停地变换动作,一会儿平稳地端着,一会儿转动,一会儿又用鼻子顶顶那个小黑盒,仿佛把盒子当成午餐小口小口地吃着。长长的舌头还有灵敏的嘴唇在盒子里面拨弄。才几分钟,傀儡师就把定时器重新设定好了,现在的定时是一天三十个小时,电流量减半。

第二天,他感到了一种纯粹喜悦,完全未经人类的感官过滤。已经没有什么事情能让他感到烦恼了,只是……

路易说不清自己是什么感觉。那天晚上,当电流被过快地掐断时,低落的情绪笼罩在他头上,宛如一团浓厚的藏红花烟雾。

接着,喀密躬下身子,把电流罩从路易的头皮上拔出来,放在踏碟上。它将被传送到驾驶舱,以便重新定时。

路易蹦了起来,大声尖叫。他抓住克孜人那毛茸茸的手臂,爬到他宽阔的后背上，要把他的耳朵揪下。克孜人转过身来，路易发现自己抱着一只大胳膊，胳膊猛地一挥，就把他甩到房间的另一头。他倚墙爬起来，摔得有些懵，血从撕破的手臂流了下来。路易赶紧转身防备下一波攻击。

他转过身，正好看见喀密跳上踏碟，"幕后人"的嘴在操作台上鼓捣。

喀密蹲在黑色的踏碟上，一副又凶又蠢的样子。

"幕后人"说："这些踏碟传送不了这么大的东西。你认为我是个傻瓜吗，会把一个克孜人传到我的驾驶舱来？"

喀密咆哮着："偷吃树叶需要什么脑子？"他把电流罩轻轻一弹，丢还给路易，自己跟跟跄跄地爬到水床上去。

事情和计划有些出入。喀密从路易头顶上抓起电流罩时，它刚刚断电，结果把路易激怒了，也转移了傀儡师的注意力。

"幕后人"说："下次我修改你的电流罩时，我会在你接入之前完成。这会让你高兴点吗？"

"你太他妈知道怎么样让我高兴了！"路易紧紧地握住电流罩。当然，它已经停掉了，直到定时器让它再次启动。

"你几乎跟我们一样长寿，这些不会占据你许多时间。""幕后人"哄劝他，"你将会比梦想的还要富有！环形世界的飞船使用了一种很经济的大规模物质转化方式，他们一定也用了同样的方法来建造环形世界本身！"

路易吃惊地抬起头来。

"可惜我们不知道那些机器的质量和体积，"傀儡师继续说道，"环形世界的太空飞船是庞然大物。但我们不需要运送它。必要的话，一张深度雷达拍摄的全息照片，加上一些机械运作实况的全息照片，就足以说服我的人民了。然后，我们只需要派一艘'众品四号'去把它弄回来就行。"

这个外星人并不指望一个处于电流瘾戒断中的人类能完全听进去他的话——这当然不可能。但是,路易眉毛底下的双眼紧盯着喀密,关注着他的反应。

这克孜人真叫人佩服。他呆住了片刻,然后说:"你是怎么失去你的'幕后人'身份的?"

"这个故事很复杂。"

"我们刚刚进入环形世界系统,我们还得降落110亿英里,需要以每秒5.2五英里的速度下降。现在才过了一天。我们有的是时间。"

"的确,而且也没有其他有益的事可做。那么你肯定知道,在我们当中,一直就存在着保守派和实验派。通常掌权的都是保守派。但是,在我们的星球因为过度使用工业能源而遭受热污染时,实验派把我们的世界移到了玫瑰花环里去。那时我们处在一个实验派政权的统治下,他们对两个星球进行了改造,并在上面进行农业耕种。之后的一个政权又把另外两个星球移了进来,这两个星球曾经是一颗遥远的冰冻巨星的卫星……"

此时,喀密已经缓过劲来,他平息了自己的焦虑,思考着该说些什么。好极了! 这位克孜人似乎又恢复了他曾经担任过的角色:动物对话官,一个第一次出使人类社会的大使。

"……我们采取了必要的行动,然后就被废黜了。这也是惯例吧。我们的探测器发现克孜帝国那会儿,实验派开始掌握政权。我相信涅索斯跟你们说过我们是怎么处理这个事情的。"

"你们支持了人类,"喀密的语调冷静得出奇,路易本来以为说了这么久,他应该有时间打烂这堵墙了。"在与人类的四次战争中,我们前后四代最强大的战士都死光了,这样一来,我们那些相对温良的同类才可以繁殖后代。"

"我们希望你们学会跟其他族类和睦相处。我这一派的人也在这个地区建立了一个贸易帝国。尽管有了这些成功,我们的权威却在减弱。接下来,我们发现了银河系核心的爆炸。冲击波在两万年左右会到达我们所在的地方。于是我们这派重新掌权,并安排了行星舰队的大撤退。"

"你们真够幸运的。可他们还是把你给罢黜了。"

"是啊。"

"为什么?"

傀儡师没有马上回答,稍停片刻之后,他说:"我的一些决定不受欢迎。我干扰了人类和克孜人的命运。你们已经知道了我们不少的秘密。为了培育出'幸运'品种的人类,我们干扰了地球生育法,并在第一次人类与克孜人的战争中帮助了人类,从而繁育出更理智的克孜人。我的前任建立了星际贸易帝国——众品公司。我们的人都说涅索斯具有疯狂的品质,因为我们的族类只有疯子才会拿生命到太空中去冒险。我计划送你们到环形世界探险的时候,那些人也认为我疯了,竟敢去跟一个技术那么先进的文明接触。可是不去面对危险,并不表示危险不存在啊!"

"所以他们罢黜了你。"

"这也许是个……好使的借口吧。"幕后人不安地走来走去,发出"咔啦啪——咔啦啪"的脚步声,"你知道我答应涅索斯,只要他能从环形世界回来,我就做他的配偶——这是他要求的条件。他回来之后我们就交配了——然后又交配了一次,这一次是因为爱。涅索斯是个疯子,而我这个'幕后人'也经常发疯,于是……他们把我罢黜了。"

路易突然问道："你们俩谁是雄性的?"

"你怎么没有问过涅索斯这个问题呢? 不过就算你问了,他也不会告诉你的,对吧? 涅索斯对于某些话题是很害羞的。跟你说吧,路易,我们有两种雄性。我这种把精子放进雌性的体内,涅索斯那一种的把卵子放进雌性体内,两个器官几乎长一个样。"

喀密问道："你们有三套基因吗?"

"不,只有两套。雌性并不贡献任何基因。事实上,雌性之间也以另一种方式相互交配,从而繁育出更多的雌性。严格说来,她们不属于我们族类,尽管历史上她们一直跟我们有着共生关系。"

路易皱了一下眉头。傀儡师的繁殖方式跟掘土蜂很相似啊! 孕育出来的幼虫会吃掉它们的寄主。涅索斯拒绝谈论性交是有道理的,这是让人难受的话题。

"我是对的,""幕后人"说,"我派探险队去环形世界是正确的,我们会证明这一点。"

"飞入环形世界花了五天,在太空港棱台上停留不能超过十天,还需要五天才能抵达扁平空间,到了那里之后我们可以依靠超空间引擎离开,根本不需要登陆环形世界。哈尔罗蒲丽尔拉拉尔告诉涅索斯,环形世界的飞船上装载着大量的铅,因为铅的密度大,占用的空间更少。在旅途中,他们把这些铅转化成空气、水和燃料。保守派政府应付不了这样的技术。他们一定会恢复我的职位。"

断电造成的抑郁感让路易笑不出来。不过,这一切还是让他觉得很好笑,想到这一切从一开始就是他自己的错,就更觉得好笑了。

第二天早上,那个外星怪物又把电流罩的电流量减少了一半,然后就离开了。对此路易并没有多大反应,只要还有电流流入大脑,他就是满足的。但是一旦定时器停止工作,路易就会出现抑郁症状,多年以来他一直都在忍受这种痛苦,已经习以为常了,他知道当电流重新接上时,自己的感觉就会好起来。现在他的断电抑郁症状比原来更糟,他一点安全感都没有。这两个外星怪物随时都会掐断他的电流……即使他们不这么做,他也不得不自觉放弃。

两个外星怪物在那四天当中到底谈论了什么,他并不清楚。他只是尽情地享受电流带来的那种令人销魂的感觉。他模糊记得他们俩从电脑中调出了一些全息照片。

那是环形世界原住民的一张张脸:完全被金色头发遮住的年轻人的脸(有一张脸倒是刮得很干净,是个牧师)、空中城堡里的巨大金属线雕塑(挺拔的鼻梁,光秃秃的脑袋,刀刻的唇线)、哈尔罗蒲丽尔拉拉尔(不确定她是不是人类),还有"追寻者",那个四处漫游的家伙,蒂拉的护花使者(他基本上算人类,但肌肉发达得像金克斯人,没有胡子)。除此之外,他还看到了许多城市,地上的随着时间流逝荒废,天上的随着能源枯竭而坠毁。有一张全息照片是"说谎者号"向一个阴影方块撞过去的一瞬,还有一张是一座城市被缠卷在一团乌云之中,那乌云是阴影方块掉下来的线缆。

太阳从一个小点变成一个带亮边的黑点,它的光亮被装在"火热探针号"船壳内的光焰屏蔽系统给遮挡住了。环绕着太阳的蓝色晕圈越来越大。

路易曾梦见过回到环形世界。在一个巨大的悬浮监狱里,他头朝下悬挂在自己那辆烧焦了的飞行摩托上,距离坚硬的地板有九十英尺高,地板上满是先前那些俘虏的森森白骨。涅索斯的声音在他的耳朵里响起,答应前来救援,却永远不会出现。

醒来后他像往常一样选择了逃避,直到第四天傍晚他才看了一眼晚餐,接着把它倒掉,点了面包和一些口味不同的奶酪。过了四天他才意识到,又可以好好地品尝奶酪,说明自己已经逃掉了武装特工部的追杀。

除了能过电流瘾,这世界还有什么好的? 路易自问道。奶酪。睡盘。爱(这不太实际)。疯狂地给皮肤染色。自由、安全、自重。要赢不要输。该死的,我几乎忘了该怎么想这些问题了,我已经不会思考了。自由,安全,自尊自重。再耐心一点,我就可以迈出第一步了。这里还有什么好的? 咖啡兑白兰地。电影。

早在二十三年前,动物对话官就曾经把那艘叫"说谎杂种"的飞船开到环形世界的边缘。此时,喀密和幕后人正在看着当时的记录。

从近距离看,环形世界是左右两条直线在透视的消失点汇合。从内表面的蓝色格子与上下边缘墙的上交汇处看,飞船减速系统的圆环好像直接飞进了现实里,一个又一个,在红外线成像、可见光、紫外线或深度雷达成像中看起来都一样。有时它们以慢动作划过,这时便可以看到巨大的电磁体,每一个都一模一样。

但是路易·吴从头到尾完整地看了八个小时的幻想史诗片《换灵地球》,突然醉了起来。也难怪,咖啡加白兰地、白兰地加苏打,最后干脆是直接喝白兰地。他看的是一部真正的电影,不是感官幻觉。这部电影使用了真人演员,只需要人类的两种感官（看和听），他离脱离现实也只差两步。

他也曾试图拉着喀密讨论那不可思议的视觉特效，但他最后一点清醒的意识立刻打消了这个念头。他不敢在醉醺醺的情况下跟喀密谈话。"傀儡师有隐蔽的耳朵，隐蔽的耳朵……"

环形世界在眼前越来越大。

两天来，它一直是一个蚀刻精细的蓝色圆环，看上去窄而单薄，有点偏离它的太阳中心。随着太阳的黑圈增大，它也在变大。较大的细节渐渐显现出来，一个由矩形连成的内环出现了，这是阴影方块。一道边缘墙——虽然只有一千英里高——挡住了视线，使他们看不见环形世界的内侧表面。到了第五天傍晚，"火热探针号"基本完成了减速。这时，那道边缘墙已经成了一道横跨星空的巨大黑墙。

路易没有插电，今天他强迫自己取消这件事。正好，这时"幕后人"也对他说，在安全着陆之前不会给他任何电流。路易耸了耸肩，心想很快就过去了，既然——

"太阳耀斑爆发了。""幕后人"说。

路易抬头远望。流星防御系统把太阳挡住了。他看到的只是日冕，一圈火焰包围着一个黑色的圆盘。"给我们看看图像。"他说。

眼前开了一个长方形的"窗口"，太阳变成一个带着花纹图案的巨大圆盘，为了方便观看，亮度被调暗了很多。这个太阳比地球的太阳稍小一点，温度稍低一点。它没有黑子，除了中心有一块灼眼的光亮，也没有其他耀斑。"我们的观察角度不好，""幕后人"说，"正对着耀斑。"

喀密说："也许太阳最近变得不稳定了，所以环形世界才会偏离中心。"

"或许吧。根据'说谎者号'的记录，就在你们朝着环形世界冲去的时候，太阳就出现了一次耀斑，但那一年中的大多数时候那太阳都是平静的。""幕后人"的两颗头颅停在控制台上方，"奇怪了，那些磁场图案——"

黑色的圆盘滑到了黑色的边缘墙后面。

"这颗恒星的磁场图案太奇怪了。""幕后人"继续说。

路易说："那就回去再看一看吧。"

"我们的任务不包括收集偶然数据。"

"你没有一点好奇心吗？"

"没有。"

从不到一万英里远的地方看，那道黑色的墙直得好像是用尺子画出来的。黑暗之中，加上环形世界的转速，将所有细节都模糊了。"幕后人"把望远镜屏幕设定成红外成像，但也看不出什么来……等等！沿着边缘墙的底部有许多深色区块，是一些高三十到四十英里的三角形低温区域，在那一千英里高的边缘墙内侧，似乎有东西把阳光反射了回去。

墙的底部，有一条颜色更深的，也就是温度更低的线，在从左到右移动着。

喀密小心地问道："我们是登陆还是仅仅悬停？"

"悬停，先观察一下情况。"

"财宝是你的。你可以不拿就离开，只要你高兴。"

"幕后人"不安起来。他的腿紧紧勾住驾驶员的坐凳，背上的肌肉不停抽动。喀密倒是很放松，一副悠然自得的样子。他说："涅索斯担心自己会害怕，所以请了一个克孜人当驾驶员。

你当然不敢让我替你开船,但是自动系统呢? 你能不能去静力场里躲一会儿,让自动系统替你控制'火热探针号'降落?"

"要是万一出现紧急情况呢? 我对这种事没有准备。"

"如果你必须亲自带我们着陆,那就来吧。"

"火热探针号"调头朝下,开始加速。

"火热探针号"花了差不多两个小时,沿着那条黑线飞了几十万英里,才跟上环形世界每秒770英里的转速。"幕后人"开始慢慢靠近——很慢很慢,路易怀疑他是不是想退缩了。他全神贯注,没有一丝不耐烦。他此时也没有飞电,这是他自己的决定。没有什么事情能比着陆更重要了。

可是喀密的耐心是从哪里来的? 喀密是不是感觉到自己正在返老还童呢? 一个人,如果活了超过一个世纪,就会觉得时间对他来说是无穷无尽的,在任何事情上都是如此。难道克孜人也会有这样的感觉吗? 不过……喀密是个训练有素的外交官,也许他不过是善于隐藏自己的情绪罢了。

"火热探针号"靠着腹部推进器保持平衡。相当于0.992G的推进力使它开始围绕环形世界的轨道,如果没有这个力量,飞船就会向外飞到星际空间里去。路易看着傀偏师那两颗头在左冲右突,时而纠缠在一起,不停检查着周围的仪表、刻度、屏幕。路易看不清那些东西。

那条黑线现在变成了一排分得很开的圆环,每个直径有一百英里,纷纷向后飘过。在第一次探险时,他们从一份年代久远的记录中看到,飞船在离边缘墙五十英里的位置等待那些加速圈把它们吸入,并把它们的速度同步到环形世界的转速,最后把它们从远端吐出来,落到太空港的棱台上。

左右两边的黑色边缘墙在透视消失点会聚。现在他们离边缘墙很近了，只有几千英里远。"幕后人"倾斜船身，对齐那些线性排列的加速器。线圈延伸数十万英里……不过，环形世界的人们没有重力发生器。他们的飞船和船员会受不了很高的加速度。

"那些圈圈没有激活，我甚至找不到监测船只进入的传感器。"他的一只脑袋转过来告诉他们，又迅速地转回去继续工作。

太空港棱台到了。

棱台宽七十英里，上面高高耸立着具有漂亮曲线的吊车，还有几个圆形建筑物和一些低矮的平板卡车。除此之外，还有飞船：四个头部扁平的圆柱体，其中三个已经损坏，弧形的船身裂开了。

"希望你带了照明。"喀密说。

"我还不想被发现。"

"你有看到谁注意到我们了吗？你打算黑灯瞎火地降落吗？"

"没看到。不打算。""幕后人"说。话音刚落，"火热探针号"前面射出一道雪亮无比的光——当然，这其实是一种辅助武器。

那些飞船巨大无比，一个打开的气密舱在上面只是一个黑色斑点，上千扇窗户在圆柱体的船身上闪闪发光，就像是撒在蛋糕上的糖霜颗粒。有一艘船看起来完好无损，其他几艘已经破裂，受到不同程度的破坏，内部部件暴露在真空中，任凭其他旅者的肆意窥探。

"没有进攻迹象，没有收到警告。"傀儡师说，"那些建筑和机器设备跟棱台和飞船一样，温度都是174K。这个地方已经被荒废很久了。"

那艘完好的飞船腰部有一对巨大的环状体，像铜色的甜甜圈。它们一定有船体质量的三分之一，或者更多。路易向大家指出这点来："可能是冲压磁场发动机。我研究过太空飞行史。一台巴萨德冲压发动机能产生一个磁场，去搜集太空中的氢离子并把它们导入一个压缩区进行核聚变。这就有了永无止境的燃料供应。但你必须带着舱载燃料箱和喷射发动机，在飞船速度太慢无法搜集氢离子时用得着。那儿就是。"在另外两艘被劫掠的飞船里，一些罐子隐约可见。

在那三艘被洗劫一空的飞船上，甜甜圈形状的大圆环都不见了。路易疑惑不解。不过，巴萨德冲压发动机通常使用磁单极子，而在某些情形下，磁单极子是贵重的资源。

还有个问题让幕后人想不通。

"那些罐子是用来装载铅的吧？但他们为什么不把它包在船的外围？那样，在转化成燃料之前，这铅还能对船身起到保护作用。"

路易闭口不言。根本就没有铅。

"实用性问题吧，"喀密说道，"也许他们会碰到战斗。如果铅包在船身外就熔化掉，这样飞船就会没有燃料。'幕后人'，先把我们降下去吧，我们去那艘完好的船上找答案。"

"火热探针号"悬停在空中。

"离开挺容易的，"喀密语带讥讽，"先把我们慢慢地放到棱台上，然后关掉推进器。我们掉进扁平空间，你就可以启动超空间引擎猖狂逃命了。"

"火热探针号"平稳地降落在太空港的棱台上。"幕后人"说："在踏碟上站好。"

喀密照办。消失了之前，他发出了一阵奇怪的声音——不是咯咯笑声，更像是一声猫的咕噜声。路易跟在他后面，转眼就到了另一个地方。

第六章 "这是我的计划……"

这个舱室感觉很熟悉。虽然路易没见过一模一样的,但是它看起来跟任何小型星际飞船的驾驶舱基本一样:有舱内重力,有控制飞船的电脑,还有推进控制系统、喷气式方向调节器、质量探测器这些必不可少的东西。三个驾驶座都是靠背椅,装有缓冲网,扶手上有控制按钮,还配有排尿管,以及吃喝进食的沟槽。其中一张座椅比另外两张大,基本就这样。路易觉得他蒙着眼都能驾驶这个登陆船。

在呈半圆排列的一圈屏幕和表盘上方有一道全景视野窗户,通过它,路易看到"探针号"的一部分船壳向上打开。登陆架伸到了太空中。

喀密暸了一眼他座椅面前那套较大的把手和开关,"我们有武器。"他轻声说。

一个屏幕突然亮起来,傀儡师的头出现在里面,在透视的影响下有些变形。他说道:"从阶梯下去,拿上你们的真空装备。"

登陆船的阶梯很宽,每一级很浅,是专为克孜人的脚设计的。阶梯下面的空间大多了,是个起居舱,里面有一张水床、一些睡盘、一间厨房,那是他们舱室厨房的翻版。还有一套自动医疗舱,大小足以容纳一个克孜人,上有精密的仪表控制盘。路易曾经是个实验外科医生。或许幕后人知道这个。

有一排带门的储物柜,喀密从一个柜子里找到了真空装备。他把自己套进太空服,那东西看上去像是由各种透明气球组成的。他有点急不可耐地嚷着"路易,快点!"

路易套上一身弹力连身装,很紧身,然后连上头盔和背包。这是标准装备:太空服可以透气吸汗,让身体能够自然的调温。路易又加了一套带有银色条纹的宽松外套。外面可能会很冷。

气密舱可以容纳三个人。很好,路易想到,如果是个单人气密舱,轮到别人使用时他就只能不情愿地等在外面。虽然"幕后人"不认为会遇到紧急情况,他还是为他们准备了大号气密舱,这很好。现在,空气被真空替代,路易的胸部膨胀起来。他把腰带系上,这条宽大的弹力带环绕他的腰部,可以帮助他把气呼出来。

喀密一大步迈出登陆船,走出"探针号",进入外面的黑夜。路易拿起一个工具箱,轻快地跟在后面。

自由的感觉让人陶醉,这很危险。路易提醒自己,他的太空服通信系统跟"幕后人"的是连在一起的。有些话必须说,得快点说,但不能让傀儡师听到。

所有东西的比例都不对。那几艘拆了一半的船显得太大了。地平线显得太近、太清晰了。一道无限长的边缘墙把那熟悉的壮美星空一分为二。在真空中,远处的物体依然鲜明清晰,哪怕在数千英里以外也是如此。

离得最近的那艘船——即那艘完好无损的船,看起来在半英里之外,但更可能离他们有一英里远。在上次的航行中,他老是误判物体的远近大小,二十三年过去了,他还是会犯这样的错误。

他喘着气走到那艘大船的腹部下面,看到一条登陆腿里装有自动梯子。当然,这个古老的机器已经停止运作了。他艰难地往梯子上攀登。

喀密试图启动一个巨大的气密舱门。他从路易的工具箱里摸出一把钳子。"最好不要烧穿那些门,"他说,"有电。"他撬开一个盖子,在里面捣鼓。

外层门关上,内层门在真空和黑暗中打开。喀密打开了他的激光手电筒。

路易有点气短。这艘飞船大概能装得下一个小型城市的人口,在这里稍不注意就会迷路。"我们应该去勘察管道,"他说,"我想给船里充上正常气压。你戴着那么大的头盔,按人类标准设计的出入管道你是没法进去的。"

他们拐进一条走道,那走道跟船身的曲线保持一致,弯曲延伸。走道两边有一些门,刚刚高过路易的头。路易打开一些门,看见小小的卧室,靠墙式上下床和下拉式椅子,它们的尺寸适合跟他身材差不多的生物,或者比他稍小一点。

"我敢说,这些飞船是哈尔罗蒲丽尔拉拉尔他们的人制造的。"

喀密说:"我们都知道这个。她的同胞建造了环形世界。"

"环形世界不是他们造的。"路易说,"我倒是想知道,这些飞船到底是他们造的,还是从其他什么地方弄来的。"

"幕后人"的声音在他们的头盔里响起:"路易,能听见吗?哈尔罗蒲丽尔拉拉尔曾告诉过你,是她的族人建造了环形世界。你认为她是在撒谎吗?"

"是的。"

"为什么?"

她在其他事情上也撒了谎呢。但路易没有这么说。他只是说："看风格。我们知道城市是他们建造的。所有那些悬浮的大楼都是为了炫耀财富和威力而造的。还记得空中城堡吗？就是那座有地图室的悬浮大楼。涅索斯把里面那些录像带带回去了。"

"我仔细看过那些录像带。"傀儡师说。

"那座城堡里有一个高高的宝座，还有一座用金属丝做的某个人的头像，那头像有一间房间那么大！如果你有本事造一个环形世界，你还会费力去造一座空中城堡吗？我不相信。我从来也没相信过。"

"喀密，你怎么看？"

克孜人回答："有关人类的事情，我们必须接受路易的看法。"

他们向右拐进一条走廊。这里的卧室更多了。路易仔细地查看了其中一个。里面的压力服很有意思。它装挂在墙上，就像是猎人的战利品兽皮，上下一体，纵横交叉的拉链全都敞开着。如果周围突然变成真空，可以立即穿上。

克孜人很不耐烦地等着，此时路易正把那件压力服的拉链拉上，退后一步查看效果。关节部位全都鼓了起来，膝盖、肩膀、胳膊肘都像鼓出来的甜瓜，手的部位就像一串连在一起的核桃，脸部向外突出；面板的下面装有电源和空气储备阀门。

克孜人大吼："够了没有？"

"还没有，我需要更多证据。我们走吧。"

"什么证据？"

"我想，我知道是谁建造了环形世界……还有环形世界的原住民为什么长得那么像人类了。但是……他们为什么要造一个无法守护的东西呢？真让人想不通。”

“如果我们讨论起这个——”

“不，现在不讨论。我们走吧。”

在船的中轴线上，他们找到了想要的东西。六条通往各个方向的走廊在这里会聚，脚下还有一条管道，里面装了梯子。墙上有四个区域的示意图，上面贴着一些标签，写着一些很小的、笔画复杂的象形文字。

“多巧啊，”路易说，“简直就像是知道我们要来似的。”

“语言是会变化的，”克孜人说，“这些人明白这一点。他们新老船员的年龄可能相差一个世纪。因此他们需要象形符号的辅助。我们也用同样的方式来维持我们的帝国，那是跟人类开战之前的事了。路易，我找不到放武器的区域。”

“也没有任何防御性设备——至少我没看出来。”路易的手指沿着那些象形符号的笔画移动，“厨房、医院、居住区——我们所在之处是居住区。天啊，有三个控制中心，怎么用得了这么多啊……”

“一个控制巴萨德冲压发动机，在星际空间使用。一个控制聚变发动机，在有生命活动的空间使用；如果有武器系统的话，应该还能控制武器。最后一个控制生命维持系统，看这里，它显示有风吹过走廊。”

“幕后人”说：“他们有物质转化技术，所以会用到一台转化总驱动器。”

“哦，那倒不一定。那么强大的辐射，会把一个有生命的星系变成地狱。”路易说，“哈，出入管道就在这里，它通向冲压磁场发动机、核聚变引擎，还有燃料输送口。我们要先去找控制维生系统的设备。从那边走，两段阶梯上去。”

控制室很小:一张有衬垫的长凳对着三面墙上的各种表盘和开关。门框上有一个点触按钮,点一下,墙壁就会发出黄白色的光,也让表盘亮了起来。当然,路易读不懂它们。那些象形文字把各种开关分成不同的组类:娱乐、旋转、水、污水、食物和空气。

路易开始用指头点按那些开关。常用的开关大一些,也容易够得着。他听到一个哨声便停了下来。

他下巴面前的气压表数字在逐渐升高。

舱里气压很低,氧气含量40%。湿度较低,但不是完全没有。没有检测到有毒的物质。

喀密将压力服的空气挤出并把它脱掉。路易摘下头盔,卸下背包,然后把他的紧身压力服剥下来,动作着急,显得有点狼狈。空气干燥,闻起来不太新鲜。喀密说:"我觉得可以从通向燃料输送口的管子开始。我走前面,行吗?"

"好。"路易听到自己的声音里有一种紧张和迫切,他在使劲抑制着。但愿"幕后人"没有听出来。快了。他紧跟着克孜人的橘黄色后背。

他们走出门外,向右拐进一条走廊,沿着飞船的轴线走下一个梯子。一只毛茸茸的大手突然抓住了路易的前臂,一把将他拽进一条岔道里。

"我们得谈一谈。"克孜人瓮声瓮气地说。

"是的,正是时候! 如果这样他还能听见,咱们就只好认输了。听着——"

"'幕后人'听不见的。路易,我们得劫持'火热探针号'。你有这么想过吗?"

"想过。但这事做不了。你这个想法不错，但是你下一步能干他妈的什么？你驾驶不了'热针号'。你是见过那些操控键的。"

"我可以强迫'幕后人'开。"

路易摇头，"就算你忍受得了守他两年，逼他开，驾驶舱的维生系统也会崩溃的，它不可能维持你俩那么久。我猜那家伙一定是这样设计的。"

"你打算认输吗？"

路易叹了口气，"好吧，我们琢磨下细节。我们可以给'幕后人'一个可观的贿赂，或者可信的威胁，假如事后我们发现驾驶得了'探针号'的话，就把他杀了。"

"是的。"

"可我们不能拿魔法般的转化装置来贿赂他。那玩意儿根本就不存在。"

"我真害怕你不小心吐露了实情。"

"放心。要是让他知道我们没有用处，那我们就死定了。再说，我们也没有别的东西可贿赂。"路易继续说道，"我们也进不到它那个驾驶舱里。可能会有踏碟能让我们进去，它们就在'探针号'上。但具体在什么位置呢？怎么才能让'幕后人'为我们启动它们？我们不能攻击他，子弹、炮弹之类根本穿透不了众品的船身。船身上有光焰屏蔽系统，可能我们的舱室和驾驶舱之间还有更强大的火焰防御机制。傀偏师是不会忽略安全问题的。对他发射激光也是不可能的，因为那些墙会变成镜面，把光束反射到我们身上。还剩下啥？声音能量？他刚刚才把话筒关掉。还有漏掉的吗？"

"反物质。不用你提醒，我知道这东西我们没有。"

"所以我们不能威胁他，不能伤害他，也进不了驾驶舱。"

克孜人若有所思地用爪子挠了挠颈毛。

"我突然想到,"路易说,"也许'热针号'压根儿就不能返回已知空间。"

"我不明白你什么意思。"

"我们知道的太多了,会严重影响他们的公众形象。很可能'幕后人'从来就没有打算要带我们回去。那么,他自己为什么要回去呢? 他想去的地方是行星舰队,目前离我们只有二十或三十光年的距离,方向与我们相反。而且,就算我们可以驾驶'热针号',维生系统也无法支撑我们抵达已知空间。"

"这么说,我们偷一艘环形世界的飞船吧,这艘怎么样?"

路易摇摇头,"我们得再检查一下。但即使它是完好的,我们可能也无法驾驶它。哈尔罗蒲丽尔拉拉尔的人需要一千人的机组来开这样一艘船,而他们也从来没有飞那么远,蒲丽尔就是这么说的……不过环形世界的工程师可能飞过。"

克孜人一动不动站在那里,静止得出奇,仿佛害怕自己会猛然爆发。路易开始意识到喀密此时有多么生气,"那么,你是在劝导我认输吗? 我们连一点报仇的机会都没有吗?"

这个问题路易已经考虑过,反反复复考虑过,就在他飞电的时候。他曾努力记住自己当时的乐观情绪,但现在它们消失了。"我们要拖延。先搜索太空港棱台,如果什么也没有找到,再搜索环形世界本身。我们有足够的装备支持。在找到自己的答案之前——不管那答案是什么——不要让'幕后人'放弃希望。"

"搞成这样全是你的错。"

"我知道,这也正是好笑的地方。"

"你就笑吧。"

"把我的电流罩还来我才会笑。"

"都是因为你那愚蠢的谎话,我们才会沦为一个啃树根的疯子的奴隶。你为什么总是要不懂装懂?"

路易坐下来,背靠着一面闪烁着黄光的墙。"因为那个谎话很有道理。该死的,很可能事实就是那样。你看看,我们来到环形世界之前,傀儡师就在研究它了。他们对它的自转、规模和质量都很清楚,它的质量刚刚比木星的大一点。这个系统里没有别的东西,每一颗行星、每一个月亮、每一颗小行星,都被弄走了。事情再清楚不过。环形世界的工程师把一个木星级别的行星拿来做建筑材料,还利用了剩下的行星垃圾,把它们都用作材料建成了一个环形世界。其总体质量大概和一个太阳系差不多。"

"也只是猜测。"

"我说服了你们两个,你忘了吗?"路易固执地说下去,"还有,巨大的气态行星基本都是氢气。环形世界的工程师可能不得不把氢气转化成地基材料——不管那材料是什么,绝不是我们曾制造出来的东西。他们可能不得不进行大量的物质转化,其转化的速度会高过超新星爆发。听着,喀密。我见识过环形世界。什么事情我都可能相信。"

"涅索斯也是这样。"克孜人轻蔑地哼了一声,他忘了自己也曾经相信过路易的话,"涅索斯问过哈尔罗蒲丽尔拉拉尔有关物质转化的事。她认为我们这位双头伙伴傻得可爱,所以就编了一个故事,说环形世界的飞船上装载着铅,用作转化燃料。铅!为什么不是铁?铁可能占的位置会多一些,但它的结构强度会好多了。"

路易笑道:"她没有想到这点。"

"你告诉过她吗,物质转化是你的假设而已?"

"你说呢？她会把自己笑死的。那时跟涅索斯澄清已经来不及了，他躺在自动医疗舱里，一个头已被砍掉了。"

"呃……"

路易揉了揉自己疼痛的肩膀，"有一个人不该这么糊涂的。我跟你们说过，我回去后对环形世界做了一点演算。你知道需要多少能量才能让环形世界的转速达到每秒七百七十英里吗？"

"为什么问这个？"

"是个很大的数字，是它的太阳每年释放的能量的千万倍。工程师们到哪儿去找这么多的能量？他们必须拆散十几个木星，或者是一个质量为木星十几倍的超级行星。记住，所有这些星体基本都是氢气。他们利用一些氢气来进行核聚变，以产生维持环形世界运转的能量，但把更多的能量放在磁性容器里储存了起来。这样，当他们用那些星球的固体残渣把环形世界建好后，才有燃料让聚变火箭去推动环形世界，达到应有的旋转速度。"

"可是我那时不知道这些。"喀密在走廊中踱来踱去，后腿立地，跟人一样，沉浸在思考中，"所以沦为一个外星疯子的奴隶，这疯子一心想要找到一个压根儿就不存在的魔法机器。你觉得我们的后半辈子还有希望吗？"

没有电流是很难保持乐观的心境。"我们先探索。不管有没有物质转换机，环形世界上总会有值钱的东西的。也许我们会发现它。也许我们会在这儿找到一艘联合国的飞船，或者一支已有上千年历史的环形世界舰队。也许'幕后人'会因为孤独而让我们去驾驶舱里陪他。"

克孜人踱着步，尾巴甩来甩去，"我能相信你吗？'幕后人'控制着流到你脑袋里的电流呢。"

"我会戒掉的。"

克孜人哼了一下。

"你祖宗的！喀密，我已经活了二又四分之一个世纪。我什么都干过。我当过大厨师；我在道恩星上帮忙建造过一座汽车城；我还在家园星上住过，过得像个殖民者；现在我是个飞电佬——没有什么是永久不变的，没有什么可以做上两百年——不管是一段婚姻、一种职业还是一项爱好，都顶多维持二十年。也许有些阶段你会重复经历。比如，我曾干过实验医学，那部有关泰诺克文化的纪录片的大部分都是我写的，还赢得了——"

"电流瘾直接影响大脑。这是很不同的，路易。"

"是啊是啊，很不同。"路易感到沮丧的情绪就像一堵黑色的果冻墙，在他心里不断下落，把他压扁，"电流要么接通，要么断开，非此即彼。没有介于这两者之间的感觉，我已经厌倦了。在'幕后人'控制我的电流之前，我就已经厌倦了。"

"但你并没有放弃电流罩。"

"我想让'幕后人'认为我戒不掉。"

"但你现在想让我认为你能戒掉。"

"对。"

"那你怎么看'幕后人'？我从来没听说过哪个傀偪师像他这么奇怪。"

"是啊。我也想知道，是不是所有疯子傀偪师都跟涅索斯同一个性别，还有那个……就称为携带精子的男性吧……他们是不是占支配地位的。"

"呃——"

"不能一直这么想。一个傀偪师，只因为跟别的傀偪师合不来，就发疯地跑去地球，那种疯狂跟造就了约瑟夫·斯大林的疯狂还是不一样的。你想我说什么呢,喀密?我并不知道他会干什么。不过,如果他够聪明,他会使用众品公司的贸易技巧。这是他所懂得的跟我们打交道的唯一方式。"

密闭的空气凉飕飕的,带有一股金属味。这些船里有太多的金属了,路易想道。好奇怪,哈尔罗蒲丽尔拉尔的人竟然没用过其他更先进的物质。造一台巴萨德冲压发动机绝不是原始人能胜任得了的工作。

空气有股怪味,墙上那闪烁的黄白光也很不稳定,一会儿暗,一会儿亮。最好还是快点把压力服穿上。喀密说:"登陆船就在那儿,它也算一架太空飞行器。"

"太空飞行器?它必须具有星际飞行能力,否则无法在环形世界活动。就凭那个登陆船,我们连最近的星系都到不了。"

"我是想开着它去撞'探针号'。既然没法逃,我们可以报复一下。"

"你打算去撞一艘众品公司的船?那我有好戏看了。"

克孜人靠过来,巨大的身影居高临下,"别耍嘴皮子,路易。我没有配偶、没有土地、没有名字,只有一年可活。我在环形世界能干什么呢?"

"我们可以争取时间,找到一条生路。与此同时,"路易站了起来,"正经来地说,我们是在寻找那个神奇的物质转换机。至少我们得象征性地找一找。"

第七章　决断点

路易饿醒了。他点了一个切达奶酪舒芙蕾、一杯爱尔兰咖啡和几只血橙，一口气把它们全吃光了。

喀密睡觉时卷曲着身体，自我保护做得很好。他看起来好像有点不一样了，利落了一些——是的，干净利落，因为他毛皮下的那些疤痕组织已经消失，新的毛发正在长出来。

喀密的耐力真是了得。他们俩把原住民留下的那四艘飞船挨个搜了一遍，然后又走了很远很远，几乎到了世界尽头，来到一座窄长的建筑。他们发现那楼是加速器系统的引导中心。探索结束之后，路易筋疲力尽，他知道自己应该查看"火热探针号"的构造细节、弱点以及进入飞行舱的路径。可是，他只能怨恨地看着喀密。这个克孜人完全不需要休息。

"幕后人"不知从哪里冒了出来。可能是从涂着绿漆的私人区域那边。他的鬃毛梳理整齐，蓬松柔软，上面装饰着闪亮的水晶，随着他的移动，那些水晶反射出不同的光谱和颜色，路易觉得很有趣。这个傀儡师在独自驾驶"探针号"时，一直都是一副蓬头垢面的样子。这番打扮是为了用优雅来迷倒他的外星囚徒吗？

他问道:"路易,你想要电流罩吗?"

路易当然想要,但他回答:"暂时不用。"

"你睡了十一个小时。"

"也许我是在适应环形世界的时间吧。你有什么进展吗?"

"我对那些飞船的船壳做了激光光谱分析,它们基本上是铁合金。我做了深度雷达扫描,每艘船做了两张。你睡觉的时候,我移动了'探针号'的位置。我发现另外还有两个太空港棱台。三个棱台均匀分布在圆环上,彼此距离120度。我还通过辨认船壳结构发现了另外十一艘船,但距离太远,我无法探查到它们的详情。"

这时喀密醒来了,他伸了个懒腰,走到透明墙处跟路易待在一起。"我们发现了更多问题,"他说,"一艘飞船完好无损,其他三艘都被劫掠过。为什么?"

"这事我们本来是可以从哈尔罗蒲丽尔拉拉尔那里知道的。""幕后人"说,"现在我们就专注在唯一要紧的问题上吧。那个物质转化设备在哪儿?"

"这里没有探查设备。把我们送回登陆船吧,'幕后人'。我们要用一下驾驶室的屏幕。"

登陆船里,马蹄形的仪表面板周围,有八个屏幕在闪闪烁烁。喀密和路易在琢磨巴萨德冲压飞船的工作原理图,都是深度雷达扫描生成的电脑图形,在两人眼前发出幽灵般的光。

"在我看来,"路易说,"抢劫是同一个团伙干的。他们有三艘船可抢,他们先把最想要的东西卸下来。结果在拆卸途中发生了意外——空气用光了或是别的什么。然后第四艘船来了,嗯……第四艘船的船员是不是从自己人的船上也拿了点什么?"

"不重要。我们只找物质转换机。它在哪儿?"

喀密说:"我们都不知道它长什么样子。"

路易研究着那四艘飞船的深度雷达图像,"我们逐个排除:哪些设备不是转化系统?"他拿着光点指针沿着那艘完好飞船的轮廓移动,"看这里,这些成对的绕着船体的环形线圈,一定就是冲压磁场发生器。燃料箱在这里。这里是进料管,还有这儿……"在他指出这些东西的时候,"幕后人"赶紧把船上的相应部位从屏幕上逐一删掉。"聚变引擎,这一整块都是。这是登陆船支架的控制引擎,对,把这些支架也删掉。这是方向调节器,还有这里,这里,都是通过这些管道运送等离子浆作为燃料,等离子浆是从这个小型的聚变发生器里出来的,就在这里。这是电池。这玩意儿有个像鼻子一样的东西,从船身的中间突出去——蒲丽尔叫它什么来着?"

"他们叫它兹尔堂布朗①,"喀密打了个喷嚏,"它可以暂时软化环形世界的地基材料,在穿过地基时使用。他们用这个代替气密舱。"

"没错。"路易继续说着,热情洋溢,带着隐秘的狂喜,"现在看这里。他们可能不会把神奇的物质转换机安装在生活区域,但是……这是卧室,控制舱在这里,这里,还有这里,厨房——"

"那个会不会是——"

"不是,我们也想过。那只是一个自动化的化学实验室。"

"接着说。"

"花园区在这里。污水处理流到这里。气密舱……"

路易说完的时候,那艘船也从屏幕上消失了。"幕后人"很有耐心地又把它重新调出来,"我们究竟漏掉了什么? 就算转化机

---

① 见《环形世界》,是环形世界的工程师们发明的一种物质渗透发生器。

被拆卸拿走了，我们也应该看到它所在的位置啊。"

现在事情变得有趣了。"唉，要是他们真的把燃料放在船身外面——也就是说，把铅熔铸在船身上——那么，这一块就不是内置氢离子箱了，对吧？也许他们把那个神奇的转化机放在这里面了。也许它需要包上很厚的垫子或有很严密的隔热方式……或许他们用液态氢作冷却……"

还不容得"幕后人"开口，喀密就抢问道："他们是怎么把它弄出来的呢？"

"也许是用另一艘船上的兹尔堂布朗吧。所有的燃料箱都是空的吗？"他看着其他飞船那幽灵般的图像，"是的。这么说，我们会在环形世界上找到转化机的……不过它们已经不能用了。它们一定没能逃过那场瘟疫。"

"哈尔罗蒲丽尔拉拉尔说的细菌吃掉超导体的故事，我们有记录。""幕后人"说。

"哦，可能她知道的也不多，"路易说，"毕竟，她出去长途旅行，回来时，环形世界的文明已经不存在了。所有需要用超导体的东西都停止运作了。"蒲丽尔有关城市沦陷的说法，他曾经不能确定其可信度。现在看来，确实有什么东西突然毁灭了环形世界的文明。"或许超导体过于美妙了。结果所有东西都用上了它。"

"那么，我们可以修好那些转化机。""幕后人"说。

"哦？"

"登陆船里有超导线缆和纤维。不是环形世界上使用的那种。细菌不会破坏它。我以为这趟可以做点生意，所以带了一些。"

路易强作镇定，不动声色。"幕后人"的话让他大吃一惊，这些傀儡师怎么会知道变异瘟疫杀死环形世界所有机器的事？这一瞬间，路易对细菌的存在深信不疑了。

喀密还没有明白过来，"我们想知道那些贼用的是什么交通工具。如果边缘墙的交通系统已经坏了，那么，转化机可能就在边缘墙的另一侧，因为无法运转而被丢弃在那儿。"

路易点点头，"如果我们在那儿找不到，要搜索的范围就会很大了。我想我们应该先去找个维修中心。"

"路易，你说什么？"

"这里一定有个控制与维护中心。环形世界不可能一直自动运转下去的。这上面有陨石防御系统、陨石损坏维修中心、喷气式方向调节器……这样一个活动的系统一定会有出故障的时候，所有这一切都需要维护。当然维修中心在哪儿都有可能，但它的规模一定很大，我们找到它应该不会很困难。很有可能它已经被废弃了，因为如果还有人在照管这个中心的话，那个人一定不会让环形世界偏离轴心的。"

"幕后人"说："看来你用心琢磨过这个。"

"我们上次来的时候做得不太好。我们本是来探险的，记得吗？结果某种激光武器把我们击落，后来的全部时间都用来逃生了。我们可能只走了它宽度的五分之一，几乎什么也没了解到。这次我们要找的应该就是那个维修中心。那是所有奇迹的所在。"

"没想到一个飞电的瘾君子，还有这样的抱负。"

"我们会小心行事的。"这个"小心"当然是按照人类的标准，而不是傀儡师的，"喀密说得对，那些贼可能一越过边缘墙，就把机器给扔了，因为细菌追上了他们。"

喀密说："别指望驾驶登陆船飞过边缘墙。我对一台上千岁的外星机器可没信心。我们必须把'探针号'开过去。"

"幕后人"问："你怎么躲避陨石防御系统？"

"这得动动脑子。路易，你现在还那么看吗，击中我们的不过是一个防御陨石的自动系统？"

"我当时是这么想的，那事发生得太他妈快了！"路易回忆起当时的情景：飞船朝着太阳的方向坠落，所有的人都紧张万分，被环形世界的真相吓得要死，当然蒂拉除外。接着一道紫白色的闪光，"说谎者号"就被罩在一片发着紫光的薄薄气体中，然后蒂拉往船外一看，"船翼没了。"她说。

"它向我们开火的时候，我们的航线刚刚跟环形世界的表面相交，这一定是个自动系统。所以，我已经说过一次了，我认为维修中心没有人。"

"没谁故意向我们开火。很好，路易。也就是说，自动系统的设定不会向边缘墙的交通系统开火，对不对？"

"喀密，我们不知道边缘墙的交通系统到底是谁建造的。也许不是环形世界的工程师，也许它是后来加上的，或者是蒲丽尔的同胞干的——"

"它确实是。"幕后人说。

路易和喀密同时回头，盯着屏幕上的傀儡师。

"我跟你们说过吧？我花了一些时间研究了望远镜里的东西，我发现边缘墙的交通系统只完成了一部分。它只覆盖这座边缘墙的百分之四十，我们所在的这个部分并不包括在内。左舷方向的那一段边缘墙，交通系统只完成了百分之十五。这么小的一个次级系统，环形世界的工程师们是不会只修了这么一点就停工的，对不对？他们自己所使用的交通工具跟用于监督工程的飞船可能是一样的。"

"蒲丽尔的同胞是后来才来的，"路易说，"也许他们来得太晚，只来得及造这么一点儿；也许边缘墙的交通系统造价越来越高，也许他们实际上并没有完全占领环形世界……可他们为什么要造星际飞船呢？唉，去他的，我们也许永远也不会知道。我们现在怎么办？"

"我们现在要搞清楚那个陨石防御系统。"喀密说。

"是的，你说得对。如果陨石防御系统经常朝着边缘墙开炮，就不会有人在那里修建什么东西了。"路易停下沉思了好一会儿。他还有一个办法，可能会有漏洞……就是用古老的兹尔堂布朗穿过边缘墙，其可靠性未知。"好吧，我们就飞过边缘墙吧。"

傀偏师说："你这个提议是一次可怕的冒险。尽管我已尽我所能做了准备，但毕竟我不得不依赖人类的技术。要是登陆船失灵了呢？你们会被引力抓住的，而环形世界已经完蛋了。我可不愿损失任何人手。"

"这个我没忘记。"路易说。

"首先，我们得搜索所有的太空港棱台。这一段边缘墙上还有十一艘船，左舷方向的边缘墙上有多少，还是个未知数。"

"我们该立即出发，"喀密说，"可能马上就能揭开秘密了！"

"我们有充足的燃料和补给，我们等得起。"

喀密伸出爪子，敲打仪表板上的控制键。他之前一定仔细计划过敲打的次序。就在路易疲惫不堪的时候，他一定每分钟都在琢磨这个登陆船。随着他一阵敲打，小小的圆锥形飞行器离地一尺，旋转九十度，聚变引擎喷出白色的火焰，填满了对接舱。

"你在犯傻呢！"幕后人用流畅的女低音责骂道，"我可以把你的驱动器关掉。"

登陆船离开了弯曲的对接舱舱口,在四个 G 的加速度下猛地升到空中。或许不等"幕后人"说完,登陆船就会掉到地上把他们全都摔死。路易骂自己没有预见到这种情况。喀密体内年轻的血液让他变鲁莽了。克孜人有一半活不到成年,全都因为打架而早夭。

而路易·吴呢,太沉溺于自己的世界,沉溺于戒断电流瘾所带来的抑郁里,以至于错过了好好计划的机会。

他冷静地问道:"'幕后人',你是决定自己一个人去探险了吗?"傀儡师那两个头在控制台的上方颤抖着,一副犹豫不决的样子。

"没决定? 那就照我们的方式来做吧,谢谢。"路易转向喀密说,"请着陆到边缘墙上。"这时他才注意到克孜人有点怪怪的,态度僵硬,眼神茫然,爪子暴露在外。他在发怒吗? 这克孜人难道真的想去撞"探针号"?

克孜人用英雄语吼了一声。

傀儡师先用英雄语回答,随即又改变主意,用星际语重复了一遍说:"两个聚变火箭,船尾一个,船底一个。没有推进器。若非防御,绝不可朝地面使用聚变引擎。你可以用反重力器起飞,这个设备会排斥环形世界的地基材料,像负引力发生器那样,只不过设计简单些,也容易修理和维护。但现在不要用,它们会排斥边缘墙,把你推进太空。"

这解释了喀密那满脸的恐慌。他没搞懂怎么操作登陆船,听到这话更惊恐了。但此时太空港棱台已经被远远地甩在下面,起飞时那令人不安的抖动也几乎消失,下面是四个 G 的推进力,很稳定——但突然之间被切断,登陆船开始自由落体。路易发出了类似狗吠的声音:"哇!"

"我们不能升到离边缘墙上方太远。路易,去储物柜看看,清点一下我们的装备。"

"下次这么干时先打一声招呼,好吗?"

"我会的。"

路易从缓冲椅的安全网中挣脱出来,从楼梯口飘了下去。

这是起居间,周围是一圈储物柜和一个气密舱。路易开始逐个打开那些柜门。最大的一个柜子里有一块巨大细密的黑色丝质布,一定有一平方英里那么大,还有加起来几百英里长的黑线,分别卷在几个容量是20英里的轴上。另一个柜子里有改造过的飞行背带,肩膀上有反重力器和一个小推进器。共三套,两小一大。其中一个大概是哈尔罗蒲丽尔拉拉尔的。路易找到了激光手电筒、手持式声波麻醉枪,还有一个很重的双柄粉碎机。他还看到一些盒子,有喀密的拳头那么大,里面有一个衬衫夹子、一个麦克风保护罩、三个耳塞(两小一大),都在同一个柜子里:这可能是一套翻译机,带一个袖珍型电脑。如果把它们接入船载电脑来工作,就还会轻巧一些。

还有一些很大的长方形斥力板——或许是用来在空中拖曳货物的?然后是一卷卷缠着辛克莱分子链的线轴,是非常强韧的细线。还有一些小金条,是用来做贸易的吗?还有几副带有激光放大器的望远镜和防碰盔甲。路易咕哝了一句:"他真是把一切都想到了。"

"谢谢。""幕后人"在一个路易没注意到的屏幕里说,"我用了很多年来准备。"

不管在哪儿都会看到"幕后人"的脸,路易对此不胜其烦。

此刻有趣的是,他听到了一阵猫打架的声音从驾驶舱上面传来。看来"幕后人"同时在进行两个对话,另一个头在指导喀密操作登陆船。他听到"方向调节器"这个词——

喀密的吼声传来,不用麦克风也听得见,"路易,回到你的座位上!"

路易赶紧从楼梯井飘浮上去,还没坐进座位,喀密就点燃了聚变发动机。登陆船慢了下来,刚好悬停在边缘墙的顶端处。

边缘墙的顶部足够宽,可以容得下登陆船,但也没有宽多少。环形世界的陨石防御系统对此会有什么反应呢?

他们曾经进入过环形世界,朝着内环的阴影方块撞去,那时,"说谎者号"突然被一片紫光包围。"说谎者号"随即把船身封闭在了一个静力场当中,那里面时间是静止的。当时间重新开启,船身和乘客都安然无恙。但"说谎者号"的三角机翼连同推进器、聚变引擎和传感仪器舱都被电离气化掉了,船身开始向着环形世界坠落。

后来他们推测,那紫色的激光来自一个自动控制的陨石防御系统。他们估计那系统可能是建在阴影块上。但这一切都是猜测,他们对环形世界的武器一无所知。

边缘墙的交通系统是后来加上的。环形世界的工程师在建造陨石防御系统时,一定没有把它考虑在内。但路易曾见过这交通系统投入使用的记录,是在一个被哈尔罗蒲丽尔拉拉尔的同胞弃置的空中大楼里看到的。这个系统曾经运作过,陨石防御系统不曾对线性排列的加速圈开炮,也不曾对这些加速圈里的飞船开炮。正当路易紧抓住座椅的扶手,等待着紫色光焰出现时,喀密已把登陆船船降落到了边缘墙上。

紫色光焰没有出现。

第八章　环形世界

从地球上方一千英里远的地方——比如一个运行周期两小时的空间站——看下来,地球是一个巨大的球体。世界上的各个国家都在下面旋转,在弧形的地平线处消失,而新的风景会随着旋转进入视野。在夜晚,一座座发光的城市勾勒出各个大陆的轮廓。

但是从环形世界上方一千英里处看,世界是扁平的,所有的国度都一目了然,尽收眼底。

边缘墙的材料和环形世界地基的材料是一样的。路易曾在这种材料上行走过——有些地方被风蚀得厉害,使下层材料暴露了出来。那材料是浅灰色的,半透明,极其滑溜。不过在这里,这些材料的表面都做得很粗糙,以便产生摩擦力。压力服和背包的重量让路易和喀密头重脚轻。他们小心地行动着。不知道迈出第一步会发生什么事。

在玻璃般光滑、高达一千英里高的边缘墙壁底部,是断断续续的云层,还有大海:水域的面积从一万平方英里到好几百万平方英里不等,差不多均匀分布在大地上,海与海之间有河流网络将它们连接在一起。路易抬眼远望,只见随着距离的增加,海越变越小,逐渐和云雾连在一起,消失不见。视线的尽头,海面跟肥沃的土地、跟沙漠和云全都混在一起。一条蓝色的、刀刃般的清晰边界将这个世界与黑色的太空分开。

往左往右看,景色都是一样的,直至看到一条蓝色的带子从地平线的最远处陡然升起。巨大的弧形继续向上延伸,变成天顶上一条细细的弯曲的带子,深蓝与浅蓝色间隔排列在它的表面,消失在变小了的太阳后面。

环形世界的这一部分刚刚越过距其太阳的最远点,即使如此,那个跟地球的太阳类似的恒星还是可以把人眼睛灼伤。路易眨了眨眼,摇了摇头,他感到眼花缭乱,心神不定。那些远处的景物会把你的魂勾住,让你盯着它们,一看就是几个小时,甚至好几天。你会因为它们而失魂落魄。在一个如此巨大的造物面前,人算什么呢?

但他是路易·吴。在环形世界上,没有谁能跟他比。他牢牢记着这点。忘掉无垠,专注于眼前的细节。

在那儿,大拱弧往上三十五度,有一块稍微深些的蓝色。

路易调节目镜上的放大镜。这些是固定在面板上的,但你的头必须保持纹丝不动。那块较深的蓝色是一片海洋,呈椭圆形,几乎横跨环形世界,透过云层可以隐约看见成群的岛屿。

他在弧形的另一边,更高一些的地方,还有一片更大的大洋,形状像一颗破碎的四角星,里面点缀着类似的群岛——虽然看起来它们很小,但若以这样的距离看地球,地球可能几乎无法用肉眼分辨。

他又盯着远处失神了。他故意让自己往下看,端详近距离范围内的东西。

几乎就在他的正下方，顺旋方向的几百英里处，有一座山斜斜歪歪地倚着边缘墙，形似半个圆锥。它看起来出奇地规整。不同颜色的半圆，一层层地叠加在一起：顶层是光秃秃的、泥土色的山峰；下面很远处有一圈白色，可能是雪或者冰；接下来是绿色，一直延伸到山的脚下。

这座山孤零零的。往顺旋方向看去，在望远镜能看到的范围内，边缘墙是一面扁平的垂直绝壁——但不完全是这样。在视觉最远处，如果那隆起的地方又是一座这样的山，那它离这里也真够远的。那个位置你已经可以看见环形世界开始往上弯了。在反旋方向也有一处这样的隆起。路易皱了皱眉头，把几个地方记在了心里。

飞船左舷（即他的正前方）远处且稍微偏顺旋（他的右边）的地方，有一片闪着白光的区域，比陆地明亮，比海洋明亮。一道午夜深蓝的边线正向它扫过去。盐——路易首先想到。面积那么大，围绕了几十个环形世界的海洋，那些海的面积不等，小的如休伦湖，大的如地中海。亮点区域时显时没，就像涟漪层层扩散……

"是太阳花地。"

喀密看过去，"把我烧伤的那块比这些大。"

奴役者太阳花跟奴役者王国一样古老，但奴役者王国已经消失十亿多年了。奴役者王国的人把太阳花种在自己土地的周围，起防御作用。在已知空间的一些星球上，现在还能看到这种花。把它们清除掉是一件艰难的工作。你没法简单地用激光炮烧掉它们，因为那些银色的花朵会把光束反射给你。

太阳花在环形世界上到底有什么用，这是一个谜。但是有一次动物对话官在环形世界的上空飞行，突然云层裂开一道缝，把他暴露给了地面的这种植物。现在他的疤痕基本消失了……

路易增大了望远镜的放大倍数。一条均匀弯曲的分界线把一个类似地球那样的蓝绿棕三色世界跟那块银色的太阳花地带分隔开来。那条边界线向内弯曲,半包围着一个巨大的海洋。

"路易,看到一根短黑线了吗? 在太阳花地那边,稍微偏反旋的方向。"

"我看到了。"在这片正午风景的最远处,有一道黑色的短线,大概离他们有好几千英里。那会是什么? 一个巨大的沥青坑? 不会,环形世界上永远不可能产生石油。阴影? 什么东西能在环形世界的永恒正午投下一道阴影?

"喀密,我认为那是一座悬浮的城市。"

"也许吧……起码也是一个文明的中心。我们应该跟他们联系。"

他们曾在一些古老的城市见过悬浮在空中的大楼,悬浮的城市当然也存在了! 他们看到它在移动呢。"我们要做的,"路易说,"是在适当的距离降落,跟原住民打听下它的情况,我可不想鲁莽。如果住在那上面的人有本事让那个城市移动,那他们肯定也不好对付。要不,我们在靠近太阳花地的边缘着陆,怎么样?"

"为什么在那儿?"

"太阳花可能已经对生态造成破坏。本地人也许需要点帮助,在那儿我们更有把握受到欢迎。'幕后人',你是怎么看的?"

没有回答。

"'幕后人'? 呼叫'幕后人'……喀密,我觉得他听不见我们。边缘墙阻隔了信号。"

喀密说:"我们自由的时间不会很长。我看见登陆船后面的货架上有一对探测器。傀儡师会用它们作信号中继的。在这段短暂的自由时间里，你有什么想说的吗？"

"昨晚已经把该说的全说了。"

"没说透吧。我们俩的动机并不完全相同，路易。我认为你最在乎的是怎么活命。除此，就是可以自由地使用电流。对于我来说，我当然也想活命，也想要自由，但我还想要满足感。'幕后人'绑架了一个克孜人，我必须让他为此后悔。"

"这点我接受。他也绑架了我。"

"一个飞电佬对荣誉受挫能理解多少？别让我觉得你在碍事就行了，路易。"

"我正犹豫要不要提醒你呢，"路易说，"是我帮你逃离环形世界的。没有我的话，你绝不可能把'大运号'带回家去挣你的名字。"

"那时你不是一个电流瘾者。"

"我现在也不是电流瘾者。你可别说我撒谎。"

"实际上我并不——"

"等等。"路易指了一下。他的眼角瞥到群星背景下，有个东西正在移动。片刻之后，"幕后人"的声音在他们的耳朵里响起。

"请原谅刚才的中断。你们在商量什么？"

"探索。"喀密简短地回答。他转身走回登陆船。

"说具体一点。我为了保持通讯，不得不冒险拿了一个探测器，我已经不太高兴了。这些探测器的主要用途是给'探针号'补充燃料的。"

"那就把你的探测器放回安全区域吧，"喀密对傀儡师说，"等我们回到舱里会向你详细汇报的。"

"幕后人"说："说得倒轻巧。你们拿去冒险的是我的登陆船。你们还打算搜寻边缘的底部吗?"

又是那令人神魂颠倒的女低音,一个可爱的女人的声音,这是每个傀儡师的生意人从他的前辈那里学来的花招。大概他们还学会了另一种用来对付女人的声音。这种声音控制男人是最有效的,路易特别憎恨这点。他说:"在登陆船里有摄像机是不是? 你自己看好了。"

"我拿着你的电流罩呢。请给我一个解释。"

路易和喀密都不想回答他。

"好吧。我已经打开了登陆船上的踏碟。那个探测器也当继电器使用。至于你的电流罩嘛,路易,等你学会了服从你就可以拿回去。"

路易心想,他倒是盘算得很周到。

喀密说:"很高兴不用再坐飞船了。踏碟的使用范围有限制吗?"

"有能量的限制。踏碟系统只能吸收有限的动能差异。你们步入踏碟的时候,'探针号'和登陆船之间不能有相对速度。我建议你们待在'探针号'正左舷的方向上。"

"这跟我们的计划相符。"

"不过,即使你们抛弃登陆船,你们要逃离环形世界也还是要靠我。听见我的话了吗,喀密? 路易? 再过一段时间,比一个地球年稍多一点,环形世界就会撞到阴影方块了。"

喀密用傀儡师制造的反重力器升起着陆舱,船尾聚变引擎吐出一串火焰。在巨大的推力下,飞行器离开了边缘墙的顶部,向前飞去。

路易注意到,使用排斥环形世界地基材料的反重力器飞行,跟平常的反重力飞行不一样。这反重力器受到边缘墙和地面的同时排斥,使得登陆船沿着一条曲线往下俯冲。还好,喀密在离地面四十英里处把船停住了。

路易把望远镜中的图像显示在一个屏幕上。此时,登陆船停在大气层的上方,单单靠反重力器浮着,非常稳定,安静极了。望远镜的支架真不错。

岩石嶙峋的土地一层又一层,从山脚下一直延伸到边缘墙的地基处。路易的望远镜沿着那条边界线移动,调到了最高放大倍数。贫瘠的棕色土壤压在玻璃般光滑的灰色物质上。一眼就能看出这是异常现象。

"你到底想看到什么?"喀密问。

傀儡师正在监视着他们,他依然以为他们是在寻找一个被弃置的物质转化设备。"船员们从太空港棱台出发,最远能到这里。但我在这个地方看不到任何像是大型机器的东西。我们对小的东西没兴趣,对吧?他们不会丢下任何有价值的东西,除非太他妈的大了,根本搬不动,不扔掉就只能等着坠毁。"

他停止摆弄望远镜,"你觉得那是什么?"

那东西有三十英里高,靠着边缘墙的墙根立着,半圆锥体,表面饱经风霜,仿佛经受了上亿年的风吹打磨。坡面的低处,有一圈冰环绕着,像一条宽宽的带子,晶莹闪烁。那冰很厚,上面有冰川流过的纹路。

"环形世界的地貌模仿了类地星球,"喀密说,"根据我对类地星球的了解,这座山不属于这种情况。"

"是啊,它很无趣。山都是以山脉的形式出现的,形状也不会这么规则。不过,这还不是最糟糕的。环形世界上的每一样东西都是事先把轮廓做好的。还记得我们把'说谎者号'开到环形世界下方看到的情形吗？我们看到对应海洋的底部就是鼓起的区域，凹痕处的上方就是有山脉，河床则像举重运动员手臂上的血管。甚至河流的三角洲也是被雕刻出来的构造。因为环形世界不够厚，不能让地面上的山川湖海自然成型。"

"这个嘛，因为没有地壳运动来对地貌进行塑形。"

"那么，我们应该能从太空港看到这座山的背面。可我没有看到，你看到了吗？"

"等我开过去离近一点。"

要开过去还挺难的。离边缘墙越来越近，他们要么依靠聚变推力抵消水平方向的排斥力，要么关掉反重力器，想办法将飞船保持在空中。

离目标还有五十英里，这距离已经足够看到城市了。灰色大岩石从浮冰中冒出来，有些浮冰上显现出无数带黑影的门和窗户。聚焦再近些，可以看见门廊带着阳台和遮阳篷，成千上万座细长的吊桥，有的往上，有的往下，有的斜向一边。阶梯凿进了岩石中，以奇怪的线路分叉，弯弯曲曲，其高度有半英里或更多。有一个石阶一直通到山脚下的树林边。

城市中心有一块形状不规则的空地，空地上岩石与冻土参半，变成了一个公共广场，当中挤满了人，看上去像一个个金色的斑点，看不清更多细节。那金色是衣服还是头发？路易很想搞清楚。在广场的后面有一块巨石，上面雕刻着一张毛茸茸的、胖乎乎的脸，那是一只快活的狒狒。

路易说："别靠得太近。用聚变发动机着陆会把他们吓跑的，但我们没有别的办法。"

这是一个垂向的城市，人口估计有一万。深度雷达显示，他们并没有把岩石挖得很深。实际上，那些被挖成一间间屋子的岩石看起来就像脏兮兮的永久冻土。

"我们要不要去问问他们那座奇特的山是怎么回事？"

"是啊，我很想跟他们谈谈。"路易说，他的确有这个愿望，"但你看看这个光谱图和深度雷达图像。他们既不用金属也不用塑料，更不要说单晶材料了。我不愿去想那些桥都是用什么造的。他们很原始。他们觉得自己是住在一座山上。"

"我同意。跟他们交流是件麻烦事。下一步去哪儿？那座悬浮城市？"

"是的，从太阳花地那里过去。"

一个阴影方块滑过圆盘一样的太阳。

喀密再次点燃船尾的引擎，把速度加到每小时一万英里，随后开始滑翔，做惯性飞行。这速度不是太快，可以看清一些细节，但又足够让他们在十小时左右到达他们想去的地方。路易观察着飞驰而过的地面风景。

从原则上说，环形世界是一个大得无边无际的花园。毕竟，它不是随机演化的世界，而是一个制造物。

他们在第一次探险过程中看到的，一定不是具有代表性的东西。他们当时大都把时间消耗在两个巨大的陨石洞之间了："风暴眼"和"上帝之拳"，前者是陨石落在环形世界地基上砸出的一个孔洞，导致空气从那里喷出去构成风眼，而后者是陨石击中环形世界后，地基受到挤压抬升而隆起的一座高山。

不用说，那里的生态环境已经遭到了破坏。工程师们精心设计的风向格局也一定被打乱了。

那这里呢？路易徒劳地寻找着，想看到风暴眼存在的迹象，那是一股垂直方向吹动飓风。这里压根儿没有陨石洞，只是有一块一块的沙漠,撒哈拉沙漠那么大,或者更大。他看见在山脉的脊背上,环形世界的地基物质裸露在外,闪着珍珠般的微光。风已经把覆盖在上面的岩石剥离干净了。

这里的气候已经变得这么糟糕了吗?抑或是环形世界的工程师们喜欢沙漠?维修中心一定已经荒废多年了。想到这个,路易心头一震。环形世界工程师消失之后,哈尔罗蒲丽尔拉拉尔的同胞可能根本就没能找到它。要是路易的推测没错,那些工程师肯定是消失了。

"我想去睡三个小时。"喀密说,"要是有什么情况,你可以看着登陆船吗?"

路易耸了耸肩,"当然可以,但会出什么事呢?对陨石防御系统来说,我们飞得太低了,就算它是建在边缘墙上的,一旦开炮,也会打到地面。我们只需要再巡航一会儿。"

"没错。三个小时后叫醒我。"说完喀密就倒靠在椅背上睡过去了。

路易把望远镜转来转去,既是消遣,也是寻找蛛丝马迹。夜色笼罩了太阳花地区。他把镜头沿着大拱弧往上移,对准那个离他们较近的大洋。

在大洋的顺旋方向、几乎是环形世界中线的地方,有一座倾斜的古怪火山,那就是"上帝之拳",它耸立在一片地貌酷似火星的沙漠中,但那片沙漠比火星要大多了。在飞船左舷方向远处,是大洋的海湾,光这个大洋本身也比几个星球还要大。

上次,他们曾抵达那个海湾的岸边,然后转身离去。

一座座岛屿成群地分布在那片蓝色的椭圆水域之中。其中一个小岛外形像圆盘,颜色像沙漠。另一个圆盘形的小岛上,有一条运河穿过,非常奇怪。其他的都是汪洋中的普通岛屿……

哦,他看出了地球的几块陆地①:美洲、格陵兰岛、欧亚大陆、澳大利亚、南极洲,所有这一切,从北极那刺眼的白光一路伸展下来,跟他很久以前在那座空中城堡的地图室里看到的一模一样。

它们全都取自真实的世界吗?蒲丽尔不会知道这个。她和她的同类来到这里之前,这些陆地早就造出来了。

他把蒂拉和追寻者留在了这个地方。他们一定还在附近。鉴于环形世界的跨度和本地人的技术,他们在二十三年里不会走得太远。他们那时在大拱弧的曲线向上三十五度角的地方——距离这里5800万英里。

路易实在不想再见到蒂拉。

三个小时过去了。路易伸手去摇喀密的肩膀,动作很轻。

一只大胳膊冲他扫过来。路易向后大退一步,但退得不够远。

喀密向他眨了眨眼,"路易,绝不能那样来叫醒我。你想进自动医疗室吗?"喀密在他的后背上划出了两道深深的伤痕。他能感觉到血正渗透到他的衬衫里。"等一下再说。看这个。"他指着那片形似地球的区域,小小的岛屿和其他群岛分得很开。

喀密看着,"克孜国。"

"什么?"

"一片照着克孜国做的区域。就在那儿。路易,我们以前以为这些都是缩微模型,我们错了——其实是全尺寸的,一对一的比例。"

在距离地球区域五十万英里的地方,有另外一群岛屿。和

①环形世界工程师在设计大洋中的岛屿时,经常照搬已知空间里的各种行星,包括地球。

地球区域一样,因为球极投影①的缘故,那些海洋有点变形,但是陆地并没有受到影响。"的确是克孜国。"路易说,"我怎么没注意到? 那个有一条运河的圆形岛屿——是金克斯星。那个小一点的橘红圆团一定是火星了。"路易眨着眼,想从眩晕中缓过来。他的衬衫被血浸透了。"我们一会儿再琢磨吧。先扶我去下面的自动治疗室。"

---

①球极投影是绘制地图的一种方式,以地球为例,球极投影就是以南极点或北极点为中心的圆形地图。

第九章 牧 民

他睡在自动治疗室里。

四个小时之后,路易坐回到自己的座椅上——后肩还残留着紧张的感觉,提醒他永远不要去触碰一个熟睡中的克孜人。

外面依然是夜晚。喀密把大洋的图像显示在屏幕上,问:"你好点了吗?"

"基本上恢复了,多亏现代医疗技术。"

"虽然你没因受伤而烦恼,可你刚才一定还是又惊又痛吧。"

"哦,我想五十岁的路易·吴一定会歇斯底里的。但是,嘿,我他妈的知道有个自动治疗室呢。怎么了?"

"刚开始,我还以为你的勇气可比克孜人。但后来我又好奇,是不是电流瘾已经让你对较弱的刺激都没什么反应了。"

"那就当是勇气吧,行了吗? 你都看出些什么了?"

"很多东西,"克孜人指着屏幕说,"地球、克孜国、金克斯;从大气层中冒出的两座山峰,就像金克斯星球的东西两极。火星也是这样。还有,这是卡达特,奴役者的星球——"

"现在不是了。"

"卡达特力诺人曾经是我们的奴隶,皮尔林人也是,而这是他们的星球。看看这儿你就知道了：这里是泰诺克人的星球吗？"

"是的，紧邻的这一颗也是。我们可以问问'幕后人'，看他手头是否有地图。"

"用不着地图。"

"好吧。那这算是什么？所有类地行星的图鉴吗？有好几个星球我根本认不出来。"

喀密哼了一声，"就连智力最平庸的人也看得出来，路易。这是一本潜在敌人的名册，不管是智慧生命或亚智慧的生命：皮尔因人、克孜人、火星人、地球人、泰诺克人，他们都有可能在未来威胁到环形世界。"

"那么金克斯应该归到哪一类呢？啊。喀密，他们可能没想到过，无壳蜗牛怪之类的怪兽也可能开着战舰来拜访他们。它们体型大如恐龙，而且没有手。还有，道恩星球也有土生智慧生命呢，它们的世界在哪儿呢？"

"那儿。"

"哦，这确实有点神奇。葛罗格人表面上看并不是危险的种类。他们就坐在一块岩石上度过一生。"

"环形世界的工程师发现了所有这些外星种族，把他们标记在这张全尺寸地图上作为留给后代的信息。这点我们看法一致吧？但是他们没有发现傀儡师的世界。"

"哦？"

"而我们知道他们去过金克斯星。在第一次探险时，我们发现了一个无壳蜗牛怪怪兽的骨架。"

"是的，这些星球他们大概都去过。"

光线的明暗在改变，路易看到夜晚的阴影正朝反旋的方向退去。他说："差不多该着陆了。"

"你建议在哪里着陆？"

他们前方的太阳花地闪着太阳的光亮。"转到左边去。跟着昼夜分界线一直走，直到看见真正的土地。我们要在黎明前着陆。"

喀密拐了一个大弯，路易指着外面说："快看！昼夜分界线那里，左右两边都有蔓延过来的太阳花。这些太阳花没法长在海水里。我们就在那里着陆吧。"

登陆船往下一沉，钻进大气层里。火焰在登陆船的前面和周围积聚，为视线蒙上了一层白色迷雾。喀密保持着登陆船的高度，慢慢地减速，在适当的时候才小心下降。大海在下面掠过。跟环形世界所有的海洋一样，这海也是专门设计修建的，海岸线弯弯曲曲，形成了许多的海湾和海滩，海滩以平缓的坡度延伸到水里，水下海草丛生，海中是数不清的岛屿，海滩上则是干净的白沙。一片辽阔的草地朝着逆旋方向伸展到远方。

茂盛的太阳花地伸出两条手臂环抱着大海。一条河流蛇行蜿蜒穿过其中，从三角洲汇入大海。在左舷方向，太阳花正在朝一片泛滥沼泽地蔓延，路易能感受到那种肉眼无法察觉的运动，像冰川挺进一样缓慢。

太阳花察觉到了登陆船。

下面爆发出一阵强光，窗户迅速将光线调暗，喀密和路易还是一阵晕眩。

"不要害怕，"喀密说，"这个高度不会撞上什么的。"

"那些愚蠢的植物，把我们当成一只鸟了。你现在能看见了吗？"

"我看得见操作板。"

"降到五英里高。把它们甩在后面。"

几分钟之后,窗户又明亮了起来。在他们的后面,地平线处一片闪光,那些太阳花还在努力。往前看,棒极了。"村子!"路易喊道。

喀密又降低了高度,想靠近点看。村子的小草屋构成了内外两圈封闭的圆环。

"在中心降落吗?"喀密问。

"别这么干。在村子的边缘降落吧,但愿我们能避开他们的庄稼。"

"我不会烧掉任何东西的。"

在村子上空一英里的地方,喀密用聚变驱动器刹住了登陆船,然后在一片平地降落了下来,那儿覆盖着高高的绿草。在降落的最后一刹那,路易看到草丛在动——他看到三个绿色的、类似小象的东西站了起来,扬起它们那又短又扁的鼻子,发出微弱的警告声,然后奔跑起来。

"这里的人肯定是牧民,"路易说,"我们引发了畜群恐慌。"只见更多的绿色动物加入了出逃奔跑的行列。"干得好,机长。"

仪表显示出类似地球的气压,这在意料之中。路易和喀密套上防撞击的盔甲,这东西像是皮革制品,有点僵硬,但还不至于穿着难受,一旦受到长矛、箭镞或子弹等的袭击,它会变得像钢一样坚硬。他们还带上了声波麻醉枪、翻译机和佩戴式望远镜。舷梯将他们放到了齐腰深的草丛里。

那些小寮屋一个一个紧挨在一起,并用篱笆连接起来。太阳在头顶正上方……当然如此。现在是黎明,他们的到来一定会让村民大吃一惊。那些寮屋的外墙全都没有窗户——只有一间例外,其高度是其他的两倍,它还有一个阳台。可能他们已经被发现了。

当喀密和路易走近时,村里人骚动起来。

他们走出篱笆围成一大群,尖着嗓子互相叫喊着。他们个子矮小,皮肤发红,外形像人类,跑起来像魔鬼一样快,个个手里举着网和长矛。路易看见喀密拿出了麻醉枪,也把自己的抽了出来。那些红皮人飞快地从路易和喀密身边冲过,理都没理他们,继续往前跑。

喀密问:"我们这是被无视了吗?"

"当然不是,他们要追那群惊跑了的动物。难道我还能指责他们不懂轻重缓急吗?咱们走吧,也许村子里还有人。"

村子里的确有人。几十个红皮肤孩子正站在篱笆后面,看着他们走近。那些孩子很瘦,就连婴儿也瘦得像灰狗的幼崽。路易在篱笆前停下来,微笑着。几乎没人注意他,大多数的人都拥在喀密身边。

寮屋圈内的院子里是裸露的泥土地,地上有一堆燃尽了的篝火,围着一圈石头。一个单腿的红皮肤男人从一个屋子里走出来,走向路易。他拄着拐杖,速度在路易看来却是像在慢跑。他穿着一件兽皮短裙,上面带有装饰性的花边。

他的耳朵很大,从头的两边撑出来,有一只已经被撕破,伤口很旧。他的牙齿磨得很齐……不对,所有孩子都在微笑或者大笑,他们的牙齿也很整齐,就连那些婴儿的牙齿也不例外。

他们一定生来就是这种样子。

老人在篱笆处停下来。他微笑着,问了一个问题。

"我还不会说你们的话呢。"路易回答。

老人点点头,手臂向上一挥。这是邀请吗?一个年纪大一点的孩子鼓起勇气一跃而起,跳到了喀密的肩膀上,他(应该是她——孩子们没有穿短裙)很舒服地坐在喀密肩膀上的毛发里面,开始在那里玩耍起来。喀密一动不动地站着。

他问道:"我现在该做什么?"

"她没有武器,别让她知道你有多危险。"路易跨过篱笆。老人往后让了几步。喀密跟着跨过来,他小心翼翼,那个女孩子还坐在他肩膀上,紧紧抓着他脖子上厚厚的毛。

路易、喀密还有那个一条腿的红皮肤老人在篝火附近坐下来,身边围着一群孩子。他们开始教那个翻译机本地语。对路易来说,这都是老一套了。奇怪的是,对老人来说,这好像也是家常便饭;甚至连翻译机的声音都没有让他感到惊讶。

他的名字是"诗维斯·胡济−弗拉瑞"——大概是这么发音的。他的声线很高,像吹笛子似的。翻译机学习完毕后,他的第一个问题是:"你们吃什么?"

"我吃植物、海鲜,还有用火处理过的肉,喀密吃生肉。"路易回答得很完整。

"我们也是吃生肉。喀密,你是一个罕见的来访者。"诗维斯犹豫了一下,"我不得不告诉你,我们不做瑞色舍那。请别生气。"翻译机碰到"瑞色舍那"这个词的时候,只发出了"哔——"的一声。

喀密问:"'瑞色舍那'是什么?"

老人很吃惊,"我们以为这个词在哪儿都一样呢。"他开始作解释。当老人探讨这个生词的意思时,喀密一反常态,安静地听着。

"瑞色舍那"是指跨物种发生性关系。

谁都能理解这个词,许多物种都有这个习俗。

对于某些物种,这可能是互相控制生育的手段;对另外一些物种,这是贸易协议的第一步。还有一些物种把这看成禁忌。人族则不需要设这个禁忌,因为这种事他们完全做不了。性的信号都是错的,这可能是信息素的特异性造成的。"连这个都不知道,你们一定来自很遥远的地方吧。"老人说。

他谈起了各种各样的世界,各种各样的智慧生命,但他绕过了战争和武器的话题。

路易谈起了自己:他来自大拱弧之外的遥远星球;他和喀密都不曾有过"瑞色舍那"的行为,尽管在他的种族里面,高矮胖瘦的差距还是很大的。(他想起一个仙境星的女孩,比他高一英尺,体重却比他轻十五磅,像一根羽毛似的贴在他怀里。)

红皮人部落牧养着各种各样的动物。他们喜欢动物多样化,不喜欢挨饿。不过,同时牧养多种动物通常是很难的。

红皮人的各个部落互相保持着联系,经常互相邀请举办盛宴。有时候他们会交换牧群。这就像交换整个生活方式一样:你得花上半个法兰的时间来向对方进行讲解学习,然后才各自回家。(一个法兰相当于环形世界转十圈,每一次相当于七十五天,三十个小时是一天。)

村子里有陌生人,那些放牧人会担心吗?诗维斯说他们不会担心的。两个陌生人构不成威胁。

他们什么时候回来?中午的时候。畜群惊跑了,他们不得不赶紧去追。如果没有这个意外,他们会停下来跟你们说话的。

路易问:"你们是在杀死动物之后立即吃它的肉吗?"

诗维斯笑了笑,"不用。等半天是可以的。一天一夜就太久了。"

"你们有没有——"

喀密突然站了起来。他把那个女孩轻轻放下，关掉他的翻译机，"路易，我需要一个人活动活动，这段时间的监禁快要把我憋疯了。你这会儿需要我吗？"

"不。嗨——"

喀密已经跨出篱笆，听到路易叫他，又转过身来。

"不要脱衣服。否则离远一点就看不出你是个智慧生命。不要杀害任何一只小绿象。"

喀密挥了挥手，跳入绿草丛里。

"你的朋友动作真快。"诗维斯说。

"我也该走了。我还有事要做呢。"

第一次到环形世界探险时，他们考虑的只是求生和逃离。只有回到地球的拉什特之后，在安全和熟悉的环境下，路易·吴才开始良心发现，想起他们毁掉了一座城市的事。

那些阴影方块连成一个环，跟环形世界构成同心圆。一共有二十个阴影方块，用细到看不见的线连接在一起，面朝着太阳。那根线被拉得很紧，因为那些阴影方块的转速比轨道速度快。

"说谎者号"在驱动引擎烧掉后便开始坠落，它撞上了阴影方块的一根线，并把它扯断了。那根线有数万英里长，落在一片有人居住的城市上空，像一片云一样轻。

路易想用那线来拖拽坠落到地上的"说谎者号"。

他们找到了那根线的一端，把它与他们的临时飞行器——哈尔罗蒲丽尔拉拉尔的悬浮监狱——固定在一起，然后拖着"说谎者号"往前走。路易无法确知那个城市发生了什么，但他可以猜到八九分。那根线细如游丝，但却锋利无比，连船壳的金属都能切开。只要拉紧，它就一定会把所经之处的建筑物都切开，让城市变成一片砾石。

这次，本地人不会再因为路易的到来而遭灾了。他处在电流瘾的戒断中，不想再次感到内疚。他这次造访的第一个后果就是引发了一场畜群的惊跑。他要补救这场骚动。

这可是一件苦力活儿。

他休息了一会儿，然后爬进驾驶舱。他很为那克孜人担心。即便是人类——一个五百年前的平地人，比如一个成功的中年男人——如果突然发现自己变成了一个十八岁的小伙子，也会感到仓皇失措，因为他那通向死亡的平稳道路突然被打断了，他血管里开始流淌起强壮的、陌生的血液，他的个人身份也成了问题：头发变密了，白发消失了，疤痕不见了……

那么，喀密到哪儿去了？

那些草很奇怪。在营地附近，草长得齐腰深。在顺旋方向的巨大区域里，草已经割得几乎贴到地上。路易看得见畜群在一些小红人引导下，沿着高草的边缘移动，留下被啃过的草地，那儿几乎已是泥土的颜色了。

可以说，那些绿色的小象非常能吃。这些红皮人一定需要不停地转移营地。

路易看到附近的草丛里有动静。他耐心地盯着，等着那个东西再次出现。结果他突然看到一道橘色的斑纹——这路易第一次见到喀密捕猎。附近没有其他类人生物，这足够让路易放心了，他回去继续干活。

牧人们回来了，发现一顿盛宴在等着他们。

他们成群结队地回来，边走边聊。经过那个登陆船时停下来查看了一下,但没有走得太近。他们当中的一些人围着一只小绿象(午餐吗?)。在他们进入寮屋圈的时候,那些拿长矛的走在最前面,不过可能只是巧合。

他们停了下来,吃惊地看着路易和喀密,喀密的肩膀上换了一个女孩。一张干净的皮子上摆着半吨净肉。

诗维斯向他们介绍了这两个外星人,简短而基本准确地转述了他们的自我描述。路易做好被叫作骗子的心理准备,但没有人这么叫他。他见到了部族首领:一个身材矮小的女人,才四英尺几英寸高,名字叫作金叶洛芙。她对路易鞠躬微笑,露出让人不安的尖牙。路易也用同样的方式向她鞠躬。

"诗维斯告诉我们,你们喜欢各种肉类。"路易说着,指给她看他从登陆船的厨房里拿来的东西。三个本地人把一只小绿象的头转过去对着其他动物吃草的地方,用长矛的手柄在它的屁股猛地一戳,就把它赶了过去。整个部族聚集在一起吃起了午饭。

又有一些人从寮屋里出来,加入了他们,这是十几个很老的男人和女人。路易还以为那些屋子里没有人呢。

在路易看来,诗维斯已经够老了,可这十几个人更老。他很不习惯看到皱纹密布的皮肤、发炎的关节以及年头久远的疤痕。他很想知道,这些人为什么一直没有露面,他怀疑他们的箭头可能一直在瞄准他和喀密,就在他俩跟诗维斯和孩子们聊天的时候。

才过了几分钟,本地人就把肉吃得只剩下骨头了。他们一直没说话;吃饭时也没有谁优先。实际上,他们的吃相跟喀密的很像。喀密接受他们的邀请,坐下来跟他们同吃。他吃掉了大部分的恐鸟,而本地人基本上不碰它,他们喜欢吃红肉。

路易是用一个很大的斥力板把这些肉从登陆船里拖出来的，走了几趟才干完这活儿，肌肉因为用力过度而疼痛。看着这些本地人大快朵颐，他觉得很高兴。他大脑里没有电流，但他还是感觉很好。

这时候，大多数本地人都离开了，继续去放牧。诗维斯、金叶洛芙和一些比较老的人还坐在那儿。喀密问路易："这个恐鸟是人造的还是真鸟？我们的族长或许会想在他的狩猎园里养些这种鸟。"

"是照着一只真鸟做的。"路易说，"金叶洛芙，这是不是能补偿我们引起的畜群惊跑了？"

"非常感谢你。"她说。她的嘴唇和下巴上还沾着血。她的嘴唇很丰满，而且比她的皮肤要红一些。"忘了畜群受惊的事吧。生活不仅仅是温饱而已。我们喜欢接触不同于我们的人。你们的世界真的比我们这儿小很多吗？而且是圆的？"

"像球一样圆。把我们的星球放在头顶的大拱弧上，你们就只能看见一个小白点。"

"你会回到那些小地方去向人们说起我们吗？"

翻译机一定会把他们的谈话传给"探针号"上的录音机。

路易回答："会有那么一天吧。"

"你一定有许多问题要问吧。"

"是的。那些太阳花会破坏你们的牧场吗？"

为了让她明白，他用手指着说："顺旋那边发亮的地方，看见了吗？你们有没有好奇过？派人去侦察过吗？"

她皱了一下眉头，"它就是那个样子的。我爸爸们、妈妈们都说，他们从小开始，就一直在往反旋的方向搬家。他们记得是一直绕着一片大海在搬，不过不能靠海太近，因为牲畜不吃那些长在海岸边的植物。不久之前,顺旋方向就有一块发亮的地方了,只是亮度还没有现在强。至于侦察嘛,倒是有一群年轻人去那边看过,他们遇到了巨人。巨人把他们的牲畜杀了。他们赶紧跑回来,把牲畜都扔下了。"

"听起来好像太阳花移动得比你们搬家快。"

"是的,我的动作可以更快一些。"

"那你知道悬浮城市吗?"

金叶洛芙生下来就见过它的样子了。这是一个地标,就像大拱弧那样。甚至在多云的晚上,你也能看得见这座城市的黄色光芒,但她知道的也就这些了。那座城市太遥远了,远得连传闻也没有。

"但我们知道一些来自很远的地方的传闻,不妨跟你说一说。听起来可能有点乱。总之,有一种'溢山'人,他们生活在白色的冰层和山脚之间,那里的空气密度极高。他们用空中雪橇在溢山之间飞行。从前他们能搞到雪橇,后来没有新的空中雪橇了,所以几百年来他们都只好用气球。你那个东西看到那么远吗?"

路易把那个头戴式望远镜放到她手中,告诉她哪里是放大旋钮。"为什么把那些山叫'溢山'? 跟说'水溢出来'时用的'溢'是同一个词吗?"

"是的。我也不知道为什么这么叫。你这目镜只能看到较大的山……"她转到顺旋方向。头戴式望远镜几乎把她那张小脸全部遮住了。"我能看见海边。还有海那边的亮光。"

"你还从旅行者那里听到过些什么?"

"我们见到旅行者时,聊的都是各种危险的地方。在反旋方向有一些没脑子的肉食者,他们会杀人。他们看起来跟我们很像，只不过个子要稍小一点，他们的皮肤是黑的，在夜间捕猎。还有……"

她皱了皱眉头，接着说："我们不知道这是不是真的。有些没头没脑的东西会逼你跟他们做'瑞色舍那'。你要是做了，就活不了了。"

"可你们是做不了'瑞色舍那'的，怎么会有危险呢？"

"有人告诉我们，就算这样也不行。"

"那疾病呢？寄生虫什么的？"

没有一个土著明白路易在说什么！跳蚤、钩虫、蚊子、麻疹、坏疽……环形世界根本就没有诸如此类的东西。当然，他应该早就能猜到这个。环形世界工程师压根儿就没有把它们带到这里来。然而他还是感到很震惊。他怀疑，他会不会是第一个把疾病带到环形世界上的——但他否定了这个想法。那个自动治疗室应该把他身上有危险的东西都给清除了。

但这些土著还是很像文明人。他们会变老，只是不会生病。

第十章　扮神计划

还有好几小时才天黑，但路易已经筋疲力尽。

金叶洛芙给了他们一间寮屋，但是喀密和路易还是选择睡在登陆船里。喀密还在设置防御系统，而路易已在睡盘之间呼呼大睡了。

他在深夜的死寂中醒来。

喀密在睡觉前激活了图像放大器，天色没有暗下来，像阴雨时的白天。大拱弧在日光照耀下留下一个个长方形的光块，就像是天花板上的一组顶灯，过于明亮，只能匆匆一瞥。不过近处的大洋倒是绝大部分都笼罩在阴影里。

美丽的大洋诱惑着路易。它们非常华丽夸张。按理不应该是这样的。如果路易对环形世界工程师的理解是对的，那么华丽夸张绝不是他们的风格。他们以简单高效的原则来建设，而且花了相当长的时间来规划，中间还有过战争。

可环形世界本身就是一件惊人的艺术品，却又太过脆弱。与其如此，为什么不转而建造一批小型的环形世界呢？还有，为什么要建造大洋？它们也很突兀。

也可能他从最开始就错了。这样的事以前有过，但证据嘛……草里好像有个东西在动!

路易打开红外扫描器。

它们的体温变成了红外成像。体型比狗要大,像是人类和豺狼的混合体。在如此非自然的红外光下,这简直是一群超自然的可怕怪物。路易在登陆船的炮塔上花了一点时间才找到声波震击炮,又花了点时间才把它调过来对准入侵者。一共四个,四肢着地,在草丛中移动。

它们在离寮屋不远处停了下来,待了大约几分钟,然后就离开了。现在它们弓着背半立着。路易把红外线扫描器关掉。

大拱弧上的光照逐渐增强,一切都清楚了:它们在搬运白天的垃圾,那顿盛宴的残肉剩骨。这是以腐肉为食的人形生物,对它们而言,可能肉还不够烂吧。

他眼睛的余光瞟到了一对黄色的眼睛,喀密彻底醒过来了。

路易说:"环形世界非常古老。至少存在十万年了。"

"为什么这么说?"

"环形世界的工程师不会把豺狼人带到这里来的。一定是人类进化出现了某个分支,经历了很长的时间来适应生态,才发展出这样的种群。"

"十万年可能还不够。"喀密说。

"也许吧。我在想,还有什么东西不是工程师们带来的? 蚊子?"

"你真会说笑。他们怎么会把那种喜欢吸血的家伙带来?"

"当然不会。也不会带鲨鱼、美洲豹、臭鼬。"路易笑道,"还有什么? 毒蛇? 哺乳动物的生活方式跟毒蛇完全不一样,没有任何哺乳动物会在嘴里分泌毒液。"

"路易,来到这里的人类要进化出这么多个物种,需要很长的时间。我们需要考虑的是,这个进化过程是不是在环形世界上发生的!"

"应该是,除非我完全搞错了。至于所花的时间嘛,不过是一个很小的数学问题。假设他们是从十万年前开始进化的,人口基数是……"

路易突然停住了。

远处,那几个豺狼人开始移动——速度真够快的,考虑到它们还带着重物——又突然停了下来,似乎转身观察了一分钟,然后没入草丛,消失了。

红外传感器上,四个发光的点四散离开。

"顺旋方向又来了些客人。"喀密轻声说。

这些新来的家伙个子很大,跟喀密的块头差不多,他们一点躲藏的意思都没有。四十个大胡须的巨人在夜色中大步行走,仿佛夜晚是他们的领地。他们拿着武器,穿着铠甲,队伍呈楔形移动,中间是剑客,弓箭手呈三角队形走在两边,最前面的一个全副武装。其他人只在手臂和躯干上包着厚皮甲片,但领头那家伙、个子最大的那个巨人却穿着金属铠甲,全身包在一个闪闪发光的外壳里。肘、肩、膝、髋的关节部位凸出,向前突起的面具打开着,里面露出苍白的胡须和一个宽大的鼻子。

"我是对的。我一直都是对的。但为什么要建一个环形世界? 看在芬纳戈①的份上,他们打算怎么保卫它?"

喀密把声波震击炮转来转去,这时停了下来,"路易,你到底

①芬纳戈定理(Finagle's law)由约翰·坎贝尔提出,是拉里·尼文在宇宙构建中常用的一条定理,大体意思是:要保持一个系统稳定运行、不受意外影响,需要投入的精力会越来越多,直到无限大。

在说什么啊?"

"铠甲,看那铠甲!你去过史密森尼吗①?那艘原住民飞船上的压力服你总见过吧?"

"呃……是的。但眼下我们有更紧迫的问题……"

"先别忙射击。我想看看……是的,我是对的。他们从村子边走过去了。"

"你想说那些小红人是我们的盟友吗?我们只是碰巧先遇到他们而已。"

"暂时应该是。"

传声器里捕捉到一声尖叫,接着叫声被一声怒吼打断。射手们同时把箭拉出来搭在弓上。两个矮小的红皮人哨兵以惊人的速度冲回寮屋。巨人并不理会。

"开炮。"路易轻声说。

箭在空中纷纷失去了方向,巨人们一个个瘫倒在地。一些小绿象开始大声吼叫,试图站立起来,踌躇片刻,又重新坐了回去。一只小绿象的侧腹插着几支箭。

"他们的目标是那些牲畜。"喀密说。

"没错。我们也不想看到绿象被屠杀,对吧?这样吧,你在这里守着声波震击炮,我到外面去跟他们谈判。"

"你没资格命令我,路易。"

"你有别的想法吗?"

"没有,去吧。至少留一个巨人来审问。"

---

①这是美国首都华盛顿特区的一系列博物馆和研究机构的集合,原名"美国国家博物馆"。在1967年弃用,包括19座博物馆、9座研究中心、美术馆和国家动物园,藏有艺术品和标本1.365亿件。

这家伙是向后倒下的。他不光下巴上满是胡须,头、脸、肩、背上全都长满厚密的长毛,只有眼睛和鼻子露出来。金叶洛芙蹲下来,用两只小手把他的嘴巴掰开。这武士的下巴非常的巨大。他长着平整的牙齿,每一颗都磨得很齐。

"看,"金叶洛芙说,"是个吃草的东西。他们想把牲畜都杀了,抢它们的草吃。"

路易摇了摇头,"我没想到生存竞争会这么残酷。"

"我们以前也不知道。他们是从顺旋方向过来的,我们的畜群在那边把草吃光了。谢谢你杀了他们,路易。我们可以大吃一顿了。"

路易感觉胃里一阵难受,"他们只是睡着了。再说他们不是牲畜,他们是有头脑的,就像你我一样。"

她好奇不解地看着他,"他们的头脑只想着毁灭我们。"

"是我俩把他们击昏的,你别杀他们,行吗?"

"这怎么行?如果让他们醒来,他们会对我们做什么?"

这倒是个问题。路易想了想,"如果我解决这个问题,你会让他们活着吗?记住,是我们的震击枪干的。"这是在暗示金叶洛芙,喀密可以再次使用那种枪。

"等我们商量一下。"金叶洛芙说。

路易一边等着,一边也在思考。登陆船根本不可能装得下这四十个食草巨人。当然,可以把他们的武器都收缴了……路易突然咧嘴一笑。他看到了巨人手中的剑,捏在又宽又大的指头中,剑刃又长又弯,可以当镰刀用。

金叶洛芙回来了,"他们可以活着,条件是我们再也不要看见他们这个部族。你能保证吗?"

"你是个聪明的女人。想想吧,搞不好他们还有些亲戚,喜欢给自己的族人复仇呢。是的,我可以向你保证,你们从此再也不会见到这个部族了。"

这时,路易耳朵里突然传来喀密的声音:"路易,在听吗?你得把他们全部消灭了!"

"不。虽然这样比较花时间,但是你看看他们,全是农民!他们打不过我们。大不了就让他们造一个大木排,我们用登陆船拖着走。那些太阳花还没有蔓延过河流的下游地段。我们把他们拉远点,在有草的地方把他们放下。"

"干吗这么麻烦?这会耽误好几个星期的!"

"为了得到信息。"路易把脸转向金叶洛芙,"我要那个穿铠甲的,我要他们全部的武器。顶多给他们留一把刀之类的。你想要的可以留一件,剩下的全部堆到登陆船里去。"

她看着那个穿铠甲的巨人,疑惑地问:"我们怎么挪得动他?"

"我去拿一个斥力板来。我们走之后,你把其他的都捆绑起来。两个两个地隔开,把情况告诉他们。天亮时让他们往顺旋方向走。如果他们回来袭击你们,身上没有武器,一定会败在你们手下。但他们不会回来的。他们一定会很快越过那片大平原,因为没有笨重的武器拖慢速度,而那里的草也不超过一寸高。"

她想了一下,说:"听起来挺稳当的,就这样吧。"

"我们会找到他们的营地,在那儿等着。"

"他们不会受到伤害,我以红皮人的名誉担保。"她冷冷地说。

黎明后不久,那个穿铠甲的巨人醒了过来。

他睁开眼睛,眨了几下,目光聚焦在眼前一堵橘色的毛墙上,接着他看到了黄色的眼睛、长长的尖爪。他的身体一动不动,眼睛转来转去……看到了堆在周围的武器,他那三十个战友的武器……他看到了气密舱,两扇门大开着,看到远处的地平线在往后退。他感受到了登陆船飞速前进带来的风。

他想翻个身。

路易咧嘴一笑。他一边驾驶登陆船,一边通过娱乐室的屋顶监视器看着那巨人。巨人的铠甲在膝盖、脚跟、手腕和肩膀的部位都被焊在甲板上了。加热一下倒是可以把他释放出来,但光凭扭动是做不到的。

巨人在质问、在威胁,就是没有恳求的意思。路易不理睬他。等电脑的翻译程序搞懂他说什么了,他再来处理。目前他更在意寻找巨人的营地。

他现在离地面一英里高,食肉红皮人的寨子已在五十英里外。他慢下来。附近的草已经长回来了,但巨人们还是留下了一块块光秃秃的区域,朝着大海的方向延伸,太阳花在那边闪闪发光。就在那里,他们藏在草丛中:数以万计,东一个西一个地在草原上游荡。路易看到了镰刀利剑的反光,星星点点。

营地附近倒没有巨人。有些货车在营地中央,但路易没看到拉车的动物。巨人们肯定是自己来拉这些车的。或许他们有发动机,一千年前遗留下来的,哈尔罗蒲丽尔拉拉尔管那个事件叫"城市的陨落"。

路易没有看到中心建筑,窗外只有一个黑色的矩形建筑,建筑透出光来,十分明亮。路易笑了,巨人们这是在主动招惹敌人呢。

一个屏幕亮了起来,一个颇具诱惑力的低沉的女声说道:"路易。"

"在。"

"还你电流罩。"傀儡师说。

路易转过身来。那个黑色的小东西正端坐在一只踏碟上。路易就像是看见了敌人一样背过身去，但他知道敌人依然还在那儿。

他说："我想要你去调查个事儿。沿着边缘墙的墙根有一些山脉。当地的人——为了避免风险，我派了你和喀密去探索。"

"你知道我需要尽量减小风险，对吧？"

"当然。"

"那就听我说完。我很想去查查溢山，但在此之前，边缘墙实在还有很多的东西需要我们了解。你所要做的——"

"路易，你为什么把它们叫作'溢山'？"

"是本地人这么叫的。我不知道为什么，他们也不知道为什么。很奇怪，对吗？而且从背面看不到它们的轮廓。为什么看不见？环形世界大部分地方都像是一张薄薄的面具，大海和高山都是拿模子压出来的。但溢山却不一样，它们有体积。"

"很有趣，是的。你必须自己去寻找答案。我之所以叫作'幕后人'，跟任何一位称为'幕后人'的领袖一样，"傀儡师说，"是因为他必须待在安全的地方来引导人民，安全是他的特权和职责，他的死亡或受伤会给整个族群带来灾难。路易，你跟我们打过交道的！"

"该死的，我只想让你拿一个探测器去冒险，不是要暴露你至高无上的隐蔽地位！我们只要沿边缘墙拍些全息照片就够了。把探测器放在边缘墙的减速圈里，让它减速到环形世界的转速。这个交通系统本来就是这么使用的。陨石防御系统不会朝着边缘墙开炮——"

"路易,你想猜透一个几十万年前设计编程的武器。要是有什么阻断了边缘墙交通系统的运作呢? 要是激光瞄准系统发生了故障呢?"

"最糟糕情况下,你会有什么损失?"

"损失一半的燃料补充,"傀儡师说,"我在探测器里放置了踏碟的发送装置,用一个只有氖可以通过的过滤器覆盖着,而接收器在燃料箱里。添加燃料时,我只需把一个探测器沉入环形世界的海里就行了。如果探测器丢了,我怎么离开环形世界?我为什么要冒这个险?"

路易使劲控制住自己的脾气,"体积啊,'幕后人'! 溢山内部到底有什么? 那种半圆的锥形物体有成千上万个,个个高达三四十英里,背后都是封闭的! 很可能其中的一个就是控制维修中心,或者是一系列的控制中心。当然,我觉得不太可能,但是我打算先搞清楚情况。除此以外,环形世界一定有喷气式方向调节器,而边缘墙应该是最适合安放它们的地方。你不想找到它们吗? 你不想知道为什么它们不运作了吗?"

"你确定环形世界是靠喷气式发动机运转的吗? 还有其他的可能方案。重力生成器也可以用来调控位置。"

"这个我不相信。如果环形世界的工程师有重力生成器的话,他们就不需要让环形世界旋转了。那样的话,工程问题就简单多了。"

"那么磁效应控制呢,可以安装在太阳和环形世界地基里。"

"唔……也许吧。见鬼,我不清楚,我就是想让你搞清楚!"

"你竟然敢跟我讨价还价?"傀儡师与其说是生气,还不如说是迷惑,"只要我愿意,你就得永远待在环形世界上,直到它碾到阴影方块。只要我愿意,你将永远不能再体验到电流的快乐。"

翻译机终于开始说话了。"快闭嘴。"路易说。他没法关掉幕后人的声音,但是"幕后人"还是闭嘴了。

翻译机说:"温顺? 就因为我是食草的,我就必须温顺? 把我从铠甲里放出来,让我赤手空拳把你打死,你这个橘色的毛球! 我家里那间长屋正缺一张上好的新地毯呢。"

"那么,"喀密问,"你拿这些做毛毯吗?"他把他那磨得发亮的黑爪子露出来。

"只要有一把短剑,我就可以对付你们八个。就算什么也不给我,我也能把你们打倒。"路易哈哈大笑起来,通过对讲机说,"喀密,你看斗牛没有? 这家伙肯定是畜群的首领,巨人的王!"

巨人问道:"那是什么东西?"

"那是路易,"喀密的声音低了下来,"你有危险了。我劝你放尊重一点。路易是……很可怕的。"

路易颇感惊诧。这是怎么回事? 把路易·吴吹嘘成神? 可能会管用吧,如果喀密这样凶猛的克孜人都惧怕这个看不见的声音……于是路易说:"食草者之王,告诉我,为什么要袭击我的敬拜者?"

"他们的牲畜把我们的草料吃了。"巨人说。

"别的地方没有草料吗,去那儿不就免了惹我生气吗?"

在马群或水牛群中,一个雄性要么是支配者,要么是服从者,没有中间状态。巨人的眼睛转动着,琢磨逃跑的路径,但无路可逃。如果他连喀密都不能制服,怎么能够制服一个看不见的声音呢?

"我们没有选择,"他说,"在顺旋方向那边长着火焰花。左舷方向是机器族。右舷的方向是司克力斯①裸露隆起的山脊。

①见注1。

司克力斯上面寸草不生，而且滑得根本爬不上去。反旋方向有草，除了那些矮小的蛮人，没有什么可以阻挡我们，可是你们来了！你的威力是什么，路易？我的人还活着吗？"

"我让你的人都活着。他们在……"——在五十英里外，光着身子、饿着肚子奔跑——"……在两天之内就能跟你重聚。但我也可以把你们都杀了，动一下指头就可以。"

巨人的眼睛在天花板上寻找路易的声音，恳求道："如果你能把火焰花灭了，我们就敬拜你。"路易往椅背上一靠，琢磨着巨人的话。突然间这事儿不好玩了。

他听到巨人在向喀密乞求有关路易的信息，而喀密正在竭尽全力地胡说八道。他们曾玩过这个把戏。"扮神"这个把戏在他们返回"说谎者号"的漫长路途中就玩过，是这个把戏让他们活了下来。当时，多亏动物对话官假扮战神，他们才得到各地居民的供奉，不至于饿死。路易不知道喀密如此热衷于这个游戏。

不用说，喀密感到其乐无穷。但是这个巨人在请求帮助，路易能做什么来扼制那些太阳花呢？其实，这几乎不是一个问题。巨人们冒犯了他，对不对？一般说来，神的显著特点并不在于宽恕。想到这里，路易张开嘴，又立即闭上，多想了一会儿才说："为了你本人还有你族人的命，请告诉我真相。假如火焰花不烧你们，你们能吃它们吗？"

巨人热切地说："能啊，路易。如果我们实在饿了，我们会在晚上沿着火焰花边界寻找草料。但黎明前我们必须远远离开！那些植物隔着好几英里都能发现我们，它们会一齐转过头来，把阳光照在我们身上，把一切移动的东西都烧掉！我们一下子就会被烧焦。"

"但是太阳没出来的时候，你们可以吃它们。"

"是的。"

"这个地区的风是怎么吹的?"

"风?在这个地区,风往顺旋方向吹。但在周围更大范围内,它们只往火焰植物的王国里吹。"

"是因为那些植物把空气加热了吗?"

"我不是神,我怎么能知道?"

毕竟太阳花只能获得有限的阳光。这事的原理是这样的:它们能把周围和上方的空气加热,但阳光无法穿过银色花盘到达根部,所以露水会凝聚在冰凉的泥土上,植物因此获得水分,上升的热空气则从太阳花地的边缘带来稳定的风。

那些植物会烧掉任何移动的东西,把鸟和食草动物都变成它们的肥料。

他能把它们灭掉。

"大部分的事情得由你们来做,"路易说,"部族是你的,你得救他们。今后,你和他们将转向那些致命的火焰植物。吃掉它们,或者把它们犁掉,种植你们爱吃的植物。"见喀密一头雾水,路易咧开了嘴,接着说,"决不能去骚扰我的敬拜者,那些红皮肤的人。"

铠甲巨人高兴得不得了,容光焕发地说:"这是再好不过的消息。我们也敬拜你,我们以'瑞色舍那'来缔结约定吧。"

"你在说笑吧。"

"什么?我可不是开玩笑。我之前说到这个,但是喀密不明白。谈判的结果必须通过交配来敲定,即使人和神之间也要这样。喀密,这不是什么问题。你的个头跟我们的女人正好相配。"

"我比你想象的要更另类哦。"喀密说。

　　路易从天花板看过去,喀密似乎正在向巨人展示自己的生殖器,因为巨人露出了惊诧不已的表情。路易不在乎。去他妈的,他想,我本来都想到办法了! 结果现在成了这个样子。我该做点什么呢——

　　好,就这么办。"我让我的仆人代劳吧,我还有要紧的事。"路易说,"这个仆人个子很小,也不会讲你的语言。就叫他'吴'吧。喀密,咱们得商量商量。"①

---

　　①这是路易·吴想出的对付巨人族的计划:自己分身成两个身份——一个是神路易,一个是神路易的仆人吴。详见下章。

第十一章　食草巨人

在一团充满敌意的刺眼白光中,登陆船降到地面上。从长屋方向发出的白光持续了一分钟,在登陆船停稳之后,那白光才灭掉。这时舷梯已经降下,全身铠甲的巨人王随着舷梯落到地面上。他抬头吼了一声,那声音一定能传到好几英里之外。

巨人们向登陆船小跑过来。

喀密下来了,接着是吴。吴的个子小小的,身上大部分地方没有长毛,一副无害的样子。他不停地微笑,带着迷人的兴致打量着四周,仿佛他是第一次看到这个世界。

长屋离这里还有段距离。它是泥和草建造的,有几根竖着的柱子加固。种在屋顶上的那排太阳花不停地转动,它们有着凹面镜般的脸,和具有光合作用功能的绿色茎秆。此刻,镜面和茎秆都转向了太阳,它们的反光则射到了从四面八方涌来的巨人身上。

喀密问:"如果敌人白天入侵,你们是怎么回到长屋拿武器的? 或者,你们的武器藏在别的地方?"

巨人犹豫着要不要把部族防御的秘密透露出来。但是喀密是路易大神的仆人,最好不要得罪他……"你看,在长屋的反旋方向,有一捆灌木,如果危险来临,就会有一个人跑到那堆东西后面,挥舞一张白单子,随后,太阳花就会烧掉那堆湿木头。在烟雾的掩护下,我们就可以进到长屋里拿出武器。"他扫了一眼登陆船,补充说,"如果敌人在我们拿到武器之前就逮着我们了,那他们就是强敌,我们反正是打不过的。这种情况下,那些太阳花或许能吓住他们。"

"吴可以挑选自己的交配对象吗?"

"他那么喜欢自由选择吗? 我打算把我的妻子丽丝借给他呢,丽丝以前可是做过跨种交配的。她个子很小,而那些机器族的人跟吴的差别也不是很大。"

"可以接受。"喀密看都不看吴就同意了。

此刻,已经有一百个巨人拥围着他们,应该不会再有人来了。克孜人问:"这些是你们全部的人了吗?"

"这些人加上那些跟着我出去的勇士,是我部落的全部。草原上有二十六个部落。只要情况允许,我们都会聚集在一起,但没有谁能代表所有部落。"巨人王说。

这一百多人中,八个是雄性,身上都有明显的伤疤;有三个可以算是瘸子。但没有一个长了皱纹,也没有一个因年长而生了白发,除了巨人王。

剩下的都是雌性……更确切地说,都是女人。她们身高六英尺半到七英尺,比身边的男人个子要小,皮肤呈棕色,气质高贵,全身一丝不挂。她们的头发是金色的,浓密地披散在后背上,基本上是一团打了很多结的乱麻。

没人在身上佩戴任何装饰。她们大腿粗壮,脚板又大又结实。有几个女人头发已经发白。从她们那下垂的乳房,路易能猜出她们大致的年龄。她们带着愉快的兴致和好奇的目光审视着两位客人,铠甲巨人则在边上给大家做介绍。

喀密把翻译机关掉,低声对路易说:"如果你对另一个女的更感兴趣,我必须现在告诉他们。"

"没有,她们对我都同样……有吸引力。"

"我们现在还可以结束这局面。你一定是疯了才做出这种承诺!"

"我对付得了。嘿,你难道不想为你烧焦的皮肤报复一下吗?"

"报复一种植物? 你疯了。我们的时间很宝贵,而且在一年多一点的时间内,它们全都会死掉——太阳花、巨人、红皮肤的食肉小人,所有这一切!"

"确实……"

"你这样根本算不上帮助,只是他们还没有明白过来。你这项使命需要多长时间? 一天? 一个月? 你在耽误我们自己的任务。"

"也许我是疯了。喀密,我必须得做到底。在我离开环形世界的这些年里,我几乎没有任何理由为自己感到骄傲。我必须得证明——"

这时那个巨人王发话了:"路易大神本人将告诉你们,火焰植物对我们的威胁已经终结了。他将把我们的任务——"

吴一副谦让的样子——他的本性也就是如此吧——走到高大的克孜人背后,巨人们谁都没有注意到他正对着自己的一只手在说话。半分钟之后,延迟了的"路易大神之声"从登陆船里轰然传出,"我宣布,为了所有的种族,你们要把火焰之地彻底清除。这一天终于降临,我走在你们的前面,变成一片云。你们必要集齐种子,把它们种到火焰植物生长的地方……"

太阳在空中照亮了阴影方块的边缘,光芒还很微弱。在这黎明的第一道曙光中,巨人们起床出发了。

他们喜欢互相挨着睡在一起。巨人王被一圈女人围在中心,吴在圈子的边缘,他那颗小而半秃的脑袋枕在一个女人的肩膀上,他的腿则勾在一个男人瘦骨嶙峋的腿上。泥土地上遍布着肉体和毛发。

他们醒了过来,离门口最近的那些最先从互相纠缠的人堆当中爬起来,拿上袋子和镰刀剑走出门外。接着,那些更靠里面的也爬了起来,行动有条不紊。吴跟着他们走了出来。

远处的登陆船外面,一个脸上带疤的独臂巨人快速地跟喀密告别,然后小跑着回到长屋。晚上放哨的人白天将在长屋里睡觉,还有一些较老的女人也待在里面。

当吴开始往太阳花地上攀爬时,巨人们全都转过脸来,目瞪口呆地看着。

长着小草的泥土地非常疏松,不过只有十二英尺高。路易抓着两棵太阳花,爬了上去。

那些植物有一英尺高,绿色茎秆上长满了疙瘩,每一根茎秆上都有一朵椭圆形的花,表面光滑如镜子,直径九到十二英寸。一节短短的花茎从镜子中心冒出,末端是一个深绿色的花球。花盘背面布满筋脉,边上结着某种类似动物肌肉纤维的植物组织。所有的花朵此时都把阳光反射到了路易·吴身上,不过这时的阳光还不足以伤到他。

路易用手握住一根粗壮的花茎,试着摇了摇,茎秆纹丝不动。它的根深深地扎进了屋顶。他脱掉衬衫,挡在花盘和太阳之间。镜面般的花盘犹豫不决地颤抖、波动着,然后向前弯折,将绿色的花球包住了。

想到下面还有一群观众，吴爬下来时稍微注意了姿态。他走到喀密身边，一道白色的光亮跟随着他。

喀密说："昨晚我花了些时间跟一个守卫聊天。"

"了解到什么？"

"他对你有无限的信任，路易。他们太容易糊弄了。"

"那些食肉的红皮人也如此。我在想他们会不会只是出于礼貌。"

"我觉得不是。这些食肉者和食草者，他们知道随时都有可能出现远方来客，知道有一些体形奇特、拥有神一般威力的种族。他们倒让我好奇，接下来我们还会遇到什么呢？哦，另外，那个守卫知道我们不是建造环形世界的那个种族。这算是重大发现吧？"

"有可能。还有别的吗？"

"他们不会和其他部落冲突了。他们可能长得像牲畜，但却有头脑。留在草原上的人将为那些开拓太阳花地的人收集种子。开拓者会把自己的妻子送给留在草原上的年轻人。如果你的魔术起作用，或许他们中的三分之一都会去，留下来的就会有足够的草吃了，也不需要朝红皮人那里迁徙了。"

"哦。"

"我还询问了这里长期的气候状况。"

"太好了！他怎么说？"

"守卫是个老人，"喀密说，"在他年轻的时候，他的两条腿被什么东西弄断了。翻译机把那东西翻译成'吃人女妖'——那时太阳永远是一个样，白天也是一样长的。现在，太阳似乎有时亮些有时暗些，当太阳更亮的时候，白天好像也变短了。相反，只要太阳变暗，白天就会变长。路易，他记得这是怎么开始的。十二个法兰以前——对他来说，就是头顶上的星空转了一百二十次——曾经有过一段黑暗时期，差不多有两天或三天，黎明迟迟不来。他们看到星星，还有幽灵般的火焰在空中跳动。后来，一切又恢复了原来的样子。其实白天的长短从那时起就不一样了，但他们过了很久才注意到。他们没有时钟。"

"似乎不算太反常。除了——"

"除了那个长夜，路易。你觉得那是什么？"

路易立刻明白了，"太阳耀斑，阴影方块圈自动关闭了。或许方块的连接线可以自动收缩。"

"然后，耀斑喷射把环形世界推离了中心。现在，白天时长时短，差距越来越大。这吓坏了巨人族和他们见到的其他种族。"

"肯定会。"

"希望我们可以做点有意义的事。"克孜人的尾巴甩来甩去的，"而不是跟太阳花作战。你昨晚开心吗？"

"是的。"

"那你应该笑才是。"

"如果真的想知道，你昨晚就该在屋外看着，每个人都这么干了。那个大屋子里什么隔墙都没有，他们全都挤在一起。总之，他们喜欢看别人做。"

"我受不了那气味。"

路易笑道："的确很浓烈。但并不难闻，只是浓烈而已。我不得不站在一张凳子上。那些女人……很温顺。"

"女的就应该温顺。"

"人类女人可不温顺！这些女巨人脑子也不傻。当然啦，我不能说话，可是我在听。"路易用食指轻弹他的耳垂，"我听着丽丝安排清洁小队,有条有理。嘿,你说得不错,他们的社会结构就像畜群一样! 女的全都是巨人王的妻子。别的男性都不能跟女人睡觉,除非国王宣布休假,那时他会离开,就不用看到自己不想看的了。等他回来的时候,寻欢作乐也就结束了,大家都装作什么也没有发生。当我们把他带回来时,每个人都有点恼火,因为他比原计划提前了两天回来。”

“人类女性是什么样的?”

“哦……高潮。所有雄性哺乳动物都有性高潮,雌性一般都没有,但人类女性是有的。而那些巨人的女性,她们只是接受。她们……唉,她们不参与。”

“这么说你昨晚并没有很享受?”

“我当然享受,怎么说都是性交。不过,我还是花了好一阵才习惯——我不能让丽丝像我那样陶醉,这个她做不到。”

“我同情不起来,”喀密说,“想想吧,我的妻子离我最近的也有两百光年远。我们下一步做什么?”

“等着巨人王。他可能还没清醒。他和他的妻子们重聚,昨晚玩耍了很久。事实上,他教我做的唯一方式,就是做给我看。他真是棒,”路易说,“他……一共伺候了十几个女人,天哪,我拼命追赶他,但自尊心还是受挫了……算了,不说了。”说到这儿,吴终于咧开了嘴。

“想什么呢?”

“我的生殖系统天生跟他们的不在同一个级别上。”

“那位守卫说,其他种族的女性都很敬畏巨人族的男性。只要有机会,巨人族的男性就会做跨种交配,所以极其喜欢物种之间的和平交流。守卫有点恼火,路易大神没有送个女性仆人。”

“大神太忙了。”吴说完,转身进去了。

昨晚,割草的人带回来大袋的草,堆在离长屋有一段距离的地方,大部分都已经被卫兵和巨人王吃掉了,那些割草的人一定也是在边割边吃。此时路易看着巨人王快步走向登陆船这边,停下来,把剩下的那些草吃掉了。

食草动物把生命的大部分时间都花在吃东西上了,路易默想着。这些近似人类的家伙是怎么保持他们的智慧水平的? 喀密是对的——吃掉一片叶子是不需要智慧的。避免被吃掉倒可能需要智慧。或者说……偷偷吃掉一棵太阳花需要一定的谋划。

路易感到有人盯着自己。

他转过身,什么也没有。

如果巨人王知道自己被愚弄了,顶多是尴尬而已。除了幕后人那双监视眼睛,驾驶舱里只有路易自己。为什么他感觉后背发毛? 他再次转过身来,是谁在跟他开玩笑? 原来是电流罩。那个黑色的塑料盒子正躺在踏碟上看着他呢。

一点点电流,就让他感觉自己真的是个神,但也会把他的计划毁了! 他记得喀密曾见过他飞电的情形:"就像一根没有头脑的海草……"他转过身去。

巨人王今天没有穿铠甲。当他和喀密走进娱乐室时,那克孜人把双手举向天花板,手掌对在一起,像唱诗似的咏唱道:"路易。"一旁的巨人也如法炮制。

"去给我找一个斥力板,"路易直截了当地说,"把它放在地板上。好,现在去拿一些超导体布。往前走三个门,在那个大柜子里。好,用布把斥力板包上。把它完全遮住,只留出一个折缝,可以摸到那些调节开关。喀密,这种布有多结实?"

"等我试试……路易你瞧，只有用刀子可以切开。我觉得我用手撕不开它。"

"好的。现在给我拿出二十英里长的超导体线。把一端卷在斥力板上系好，多绕几圈。慷慨一点，别怕浪费。好，够了。把剩下的线盘起来，免得你把它放出去的时候打结。另一端也要弄好，喀密，你来处理这个。食草人的王，我需要你去搬一块大石头来，选你能搬动的最大的石头。你熟悉这个区域，去找一块吧。"

巨人王睁着眼睛四处看，然后垂下眼睛走了。

喀密说："对你的命令如此顺从，真让我觉得倒胃口。"

"但这是你想出来的，再说，你也很想知道我到底打算干什么吧——"

"我可以逼你讲出来。"

"我给你更好的选择，请到上面来一下。"

喀密打开舱门，跳到上层去。路易问："你看踏碟上是什么？"

喀密把电流罩捡起来。

路易的嗓音在喉咙里发紧，"把它砸了。"

克孜人立刻抓起电流罩，往墙上砸过去，它毫发无伤。他拿出一把随身携带的刀，那刀片是用众品船体金属做的。他撬了几下把盒子打开，在里面乱捅一气，最后说："再也修不好了。"

"很好。"

"我先下去了。"

"不用，我跟你一起下去。我想看你工作，也想吃点早饭。"他觉得烦躁不安，说不清这是什么感觉。跨种交配并没有像他期待的那样令人满足，而电流的纯粹快感也永远结束了。不过……来点干酪酱怎么样？好，就这样，得保持自由和自尊。还有几个小时，他就会把太阳花给彻底消灭，这肯定会让喀密震惊不已——路易·吴，这个曾经的飞电佬，他的脑子并没有完全变成燕麦粥。

　　巨人王抱着一块巨石慢慢走回来。喀密伸手去接，看到它的大小时犹豫了一下，但还是接过石头转过身来，说话时，声音表明他正憋着劲，"我该拿它干什么，路易？"

　　真是太诱人了。有好多可以做的……我得好好想想……神是不会慌张做决定的，也不能让喀密当着巨人的面把它扔下去。

　　"把它放在超导布上包起来，用超导体线把它绑紧，多绕些线在石头上，手头宽松些，多留些线好打结。好了，现在我需要一些更结实的、耐高温的线。"

　　"我们有辛克莱分子链。"

　　"不要超过二十英里。我想让它比超导线短一点。"路易庆幸自己在现场监督。他之前忽略了这样的可能性：等斥力板上升到一定高度，那超导体线可能不够结实，承受不住包在布里的斥力板。但辛克莱分子链是非常神奇的东西，它一定能承受住。

第十二章　太阳花

路易在空中飞行,向顺旋方向快速前进。脚下的草原呈现出成片的棕色:这里的草被小绿象吃了一遍,再被巨人吃一遍,就很难再长回来了。前方的太阳花地闪烁着白光,一直延伸到大海那边。

巨人王从透明的气密舱望出去,"也许我该穿铠甲来的。"

喀密哼了一声,"跟太阳花作战? 金属会变热的。"

路易问:"你的铠甲是从哪儿来的?"

"我们为机器族修了一条路。他们便把那条路所经之地的草全部送给我们,过后又给各个部落的王造了铠甲。我们一直在迁徙。我们不喜欢他们那边的空气。"

"有什么问题?"

"尝起来不对,闻起来也不对,路易。闻起来就像他们经常喝的那东西。他们也把那种东西灌进机器里,不过不会跟别的东西混合。"

喀密问:"我发觉你铠甲的形状很奇怪,跟你的体型并不一致。这是怎么回事?"

"这个形状是为了让人生出敬畏感。你没有感到威慑力吗?"

"没有。"喀密说，"那些建造环形世界的人，他们的体型就是这样的吗？"

"谁知道？"

"我知道。"路易说。巨人吓得眼睛紧张不安地往上翻动。

现在，脚下的草又高了些，但突然中断，被林子取代。太阳花变得亮起来。路易把登陆船降到离地面一百英尺的高度，同时急剧减速。林子的尽头是一条又长又白的海滩。路易进一步减速，一点一点地往下降，直到几乎贴着水面飞行。太阳花总算对登陆船失去了兴趣。

他继续向着那减弱的光亮飞行。大海非常平静，被舱尾吹出的微风激起层层涟漪。天空湛蓝无云。一座座岛屿飞驰而过，都是些中小型的岛屿，都有着沙滩和曲折的海岸，还有着耸立的炭黑色山峰。其中两座已经被太阳花占领。

现在，登陆船离岸边有五十英里，太阳花又对他们有了兴趣。路易让飞船悬停。

"它们不可能把我们变成肥料的。"他说，"我们离得太远、飞得太低了。"

"没脑子的植物。"喀密干咳了一声，轻蔑地骂道。

巨人王说："火焰花很聪明的，它们会点燃丛林大火。等到大地一片灰烬，它们就开始播撒种子。"

可他们身下就是水，不怕被太阳花点燃，"食草巨人的王，你建功立业的时候到了，把舱里的大石头扔出去，别绊着那根线了。"路易打开气密舱，放出舷梯，巨人王走进那不祥的强光里。巨石落入二十英尺之下的水中，后面拖着黑色和银色的线。

远处的岸上，强光朝着他们闪了几下，那片植物试图烧掉登陆船，但很快就失去兴趣，开始寻找正在移动的东西。不过，它们不会瞄准流动的水,比如瀑布之类。只有在半干的地方,那些植物才会有最好的表现……"喀密,把斥力板放到外面去。把线的长度设成……哦,十八英里吧。小心别让那些线打结缠住了。"

那黑色的长方形升到了空中,同样拖着黑色和银色的线。辛克莱分子链本是细到看不见的,但却会发出银色的光,因此那逐渐升高的斥力板的周围便带着一些光晕。斥力板已经小到只剩一个黑点了,跟周围的光晕比起来,看清楚黑点反而还困难些。在那个高度上,它成了太阳花群的进攻目标。

超导体会让电流完全通过而不用担心电阻。正是这一特性使得它如此珍贵。但超导体还有另外一个特性——它从头到尾都是同样的温度。

空气、尘埃颗粒和辛克莱线都在太阳花的光照下闪闪发亮。但超导体做成的布料和细线还是黑的。好极了。路易眯着眼睛避开亮光,低头看着水面。"食草人的王,"他说,"快进来,别受伤了。"

在那两根超导线的入水处,水在沸腾。一缕蒸汽朝着顺旋方向升起,汇入白光。路易让登陆船向着右舷的方向前进。已经有相当一大片水面变得热气腾腾了。

环形世界工程师只造了两个深海,即两个大洋,一边一个,相互平衡。其他的海一律都只有二十五英尺深。跟人类一样,他们显然也只需要最表层的海水,这让路易很轻松就能把一个海煮沸。

蒸汽的云雾已抵达岸边。

作为神,他不能沾沾自喜,这实在可惜。"我们先观察,直到你认为够了为止。"他跟巨人王说。

"呃……"喀密冒了一声。

"我开始看见了,"巨人王说,"但是……"

"说吧。"

"火焰花把云烧跑了。"

路易耐着性子,"我们继续观察。喀密,拿点生菜给我们的客人吃吃。或许你会想把门关上再吃吧。"

右舷方向五十英里的地方就是斥力板的抛锚处,左舷方一座高高隆起的光秃秃的岛屿,它挡住了那些企图把登陆船烧成灰烬的太阳花。不过,大部分太阳花的注意力都被转移了。一些面朝着悬浮的黑色长方形,另一些则对付蒸汽云。

超导线和沉水巨石周围好几平方英里的水域都在冒着蒸汽,那些蒸汽变成云雾飘过海面,扩散到五十英里远的岸边。云雾在那里吸引住太阳花,并继续向内陆前进了五英里,一路上剧烈地蒸腾,最后消失殆尽。

路易把望远镜对准蒸汽团。他能看见水在沸腾,植物开始死掉。从海边往陆地延伸五英里的小片地带见不到阳光,它周围的植物却把光能浪费在消灭蒸汽云上,而没有用来制造养料。不过,这五英里宽的狭长地带根本算不上什么,太阳花地几乎占了半个世界。

他突然调转望远镜,发现上方有个东西。

那银色的线似乎不行了,此时正随风往顺旋方向飘动。太阳花把辛克莱分子链烧断了。路易嘴里不禁爆出一句脏话。不过那黑色的超导体的线还能看见。

它会撑住的,它绝对撑得住。

它不会比沸水更烫,而且它从头到尾都是同样的温度。不管太阳花反射了多少光,也不会改变线体的温度,只会让水开得快一点。这是一片很大的海,只要温度够高,就会出现水蒸气,出现了之后也不会轻易消失。

"神吃的东西就是好。"巨人王说。他在贪婪地咀嚼着一棵波士顿奶油生菜。他已经吃了二十棵——或者是三十棵了。他站在喀密的身边看着外面的景象。跟喀密一样,他猜不到外面的一切是怎么发生的。

海水在欢快地沸腾,太阳花死死地盯住天上那个潜在的养料。对它们来说,那是一只要吃掉太阳花的鸟儿,必须击落。它们不具备判断高度或者距离的能力。它们还没有进化到这一步——要在这方面进步,除非一直挨饿。现在,那些太阳花需要休息一小会儿进行光合作用,该轮到另一些花儿顶上了。

这时喀密轻轻说道:"路易,看小岛。"

一个又大又黑的东西站在海岸边齐腰深的水里。不是人,不是海獭,但两者都有点像。它耐心地等在那里,睁着一双棕色的大眼睛,看着登陆船。

路易强作镇定,"这海里有人吗?"

"这我们不晓得。"巨人王说。

路易让登陆船朝着海滩滑行,那个像人的生物无所畏惧地等在那里。他的身体覆盖着短短的毛皮,泛着光泽,体型是漂亮的流线型:粗大的脖子,溜肩膀,没有下巴的脸上长着一个宽阔的鼻子。

路易打开扩音器:"食草巨人的语言你会说吗?"

"我会说,请你讲慢一点。你们在这里干什么?"

路易叹了口气,"加热这个海。"

那个怪物泰然自若,真是令人惊奇。加热大海这个主意并没有使他惊慌。他看着眼前这个在空中移动的物体,说:"加到多热呢?"

"很热。你们有多少人?"

"现在有三十四个,"那个两栖怪物说,"我们到这儿的时候是十八个,那是五十一个法兰之前的事了。右舷方向的海水会变热吗?"

路易松了一口气。他脑子里已经冒出成千上万的人被海水煮熟的情景——就因为他玩了一次扮神的把戏。他用沙哑的声音说:"那你告诉我,在那条河的入口处,你们可以忍受多高的热度?"

"不高。不过我们能改善下伙食,鱼儿喜欢温暖的水。这可能毁坏我们的部分家园,不过在此之前你还知道问一下,算是有礼貌。你们为什么这么做?"

"灭掉那些火焰植物。"

两栖怪物想了一下,"好啊。如果火焰植物死了,我们可以派一个信使到上游,去福布比士二世之海那边。那边的人肯定认为我们很久以前就死了。"他又补充了一句,"我失礼了。我们接受'瑞色舍那',请声明你的性别,并说明你们是否可以在水里行事。"

路易的嗓子好一会儿都没有发出声音,"我们当中没人能在水里交配。"

"能在水里做的人很少。"两栖怪物似乎也没有特别失望。

"你们是怎么来到这里的?"

"我们在下游探索,急流把我们冲到了火焰植物的区域。我们无法走到岸上,只能让河流把我们带到这里,我把这个地方叫图布戈之海,这是我自己起的名字。这是个好地方,尽管必须小心那些火焰植物。你真的可以用云雾把它们灭掉吗？"

"我想是的。"

"我得去转移我们的人。"两栖怪物说完，转眼就消失了，没有溅起一点水花。

"我以为你会把他杀了，"喀密对着天花板说，"他那么冒失。"

"这里是他的家。"路易关掉对讲机。他对游戏感到厌倦了。他想，我这是在蒸煮别人的家，而我甚至不知道这个做法灵不灵！他想要电流罩。什么也帮不了他，除了电流通过大脑带来的那种简单的纯粹快乐；也没有什么能平息他心灵深处的愤怒，那愤怒驱使着他在椅子扶手上狂乱地敲打，双眼紧闭，发出动物般的吼叫。

就这样，时间过去了。烦躁感退去，他睁开双眼。

现在，他看不见那根黑线，也看不见煮沸的海水了。眼前是一片广阔的云雾，向着顺旋方向飘去，在海岸线那里燃起火焰，往内陆延伸了十英里才消失。除此之外，只能看见太阳花的火焰……还有左右两边平行的地平线。

蒸汽并没有消失。因为受了热，它就一直往上升，然后在平流层冷凝成云。白色的云朵在太阳花的进攻下燃烧着，阴影笼罩着辽阔的太阳花地。那片云一定绵延五百到一千英里，连投在地上的阴影都有几百英里宽。而且它还在扩散——尽管极其缓慢，但扩散还在继续。

到了平流层，上升空气会从太阳花地中心向外流动。有些云会下雨，但有些热气会在下沉过程中遇到来自沸腾大海的蒸汽，重新向内流动，构成循环。

他感到手臂很疼。路易这才意识到，自己一直死死地抓着座椅的扶手。他松开手,打开对讲机。

"路易已经履行了他的诺言,"巨人王正在说话,"但是那些垂死的植物太大片了。我不知道——"

"我们在这里过夜,"路易说道,"情况如何,明早我们会更清楚。"

他把登陆船停在小岛的反旋方向。很多海藻被冲到岸上,堆积如山。喀密和巨人王花了一个小时把海藻塞进登陆船机身上的一个小舱口里,给自动转化厨房添一点原始食材。路易利用这个时间联络"火热探针号"。

"幕后人"不在驾驶舱。他一定是躲在"探针号"的某个隐秘处。"你把你的电流罩砸烂了。"他说。

"这不用你告诉我。你有进展吗——"

"我还备了一个。"

"你备了一打也不关我的事,我戒了。你还想不想要环形世界工程师的那个转化机?"

"当然。"

"那我们就要好好合作。环形世界的控制中心一定在什么地方。如果它被建在某一座溢山中,那么,太空港那几艘飞船的转化机也一定会在那里。我想详细了解有关情况后再介入此事。"

"幕后人"认真考虑着路易的话。

在他那扁平的、互相交叠的手后面,一座座巨大的建筑物在闪闪发光。每条街道的路口都放着踏碟,随着街道伸向远方,踏碟也逐渐变小,直到完全看不见。大街上挤满了傀儡师,精心梳理的鬃毛各式各样,熠熠生辉。他们似乎总是成群结队地走在一起。银色的天空被建筑物分割成小块，天上飘浮着两个农耕星球，每一个都有光点环绕运行。背景里的声音像是外星人的音乐，又像是几百万傀儡师在远处交谈，模模糊糊无法辨认。

在这里，"幕后人"可以一瞥他那失落的文明：大量的录像带和一面全息墙，也许还包括他同胞那挥之不去的气味。他家具的线条全是柔软的曲线，没有会碰伤膝盖的锐角。地板上有一个形状古怪的凹陷坑，那可能是一张床。

"边缘墙的背面相当平，""幕后人"突然开口说话，"我的深度雷达无法穿透它。我可以拿出一个探测器给你冒险。它依然是探针和登陆船之间的中继站；事实上，当它升到空中时会效果更好。与此同时，我还会在边缘墙的交通系统中放一个探测器。"

"这就足够了。"

"你真的认为那个维修中心——"

"不，我不这么想。但我们肯定有惊喜的，总之不愁找不到乐子。我们该退出谈话系统了。"

"总有一天你会知道，这次探险到底谁说了算。"傀儡师说，然后从屏幕上消失了。

那天晚上没有星星。

到了清晨，光亮中仍旧是一片混沌。从驾驶舱只能看见珍珠般的光晕：看不见天空，看不见大海，看不见海滩。路易不禁想要重新请出"吴"来，就为了走出去，看一看那世界是否还存在着。

他并没有这么做，而是把登陆船升高。在三百英尺高的地方，他看到了阳光。下面除了白色的云什么也没有，在顺旋方向的地平线处,云变得更白了。浓雾已经蔓延到内陆很远的地方去了。

那个斥力板还在那里,依然是小黑点。

黎明之后两个小时,一阵风吹来,把那片浓雾吹散了。路易把登陆船降低到海平面上方离岸边不远处。几分钟之后,斥力板周围出现了一圈明亮的光轮。

整个早上,巨人王都在气密舱的门边待着,一边看着外面,一边心不在焉地往嘴里塞着奶油生菜。喀密也几乎没说一句话。听见路易的声音,他们同时转过脸来望着天花板。

"会管用的。"他说——他终于确信了。"很快你就会看见一条由死去的太阳花铺成的小径,通向一片更大的太阳花地,笼罩在一片永不消散的云层下面。去播撒你的种子吧。如果你更喜欢吃活着的火焰植物,就晚上过来,去那条雾带的两边随便啃。你大概需要在这片海里的某座岛上造了个定居点,你还需要船。"

"我们现在可以自己来规划了,"巨人王说,"附近的海人族会对我们有帮助的,尽管人数那么少。他们会给我们提供服务,帮我们造船以换取金属工具。这么多的雨,草会生长吗?"

"我不知道。你最好在那个被烧焦的小岛上也撒些种子。"

"好的。为了纪念我们特别的英雄,我们会把他们的样子刻在一块石头上,写上几句话。因为我们四处迁移,不能把大型雕像随身带走。这么做恰当吧?"

"当然。"

"那么,你长什么样子呢?"

"我的个子比喀密稍微大一点,肩膀周围的毛更多,毛的颜色跟你的一样;肉食者的尖牙和獠牙;没有外耳。别搞太复杂了。现在该把你带去哪儿？"

"我们的营地。然后我得带上几个女人，侦察一下这片海周围的环境。"

"我们现在就去。"

巨人王大笑起来，"向你致谢，路易，武士们回家之后大概会特别丧气——赤身裸体、饥肠辘辘、无功而返。要是他们知道我会离开几天，或许会高兴起来。毕竟我不是神。任何英雄都必须让他的手下人高兴，才能维持队伍。谁也不可能每时每刻都在战斗。"

第十三章 起 源

登陆船在五英里的高度巡航,速度只比音速稍慢一点。

就登陆船来说,飞一万三千英里的距离算不了什么,路易如此小心翼翼,让克孜人感到有点恼火,"只需要两小时,我们就可以降落到空中城堡里了,从下面升上去会更快! 恐怕一个小时就到,也不会有什么严重不适的!"

"是啊。但我们得用聚变发动机先飞出大气层,那东西燃起来有多可怕你记得吗? 我们进到哈尔罗蒲丽尔拉拉尔的悬浮监狱时,飞行摩托的发动机烧坏了,我们全部倒挂在半空中,还记得吗?"

喀密的尾巴在椅背上"砰砰"拍打着。他当然记得。

"我们不想惊动了那些旧机器。超导体瘟疫好像并没有把它们全都毁了。"

地上的景象从草原渐渐变成了农耕地,然后又变成一片水上丛林。许多树正开着花,悬在头顶的太阳在树枝之间投下垂直的光。

路易觉得心旷神怡。他不愿意看到自己对太阳花地的征战是徒劳无益的。这一仗已经打赢了。是的,他给自己定了任务,然后又靠自己的智慧和手头的工具完成了这个任务。

下面的沼泽地好像大得无边无际。喀密指给他看一个小城市。很难看清楚,建筑物的一半都泡在水里,上面覆盖着许多藤蔓和树木,似乎要把城市彻底压垮。建筑的风格很奇特,所有的墙面、屋顶和门都有点朝外凸出,使街道变得窄小。这不是哈尔罗蒲丽尔拉拉尔的人建的。

到了正午,登陆船走过的距离已经远远超过金叶洛芙和巨人王一辈子走的路,路易还傻乎乎地向这些蛮族打听。他们离空中城堡的距离,和从地球到这里的距离一样遥远。

这时,幕后人呼叫了他们。

今天,他的鬃毛用三原色染成一条一条的彩带,像是卷曲的彩虹。在他身后的全息墙上,各种傀儡师沿着一排排的踏碟跳跃,他们摩肩接踵聚集在商店橱窗前,互相蹭来蹭去的,既不道歉也不生气,到处都是一片音乐般的呢喃,非常像长笛和单簧管,那是傀儡师的语言。"发现新情况了吗?"他问。

"很少,"喀密说,"我们浪费了些时间。不过可以肯定,这里爆发过一次严重的太阳耀斑。据我们估计,这事发生在十七个法兰之前。为了保护地面,阴影方块闭合了起来。它们的调整系统一定是独立于环形世界的。"

"这点我猜到了,没别的了吗?"

"路易假设的那个维修中心肯定停止运作了。我们下方的这片沼泽肯定不属于原先的设计。我猜是因为一条大河淤塞,将海水堵住了。我们发现了各种类人族群,有的是智慧生命,有的不是。但那些环形世界的建造者,我们没有发现他们的踪迹。我倾向于相信他们是哈尔罗蒲丽尔拉拉尔的祖先。"

路易张开嘴巴……低头扫了一眼,他的腿痛得难以承受,因为克孜人的四只爪子正落在他的大腿上。他只好把嘴闭上。喀密继续说道:"我们还没碰到任何哈尔罗蒲丽尔拉拉尔的同类,可能因为他们的人口一直就不多。我们倒是听到另一个种族的传闻,即机器族,有可能是他们的崛起取代了哈尔罗蒲丽尔拉拉尔。我们现在去找他们。"

"维修中心没有运转,是的。""幕后人"欢快地说,"我倒有很多发现。我已经放出一个探测器——"

"你有两个探测器,"喀密说,"应该都放出去。"

"为了给探针补充燃料,我留了一个作为后备。我靠另外那一个侦察到了溢山的秘密。你们看——"

最右边的屏幕上呈现出一个探测器镜头拍摄到的图像。只见它沿着边缘墙快速前进,经过了一个什么东西——太快了看不清细节——然后放慢速度,掉过头往回移动。

"路易建议我调查边缘墙。我的探测器还没开始做常规减速,就找到了这个。我认为这很值得进一步深究!"

边缘墙上有一个隆起的部位——是一根管道,挂在墙顶边沿。它是浇筑上去的,紧贴在边缘墙上,材料跟边缘墙一样,都是灰色的司克力斯。探测器慢慢靠近,摆正镜头,这根管道的直径怕是有四分之一英里。

"环形世界的许多设计都显示出一种喜好蛮力的倾向。""幕后人"说。探测器沿着管道移动,上升到墙顶,又下到边缘墙的另一侧,一直追到管道消失在泡沫材料下面。那些泡沫材料是用来抵御流星撞击的,包在环形世界的底部。

"我明白了,"路易说,"管道没有运作,对吗?"

"对。我试着追踪那根管道,有了一些发现。"

画面跳了一下。现在，探测器正在黑暗中快速前进，从环形世界向外飞了很长一段距离。红外线影像里，反转的地貌从屏幕上方掠过。随后，探测器慢了下来，停住，向上移动。

如果一块陨石要撞击环形世界，它首先得经过星际空间。它的撞击速度等于它自身的速度再加上环形世界本身的旋转速度——每秒770英里。这里被陨石撞击过。等离子云横跨海底几百英里，把海底狠狠凿了一下，那层保护性的泡沫材料随之蒸发。在那个被凿出的大坑中，我发现了一根很长的管道，直径有好几百英尺，一直通到海底。

"一个循环系统。"路易低声说道。

傀儡师说："如果没有什么来抵抗风化，只需几千年，环形世界所有的表层土壤都会流入海底。我猜那些管道从海底一直铺到了边缘墙，然后往上越过边缘墙顶部。他们把海底的烂泥倒边缘墙附近，形成溢山，山顶有三十英里高，那儿接近真空，大多数的水分都会挥发。慢慢地，这些大山会因其自身的重量而坍塌，泥沙又在风和河流的携带下，从边缘墙往内侧移动。"

喀密说："这仅仅是推测，但似乎有些道理。'幕后人'，你的探测器现在在哪儿？"

"我打算把它从环形世界的底部抽出来，重新放进边缘墙的交通系统。"

"就这么做吧。探测器有深度雷达吗？"

"有，但探测范围很小。"

"用深度雷达探索溢山吧。它们彼此之间相距两万到三万英里，对吧？沿着两侧边缘墙，我们大概会发现五万座溢山，随便选出几个来，就可以做维修中心的绝佳藏身之地了。"

"可他们为什么要把维修中心藏起来？"

喀密粗鲁地哼了一声，"要是那些受支配的种族起来造反，或者有外来者入侵怎么办？维修中心当然得藏起来，而且还要布防。我们必须搜索每一座溢山。"

"很好。我可以顺着环形世界转一圈，把右舷的边缘墙扫描一遍。"

"然后把另外那边也扫描了。"

路易说："让摄像头一直开着。我们还要找方向调节器……不过我开始好奇，他会不会用了别的什么设备。"

"幕后人"切断了线路。路易转向窗外，那东西一直在吸引他的注意力：一道淡淡的线，沿着沼泽的边缘，不像是河流，弯曲度不够。细线上有两个几乎看不见的小点正在移动，路易伸出手指："我们应该仔细看看那东西。把登陆船降下去好吗？"

那是一条路。从一百英尺高的位置看，它的表面粗糙崎岖，像是无数白色石头铺成的溪流。路易说："肯定是机器族。我们跟着那些车辆，好吗？"

"等到离空中城堡近一点再说吧。"

放弃眼前的机会似乎有点傻，但是路易不敢反对。这克孜人周身的神经都绷紧了，连毛发都散发着紧张的气味。

那条路绕过低洼的湿地。看上去维护得不错。喀密顺着它慢速飞行，离地面一百英尺。飞船掠过几个建筑物，最大的像一间化工厂。有好几次他们都看到，一些四四方方的车辆从下面经过。只有一次，一个盒子突然停下，发现了他们。几个长得像人的家伙从里面滚落出来，原地转圈，然后拿出棍子一样的东西指着登陆船，片刻之后便离开了。

潮湿的丛林中有一些巨大的浅色色块，不可能是被冰川冲刷下来的大石块——这儿是不会有的。路易怀疑它们是巨型蘑菇,但很快就打消了这种想法,因为他看到其中的一个正在移动。他想指给喀密看,但克孜人没搭理他。

那条路延伸到一片崎岖山脉,朝反旋方向稍微拐弯,沿着山脉蜿蜒向前,在沼泽边缘再次向右拐。

可喀密却向左拐,开始加速。登陆船沿着山脉左舷一侧快速移动,后面拖着一道火焰。克孜人突然急转,将登陆船拐了个弯,刹住,停在一道花岗岩壁脚下。

他说:"我们到外面去吧。"

这座山的外壳是司克力斯材料制成的,它可以屏蔽掉幕后人的麦克风,但他们觉得还是去登陆船外面更安全一些。路易跟着克孜人走了出去。

这是个阳光灿烂的大晴天——太阳太明亮了,因为环形世界的这一侧正在靠近近日点,周围刮着强烈的暖风。克孜人问:"路易,你打算告诉幕后人环形世界工程师的事吗?"

"有可能。为什么不呢?"

"我以为你和我想得一样。"

"不大可能。一个克孜人对派克保护者①能有什么了解呢?"

"我对史密森尼学院的资料了如指掌——那里的资料实在稀少。我研究了小行星带采矿人杰克·布伦南的证词,研究了外

①根据拉里·尼文1973年小说《保护者》(Protector)中的描写,派克保护者(Pak protectors)是派克人(Pak)中的一个群体。派克人属于人属之下的一支,是智慧人,起源于银河系中心的"派克家园"星(Pakhome)。派克人的生命分为儿童(child)、生育者(breeder)、保护者(protector)三个阶段。生育者到了34-35岁就成为保护者。地球曾是派克人的殖民地,人类就是距今大约250万年前来地球殖民的派克人的后代。

星人福斯坡克的木乃伊干尸的全息照片,还包括他的飞船上的货舱①。"

"喀密,你怎么搞到那些玩意儿的?"

"这个重要吗?我曾是一名外交官。派克人的存在是好几代克孜族长的机密,不过任何一个需要跟人类打交道的克孜人都被要求学习那些记录。学习也是为了了解的敌人。我可能比你自己还要了解你的祖先。按我的推测,环形世界也是派克人建造的。"

在路易·吴出生前六百年,一个派克保护者带着慈悲的使命来到了太阳系。这个叫作福斯坡克的派克人造就了历史。在小行星带居民杰克·布伦南的笔下,历史学家得以了解这段传奇。

派克人起源于银河系中心的一个星球。他们的生命分为三个阶段:儿童、生育者、保护者。而生育者的智力水平仅仅达到能挥舞棍棒、投掷石头而已。

假如活得足够久,派克人生育者就会进入中年期,出现一种强迫症:他们会拼命吞吃一种叫"生命树"的植物。这种植物的共生病毒会导致生育者发生以下变化:生殖器官萎缩、牙齿脱落、头颅和大脑开始扩张,嘴唇和齿龈融合在一起,变成硬而钝的喙;皮肤则出现皱纹,变厚变硬。除此之外,还有关节增大,使肌肉能更好地发力,力量得到增长。同时,腹股沟里面还长出一副双室心脏。

福斯坡克来寻找一艘派克殖民船的下落。那艘船曾经在二

①杰克·柏兰楠(Jack Brennan),是拉里·尼文 1973 年小说《保护者》(Protector)中的人物。他原本是居住在小行星带的人类,后来遇上派克保护者福斯坡克(Phssthpok),就跟随他变成了保护者。

百多万年前抵达过地球。

派克人的世界一直战争不断,他们的殖民地遍布银河系中心附近的许多星球,这些地方总是被一波又一波过往船只掠夺。也许正因为可以中途抢劫物资,那艘飞船才会飞得这么远,飞到了地球。

地球这个殖民地很大,设施良好,而且治理它的是比人类更强壮、更聪明的种族。但最后还是以失败告终。在地球的土壤里,"生命树"可以生长,但那种病毒却不能存活,于是保护者就灭绝了,留下众多不知所措的生育者努力保护自己……他们发出许多呼救信号,这些信号穿越三万光年到达了派克人的母星。

福斯坡克在派克人的一个古老图书馆里发现了这些信号的记录,于是独自驾驶一艘亚光速飞行器,穿越三万光年去寻找太阳系。他的货舱里塞满了"生命树"的根和种子,还有一个个装满铊氧化物的袋子。他通过自己的研究发现,这种不同寻常的土壤添加剂是必不可少的。

也许他也想到过,那些生育者可能会发生变异。

在派克人社会,变异人是没有生存机会的。一个孩子一旦被保护者或者祖父们嗅出什么不对劲的地方,就会被立刻杀掉。或许福斯坡克想碰碰运气,指望地球上的变异率比较低。因为这里离银河系核心遥远,没有那么多毒辣辣的宇宙射线。

但是生育者却发生了变异。福斯坡克到来的时候,他们跟派克生育者的相像之处已经很少了——只是中年期的一些变化还保留着:女性停止产卵、男女两性的皮肤都出现皱纹、牙齿脱落、关节肿胀。中年人对"生命树"的渴望已经不那么明显了,只能从他们那惴惴不安的情绪和挫败感上看出一点点痕迹。在接下来的生命阶段中,他们往往会心脏病发作,因为他们少了一个心腔。

福斯坡克对这些情况一无所知。这位拯救者死去的时候几乎没什么痛苦,他顶多是有一丝丝疑惑——那些他想拯救的,是不是已经变成了恶魔,不再需要他了?

这就是杰克·布伦南在消失之前跟联合国的代表讲述的故事。但那时福斯坡克已经死了,杰克·布伦南的话难免令人怀疑。再说,他吃过生命树,已经变成了一个恶魔。特别是他的颅腔胀大变形。或许他已经疯了。

就像是一锅菠菜面条打翻了,撒在这块岩石嶙峋的地上到处都是。在卵石与泥土接壤的部位,一些毛茸茸的绿叶植物匍匐在地。离地面几英寸高的位置上,则有一团团的虫子在他们的脚踝部位嗡嗡嗡地飞着。

"派克保护者,"路易说,"我也这么想,但我还不敢完全相信。"

喀密说:"真空服,还有食草巨人的盔甲,这些都符合他们的体形:和人相似,但关节更大,脸部前突。还有更多证据。我们碰到了那么多的类人种族,全都长得不一样。他们一定是从一个共同祖先发展而来的——那也是你的祖先:派克生育者。"

"是啊,这也可以解释蒲丽尔是怎么死的了。"

"是吗?"

"补生精是为现代智人的新陈代谢系统定制的,蒲丽尔没法适应。她有自己的长寿药。我猜,那是蒲丽尔的人从生命树上提取而来的。"

"为什么?"

"你看,保护者可以活上几千几万年,生命树的某些成分,只要微不足道的一点剂量,就可以让类人种族活得足够长。幕后人也说,蒲丽尔的存药被偷掉了。"

喀密点着头,"我想起来了。你们有一艘小行星采矿船登上过那艘派克人的弃船。船上最年长的那位闻起来有生命树的气味,后来他疯掉了。他吃的量远超自己的消化水平,死了。死之前,船上的人差点儿按不住他。"

"是的。现在想想,大概某个联合国的实验室助理身上也发生了同样的事,这么设想不过分吧? 蒲丽尔携带着一瓶环形世界的长生不老药,走进了联合国大厦里。结果,某个四十来岁的家伙——一个过于年轻、根本不到吃药年龄的人——打开了这个瓶子。本来他还准备了滴管,结果他闻到了那气味,就把一整瓶都喝了下去。"

喀密的尾巴甩来甩去,"虽说不上喜欢蒲丽尔,不过她确实是我们的盟友。"

"我喜欢她。"

热风夹着尘土,吹在他们身上。路易有点烦躁,但他们没有别的机会单独交谈了。再过一会儿,那只探测器就会升起来,它是"探针号"的信号中继站,到那时候,两人就不能说话了。

"喀密,你应该站在派克人的角度想一想。"

"我试试看。"

"他们把各个世界的版图都放在大洋里。但是你想,为什么保护者没有直接把克孜人、格罗格人、火星人和怪兽蜗牛人干掉呢? 为什么要在这里画地图,画出了克孜星、道恩星、火星和金克斯星?"

"的确。照布伦南的说法,派克人也不是不敢灭掉外星人的。"

喀密沉思着踱来踱去,过了一会儿,说:"可能他们当时被追杀了。也许他们输掉了一场战争,想躲避胜利者。毕竟,炸毁十几光年范围内的十几个星球,肯定会暴露行踪吧。"

"可能吧。但是,他们当初为什么要建环形世界呢,这东西到底该怎么守卫?"

"这么不堪一击的结构,他们根本没指望守住吧。还有一个问题,为什么派克人当初选择来到宇宙的这一区域?"

"可能是……够远?"

"哦?"

"那是怎么回事呢?"

"我们来猜测一下吧。假设有一批派克人想要以最快的速度跑到最远的地方去。再假设他们是输掉了战争,被赶出了母星世界。在银河系众多悬臂中,只有一个方向是安全的,这条路径被标记了出来。他们第一次远航就顺利地进入太阳系,没有遇到任何无法应付的危险,抵达了地球。他们把方位发了回去。于是那些打了败仗的派克人就顺着这条路跟过来了。再后来,他们分散到太阳系周围,定居了下来。"

喀密琢磨着,"不管他们是怎么来到这里的。总之,派克人是智慧种族,而且好战、仇外。这点意味深长。那个烧化了半艘'说谎者号'的武器——就是你和蒂拉所说的陨石防御系统,几乎可以肯定是设计出来对付入侵飞船的;要是有机会,它也会朝'火热探针号'、朝我们的登陆船开火。我还想说明的是,绝对不能让幕后人知道是谁建造了环形世界。"

路易想了想,"保护者肯定早就离开了。根据布伦南的描述,保护者的唯一动机就是保护自己的后裔。他们不会任由变种的事情发生,也绝不会让环形世界出现向太阳偏移的事情。"

"路易——"

"事实上，他们应该已经离开上千、上万年了。看看我们碰到的那些类人种族吧。"

"我觉得是上百万年。他们肯定是完成环形世界后不久就灭绝了。要不然，这些类人种族怎么可能有时间来进化呢？不过——"

"喀密，你看，假设他们仅仅在五十万年前才完成环形世界，给生育者二十五万年的时间来繁衍——这期间保护者无须面对战争，因为他们的疆域可以说是无穷无尽的——然后假设保护者渐渐灭绝。"

"怎么灭绝的？"

"数据不足。"

"好吧。然后呢？"

"再假设保护者是在二十五万年前灭绝的。给生育者一段时间——地球人类进化到今天这个样子只花了十分之一的时间——再加上保护者们没有带来任何生育者的天敌，生育者的人口基数会达到一万亿。"

"明白了吗？保护者灭绝的时候，地球上大概有五十万生育者。而在环形世界，在保护者灭绝之前，生育者拥有三百万倍那么大的地盘，有足够的时间来朝四面八方迁徙。变种人可以自由进化。"

"不对，"喀密小声说，"我觉得你漏掉了什么。保护者几乎可以肯定是灭绝了，但绝不是百分百肯定。要是'幕后人'知道这是他们的财产、他们的家园，他会怎么做？"

"哎呀，他会逃跑的，不管我们是死是活。"

"严格来说，我们还没有搞清楚建造环形世界的秘密，对不对？"

"是的。"

"那我们还要找维修中心吗？还是去找生命树？生命树的味道对你可能是致命的。你太老了，已经没法变成一个保护者了。"

"我本来就不想啊。登陆船里有没有光谱仪？"

"有。"

"生命树要是缺少一种添加剂，就无法正常生长，那就是氧化铊。金属铊在银河系核心一定要普遍得多。在保护者待得最久的地方，一定有生命树所需的氧化铊，维修中心也会在附近。要是能进展到这一步，我们的压力服就可以派上用场了。"

第十四章　死亡的气味

回到那条路上时，"幕后人"的声音在他们耳朵里炸开了，"呼叫登陆船！呼叫喀密！呼叫路易！你们在隐藏什么！这里是'幕后人'，呼叫登陆……"

"别叫了！该死的，小点儿声，你要把我们的耳朵震聋了！"

"你们能听见我吗？"

"听得可清楚了。"路易说。喀密的耳朵已经贴着皮毛叠成了一小块，路易恨不得自己的耳朵也能折叠。"一定是大山阻断了通讯。"

"那么我们通讯中断的这会儿，你俩都讨论什么了？"

"造反。我们决定暂时不造反。"

一阵停顿。"非常明智，""幕后人"说，"看看这个图像，我想听听你们的想法。"

一块屏幕上出现了一种类似支架的东西，是从边缘墙上支出来的。图像有点模糊，光照的角度有点怪。这是在真空里拍摄的，有阳光，也有来自右边环形世界大地的反射光。那支架看上去是跟边缘墙连为一体的，仿佛司克力斯像橡皮糖一样，被拉伸出来。支架上有一对貌似垫圈的东西，紧紧挨着。除了这些，没有其他特征。两人还能看到边缘墙的顶部。没办法估计那东西的尺寸。

"这是探测器拍摄到的，"傀偏师说，"照你的建议，我把它塞进了边缘墙的交通系统，现在它正在逆旋加速。"

"喀密，你觉得如何？"

"可能是一个喷气式方向调节器。还没到喷气的时候。"

"可能吧，巴萨德冲压发动机可以设计成各式各样。幕后人，你查到什么磁场效应的迹象了吗？"

"没有，机器大概还在休止期。"

"超导体瘟疫不可能通过真空感染它，它应该没有受到损坏。不过控制机关可能在地面上，也许还能修好。"

"那你得先找到控制机关才行，你觉得在维修中心吗？"

"是的。"

道路在沼泽湿地和岩石高地之间穿行。他们掠过了另一个像是化工厂的建筑，似乎是被发现了，能听见下面传来一阵雾号声①，某处还冲出来一大股蒸汽，那一定是个烟囱。喀密没有减速。

再也没有看到方盒子形状的车了。

下面有一些淡淡的光，闪烁着缓缓穿过过树木，朝远方的沼泽飘去。它们移动得非常慢，就像是水上的雾。路易又看到前面很远的地方，有一个白色的东西在移动，它从树木间跑出来，冲向道路。

只见宽大的白色身躯上，那家伙的触觉鬃毛从修长的脖子

---

①雾号声（foghorn sound），船只在大雾天航行时所发出的响亮而低沉的以警告其他船只的声音。

上竖起①。它的下颚快触到脚了,像一把刀铲似的落下去,舀起沼泽里的水和植物。它慢悠悠地朝上坡方向走去,腹部肌肉像涟漪那样波动着。这个怪兽长得比最大的恐龙还要大。

"无壳蜗牛怪。"路易说。它们怎么在这里? 它们不是金克斯星的土著吗?"慢点,喀密,它想跟我们说话呢。"

"它们能说什么?"

"它们记忆力很好。"

"那又能记住什么? 这种沼泽地动物,靠吃垃圾过活,没有手,造不出武器。"

"为什么不试试呢? 或许它能告诉我们,无壳蜗牛怪跑到这儿干什么来了。"

"没什么神秘的。大洋中的那些地图上,保护者们一定保存了很多物种的样本,都是些他们认为有潜在危险的物种。"

喀密想当老大,路易可不喜欢这样。"你没毛病吧! 问一问有什么不行的?"

无壳蜗牛怪被他们甩在身后,身影越来越小。喀密大声说:"你要学会像皮尔森的傀儡师一样避免冲突。询问吃垃圾的蜗牛,和野蛮人说话! 杀向日葵! 幕后人逼迫我们来到这个该死的地方,你却不停地拖延我们的报仇机会。是啊,路易大神曾经在半道上停下脚步,替环形世界的土著居民拔了一点草! 你觉得一年之后,这些行为还有意义吗?"

---

①这里描写的是怪兽无壳蜗牛(Bandersnatch)。这种想象出来的猛兽体型巨大,整个身体就像一个平滑的巨蛋,长长的脖颈跟头部连为一体,骨架灵活,皮肤光滑白皙,只在头部和附近的脖子处有毛刷般的触觉鬃毛,身体前端有蜗牛般的腹脚,可以非常迅速地移动。参见拉里·尼文的小说《帕塔普斯的世界》以及《环形世界》。

"只要可能,我就会救它们。"

"这么做没意义。我们要找的是修路的人,他们比较原始,对我们构不成威胁,但是足够聪明,能回答一些问题。我们得找一辆孤立无援的车子,降落到它面前。"

到了下午,换路易驾驶。

沼泽变成了一条河流,弯弯曲曲地往顺旋方向流去,并偏离了原先的河床。那条粗糙的道路则顺着新的河道延伸。旧的河床拐向左舷的方向,一些有落差的位置可能出现激流或瀑布,但现在都干透了,一直通向远方的沙漠。这片沼泽以前一定是一片海洋,后来沉沙淤积才变成了沼泽。

路易稍微犹豫了下,就顺着旧河床往前飞。

"我们来得正好,"他对喀密说,"蒲丽尔的种族是在工程师离开之后很久才演化出来的,在这里的所有智慧种族里,他们最有野心,建造出了巨大的城市。后来,一种奇怪的瘟疫把他们的大部分机器都毁掉了。现在我们已经找到了机器族,他们跟蒲丽尔的同胞完全可能是同一人种。沼泽形成后,机器族人建造了这条道路。而这个沼泽……我认为是在蒲丽尔的帝国崩溃后才形成的。"

"所以现在要做的,就是找一座蒲丽尔族人建的旧城。要是走运,我们还能找到一座老图书馆,甚至一间地图房。"

第一次探险期间,他们很少看到城市。今天他们走了几个小时没有收获,除了有两次看见帐篷群落,还有一次遇到了巨大的沙尘暴,几乎横扫了整个大陆。

空中城市静静地飘在他们前面,诱惑着他们,却看不清细节。二十座塔沿着城市边缘矗立着,靠近中心的位置则有倒立着的塔从上垂下来。

干枯的河变成了一片干枯的大海。路易沿着海岸巡航,离地面二十英里。海床很奇怪,非常平坦,除了有一些巧妙分布的岛屿,它们的边缘与海底几乎垂直,上面带着奇怪的凹陷。

喀密叫了起来:"路易,快设成自动驾驶!"

"发现了什么?"

"挖泥船。"

路易凑到喀密的望远镜边。

刚才,他以为那东西是一座较大的岛屿的一部分——的确很大,呈平坦的蝶形,颜色跟海底的淤泥一样。它的顶部平面一定曾经在海平面以下,边缘略微倾斜,角度看上去似乎是被刀片刨下了一块。巨大的机器就停靠在那个岛屿旁,而岛屿本身,则是它从海底挖出来的淤泥块。

所以,环形世界的工程师就是这样将海底淤泥送入排泥管道的。"管道堵塞了,"路易推测,"挖泥船一直在挖泥,直到它出了故障,或是有什么东西切断了电源——比如超导体瘟疫。要不我去通知'幕后人'?"

"行,让他满意一回。"

然而"幕后人"带来了更大的新闻。

"看好了。"他一边说,一边在一块屏幕上快速放映了一段全息视频。画面开始依然是从边缘墙上凸起的一个支架,顶端安装着圆环。另一个支架在镜头远处。溢山从边缘墙脚伸出,大约有支架的一半大小。随后,他们看到了第三个、第四个、第五个支架——"等一下!"路易大叫,"倒回去!"

第五个支架在屏幕上停了一会儿。它的顶端什么都没有。幕后人又看了看拍到第四个支架的镜头。

探测器的速度让图像显得有点模糊。但他们还是看到,边缘墙上跟支架相邻处安装有一些重型起重机械:一台原始的聚变发动机;一座动力绞车;一只辊筒,下方毫无支撑地悬着一个钩子。辊筒上的线缆一定很细,反正在镜头里看不清楚。路易猜,有可能是阴影方块的线缆。

"这是维修模块吗?已经在工作了?嗯……它们是在安装还是拆卸方向调节器?目前进行了多久了?"

"探测器会告诉我们的。""幕后人"说,"你们先想想另一个问题,回忆一下那艘没有被毁坏的环形世界飞行器。记得船身的那些圆环吗?我推测,就是它们产生了巴萨德冲压发动机的电磁吸附场。"

喀密研究着屏幕,"你可能说对了。环形世界的飞船都是相同的设计,我一直想不通为什么。"

路易说:"我不明白,这跟——"

两个独眼蛇一样的脑袋从一块屏幕里向外看着他,"哈尔罗蒲丽尔拉拉尔的族人修建了一段运输系统,这给他们带来了无尽的空间,可以殖民、可以探索。他们为什么没有继续下去?通过边缘交通系统,环形世界的一切都是他们的了,他们为什么还要努力飞向群星呢?"

这个结果太丑陋了。路易不想去相信,但傀儡师说得太有道理了。"他们用了现成的发动机,又卸下了几个环形世界的方向调节器,造了飞船,飞向群星。飞船飞得不错,于是他们又卸下几个……不知道他们到底用掉了多少。"

"过一会儿探测器就会告诉我们,"傀儡师说,"他们似乎还留下了一些发动机没有拆掉。在发现异常之前,他们为什么不想办法把环形世界推回原位呢?喀密问得不错:那些维修模块是在重新安装发动机,还是在继续拆去造飞船,好让哈尔罗蒲丽尔拉拉尔的族人多逃掉一些?"

路易苦笑了一下,"会不会是这么回事:他们本来是留了一些方向调节器的。然后来了一场瘟疫,毁掉了他们绝大部分机器,他们当中有人慌了,就把所有的飞船都带走,还急匆匆地多造了几艘,为此拆掉了大多数方向调节器。他们还在继续干这事,让环形世界听天由命。"

喀密说:"真是一帮蠢货,自作自受。"

"不一定是这样吧。"

"只是一种可能性,"傀儡师说,"他们一定会尽可能多地带走他们的文明,只要可以带走的,一点不留。当然,他们也会带上物质转化器。"

很奇怪,路易丝毫没有要笑的意思。但是他该怎么回答呢?

倒是克孜人接着他的话说:"只要运输系统可用,他们会带走靠近太空港棱台、靠近边缘墙以及他们可以够得着的一切。我们必须找出维修中心,如果那里有蒲丽尔的族人,那他们可能是想挽救环形世界,而不是要离开它的。"

"或许吧。"

路易说:"能知道瘟疫是什么时候开始破坏他们的超导体的就好了。"

要是他觉得"幕后人"会退缩,那他就错了。傀儡师说:"说不定你会在我之前搞清楚这个问题。"

"我想你已经知道了。"

"有了发现就呼叫我。"说完,那两只蛇一样的头就消失了。

喀密有些奇怪地看着路易,但他一言不发,回到了飞行控制台。

喀密发现那座城市的时候,昼夜分界线就在眼前,那道巨大的黑影正从顺旋方向逼近过来。他们一直在干涸的海的左舷方向,沿着被沙子填满的河床前进。河床在这里分岔,那座城市就在这分岔口旁边。

蒲丽尔的族人总是把房子建得高高的,即使没什么必要。这座曾经的城市并不宽阔,但它以前一定很高,直到一些飘浮在空中的建筑坠毁,砸坏了地面上的部分。中间一座修长的高塔仍然倒立着,但是角度有些歪。它像一把尖矛刺入地下。一条路从左舷方向伸出来,沿着古河道的一条分支延伸,然后变成一座大桥。这座大桥有着极其庞大的支撑系统,一定是机器族的人造的。换成蒲丽尔的族人,肯定会使用更坚固的材料,或干脆做成浮梁。

喀密说:"这样的城市会被劫掠一空的。"

"是啊,他们建了一条路,正好方便抢劫。你干脆直接降下去吧!"

"满足你的好奇心?"

"可能吧。或者靠近一点,绕着那倒霉玩意儿转转圈。"

喀密让登陆船急速下降,降得太快了,大家都开始失重。现在,克孜人的毛几乎全都长出来了,宛如一件英俊光亮的橙色外套,提醒着喀密,自己又是一个年轻人了。青春期的他脾气更坏了。人类与克孜人的四次战争,再加上另外一些"事件"……路易决定把嘴闭紧。

登陆船终于开始减速。等到可怕的超重感消失后,路易开始用外置相机调整视野。他几乎瞬间就看到了那个东西。

一个方盒子似的车辆停在斜塔旁边。它看上去能承载十几名乘客,尾部的发动机足以升起一架航天器……但这是一个原始的种族,路易猜不到这些人有什么需要运输的。路易指着下面,说:"找到了一辆孤零零的车,现在该俯冲下去,对吧?"

"说得对。"喀密让登陆船平稳下来。这时路易已经琢磨起了眼前的局面。

斜塔的塔尖刺入的地方,是一个方形的大楼;它刺穿了屋顶和最高的三层楼,很可能也刺进了地下室。是下层建筑的骨架支撑着它立在那里。白色的蒸汽或烟雾时不时地从斜塔的两个窗户喷出来。淡淡的人影在下层建筑巨大的前门外面晃动——既像跳舞又像是在进行短跑竞赛——还有两个似乎在俯卧休息,但姿势怎么看都不像是在放松。

一幢倒塌建筑物仅剩的一面墙升了上来,在即将挡住路易视线的一刹那,眼前的一切突然在他的脑子里清晰起来。那些淡淡的人影正试图穿过满是瓦砾的街道,冲向入口,另一些人在斜塔上朝他们射击。

登陆船平稳降下。喀密站起来伸了伸懒腰,"你运气还不错,路易。那些拿枪的应该是机器族。我们的策略就是为他们提供援助。"

这似乎合乎情理。"你了解发射式武器吗?"

"如果他们用的是化学推进剂,那么这种可随意移动的武器不可能穿透抗冲击的盔甲,我们可以使用飞行背带进入塔内。带上麻醉枪。我们可不想杀死未来的盟友。"

他们没入夜色中。云把天空全部挡住了,即便如此,大拱弧的光亮依然透过云层,变成一条微弱而宽阔的光带,悬浮的城市则变成了左边一团紧致的星光。怎么也不可能迷路。

路易·吴很不舒服。抗冲击的盔甲太硬了,罩子盖住了他大部分的脸,带衬垫的飞行背带使得他呼吸不畅,双脚只能在空中吊着。不过话说回来,无论干什么都不能跟飞电一个小时相提并论。至少他还算安全。

他就那么悬在半空中,戴着能增强亮度的佩戴式望远镜。

袭击者似乎并没有那么厉害。他们几乎是赤身裸体的,而且也没什么武器。他们头发银亮,皮肤非常白,身材修长而柔美。就连男人也长得很漂亮——不是英俊。他们没有胡须。

他们藏在阴影里,破损建筑的残垣断壁也提供了掩护,偶尔一两个人会飞奔着冲向大门口,中途不停地做"Z"字形拐弯。路易数了下,他们有二十个,其中女性有十一个。另外五个已经死在街头。可能还有一些进到大楼里了。

现在守军已经停止了射击。也许他们的弹药用尽了吧。他们藏身的两个窗口位于高塔向下倾斜的一面,大概在六层楼高的位置。斜塔的每个窗口都破败不堪。

他慢慢靠近喀密,"我们从另一边进去,那边光照没那么强。我跟他们长得差不多,我先进去。行吧?"

"行。"喀密回答。

飞行背带是靠斥力悬空的,跟登陆船一样。它的背后也配有小型推进器。路易盘旋着下降,不时回头看看喀密有没有跟上,然后飘进了一个窗口。他希望选这个楼层是正确的。

这是一个大房间,里面空空如也,气味使他想打喷嚏。这里有些烂掉的家具。一张长长的玻璃桌已经碎裂。在倾斜的地板底部,有一个不成形的东西,仔细看,能认出是一个有肩带的小背包。这么说来他们来过这里。那气味——

"无烟火药,"喀密说,"化学推进器。如果他们朝我们射击,就把眼睛捂住。"他朝一扇门移去，紧贴着墙，猛地把门打开。是间厕所，空的。

由于地面倾斜，一扇更大的门也开着。路易靠过去，一手握着麻醉枪，另一只手拿着激光手电。他感到一股不可抑止的兴奋将恐惧淹没了。

在这扇雕刻着装饰图形的木门的另一边，宽阔的圆梯回旋向下，进入黑暗。路易举着手电的光顺着栏杆朝下探，光一直可以照到楼梯的底部。他立刻看到了一件双把手、带肩托的武器，边上一个盒子，一些金色的小圆棍从那里面露出来。再往下，又是一件武器和一件外套，上面有些带子。更下面的楼层里有更多的衣服布片。楼梯被撞成碎石的底部，蜷缩着一个人影——那是一个裸体的男人，肤色看上去比那些攻击者更暗，肌肉更强健。

路易的兴奋感剧增，简直难以承受。这不是他一直需要的吗？不是电流罩和电线，而是冒着生命的危险来证明生命的价值！路易调整了一下飞行背带，降到了栏杆上。

他慢慢降落。楼梯上没有人影，但有很多丢弃的物品：奇奇怪怪的服装、武器、靴子，还有另一只背包。路易继续下降，突然，他意识到自己来到了正确的楼层。他快速调整飞行背带，跌跌撞撞冲过门廊，开始循着一股气味追踪。那是一种跟喀密刚才所说的无烟火药极其不同的气味。

他来到塔外，险些一头撞到墙上；他又回到毁坏的建筑底部。不知怎么回事，他的手电筒弄丢了。他把佩戴式望远镜内的亮度增大，朝右边看去。那儿有光。

门厅的地上有一个女人，已经死了。她是袭击者之一。她胸部的弹孔下面有一摊血。一股巨大的悲伤袭来……路易难以忍受，急忙从她的身体上方飞过，飞过那扇门，飞到了外面。

大拱弧光在亮度增强的望远镜下，即使通过云层也还是非常明亮。他找到了袭击者——其实也是防卫者——他们躺在一起，肤色白皙、身材苗条和深色肤色、长得矮小的两两成对，后者身上还穿着点什么——一只靴子、一块头巾，或是一件敞开的衬衣。他们似乎正在疯狂地交配，完全忽视了上空的飞船。

但有一个人孤零零地待着。路易停止飞行的时候，她伸出手，抓住了他的脚踝，既没有恐惧，也没有太用力。她满头银发，面色苍白，精致的脸蛋轮廓分明，美得难以形容。

路易关掉飞行背带，降到她身边。他把她揽在胳膊里。她的手在他奇怪的服装上抚摸着，像是询问。路易扔下麻醉枪，脱下背心和飞行背带——他的手指显得笨拙不堪——脱下抗冲击铠甲、脱下内衣。他没用任何技巧，就把她抱在了怀里。他迫不及待，完全不管她会不会感到不适。而她也和他一样热切。

除了她，他对周围已经完全失去了知觉。当然他也没意识到，喀密已经加入了进来。等他惊讶着清醒过来时，克孜人已用激光枪狠狠砸向了他那新欢的头颅。只见一只毛茸茸的外星人大手将爪子戳进了她的银发，一把将她的头提起来，并把她的牙齿从路易的喉咙上拔出。

第十五章　机器族

风将灰尘吹进了路易·吴的鼻孔,他的头发也被风吹起,抽打着他的脸。路易把头发向后拢,睁开眼睛。光线令人炫目。他的手笨拙地摸到脖颈上的一块塑料片,然后摸到脸上盖着的佩戴式望远镜。他把望远镜拉了下来。

他从那女人身边翻开身,坐起来。

天色暗淡,几乎快要天亮了:那条昼夜分割线把世界分开,一边是光明,一边是黑暗。路易的每一块肌肉都在痛,他觉得像是被打了一顿。奇怪的是,他感到妙不可言。太多年头过去了,他已经很少做爱,即使偶尔为之,也是有其他什么目的。飞电佬向来都对这事不感兴趣,但是昨夜,他的整个灵魂都沉浸在里面。

这个女人跟路易的高度相当,属于健壮型的漂亮,胸部不算扁平,但也不是过于丰满。她的黑发绑成了一条长辫子,下巴边缘令人不安地长着一圈须毛。她精疲力竭,沉沉地睡了一觉。这是她应得的。他们两个都应该这么睡上一觉。现在他开始恢复记忆了。但他的记忆似乎有点莫名其妙。

他是做了一场爱——不,简直就是神魂颠倒地爱上了那个苍白纤细的红唇女人。他看到她满嘴都是他的血,感觉到脖子上的刺痛,这让他深深失落。当喀密扭断她的脖子,发出"咔嚓"一声时,他发出了怒吼。当那克孜人把他从已死的女人身上拖起来时,他还奋力地与他厮打。克孜人把他夹在胳膊下时,他还在狂怒中,还在挣扎,而喀密已从路易的背心里取出了急救包,在他脖子上"啪"的一下贴上了一块补丁,然后把急救包塞了回去。

然后喀密杀光了他们,所有那些漂亮的银发男女。他用手电激光器上那根耀眼的红宝石针,精确地刺穿了他们的头部。路易想起,他曾试图阻止喀密的暴行,却被他扔到破碎的路面上。他摇摇晃晃地站起来,看到另外一个人在移动,就向她走过去。她,这个深色头发的女人,是唯一活着的守卫者。他们冲进了彼此的怀抱中。

他为什么这样做呢?而喀密也曾试图引起他的注意,不是吗?路易还想起,他听见了一声尖啸,就像搏斗中的老虎发出的声音。

"外激素。"他说,"他们看上去完全无害啊!"他站起来,带着深深的惊恐四下看着。四周都是尸体:深色皮肤的那些,脖子上都是伤口;浅色皮肤的则满嘴是血,银色发丝中有一块块焦黑色的印痕。

枪炮根本不足以对付他们。这些吸血鬼使用的武器比塔斯普还要恶劣。他们释放出了一种高强度的"外激素"性刺激云,这是激发人类性欲的气味信号。一定是某一个(或是一对)吸血鬼冲进了斜塔,把守卫士兵引了出来。士兵们慌乱中把武器和衣服扔得到处都是,还不小心把一个家伙推到栏杆上撞死了。

但是,为什么所有的吸血鬼都死了,而他和这个深色头发的女人却……

风在路易的头发上扑打着。是啊。吸血鬼们都死了,但他和那个黑头发的女人仍然在"外激素"云里。他们狂热地交合……"要不是一阵风吹来,我们可能还在做那事呢。对了,我的东西呢,我他妈的把东西忘在哪儿了?"

他找到了抗冲击铠甲和飞行背带。内衣已经撕扯成了碎片。上衣呢?他看到女人的眼睛打开了。她突然坐起来,眼睛里充满了恐惧神色,路易一眼就能看出来。他对她说:"我得穿上外衣,我的翻译机在外衣口袋里。我希望喀密没有把你吓着,我想——"

对了,喀密……他了解情况吗?

喀密的大手把路易的整个头颅包住,朝后扭过去。路易则紧紧抱着那个女人,全身心地抱着,一下一下用力地抽送。但他的眼里却填满了那橙色的野兽的脸,耳朵里是侮辱的尖叫。真是让人分神……

喀密不在眼前。路易在老远的地方找到了背心,它被紧紧地攥在一个死去吸血鬼的手里。他找不到麻醉枪,开始担心起来。某种可怕的东西从他的记忆里涌出来。他跑了起来,来到登陆船降落的位置时,依然没有放慢速度。

一块三个人都抬不起来的大岩石下面,压着一堆黑色的超导布。那是喀密的临别礼物。登陆船不见了。

我迟早都得面对这些。路易想着。为什么不是现在呢?一位朋友教给了他这种把戏。这是一种小窍门儿,可以帮人从震惊或巨大悲伤中恢复过来。有时还是很有用的。

他坐在门廊的一根栏杆上,门廊旁边是一条覆满沙土的小路。他穿上了抗冲击铠甲,穿上了满是口袋的外套。他用一些衣服将自己和这个孤独而巨大的世界隔开。这不是因为谨慎,而是恐惧。

而这已经耗尽了他所有的力气。他就这么坐着。思绪在漫无目的地漂流。他的脑中出现了一只正常工作的电流罩,跟他的距离有地球到月球那么远;他还想起了一个双头的盟友,他是不会冒险登陆这里的,即使是为了搭救路易·吴。他还想到了环形世界的工程师们,以及他们理想化的生态环境——一个绝对没有蚊子或吸血蝙蝠的环境。他的嘴唇扬起,似乎快要笑出来了,随即又变成毫无表情。

他知道喀密去了哪里,他又笑了。胡乱接触原住民对他一点好处都没有,喀密告诉过他吗? 不要紧了。无论是为了生存、为了交配的欲望,还是为了报复幕后人,喀密都会赶往同一个方向。不过,在这些动机中,有没有哪一种可以把他带回来,搭救路易·吴呢?

他也想到,一个人的死亡是多么无关紧要,环形世界上几万亿生命都在劫难逃、注定要撞上太阳。

那么,喀密是有可能返回的。路易应该让自己的屁股离开地面,不能就这么坐着,得起来做点事,先想办法去那座漂浮的城市。他们本来是要去那里的。可能喀密也希望在那里见到他。或许,路易还能够打探到什么有价值的东西。至少,他总得找个地方,度过这剩下的一年两年。我迟早得面对这些。为什么不是现在?

有人在喊叫。

黑头发的女人给自己套上了短裤和衬衫,又背上了一个背包。她举着一件发射式武器,对着路易·吴。她的另一只手做了个手势,接着又喊了一声。

玩乐结束了。路易清楚地知道,防护罩就在他的脖子上挂着。如果她往头部射击——好吧,假设她可以给他点时间把罩子拉到脸上,那么她射击与否就无关紧要。他跑的时候,抗冲击铠甲可以把枪弹抗住。他需要的是飞行背带。不过,他真的需要吗?

"好吧。"路易说,然后他笑着把双手向两侧举起。他真正需要的是一个盟友。他用一只手慢慢伸到背心,把翻译机拿出来别在喉咙下面。"这东西只要学会了,就可以让我们交谈。"

她拿枪示意道:走到我前面去。

路易一直走到飞行背带边上,弯腰把它捡起来,没有做什么突兀的动作。一声炸雷响开,路易·吴脚边六英寸的一块石头跳起来了。他松开飞行背带的保险绳,后退几步。

真该死,她不说话!她可能认定他不懂她的语言,索性就不开口了。那翻译机什么都学不到。

他双手举在空中,看着她用一只手摆弄着飞行背带,那把枪或多或少还是对着他。要是她摸错了开关,他就会失去飞行背带,也失去超导布了。但她把飞行背带放了下来,在路易的脸上琢磨了片刻,然后后退几步,做了个手势。

路易拿起飞行背带。她朝她的车示意,他摇了摇头。他走到喀密留下的那一英亩左右的超导布那边。超导布还被巨石压着,根本没法移动。

他把飞行背带绑在岩石周围并激活了它,这期间,那把枪丝毫没有离开过他。他用两臂抱着岩石——并抓着飞行背带的保险绳,因为他怕一旦滑落,这玩意儿就会飞走。岩石升了上去。他转过身,放开绳子,让岩石落回地上。

她脸上那种表情是尊重吗？是在尊重他的技术还是他的力量？他关掉飞行背带，把它和超导布一起捡起来，走到她的前面。她来到车边，打开一侧的双门。他把拿着的东西放下，朝里面四处看了看。

车内三面都是沙发；中间一个微小的炉子，顶部有一个排烟孔。后排座椅后面有几堆行李。最前端还有一个沙发，面向前方。

他退回来，转身向着斜塔方向走了一步，再看着她。她明白了，犹豫了一下，然后示意他继续。

尸体已开始散发臭味。他琢磨着她是否会掩埋或烧掉尸体。但她在尸体中转来转去，没有停下来的意思。倒是路易停了下来，用手指在一个女人的银色头发里戳了戳。

头发太多，头骨太小了。虽然她容貌娇美，但她的大脑比人脑小。他叹了口气，继续往前走。

那个女人跟着他，穿过底层建筑的外壳，来到塔内的螺旋形楼梯边，走了下去。一个死去的男人——她的族类——浑身破损，躺在毁坏的地下室里，手电激光器就在他的旁边。路易回头看了一眼那女人，看到她眼里含着泪水。

他伸手去捡激光器，她朝他前面开了一枪，地面溅起的石头打在他臀部，他在突然变硬的外壳里吓得一缩。他朝着破裂的墙面退去，她捡起了激光器。

她找到开关，一束光在他们身边跳跃，光束很宽。她找到聚焦按钮，光柱收窄下来。她点点头，把东西扔进口袋里。

他们往回走向车辆，路易随手把抗冲击铠甲的罩子拉到了脸上，仿佛是嫌阳光太耀眼。她也许已经得到了想从路易·吴那里得到的一切，也许她正口渴，也许她并不需要一个伴。

她没有朝他射击。她钻进车里,用钥匙锁上了门。路易立即变得孤立无援,没有水,没有工具。过了一会儿,她示意他靠近右侧窗口,那里是各种驱动控制。她是想给他示范怎么开车。

这是路易一直期待的突破点。他重复着她通过窗户喊叫的那些词汇,并增加了他自己的话。"方向环。转动。激活器。钥匙。油门。逆向油门。"她的手势很清楚。一只手在空中比画,另一只手竖起手指,做出指针的样子,那是"空速表"。

翻译器是这么开始说话的:两人比画着说了一会儿话,她打开门锁,拿着枪让出了一个座位,然后说:"进去,开车。"

这车子开起来噪音很大,而且时走时停,地面每一个微小的凸起,都会被它传递到驾驶员座上。路易终于学会了绕开道路上的碎石、裂缝和沙子堆。女人静静地看着他。她没有好奇心吗?他想着,吸血鬼已经夺去了她十几个同伴的性命。在这种情况下,她已经表现得够好了。

这时候她说:"我是瓦拉佛尔吉琳。"

"我是路易·吴。"

"你的那些设备很奇怪。扬声器、升降器、可变光——你还有什么?"

"该死! 我丢下望远镜了。"

她把望远镜从口袋里掏出来,"我找到了这个。"

可能她也找到了麻醉枪,不过路易没问。"好,把那东西戴上,我告诉你怎么使用。"

她笑着摇摇头。她一定是怕他会突然袭击她。她问:"你们在老城区里面做什么? 你在哪里找到这些玩意儿的?"

"这些都是我的。我从一颗很远的星球带过来的。"

"别跟我开玩笑,路易·吴。"

路易看着她，"那些造了那座城的人，他们有这样的东西吗？"

"他们有这种说话的玩意儿，他们能把建筑升到空中，当然，也可以把自己升到空中。"

"那我的同伴呢，你在环形世界上看到过他那样的吗？"

"他看着像个巨怪呢。"她脸红了，"我并没有机会观察他。"

是的，否则她就迷上喀密了。"为什么你总拿枪指着我？沙漠才是我们俩的敌人，我们应该互相帮助。"

"我没有理由信任你。现在嘛，我不知道你是不是疯了。只有造城族才会在星际间旅行。"

"你错了。"

她耸耸肩，"你必须开这么慢吗？"

"我需要时间上手。"

但路易已经渐渐熟练了。道路呈直线，也不是太粗糙。没有什么东西迎面朝他们开过来。路上时不时有些积沙。

瓦拉佛尔吉琳告诉他遇到积沙不要慢下来。

他已经向目的地走了相当长一段。他问道："那座空中之城，你能跟我说些什么吗？"

"我从来没去过那里。造城族的后代住在那里。他们不再造城了，也不再统治了，但我们让他们留在那城里，这是传统。他们有很多的访客。"

"访客？就为了参观那个城市吗？"

她笑了，"不只是这个。必须受到邀请才能去。为什么你一定要知道这些事情？"

"我必须赶到空中之城去。我们可以开多远？"

她大笑起来，"我认为你不会收到邀请的。你既不是名人，也不强大。"

"我会想别的办法。"

"我要到大河涧那边的那个学校。我必须去那里告诉他们这边的事。"

"所以到底是怎么回事？你们在沙漠里干什么呢？"

她没有拒绝这个问题，真不容易。翻译机时不时地停顿。因为词汇量有限，他们得一直用最简单的词。

机器族统治着一个强大的帝国。

一个传统的帝国是由一群近乎各自独立的王国构成的。各个王国必须纳税，有关战争、匪患、通信、有时甚至官方宗教等等事务，都必须遵照皇帝的命令，其他方面则按照他们各自的习俗生活。

机器族的帝国更是如此。例如，一群豢养牲畜的食肉者，他们在生活方式上与食草族人是冲突的，但这对商人是有利的，因为他们可以购买食肉者们加工过的皮具，不用和食尸鬼来往。在某些地区，许多物种相互合作，允许食尸鬼自由通行。总之，不同物种可以按照自己的风俗和天性生活。

"食尸鬼"是路易·吴的叫法。瓦拉佛尔吉琳叫他们"夜族人"。他们是垃圾清理者，从事殡葬业，这就是为什么瓦拉佛尔吉琳没有去埋葬她那些死去的同胞。食尸鬼有语言。它们可以被教会按照当地人类的宗教为死者做法事。他们也是机器族了解外界的信息来源。传说中，他们也曾服务于造城族，那时造城族还是统治者。

据瓦拉佛尔吉琳说，机器帝国是一个贸易帝国，但只对自己族类的商人征税。她说得越多，路易就愈发觉得事情没有那么简单。各个王国必须负责维护连接帝国的道路，但不是所有王国都有能力做到这一点,像生活在树上的"悬挂人"就不行。这些道路也标记出了不同族类的领土边界。跨越道路进行征战是被禁止的;所以只要道路还存在,就可以阻止战争的爆发(也不是绝对安全!)。

帝国有权招募军队,与盗贼匪徒开战。帝国征用了大片的土地来作贸易区,这些贸易区后来都变成完整的殖民地。由于道路和车辆把整个帝国连接起来,各个王国就得自己提取化学燃料,以满足日常所需。帝国购买矿产(通过强制征收?),自己开采矿石,并将生产权租给厂家,让它们按照帝国的要求来制造各种机械。

有专门训练贸易商人的学校。瓦拉佛吉尔琳和她的同伴们是大河泂那所学校的学生和老师。这本来是一次实地考察的,他们打算去调查一个贸易中心,它就在跟"悬挂人"的丛林交界的地方。界线那边是"攀行族",他们以坚果和干果跟其他种族交换商品;还有"牧族",他们是肉食者,以皮件和手工艺品与别族交换。(不,他们可不是红皮人,那是另一个人种。)但是,他们半道改变了方向,跑去参观一个古老的沙漠城市。

他们没想到会碰上吸血鬼。在这片沙漠里,吸血鬼去哪里找水呢? 他们是如何走到那里的呢? 吸血鬼几乎已经绝迹了,除非——

"除了什么? 我错过了什么?"

瓦拉佛吉尔琳的脸红了起来,"有些比较年长的人为了瑞色舍那,养了一些无牙的吸血鬼。事情可能就是这么发生的。一对还没有被驯服的家伙逃了出来,或是一个怀孕的女性……"

"瓦拉,这太恶心了。"

"是的。"她冷冷地表示赞同,"从来没有人大方承认自己饲养吸血鬼。你们那里有这种事情吗？就是某些人喜欢做那些其他人觉得很可耻的事情？"

这话问到关键点了，"我以后告诉你电流瘾的事，现在先不说。"

她的目光越过手中武器的瞄准器，观察着他。尽管她的下巴有一圈黑胡子，她看着还是比较像人类，就是大了一号。她的脸几乎是完美的正方形。路易没法解读她脸上的表情，这是可以理解的。人类的脸可以传达许多复杂的信息，瓦拉的进化方向不一样。

他问道："下一步你要做什么？"

"我要报告这起事情，再把从沙漠城市得到的文物交上去。我会得到一笔赏金。造城族的文物归帝国所有。"

"我再告诉你一遍，那些东西是我的，不是造城族的。"

"开你的车吧。"

沙漠上渐渐出现一块块绿色，阴影方块挡住了太阳的一部分，这时瓦拉佛吉尔琳叫他停下来，他乐于从命。困顿艰难的道路，以及为了不让车辆偏离道路，已经把他折磨得筋疲力尽了。

瓦拉说："你会——饭。"

他们已经习惯了翻译机时不时地出现空白，"我没听到中间那个词。"

"想办法加热食物，直到可以食用。路易，你会不会——？"

"做饭。"她大概没有不粘锅、微波炉吧？也不大可能有量杯、细沙糖、奶油，或者是任何一种他能认出来的香料。"不会。"

"我可以做饭，给我升火吧。你们吃什么？"

"肉、一部分植物，还有水果、鸡蛋、鱼。水果我可以吃生的。"

"那跟我们一样啊,除了鱼。好吧,你去外边等着。"

她把他锁在车外,然后爬进车厢后部。路易伸展了一下全身酸痛的肌肉。太阳已经变成方块边缘燃烧的细线,但依然耀眼。沙漠渐渐暗下来,反旋方向,一块宽广的区域反射着太阳光。现在他周围有一丛丛棕色的草,还有许多高大的树,其中一棵是白色的,似乎已经枯死了。

她从车里爬出来,朝路易脚边扔了个重物。"砍木头,生火。"

路易把那东西捡起来:这是一段木头,它的一端固定着一块粗铁楔子。"问个愚蠢的问题——这是什么?"

她说了个名字,"用锋利的边缘朝着树干砍,直到树倒下。明白了吗?"

"唔,"路易想起了在克孜人的博物馆里看到的战斧。他看了看斧头,又看看那棵死树……突然觉得受够了。他说:"天快黑了。"

"晚上你有视力障碍是吧? 拿着。"她把他的激光手电扔了过来。

"那棵枯树够了吗?"

她顺着路易的视线望过去,枪也随之转了过去,留给路易一个漂亮的侧影。路易把光束调整到最小,强度调整到最高,轻轻打开。一道明亮的光线从她身侧舔过去,扫向她的武器,那武器立即喷出火焰,解体掉在地上。

她站在那里,嘴巴大张着,手中拿着两块残片。

"我非常乐意接受来自朋友和盟友的建议,"他告诉她,"但我厌倦了受到命令,我的毛绒绒的伙伴已经给我下了很多命令。我们还是做朋友吧。"

她把手里的东西扔掉,举起了双手。

"你的车后有更多的子弹、更多的枪。武装起来。"路易转身走掉,用激光弯弯扭扭地切开枯树,十几段圆木燃烧着落在地上。路易走过去,把圆木踢到树桩周围,紧紧堆成一堆,又在圆木堆里拿激光划了几下,火焰慢慢生了起来。

有什么东西在他肩胛之间"嘭"地一响。他的抗冲击铠甲立即随之变硬。空中传来雷电的噼啪声。

路易等了一下,但二次打击没有到来。他转身走回车边,对瓦拉说:"永远、永远、永远不要再做那样的事。"

她面色苍白,吓坏了,"不了,我再也不了。"

"要我帮你拿那些做饭的东西吗?"

"不用,我自己可以拿……我没有打中你吗?"

"打中了。"

"那是怎么回事?"

"我的一件工具救了我。我从很远的地方带来的,光线在一法兰内所跑距离的一千倍那么远。还有,那工具是我的。"

她挥了挥手臂,转身走开了。

第十六章　贸易策略

地面上长着一种植物，像是一节一节带绿黄色条纹的香肠，在两节之间的位置长出芽来，没有根。瓦拉佛吉尔琳切了一些，放入锅中，加了些水，然后从车上的一个大袋子里取了些带荚的种子放进去。她把锅放在燃烧的木块上。

该死，路易应该自己动手的。晚餐肯定难吃死了。

此时，太阳已经完全消失了。左舷方那一团密集的星光一定就是空中之城的所在。大拱弧穹上黑色的天空，泛着蓝白光的横向条纹依稀可见。路易觉得自己正坐在某种巨大的玩具上面。

"要是有点肉就好了。"瓦拉说。

路易说："把望远镜给我。"

他避开火光，把望远镜戴上，打开了亮度增强器。他发现，在火光照到的范围之外，有几双眼睛一直在看着他们。路易很庆幸刚才没有朝周围胡乱开枪。那是两个较大的身影和一个较小的身影，是一家食尸鬼。

但还有一个身影，眼睛很亮，个子很小，轮廓毛茸茸的。路易用手电激光器的光线一下子切断了它的头。几个食尸鬼吓得往后退缩,接着相互耳语。然后那个雌的开始向那只死了的动物走去,但没走几步又停了下来,给路易让路。路易捡起那只动物的身体,看她不住往后退。

食尸鬼好像很缺乏自信,但他们在生态链中的地位是非常稳固的。瓦拉告诉他,如果某个族类花费很大的力气去掩埋或焚烧死者,那么,食尸鬼就会去袭击那些活人。夜晚是他们的天下,他们从各地的宗教中学到了一些魔法,据说还可以隐形。对此甚至连瓦拉都半信半疑。

但他们没有来打扰路易。何苦呢?路易会吃掉毛绒绒的野兽,然后总有一天,路易自己也会死,到那时食尸族再去讨债也不迟。

他们盯着他看,他则在审视着那只猎物:像兔子,但有一条很长的尾巴,尾巴尖是平的,完全没有前爪。不是类人物种,谢天谢地。

他抬起头来,看见一团微弱的紫色火焰在左舷方很远的地方闪烁。

他屏住呼吸,让自己保持纹丝不动,加大亮度和望远倍数。这一刻,甚至太阳穴的突突跳动都会让画面模糊掉,他知道他看见的是什么。那团紫罗兰色的放大的火焰刺痛了他的眼睛,这火焰呈扇形,像火箭在真空中喷射的形状。它的底部则被一条黑色的直线切断——那是左舷方向的边缘墙的外沿。

他拿开望远镜。即使他的视力已经调节回来,紫色的火焰几乎也看不见了,他的眼睛还是觉得它就在那里,既微弱,又……巨大无边。

路易回到火堆旁,把猎物扔在瓦拉脚边。他走进右舷方向的黑暗中,再次套上了望远镜。

右舷方向,火焰要大得多,当然,这一侧离边缘墙也要近得多。

瓦拉把小动物的皮剥下来,整个把它扔进了锅中,连内脏也没有摘除。她弄完后,路易拉着她的手臂走到黑暗中,"你看一小会儿,然后告诉我,是否看见远处有一团蓝色的火焰。"

"有的,我看到了。"

"你知道那是什么吗?"

"我不知道,但我想我父亲知道。他最后一次从城里回来时,有些东西他不肯讲。不只这些呢,把你的眼睛转向大拱弧底部,顺旋的方向。"

头顶上,一条被日光照亮的蓝白相间横条,那光亮得让他眯起眼睛。路易用手挡住部分亮光……好了,借助于望远镜,他能辨认出来,在大拱弧边缘,有两丛烛光一半大小的火焰,在它们之上更高的地方还有两道,不过更细小。

瓦拉佛尔吉琳说:"它们第一次出现是在七个法兰之前,在顺旋方向的大拱弧最底部,接着顺旋方向出现了更多,然后是左舷和右舷两边那些更大的,最后,逆旋方向的大拱弧也出现了。现在共有二十一处这样的地方。每个法兰都会出现两天,在太阳最亮的时候。"

路易如释重负,深深地呼出一口气来。

"路易,我不知道你做那个动作意味着什么。你是在生气还是害怕,还是放心了?"

"我也不知道。姑且说是松了一口气吧。我们剩下的时间比我想象的要多。"

"什么剩下的时间?"

路易笑了,"你还没受够这些疯狂的事情吗?"

她抬起头来，"有没有受够我自己说了算！"

路易生气了。他并不恨瓦拉佛尔吉琳，但她是个棘手的角色，而且她已经杀过他一次了。"这么说吧，如果你们居住的这个环形结构没人去管，它就会撞到阴影方块——就是那些遮住阳光，带来夜晚的东西——最多还有五六个法兰的时间，这会毁灭一切。届时这个环形结构会跟太阳本身碰撞，整个世界不会有什么东西活下来。"

她大叫起来："你还为此大松一口气？"

"放松，放松。环形世界并没有被丢下不管。那些火焰就是一些正在移动它的发动机。我们现在几乎处在离太阳的最近点，那些发动机在运用制动推力——也就是向内、向太阳的方向喷射燃料，就像这样。"他拿起一根树枝在地上画起了示意图。"看见了吗？它们正在把我们拉回原处。"

"所以我们不会死了？"

"那些发动机的能力可能还不够，但它们可以拖延一下。我们或许还有十个或十五个法兰的时间。"

"我真希望你是个疯子，路易。你知道得太多了。你知道世界是一个圆环，这可是个天大的秘密。"她肩膀耸了一下，仿佛扛着很重的东西，"没错，我受够了。要不咱们再来一次瑞色舍那？"

他大吃一惊，"我以为你上次已经玩够了，一辈子都不需要了呢。"

"这不好笑。跨种交媾是达成和平协议的方式！"

"哦，好吧。那先继续说那些火焰的事？"

"当然，我们需要光。"

她调整了一下锅的位置，让它离火焰更近，以便慢慢地煮。

"我们要讨论一下条件。你能保证不伤害我吗?"她在他对面的地上坐下来。

"我保证不伤害你,除非我受到了攻击。"

"我也做出同样让步。你还想要我同意什么?"

她很爽快,完全就事论事,路易也跟着投入了进来,"你要在自己实际需要满足的情况下,把我送到尽可能远的地方,最好是一直到……大河洞。你得承认那些东西都是我的。你不能把它们、把我交给任何权威组织。你会给我提供建议,以你所知、尽你所能,最后让我能进入空中之城。"

"回报是什么?"

此时此刻,这个女人的命运难道不是由路易说了算吗? 算了,不计较了。"我会想办法拯救环形世界。"他有点惊讶地发现,这正是他最想做的,"如果我能做到,我一定会去做,不管付出什么代价。如果我发现环形世界没救了,我就会先救自己,如果方便的话,也会救你。"

她站了起来,"这承诺毫无意义。你许诺给我的只是你的疯狂,好像它有什么真正的价值似的!"

"瓦拉,你没跟疯子打过交道吗?"路易被逗乐了。

"我从来没和外星人打过交道! 我只是一个学生!"

"冷静点。那还有什么我可以给你的呢? 知识? 我会分享我的全部知识,原样奉送,绝不藏私。我知道造城族的机器是如何失灵的,是谁造成的。"假设造城族就是哈尔罗蒲丽尔拉拉尔的物种……

"更多的疯话?"

"那你得自己来决定了。还有……我可以把我的飞行背带和望远镜给你,但得等我用完了之后。"

"那大概是什么时候?"

"等我的同伴回来的时候……如果他们会回来的话。"登陆船上还有一套飞行背带、一副望远镜,本来是为哈尔罗蒲丽尔拉拉尔准备的。"要不然等我死了,它们就是你的了。我现在就可以把手里的布分一半给你,只需要一些布条,就能修理好造城族的某些老机器。"

瓦拉想了一下,"我希望我更有用些。好吧,我同意你的所有要求。"

"我也同意你的。"

她开始脱下衣服和首饰。动作很慢,很像是在挑逗……直到路易看明白了她在做什么:从身上剥离掉所有可能的武器。他一直等到她差不多全裸了,才开始模仿她,逐一扔掉激光手电筒,扔掉望远镜和抗冲击护身甲,扔得离她远远的。甚至连他的计时器也扔掉了。

于是他们开始做爱,但这不是"爱"。昨晚的疯狂已经随吸血鬼远去。她问他喜欢什么方式,后来又坚持让他选"传教士"。这次做爱更像是走形式。也许本当如此。完事后,她起来去搅拌那只锅,他还是很小心地确保她没有挡在他和他的武器之间。情况有点诡异。

她回到他身边,他解释说,他的种族可以连续多次做爱。

他盘腿坐下,瓦拉坐在他的腿上,双腿紧紧夹住他的臀。他们抚摸对方,在刺激的呼吸中探索对方。她喜欢被抓挠背部。她背上肌肉丰满,躯干比路易还宽。她的一缕头发顺着脊柱垂下。她对阴道肌肉有着精妙的控制力,胡须的边缘很软、很细。

而路易·吴头顶的发根里,有一个塑料圆盘。

他们躺在对方的胳膊里,她等待着。

"即使你们没有电,你也一定听说过它,"路易说,"造城族用它来使他们的机器运行!"

"我知道,我们可以利用河水的流动来发电。传说在造城族衰落之前,天上曾经有取之不尽的电。"

已经说得够准确了。阴影方块上有太阳能发电机,它们把能源发射回环形世界的接收器上。接收器自然使用了超导电缆。后来,它们不知不觉都失灵了。

"是的。如果我把一根极细的导线放进大脑里面合适的地方——我已经放了一根——然后,只要一丁点的电流就可以给我大脑里主管快乐的神经挠痒痒。"

"那是什么感觉?"

"感觉像是喝醉了,但又没有眩晕,也没有醉后的不适。就像跨种交媾,或真正的交配,只是你不需要去爱任何人,只要你自己就行了,而且无须停下来。但我停了下来。"

"为什么?"

"有个外星人拿走了我的电源。他想对我发号施令。而且在此之前,我一直对这件事很羞愧。"

"造城族从来没在头颅中埋过电线,要不然,搜索他们的城市废墟时,我们肯定会发现的。这是哪里的风俗?"她问。下一刻,她从他身上滚下来,惊恐地盯着他。

这是他后悔得最多的一桩恶行:没法管住自己的嘴。他说:"我很抱歉。"

"你说,几条那种布的碎片就可以——那是什么布?"

"它可以无损耗地传导电流和磁场。我们称之为超导体。"

"是的,就是那东西,最后毁了造城族。超导体烂掉了,是不是? 你的布也会腐烂吗? 还能用多久?"

"不会,这种不一样。"

她朝他尖叫起来:"你是怎么知道这些的,路易·吴?"

"是'幕后人'告诉我的。'幕后人'是个外星人,他把我们强行带来了这里,害得我们没办法回家。"

"这个'幕后人',他把你们当奴隶?"

"他想这样。但人类和克孜人可不是合适的奴隶。"

"他的东西靠得住吗?"

路易做了个鬼脸,"不。他逃离了他的世界时,偷走了超导布和超导线。他没时间自己造,他一定知道这东西储藏在哪里。他还带来一些其他东西,比如踏碟。这些都是唾手可得。"他立即感觉到哪里不对劲,但过了一会儿才明白过来。

翻译机过早停止了讲话。

接着,它用一种非常不同的声音说:"路易,告诉她这些事,真的明智吗?"

"她猜到了其中的一部分,"路易说,"她正要责备是我把空中之城毁掉的呢。把翻译机还给我。"

"你是想说,空中之城是我毁掉的?我能允许你有这么丑陋的怀疑吗?我的族人为什么要干这么可恶的事?"

"怀疑?狗娘养的。"路易骂道。瓦拉跪下来,睁大眼睛看着他,听着他跟自己胡言乱语。她无法听到耳机里面"幕后人"的声音。路易说:"他们废黜了你当'幕后人',然后你就跑了,随手抓了些你能抓到的东西。踏碟、超导布、超导线和飞船。踏碟很容易,你们一定生产了百万千万。可是你去哪儿找的超导布?而且它们在环形世界上可不是自己烂掉的,这点你心里有数!"

"路易,我们为什么要做这种事?"

"为了贸易优势。把翻译机还给我!"

瓦拉佛尔吉琳站了起来。她把锅往外拉了一点,轻轻搅拌,尝了尝。她走向车那边,消失了一会儿,然后拿了两个木碗回来,里面盛着蘸酱料。

路易不安地等着。"幕后人"可能会让他就陷在这里,不给他翻译机。路易没什么学习语言的天赋⋯⋯

"好吧,路易。本来的计划不是这样的,而且,这在我之前的时代就发生了。我们当时正在寻找一种以最小的风险来扩大疆域的方式。局外人把环形世界的位置信息卖给了我们。"

局外人是冷酷、脆弱的生命,他们在整个银河星系里以亚光速到处漫游。以知识做交易。他们很可能早就已经知道了环形世界,并把这些信息出售给了傀儡师,但是⋯⋯"等等。傀儡师是惧怕太空旅行的。"

"我克服了那种恐惧。如果环形世界是宜居的,那么一个人在一生中作一次太空航行也没有太大的风险。当然,我们本来可以在静力场中航行。根据局外人的情报,结合我们自己通过望远镜和自动探测器了解的,环形世界确实是理想之地。但我们必须亲自调查。"

"一个实验派的决定?"

"当然。不过,要接触这么强大的文明我们还是有点犹豫。但我们通过激光光谱分析了环形世界的超导体。我们制造了一种细菌,它可以吃这种超导体。探测器把超导瘟疫传遍了环形世界。你大概也猜到了吧?"

"差不多,是的。"

"我们本来要派商船过来。我们的商人们会看准时机,出手相救,然后打听到我们需要的一切,还能找到盟友。"傀儡师的声音清澈而富于音乐感,完全没有一丝愧疚,甚至连难堪都没有。

瓦拉摆好了碗,在他对面跪坐下来。她的脸在阴影里。从她的角度看,翻译被打断的时机简直糟糕透了。

路易说:"我猜,后来保守党在选举中获胜了。"

"不可避免的结果。探测器发现了方向调节器。我们意识到环形世界并不稳定。我们想研究出一种完善的方案来处理这个问题,但当那些照片被公之于众,我的政府就垮台了。我们本来没有机会返回到环形世界的,直到——"

"什么时候? 你们什么时候开始传播瘟疫的?"

"按地球时间算,一千一百四十年前。保守派统治了六百年,然后克孜人的威胁让实验派重新掌权。当时机合适,我就派了涅索斯和他的团队到环形世界。如果这个工程在细菌入侵后一千一百年依然存活,那它还是值得进一步研究的。我本可以派一个贸易和救援团队过来。不幸的是——"

瓦拉佛尔吉琳把激光手电筒放在她的腿上,瞄准路易·吴。

"——不幸的是,这个工程已经损坏了。你们发现了陨石坑,大地也风化到露出司克力斯。现在看来——"

"紧急情况。紧急情况。"路易保持着平静的声音。她是怎么做到的? 他刚才看到她跪下,双手各端着一碗炖得热气腾腾的东西。难道那东西一直贴在她背上? 别管了,至少她还没有开火。

"听到了。""幕后人"说。

"你能不能用遥控器关闭掉那个激光手电筒?"

"我可以做得更漂亮。我可以把它炸掉,把拥有它的人杀死。"

"你不能仅仅关掉它吗?"

"不能。"

"那就快点把翻译机还我,他妈的快点。测试——"

那盒子重新说起了机器族的语言。瓦拉马上做出回应,"你到底在跟谁说话,到底在说什么?"

"我在跟'幕后人'说话,就是他把我弄到这儿来的。我可以假设你不会攻击我吗?"

她犹豫了一下才回答:"是的。"

"那么我们的协议仍然有效,我还在为拯救这个世界收集数据,你没什么好怀疑的吧?"夜很温暖,但路易觉得自己很冷,像是赤身裸体。

激光手电筒的死亡之眼没有睁开。瓦拉问道:"是'幕后人'的族人造成了空中城市的毁灭吗?"

"是的。"

"那就别跟他们商量了。"瓦拉命令道。

"要靠他收集大部分的数据。"

瓦拉掂量着,路易一动不动。有两双眼睛在黑暗中闪烁着,就在她身后很近的地方。路易不知道食尸鬼用那双奇怪的耳朵听到了多少,明白了多少。

"那就利用他们吧。但我想听到他在说什么。"瓦拉说,"我根本没有听到他的声音,他也许只是你的想象。"

"'幕后人',听见了吗?"

"我听见了。"路易的耳机响起了星际语,但他喉咙处的盒子讲的还是瓦拉佛尔吉琳的本族语。好,当然好。"我听见了你跟这女人的承诺。如果你能找到办法修好这个世界,就去行动吧。"

"当然,你的族人还是用得上这里的。"

"如果你借助我的车子稳定了环形世界,要记上我的功劳。我也想要回报。"

瓦拉佛尔吉琳咆哮着打断了回复。路易赶紧说："你会得到你应得的奖励。"

"是我所领导的政府,在损害造成之后一千一百多年,为环形世界带来了援助。你要为这一点作证。"

"她会的,但有保留。"路易帮瓦拉回答道,又转身对瓦拉说,"根据我们的协议,你承认你手上拿着的是我的财产。"

她把他的激光手电筒扔到了一旁。他把它放在一边,感到自己瘫了下来,半是解脱,半是疲倦和饥饿。不过,时间不多了。"'幕后人',给我们说一下方向调节器。"

"安装在边缘墙支架上的巴萨德冲压发动机,相距三百万英里,等距离安置。两道边缘墙上应该各有两百个,在运行时,每一个都可以收集四至五千英里半径内的太阳风,通过电磁压缩让它发生聚变反应,然后转为制动模式,像火箭燃料一样喷射火焰。"

"我们可以看到其中一些在喷射。瓦拉说有二十一处在运行?"——瓦拉点点头——"也就是说,95%都没有了。糟糕。"

"这是有可能的。我们上次谈话之后,我拍到了四十个边缘支架,它们都是空的。要不要计算下所有调节器都一齐点火的总推力?"

"好。"

"我估计还能运转的调节器不多了,不够拯救整个结构。"

"是的。"

"工程师们会不会安装了一个独立运行系统,专门维护这个结构?"

派克保护者不会这样考虑问题,对吧?他们往往过于自信,以为总能随机应变。"不太可能,但我们会继续寻找。'幕后人',

我饿了,也很困。"

"该说的都说完了吗?"

"记住查看方向调节器。看看哪些还在运行,算出它们的推力。"

"我会的。"

"还有,试着联系一下空中之城,告诉——"

"路易,我发的消息没法穿过边缘墙。"

当然穿不过去,那是纯司克力斯做的。"动一下你的飞船吧。"

"不安全。"

"用探测器呢?"

"隔着边缘墙对探测器来说距离太远了,随机频率没法发射过去。"带着强烈的不情愿,"幕后人"又补充说,"我可以用剩余的探测器发送消息。无论如何我都应该让信号越过边缘墙。"

"是啊,把探测器放在边缘墙上做中继站,争取使信号能达到空中之城。"

"路易,我找不到你的翻译器的位置。但我在你的反旋方向近二十五度位置定位了登陆船。这是为什么?"

"喀密和我分头行动了。我去空中之城,他去大洋那边。"就说那么多,应该不会出问题。

"喀密没有回答我的呼叫。"

"喀密可不是听话的奴隶。'幕后人',我真的累了。过十二个小时再叫我。"

路易端起碗就吃。瓦拉佛尔吉琳没有使用任何香料。煮熟的肉和植物的根茎都不怎么好吃。但他不在乎,他把碗都舔干净了。好在他还足够的清醒,吃完后服了一粒过敏药。他们爬进车里准备睡觉。

第十七章　移动的太阳

那张带软垫的长凳在他身下剧烈地颠簸着，用它作为睡盘的替代品实在是太糟糕了。路易累僵了，不断睡着，又不断被摇醒……

但这一次是瓦拉佛尔吉琳在摇晃他的肩膀。她的声音既温柔又带着挖苦的味道，"醒醒，路易，你的仆人要斗胆打断你辛苦挣来的休息了。"

"呃，好了。怎么了？"

"我们已经跑了好远了。这一带有飞跑族的土匪。我们俩必须有一个当枪手。"

"机器族睡醒后不用吃东西吗？"

她有点不安，"没吃的了。我很抱歉，我们只能吃一顿饭，然后睡觉。"

路易套上他的抗冲击铠甲和背心。他和瓦拉一起动手，把一块金属罩搬到炉子上罩住。路易站在上面，头和手臂正好从车子顶部的排烟孔钻了出去。他对身下喊道："飞跑族的人长什么样啊？"

"比我的腿长，胸部很大，长手指。它们可能带着枪，从我们这儿偷的。"

车子蹒跚着开了出去。

他们从一片山地中驶过，穿过一丛丛矮小的干旱灌木，以及成片的树丛。大拱弧在白天是肉眼可见，只要你抬头眺望，不留心观察的话，它会和天空的蓝色融合在一起。远处的阴霾中，路易能隐约认出一个城市飘在空中，仿佛是童话中的景象。

这一切都显得那么真实，他想。再过两三年，这景象有可能变成某个疯子的白日梦。

他从背心里捞出翻译机，"呼叫'幕后人'，呼叫'幕后人'……"

"我在呢，路易。你的声音里有种奇怪的颤音。"

"路很颠。有什么新情况吗？"

"喀密还是不回应我的呼叫，空中之城的居民当然也没有。我已经把第二个探测器降到了一个小型的海洋里，平安无事。我不信谁能在海底发现它。再过几天'火热探针号'的燃料箱就可以加满了。"

路易不想跟"幕后人"提起海族人。傀儡师越是感到安全，就越不可能放弃他的计划、环形世界和他带来的两个乘客。"我正想问一下，你的探测器里也有踏碟，要是你发送一个探测器给我，我就可以跳回'探针号'了，对吧？"

"不是这样的，路易，那些踏碟只能连到'探针号'的燃料箱，还得先通过一只过滤器，滤芯只允许重氢元素通过。"

"要是把过滤器取下来，是不是就可以通过一个人了？"

"那你最后还是会掉到燃料箱里的。为什么问这个？充其量你只能让喀密跟你节约一个星期的旅行时间。"

"那也值得啊。万一我这里出了岔子呢？"事到如今，为什么路易还试图隐瞒那个流氓克孜人的背叛？他不得不承认，那场混乱很令人难堪，他真的不想谈这件事。更不用说，傀儡师知道了真相可能会紧张起来。"你能不能制定一个紧急计划，以备万一？"

"我会的。路易，我定位到了登陆船，离大洋还差一天路程。喀密去那里找什么？"

"找不同寻常的新奇事物。去他的，要是我们知道那儿有什么，他就不用去了。"

"那当然。"傀儡师疑惑地关闭了通信器。路易把翻译机装进了口袋，他笑起来。喀密想在大洋那头找到什么？无非是爱情和军队嘛！既然金克斯区已经跟无壳蜗牛怪放在了一起，那克孜国区还会放在哪儿？

性冲动、自卫、报复——三者中任何一种都可能把克孜人引向克孜国区域。对于喀密来说，安全感和复仇心是密不可分的。除非喀密能够战胜"幕后人"，否则他怎么有脸再回到已知空间？

不过就算喀密拥有一整支克孜军队，他又怎么对抗"幕后人"呢？他以为他们会有飞船？路易知道他会失望的。

但那里肯定会有女性的克孜人。

不过确实有件事情是喀密可以用来对付"幕后人"的，但喀密很可能想不到，而路易现在又无法告诉他。况且，他还不知道到底该不该说。这个办法太狠了。

路易皱起了眉头。那傀儡师的怀疑语气令人担忧。他猜到了多少？那外星佬是个极好的语言学家；但因为他是个外星人，他不怎么会用细微的语气、语调隐藏自己的真实想法，他的潜台词昭然若揭。

算了,以后总会知道。路易看向外面,低矮的灌木林已经变得又高又密,足够隐藏一些埋伏了。他的眼睛不停移动,在崎岖起伏的山坡中搜索着。他的抗冲击甲胄可以阻挡狙击手的子弹,但要是强盗朝司机开枪呢?路易完全有可能被困在金属和燃料的烈焰中。

他全神贯注地看着车外的风景。

不一会儿,他看到一片美丽的景象。五英尺高的笔直树干的顶端,有一朵巨型的花。路易看着一头巨鸟钻进花里,那鸟很像一只巨鹰,但长着长长的喙。还有一种叫"肘根"的植物,茂密地张在一堆胡乱放置的栅栏丛中。这个种属的肘根比他第一次来时看到的更大,那是在远隔九千万英里的地方。这里也生着他们昨晚吃的那种形似香肠的植物。前面突然出现一大群蝴蝶,像一团云,从这个距离来看,和地球上的蝴蝶差不多。

一切看起来如此真实。派克保护者造出的东西绝不可能不堪一击。况且派克人对自己的技术也有信心,坚信他们能修复任何东西,甚至能从零开始创造出全新的装置。

这些猜测都是基于一个死了七百年的人所说的话:杰克·布伦南,那个小行星带居民。而他其实也只认识一个派克人。生命树把布伦南本人变成了一个"保护者"阶段的人——皮肤上长了甲胄,有了第二个心脏和扩张了的颅腔……可能这些变化让他疯了,也有可能福斯坡克不能代表典型的派克人。现在,路易·吴满脑子里装的都是杰克·布伦南对派克人福斯坡克的描述,他企图像某种显然比自己聪明的种族一样思考。

总有什么办法修好这一切吧。

顺旋方向的灌木丛渐渐变成形似香肠的植被,反旋方向则变成了起伏的山丘。不久路易就看到了他看到的第一个燃料补给站。这是一个很大的工业区,化工厂周围已经发展出城镇的雏形。

瓦拉叫他下来。她说:"关上烟孔,待在车上,不要被人发现。"

"我是非法闯入吗?"

"你太不同寻常了。虽然有时会有生面孔,但我需要解释你的身份。我没有想到合理的解释。"

他们沿着工厂的墙开过去,那墙一扇窗户也没有。透过车窗,路易看着瓦拉在跟那些长腿大胸的人讨价还价。这里的妇女们真是令人惊讶,巨大的胸部上长着巨大的乳房,但路易没法管她们叫漂亮。每个女人都留着长长的黑发,覆盖在额头和脸颊上,头发中间夹着一张微小的瓜子脸。

路易蹲在前排座椅后面,瓦拉往后座的门里塞了一包包东西。不久他们又上路了。

一个小时后,瓦拉的车在远离人烟的路边停下。路易从金属罩上爬下来,饿得眼冒金星。瓦拉买了些食物:一只巨大的烟熏鸟,以及前面看见过的那种巨大花朵的汁液。路易一头扎进了鸟肉中,过了一会才问:"你不吃吗?"

瓦拉笑了,"我到晚上才吃。但现在我可以陪你喝点东西。"她拿了一个彩色玻璃瓶到车后面,从花朵中倒出一些清澈的液体。她喝了一口,然后递过瓶子。路易跟着喝了一口。

是酒精。环形世界上当然不可能钻油井,但只要有植物可以发酵,就可以建酒精蒸馏的工厂。"瓦拉,会不会,呃,某些族类会不会迷上这玩意儿?"

"有时会。"

"你们怎么对待这种情况?"

这个问题让她惊讶,"他们会长教训的吧。一些人因为天天喝,变成了废物。如果一定要喝,他们就互相监督。"

其实这就是飞电佬问题的初级版,解决方案相同:时间和自然选择。这东西似乎并不影响瓦拉,路易在这方面当然也折腾不起。他问道:"离城市还有多远?"

"三四个小时就能到空中之路,我们会在那里被拦下来。路易,你为什么不干脆飞过去呢?"

"你说呢? 如果没人朝我射击,我肯定愿意这样。依你看,如果这些种族见到一个飞人,他们会朝他射击,还是会听他解释?"

她从那个装了酒精与花蜜的瓶子里啜了一口,"规则很严格。除非受到邀请,否则只有造城族才能通过。但是,从来没有谁是飞到城里去的!"

她把瓶子递给他。花蜜很甜,味道很像加水的石榴糖浆,还有一种极佳的酒香,一定是用一百度纯酒精勾兑的。他把酒瓶放下,拿出望远镜对着城市。

那是一座座垂直的高塔,从一群睡莲花瓣形状的结构中升起,风格千奇百怪:有的由砖块垒成,上下两端都变细变尖,像针一样;有的是半透明的板材围成的多面柱体。其中一座呈修长的锥形,尖端向下悬停在那里。有些建筑物只有窗户,有些则全是阳台。环绕高塔的坡道和宽阔笔直的闸道高低交错,把它们连成一体。即使知道建造者算不得人类,路易还是无法相信有谁会造出这样的东西来。它们太怪诞了。

"他们一定是从很远的地方聚集到一起的,"他说,"当电力终止时,有些建筑上还有独立的供电系统。蒲丽尔的族人把这些建筑聚集起来,组成一个城市,是这么回事吧?"

"没人知道。但是,路易,你说得好像你亲眼见到了一样!"

"从你生下来起,这东西就在这儿了,你无法像我这么清醒地认识它。"他的目光继续搜寻。

那边有一座桥。它从附近山顶上一个没有窗户、不是很高的建筑上,以优美的弧线向上拱起,连接到一根带凹槽的巨大支柱的底部。一条碎石路呈 Z 字攀爬上坡,一直通到山顶。

"我猜所有受邀的客人都要从最上面那个地方经过,然后走上那个浮桥。"

"当然。"

"那里会发生什么?"

"访客会接受搜查,看是否持有违禁物品,还会被盘问。可能造城族对于放谁上去很挑剔,其实我们也是这样啊!机械族的异见分子有时会企图把炸弹运上去。造城族也曾派雇佣兵为他们运送零件,来修复他们的魔力水凝器。"

"什么?"

瓦拉笑了一下,"魔力水凝器,可以从空气中收集水,但目前只有几台机器能正常运行,收集量远远不够。造城族得靠我们从河里抽水送上去。当政策发生争端时,他们就没水喝了,而我们则得不到他们收集到的信息,直到双方达成妥协。"

"信息? 他们怎么收集信息,用望远镜吗?"

"我父亲跟我说过一次。他们有一个房间,在那里可以看到世界各地发生的事,比你的望远镜强。别忘了他们位置高,可以看得很远,路易。"

"这些事还是该问问你的父亲,怎样——"

"这可不是一个好主意。他很……他不能……"

"是我的体型和肤色都不对,是吗?"

"是的,他不大可能相信你能制造出你手里的这些东西。他会把它们夺走的。"

该死。"他们让那些游客进去后，会发生什么呢？"

"我父亲回家时，左臂刻上了一种文字，那是只有造城族才懂得的文字。那些字像银线一样闪着光，无法洗掉，但在一两个法兰之后会自己消失。"

听起来不太像文身，更像是印刷电路。造城族对访客的控制，可能比访客们意识到的要多。"那么，客人们去那上面做什么呢？"

"他们讨论政策、制作礼物——大量的食品，加上一些工具。造城族会向他们展示奇迹，并与他们进行'瑞色舍那'。"瓦拉突然站起来，"我们该走了。"

他们已经把土匪的威胁抛在了后面。路易坐到了前排瓦拉旁边。颠簸和噪音他们不得不提高嗓门。路易大喊："瑞色舍那？"

"现在不行，我在开车。"瓦拉露出了一大排的牙齿，"造城族非常擅长'瑞色舍那'。他们几乎可以跟任何的族类交配，这对于保持他们古老的帝国可说是帮了大忙。我们进行'瑞色舍那'只是为了贸易，还有为了不生孩子。直到想安定下来，我们才会同族交配。但造城族一直在生孩子。"

"你知道有谁会邀请我做客吗？有没有对我的这些机器感兴趣的人？"

"只有我父亲，但他不会的。"

"那我就得飞上去了。好吧，城的下面是什么？我可以走到那里，然后飘上去吗？"

"下面是阴影农场。如果你不带那些工具，可以假扮成农夫混进去。所有族类都有农夫，这是一件肮脏的工作。城市上面有的下水道口,污水必须用来浇灌植物。那些植物都是洞穴生命,生长在黑暗中。"

"但是……哦,当然,我现在知道了。太阳永远不会移动,因此城下总是黑暗的。但是洞穴生命是什么? 蘑菇吗?"

她盯着他,"路易,太阳会移动? 这是哪门子想法?"

"我忘了我在哪里了。"他做了个鬼脸,"对不起。"

"太阳会怎么动呢?"

"嗯,当然,其实是行星在移动。我们的世界都是一个个旋转的球,如果你待在一个位置,太阳就似乎从天空一侧上升,从另一侧下降。太阳落下时是晚上,重新升起时就是早晨。你想想,环形世界的工程师为什么要在那里放些阴影方块?"

车子不断左右穿行。瓦拉在颤抖着,脸色苍白。路易轻轻地问:"太奇怪了,吓着你了吗?"

"不是这个。"她发出了一声奇怪的嘟哝,"就是最愚蠢的人也知道阴影方块的作用,它们是用来模拟球形世界那种昼夜周期的。路易,我真的希望你是疯了。我们该怎么办?"

他不得不想出某种回答,"可以在其中一个大洋下面打一个孔,等那个点到达近日点,就可以让好几个地球那么大质量的水喷进太空,靠反作用力把环形世界推回到原来的位置。'幕后人',你在听吗?"

那个过于完美的女低音说话了:"这似乎不可行。"

"当然不可行。光是一个问题就够了:事后怎么把那个孔堵上? 再说,环形世界会发生摇摆。那么剧烈的摇摆可能会杀死这里的一切生物,还会失去大气层。但是瓦拉,我会努力想个办法的。"

她再次发出那种奇怪的嘟哝,拼命摇头,"至少你挺敢想的!"

"如果是环形世界的工程师,他们会怎么做呢?

"要是有敌人把大部分的方向调节器都打掉了,他们会怎么办?他们建造环形世界的时候,不可能没有预想到这样的事情。我需要更多地了解他们。快把我送到空中之城去吧,瓦拉!"

第十八章　阴影农场

　　他们开始超过其他车辆：都是些或大或小的带窗口的盒子，每个后面都拖着一个小号的盒子。道路宽阔起来，变得平坦舒适。燃料补给站也更密集了，而且都是机器族人那种坚固的方形建筑。四四方方的车辆越来越多，瓦拉不得不放慢速度。路易感到自己很惹人注目。

　　他们终于开过山坡的最高处，城市就在前面了。瓦拉这时当起了导游，他们穿过不断增长的车流，一路开下坡去。

　　"大河涸"最早是一系列的码头，沿着大蛇河修建，但全都分布在这条宽广的棕色河流的顺旋一侧。往昔的中心区域现在看起来像个贫民窟。各式建筑扩展到了大蛇河两岸，由几座桥连接着，发展成了一个巨大的圆形城市——唯独缺了一小块。而那缺失的部分，就是造城族那空中之城的影子。

　　现在，他们四周全是移动的方盒子，空气中弥漫着酒精的香味，瓦拉的速度已经慢得像是在爬了。路易把腰弯得很低。沿路的司机有充分的机会朝他们张望过来，看看这个体型和样貌都很怪异的外星人。

　　但他们没有看他。他们既不看路易，也不看其他路人；他们似乎只盯着路上的车辆。瓦拉继续往前开车,来到了城市的中心。

这里的房子互相挤在一起,都是三四层高,非常窄小,相互之间完全没有空隙,甚至被挤到了街道上方,遮住了日光。与此形成鲜明对比的是公共建筑。这些建筑非常低矮,分散得很开,规模庞大,占地充足。它们在乎的是地盘而不是高度:空中之城在上空盘踞着,谁也不会在高度上比拼。

瓦拉指给他看那个贸易学校,那是一片宽大富丽的石头建筑。过了一个街区,她指着一个十字路口,说:"我的家在那边,粉色石头浇铸的那个。看见了吗?"

"去那里有什么好处吗?"

她摇摇头,"我很认真地想过,没什么好处的。我父亲绝不会相信你。甚至连造城族的话,他也认为大多数都是在自吹自擂。我以前也那么想,但是根据你说的这个……哈尔罗蒲丽尔拉拉尔……"

路易笑起来,"她是个骗子。但她的族人确实主宰过环形世界。"

他们离开"大河洞",继续往左舷方向前进。瓦拉又开出去好几英里,跨过最后一座桥,驶向大阴影右舷方向,她驶过一条几乎难以辨认的小路,然后停了下来。

他们走出车子,走进刺眼的阳光,默不作声地工作起来,几乎没说过话。路易用飞行背带吊起一块巨石,瓦拉佛尔吉琳则在石头原来的位置挖了一个坑,路易把大部分超导布都丢进了坑里。两人把泥土重新填回去,巨石降下来,重新压住。

他把飞行背带放入瓦拉的背包,然后背起包来。这个包里面装着他的抗冲击甲胄、背心、望远镜、激光手电筒,以及那瓶花蜜汁,鼓鼓囊囊的一大包,非常重。路易把包放下来,调整飞行背带以提供一些提升力。他把翻译机的盒子放在背包最上面的位置,然后再次把包背起来。

他穿着瓦拉的一条短裤,一段绳子在腰间束着,因为这短裤实在是太大了。他的脸上光滑无毛,就他的种族而言,这是很自然的。除了连着耳塞的翻译机以外,已经看不出他是个星际旅行者了。他只需要冒一点点风险。

对于他们要去的地方,他几乎什么也看不到。日光实在太亮了,而阴影地区又过于广阔,过于阴暗。

于是他们从白天走进了黑夜。

瓦拉对辨认道路似乎没有任何障碍。路易紧紧跟着她,现在他的眼睛已经适应过来,能够看到在植物丛中有一条狭窄的小路。

这里的真菌大小不一,有的只有纽扣大小,有的和路易的头一样高,长成了非对称形,菌杆有他的腰那么粗。它们有些像蘑菇,有些完全没有形状。空气中有一股腐臭味。头顶上密集的建筑丛林偶尔会漏下一点空隙,阳光变成一条条垂直的光柱,由于亮度太大,这些光柱看着像是固体。

带皱褶的黄色蘑菇长了一圈猩红色的边,挡住了下面刚刚露头的灰色菌类。除此之外,还有形如中世纪长矛的、挺得笔直的蘑菇,白色的矛尖上沾着血红。一段朽木上覆盖着满是橙、黄、黑色的毛绒球。

这里的人种就像这里的真菌种类一样五花八门。一个飞跑族正拿着一把双手锯,锯着一根巨大的椭圆形蘑菇,那蘑菇边缘带着一圈橙色。一些身材矮小、脸部宽阔的人正在用他们的大手往篮子里面装白色的纽扣蘑菇,草原巨人则把那些大筐子提走。瓦拉不停地低声介绍："大多数种族都倾向于成群工作,以防止文化冲突。我们的居住区也是分开的。"

有十个人在施肥,那肥料是粪便和腐烂透了的垃圾,路易从很远就能闻到那股气味。他们是瓦拉的族人吗?是的,他们是机器族。有两个人站在一旁,端着枪看着。"那些是什么人?囚犯?"

"是一些犯了轻微罪行的犯人。他们要为社区服务二十到五十个法兰,在这个——"她停了下来。一个士兵朝他们走过来。

那士兵跟瓦拉打招呼:"小姐,你不该在这里。这些掏狗屎的可能会把你抓做人质呢。"

瓦拉用疲惫的声音说:"我的车坏了,我得去学校,告诉他们发生了大事。拜托,我可以穿过阴影农场吗?我的同伴全都被杀死了,被吸血鬼杀的。他们必须知道这事,拜托了。"

士兵有点迟疑,"那……就过去吧,但得让我陪你。"他吹了一下口哨,然后转向路易,"你呢?"

瓦拉替路易回答说:"他是我雇来帮忙背行李的。"

卫兵慢慢地、清楚地说:"你,跟这位小姐,走到她要你走到的地方,但不准离开阴影农场,完了回去干你该干的事。你是干什么的?"

没有翻译机的路易就是个哑巴。他想到了激光手电筒,它就埋在他的包里。情急之中,他胡乱用手指了指眼前一些带着紫色镶边的带孔的真菌,然后指着一架似乎堆放着蘑菇的拖车。

"好吧。"士兵从路易的肩膀望过去,"嗯。"

一阵气味飘过来,路易还没转身就知道是什么了。他等着,很温顺的样子,听见士兵命令一对食尸族人:"把这位女士和她的帮手带到阴影农场的另一边,保护他们安全到达。"

他们一个跟一个,沿着小径单列出发,朝阴影农场的中心走去。那个食尸族男人在前面带路,女的跟在最后。腐臭味越来越强。一架架肥料车从旁边的小路上经过。

他妈的,该死! 他怎么摆脱这两个食尸鬼呢?

路易回头。食尸族女人朝他咧了咧嘴。她当然不介意那气味。她的牙齿很大,呈三角形,可以撕开肌肉;她的妖怪耳朵直直地竖立着,充满了戒备。跟她的同伴一样,她的肩带上背着一个大包,身上没有别的东西,厚厚的毛发几乎遮住了他们的身体。

他们来到一块没什么泥土的弧形空地。再过去就是个坑,坑的上方笼罩着雾,看不清另一边。一根管道将污水灌进坑里。路易的眼睛顺着管道往上、再往上,看到了黑色的、满是污垢的天空。

食尸族女人在他耳边说起话来,路易惊了一跳。她用的是机器族的语言:"要是巨人王知道路易和吴是同一个人,会怎么样啊?"

路易瞪大了眼睛。

"你没有小盒子就不能说话了吧? 没关系,我们随时为您服务。"

食尸族男人是在跟瓦拉佛吉尔琳说话,她点点头。他们离开了小路,路易和女人跟在后面,绕过一株宽阔的白色层孔菌,挤在菌唇下面喘息。

这里的气味让瓦拉有点难受,路易也已经无法忍受。"凯尔勒夫说这是刚刚排出来的污水,将在一个法兰时间内变质,过后他们会移开管道,并从坑里舀出肥料。污水变质之前是没人来这里的。"

她把路易的包从他背上取下来，把东西倾倒在地上。路易伸手去拿翻译机（他的手接近激光手电筒时，两个食尸鬼的耳朵一下子警觉地竖起来）。他问："这两个夜族人知道多少？"

"比我们想象的要多。"瓦拉似乎还想说点什么，但她没说。

倒是那男人回答："世界将在暴烈中毁灭，没有多少法兰了，只有路易·吴能拯救我们。"他微笑着，露出令人胆寒的一大排白色楔形的牙齿，他的呼气有股传说中蛇怪的味道。

"我听不出你是不是在讽刺我。"路易说，"你相信我吗？"

"奇异事件往往会让一些疯子像预言家一样说话。我们知道你带在身上的工具在这里闻所未闻，你的种族也不为人知。但是世界很大，肯定有我们不知道的。你的长毛朋友长得可比你更怪。"

"这算什么回答？"

"救救我们吧！我们不干涉你。"食尸人的笑容有点收敛，但他的上下嘴唇依旧没有合上（这可需要努力使劲儿，那些巨大的牙齿啊……）。"我们不在乎你是不是疯了？其他物种很少影响到我们自己的生活。反正最终他们都属于我们。"

"我想你们才是世界的真正统治者。"路易出于礼节就这么说了，然后有点不安，觉得事情可能真的如此。

那女的回答："可能有许多物种都认为自己掌管着世界，至少掌管自己的那一小块。我们没有倒挂人的森林，也没有溢山人空气稀薄的高地，我们的领地没有其他物种想要。"显然，她是在嘲笑他。

路易说："这个世界的某处有一个维修中心。你们知道它在哪儿吗？"

"我们相信你说得对，"男的说，"但我们不知它在哪儿。"

"那么，有关边缘墙你们知道些什么？还有大洋？"

"海洋太多了，我不知道你问的是哪一个。沿着边缘墙，曾经发生过一些事，后来就出现了火焰。"

"真的吗？发生了什么？"

"许多起重设施把一些设备升起来，连住在山顶的溢山人也要抬头看。造城族和溢山人聚集了很多，还来了许多其他族类，他们在边缘墙上工作。也许你可以告诉我们这是怎么回事。"

路易茫然起来，"该死的，他们一定是在……"重新安装方向调节器——他可不想这么说。这种强势的力量和决心，说给"幕后人"听的话，可能对他的神经不好。"传递这些信息，对于吃腐肉的人来说，需要跑很远的路吧？"

"没'光'跑得快，这些信息会不会影响你对末日的预言？"

"恐怕不会。"很可能还有一个检修小队在某处工作，但他们大概已经没有多少可供安装的巴萨德发动机了。"但是有那些火焰在，我们所剩的时间应该比我之前估计的七八个法兰要长。"

"那可是好消息，你现在打算做什么？"

有那么一会儿，路易差点儿想放弃空中之城，直接向这两个食尸鬼打听。但他辛苦走了这么远的路，再说食尸鬼也是到处都有。"我等天黑，然后就上去。瓦拉，你的那份布料在车里面。这几天请你不要拿给任何人看，也别跟任何人说起我……只需要保密几天，应该可以吧。我的那一份，如果没人去取的话，你可以在一个法兰后挖出来。反正我有这个。"他拍了拍背心上一个口袋，那里面有一平方码的超导体，折叠成了一块大手帕。

"希望你不要把它带到城里去。"瓦拉说。

"反正他们会认为这只是一块布，除非我告诉他们这块布的不同之处。"路易说。这是谎话,路易是打算使用超导布的。

在两个食尸鬼的注视下,他脱下了短裤——毫无疑问,他们看到了路易身体的更多细节,要在环形世界上找到他这一物种,也多了更多的信息。他穿上了抗冲击甲胄。

那个女的突然问道:"你是怎么说服机器族的女人,你不是个疯子的?"

瓦拉替他回答了这个问题,路易继续穿背心、戴望远镜,并把激光手电筒装进口袋。两个食尸鬼的脸上几乎没有微笑了。这时那女人问道:"你能拯救世界吗?"

"别指望我,得去找到维修中心。把消息放出去,去问问无壳蜗牛怪,就是那种巨大的白色野兽,它们住在大沼泽地里,在顺旋那边。"

"我听说过它们。"

"那好。瓦拉——"

"我现在要去报告我的同伴的意外。我们不会再见面了,路易。"

瓦拉佛尔吉琳拿起空了的背包,快步离开了。

"我们应该护送她。"一个食尸鬼说,然后两人一起离开了。

他们没有对路易说"祝你好运"。为什么呢? 他们的生活方式……他们可能全是宿命论者,好运对他们没有意义。

路易扫视着排水管之上的天空。他很想现在就上去,马上。但最好还是等到夜幕降临。他对着翻译机说道:"'幕后人',你在吗?"

显然那傀儡师不在。

路易躺在层孔菌下,展开身体。靠近地面的空气似乎要干净些,他若有所思地喝起了瓦拉留下的那瓶花蜜酒。

　　那些食尸鬼，他们到底是什么人？他们在生态系统中的地位似乎非常稳定。他们是如何拥有智慧的？他们需要智慧吗？也许他们会时不时地为权力而斗争——或者为了尊严。要跟各个地方的千百种宗教保持相安无事，可能也需要相当程度的语言交流能力吧。

　　更重要的一点：他们能帮他什么吗？会不会在哪里有块食尸鬼的飞地，守卫着永生之药来源的秘密……按理说，那东西是用生命树的树根制作出来的……

　　一次做一件事吧，先试试进城。

　　光柱渐渐变暗变薄，头顶上出现了其他光亮：成百上千的窗口都点着灯，但在他的正上方没有灯光照下来。有谁会住在垃圾堆顶上的呢？（某个负担不起照明的人？）

　　阴影农场似乎已经空无一人。路易只听到风声。站在层孔菌上面，他能瞥见远处窗户里的摇曳光线，从周边农夫们的住房中透出来的，看着像原野上的火光。

　　路易按了一下飞行背带上的上升旋钮，飞了起来。

第十九章　空中之城

　　在离地面一千多尺高的地方,空气的味道越发新鲜,而空中之城就在他眼前。他围绕着一座倒立塔的塔顶盘旋着,塔顶并不锋利,有四层楼,所有窗户都是黑着的,最下面是车库。车库很大,关着门,上着锁。路易盘旋着,想找一个破口的窗户,但是找不到。

　　这些窗口保持这种样子一定有一千一百年之久了。即使他去尝试,大概也打不破任何一扇。不过,他正好也不想一进城就当个窃贼。

　　他没轻举妄动,继续沿着管道往上升,希望能找到一个不引人注目的位置。他的周围现在有些坡道了,但是没有一处有路灯。他找到一处走道,落在上面。现在他觉得自己没那么惹眼了。

　　周围没有人。石头浇筑的道路像一条蜿蜒的宽带子在建筑丛中穿过,忽左忽右,忽上忽下,时不时出现一条岔路,岔路的两边是上千英尺的高空,没有护栏。哈尔罗蒲丽尔拉拉尔的族人比地球人更适应祖先们站在树梢、远离地面的生活。路易向着灯光慢慢地走过去,小心翼翼地走在路的正中。

人都在哪儿呢？这个城市似乎没什么人气，路易想着。这里有充足的住房，住房之间还有连接坡道，但是没有购物中心和剧院，也没有酒吧、林荫路、公园、人行道和咖啡馆。沿街没有标识，一切都藏在墙的后面。

得有人为他作引见，否则他就应该藏起来。那个窗户黑洞洞的玻璃板房子怎么样？如果他可以从上面钻进去，那它肯定是个被遗弃的地方。

有人从便道上向他走来。

路易叫道："你能听懂我说话吗？"他的话被翻译成了机器族人的语言。

陌生人以相同的语言回答："你不应该天黑时候在城里乱走。可能会掉下去的。"他走近了些，路易发现他的眼睛巨大，不是造城族。他拿着一根细长的东西，跟他身高差不多长。由于是逆光，路易没法看清他的面目。"露出胳膊来，"那人说。

路易露出左臂，上面当然没有文身。他说了一句早就准备好的话："我可以修好你的水凝器。"

那人朝他砍了过来。

路易猛然跳后一步，那东西擦过他的头。他朝后滚了一圈，稳稳落地蹲下，训练有素的肌肉让他反应敏捷。但是，当他举起双臂时，已经来不及阻止那人挥着大棒砸下，他感到头骨似乎碎掉了。周围的光线在他的眼前闪烁了一下，接着便熄灭了。

他感到失重，风呼啸着从身旁掠过。他迷迷糊糊，还没有意识到眼前发生了什么，只能惊恐地在黑暗中挣扎。飞船爆炸了吗？我在哪里？陨石补丁在哪里？我的压力服呢？报警开关呢？

开关——他慢慢想起来了，双手猛地举到胸前，找到飞行背带控制，使劲地拧着上升旋钮。

飞行背带猛然上升，他双脚朝下，被甩得团团转。路易使劲摇头，努力清醒过来。他抬起头，透过黑暗中的一道缝隙，看到日冕照亮了一块阴影方块的边缘，上方的黑暗迅速向他靠近。他再次扭动旋钮，停止了急速上升。

终于安全了。

他头痛欲裂，肚子里翻江倒海。他需要时间思考。显然，他的探索方法有问题。

既然那卫兵把他推出了步道……路易拍拍他的口袋，东西都还在。为什么他没有抢了东西再说？

路易模糊地回想起来：他后跳了一下，躲过了卫兵，滚了一圈，然后在半空中被打晕过去了。这就严重了，可能他应该老实待着，不该四处走动。现在想这些已经没用了。

必须换一种方法。

他飘在空中之城下方，奋力朝城市边缘游去，距离不是太远。城市周边灯光密集。市中心附近则完全没有灯光，只有一座双头锥体建筑。朝下的锥尖底部是平的，那里是一个停车场，石头围成的高墙向周围伸展。路易朝它的入口飘去。

他调高了望远镜的倍数，这让他担心起来。这么久了才想到这一点，是不是那一击把他敲傻了？

他记得，蒲丽尔的族人——造城族——曾经有飞行车。这里没有车，但他发现地板上有一条生锈的金属轨道，远端有一把粗糙的无扶手椅子以及一个露天看台：三排长椅安装在三级阶梯上，沿着金属轨道两侧排开。木头已经老化，金属上满是锈迹。

为了搞清情况，他不得不检查那把没有扶手的椅子。那是一把特制的椅子,可以沿轨道向下移动,还能在轨道尽头继续向前飞。路易找到了一个执行室,这里似乎也预备了观众的位置。

上面几层是不是还有法庭或者监狱? 路易刚刚决定去别的地方碰碰运气,就听见一个沙哑的声音在黑暗中响起,这种语言他已经有二十三年没有听到了。"闯入者,露出你的手臂,动作慢点。"

路易再次说道:"我可以让你们的水凝器恢复工作。"接着,他的翻译机用哈尔罗蒲丽尔拉拉尔的语言说起话来,翻译机没有花时间学习,显然早就存储了这门语言。

那人站在一段楼梯的最高处,身旁是一扇门。他和路易长得一样高,眼睛闪闪发光。他带着一件武器,很像瓦拉佛尔吉琳带的那种。"你的手臂上没有刺青。你是怎么来这里的? 你一定是飞上来的。"

"是的。"

"了不起。那是一件武器吗?"

他问的一定是激光手电筒。"是的。你在黑暗中的视力很不错。你是干什么的?"

"我是玛尔·柯茜尔,女性夜猎人。放下武器。"

"不。"

"我不太想杀你。你说的也许是实话——"

"是实话。"

"我不想把我的主人弄醒,我也不会让你从这个门通过。放下你的武器。"

"不行,我今晚已经被攻击了一次。要不你锁上那扇门,这样我们谁都打不开它?"

玛尔·柯茜尔朝门外扔了个什么东西,落下时发出"叮当"一声,随后便关上了门。"给我飞一下看看。"她说,声音仍然是一种沙哑的低音。

路易升起几英尺,然后回到原处。

"了不起。"玛尔·柯茜尔走下楼来,武器丝毫没有放松。"我们有时间,现在可以谈谈。到了早上我们就会被发现。你能给我什么,你想要什么?"

"我猜你的水凝器坏了,对吗? 是在城市陷落时坏掉的吧?"

"据我所知它从来没有运行过。你是谁?"

"我叫路易·吴。男性。你可以叫我的种族为'星族'。我来自外面的世界,那颗星星暗得看不见。我有工具,至少可以修好城里一部分水凝器。还有许多工具被我藏起来了。除此之外,我也许还可以给你们提供照明。"

玛尔·柯茜尔打量着他,蓝色的眼睛大得出奇。她的手指上有着强劲的爪子,门牙如斧头。她是什么族类,啮齿类的食肉动物吗? 她说:"如果你能修复我们的机器,那很好。至于修理其他建筑里的机器,得由我的主人来决定。你想要什么?"

"我要大量的知识。这个城市存储的任何知识,比如地图、历史、故事——"

"你不能指望我们送你去图书馆。如果你说的是真实的,那你就太宝贵了。我们的大楼里储存的知识不多,但如果你有特定的问题,我们可以替你去图书馆购买知识。"

路易渐渐明白过来,这座飘浮在空中的城市其实并不是一个统一的整体,就像伯里克利时期的希腊一样。每座楼都是独立的,而他进错了楼。"哪座楼是图书馆?"他问。

"顺旋方向,左舷边界。是一个倒立的锥形……你问这个干什么?"

路易摸了摸自己的胸口，随即到空中，朝外面的夜色移动。

玛尔·柯茜尔立刻开了一枪，路易手忙脚乱地掉了下来。火焰在他胸口燃烧，他高声喊叫着挣脱绳带，滚到一边。飞行背带的控制器烧掉了，里面冒出一股带着浓烟的黄色火焰，还夹杂着蓝白色的火花。

路易发现自己握着激光手电筒，于是把它指向玛尔·柯茜尔。那夜猎人似乎并没有注意到。"别再逼我那么做了。"她说，"你受伤了吗？"

这些话救了她一命，但路易还是气得想杀人。"放下武器，否则我把你切成两半，像这样。"他挥手将激光束朝那把执行椅扫过去，椅子立即在火焰中四分五裂。

玛尔·柯茜尔没有动。

"我只是想离开你的大楼，"路易说，"你把我困在这里了，所以我不得不在大楼里转转，我一找到出口就马上离开。放下武器，否则必死。"

一个女人的声音从楼梯上传来："放下枪，玛尔·柯茜尔。"

那夜猎人放下了武器。

那女人走下楼。她比路易长得还高，身材修长。她的鼻子小巧，嘴唇薄得几乎看不见；头顶秃着，但茂密的白色头发从耳后垂下，披在脖子后面。路易猜测白发是年龄的标志。她的脸上没有害怕的神色。路易问道："你是这里的掌管者吗？"

"我和我的注册配偶掌管这里。我是拉丽思卡里尔利亚。你叫作路-威-武吗？"

"差不多吧。"

她笑了笑，"我有个窥视孔。玛尔·柯茜尔从车库给了我信号，这很反常，于是我决定过来看看。我很抱歉你的飞行工具坏了，整个城市只有这一件……"

"如果我修好你的水凝器，你会放了我吗？另外我也需要点建议。"

"考虑一下你的谈判地位。你抵挡得了我守在外面的警卫吗？"

路易几乎想立刻杀个尸山血海，但他再次克制住了。地板似乎是普通的浇筑石头。他用激光束缓慢地画了一个圈，一小块直径一码的圆圆的石板就掉进了黑夜。拉丽思卡里尔利亚收起了她的笑容，"好吧，你可以，我同意你的条件了。玛尔·柯茜尔，跟上我们。不许任何人来打扰我们。把你的枪留在原处。"

他们爬上一个停止运行的螺旋扶梯。路易数了数，一共转了十四圈，所以有十四层楼。他有点怀疑自己是不是搞错拉丽思卡里尔利亚的年龄了，这个造城族女人爬楼梯非常轻松，还能气定神闲地跟他说话。但她的手和脸上的确满是褶皱，饱经风霜。

她这副模样让路易看得很不舒服。理智告诉他，这是年龄的标志，同时也是她的祖先——派克人保护者——的标志。

他们依靠路易的激光手电照明，爬上楼梯。门口出现了一些人，玛尔·柯茜尔警告他们退后。他们大多数是造城族，但也有其他物种。

拉丽思卡里尔利亚跟路易解释说，这些都是仆人，已经连续好几代侍奉利亚家族了。守夜人玛尔家族的人一直是警察，服务于利亚法官。机器族的厨师在这里也工作了差不多同样长的时间。仆人和造城族主人已经亲如一家，通过定期的瑞色舍那和古老的忠诚之心维持感情。总而言之，利亚大厦共有一千人，其中一半都是彼此有着血缘关系的造城族。

路易停下来，透过悬浮在半空中的一扇窗户往外看。大楼正中的旋梯上有一扇窗户？不，这是一个全息窗口，上面显示着面朝一面边缘墙的景观，展示出了一大片广阔的环形世界风景。这是利亚家族最后的宝贝之一，拉丽思卡里尔利亚告诉他，语气中交织着自豪和遗憾。其他的宝贝，在过往的几百法兰里都已经被卖掉，换取饮水。

路易开口说了几句，不过他很谨慎，但同时气愤又疲惫。这个造城族的老女人身上，有些东西吸引着他：她了解群星；她没有质疑他的话，静静地倾听；她看上去太像哈尔罗蒲丽尔拉拉尔，路易发现自己谈起了她——那个古老飞船女主人，在路易一行人到来之前，一直被人当作一个有些疯癫的女神——谈到她如何帮助了他们，又是如何同他们一起，离开了已经毁掉的家园，谈到她是如何死去的……

拉丽思卡里尔利亚问："因为这个，你没有杀死玛尔·柯西尔？"

女夜猎人看着他，睁着巨大的蓝色眼睛。

路易笑了，"也许吧。"他和她们讲了自己征服太阳花的故事，但是避开了一个危险的话题。他意识到，把环形世界将要撞到太阳这个消息告诉拉丽思卡里尔利亚，是毫无意义的。"等我离开这个世界的时候，我想确保我没有造成任何伤害。那种布我还有很多，就埋在这儿附近……该死！我想现在就去把它取来，但是我完全想不出办法。"

他们已经来到了旋梯顶部，路易喘着粗气。玛尔·柯西尔打开一扇门。门后面还有更多楼梯。拉丽思卡里尔利亚问道："你是夜间活动的物种吗？"

"啊？不是。"

"那我们最好等到天亮。玛尔·柯茜尔，去给我们弄早饭来。叫威尔过来，带些工具，然后你去睡觉。"玛尔·柯茜尔听话地小跑着下了楼，老妇人盘腿坐在一张古老的地毯上。"看来我们必须外出一趟，"她说，"我不明白你为什么要冒险。就为了知识吗？那是什么知识？"

要骗过她不难，但是"幕后人"很可能正在听着。"你知道一种可以把一种物质变成另一种物质的机器吗？比如把空气变成土，把铅变成金子？"

她显得兴味盎然，"古代的魔法师据说可以把玻璃变成钻石，但这都是些孩子们的童话。"

这个话题到此为止。"那么，这个世界的维修中心呢？有没有关于这个的传说？有没有故事提到过它的位置？"

她瞪大了眼睛，"依照你的意思，这个世界也是造出来的，和这个城市一样，只不过大一号？"

路易笑起来，"大得多。大很多很多很多倍。没听说过？"

"没有。"

"那你听说过一种长生不老药吧？我知道它是真的。哈尔罗蒲丽尔拉拉尔就用过。"

"这当然是真的。但这个城市已经完全没有这种药了，我所知道的其他地方也都没有了。最喜欢拿这个故事做文章的是——"翻译机使用了一个星际语的短语"——骗子。"

"这个故事有没有提到这种药的来历？"

一位年轻的造城族女子气喘吁吁地走上楼梯，手上端着一个浅底碗。路易立刻就明白这不是毒药。这东西不冷不热，看着像燕麦片。他们从同一个碗里用手抓了来吃。

"青春不老药是从顺旋那边来的，"老妇人说，"但我不知道距离有多远。这就是你想要得到的珍贵知识吗？"

"我来这儿寻找的珍宝不止这一个。"维修中心里一定有生命树，路易想。那里的居民是怎么处理生命树的？人类的话，肯定没有谁想成为保护者吧，不过其他类人种族……好吧，这些问题可以先等一等。

威尔属于一个身材魁梧人种。他长着猿猴一样的脸，身上裹着一件大被单，被单最初的颜色已经被时间彻底掩盖了，上面沾满各色污渍，像上帝发疯时抛下的彩虹。威尔话不多，胳膊短粗，看上去非常强壮。他背着工具箱，带他们走上最后一段阶梯，一步迈进了室外的黎明。

此时，他们来到这个双锥体被削平改造的顶部，站在漏斗的边沿。往前一英尺就会掉下去，路易呼吸困难，心提到了嗓子眼。飞行背带坏了，他自然犯了恐高症。风呼呼刮过，威尔的裹身在风中拍打，像一面彩旗。

拉丽思卡里尔利亚问道："怎么样？你能修吗？"

"这里修不了，这儿下面一定有机器。"

确实有机器，但要钻进去却不容易。供他们爬行的空间只比路易身体宽几英寸。威尔在他前面，遵照指示打开了一个个面板。

爬行的空间是一个环形，他们顺着通道浏览了一圈——也就是绕着漏斗嘴爬了一圈。水就是在漏斗里凝结的，是通过制冷吗？还是他们有什么更复杂的方法？

隐藏在面板后面的机器排列得非常紧凑，路易·吴完全看不懂。它们全都干净得发亮，除了——这就对了。他屏住呼吸凑近了看。一条虫子的痕迹，细如金属丝，留在一台机器表面。路易试图猜测它到底是从哪里爬出来的。他得假定系统其余部分仍然正常运行。

他退出来，跟威尔借了一对厚厚的手套和一把尖嘴钳。他把背心里面的黑布拿出来，从边上剪下一条，拧了拧，绑在两个连接点上拴紧。

没有明显的反应。他继续接线，跟着威尔又爬了一圈，一共发现了六条虫子留下的痕迹。他在看起来有虫子的地方拧紧了六根超导布条。

他扭着身子从通道里退出来。"当然，你们的电源也可能早就枯竭了。"他说。

"我们必须去看看。"老女人说。她爬上楼梯，来到楼顶。路易和威尔紧随其后。

漏斗那平滑的表面似乎蒙上了一层雾。路易跪下来摸了摸。湿的。水是热的。已经有水珠子凝结了，并顺着斜坡流下了管道。路易若有所思地点了点头。同之前一样，他又干了一件在十五法兰之后就会失去意义的好事。

第二十章 利亚经济学

利亚大楼粗壮的腰部偏下一点,有一个类似集会厅和卧室的组合空间。这里有一张巨大的圆形床,上面带有拉着帘子的床罩。大大小小的桌子周围是沙发和椅子,巨大的落地观景窗填满了一面墙,面朝阴影农场边界较近的一侧。房间里还有一个吧台,本来可以提供各种各样的饮料,但现在已经没那么多种类了。拉丽思卡里尔利亚拿起一个水晶酒瓶,往一个双耳高脚杯里倒了些什么,尝了一口,递给路易。

他问:"你们会在这里聚会吗?"

她笑着回答说:"差不多吧,都是家庭聚会。"

交配派对? 很有可能。毕竟,瑞色舍那是维系利亚家族的纽带,这是一个陷入了困境的家族。路易从高脚杯里啜了一口,味道像甘露混合了酒精。杯子和盘碟都是所有人共享的,不分彼此——这背后是害怕毒药的心理吗? 但她做得那么自然,再说环形世界也没有传染病啊。

"你为我们所做的事情将提高我们的地位,增加我们的财富。"拉丽思卡里尔利亚说,"你想要什么回报?"

"我想找到图书馆,进去,并说服主宰那里的人让我免费使用他们所有的知识。"

"这可太昂贵了。"

"所以做得到？好极了。"

她面带微笑，"太贵了。各大建筑之间的关系非常复杂。'十座'掌管着旅游业——"

"'十座'什么？"

"'十座'，路-威-武，就是我们这里最有势力的十座大厦。其中九个拥有灯光和水凝器。他们一起建造了通往'天丘'的桥梁。所以他们主宰着旅游业，他们也向较小的建筑支付租金，征用公共场所，以便接待远道而来的客人，在私人楼宇里举办活动还会额外支付特殊费用。我们与其他物种的一切协议也由'十座'出面——比如跟机器族协商把水抽上来。我们向'十座'支付费用，购买水和其他的特许优惠。您的要求是非常特殊的优惠权，虽然我们已经向图书馆支付了一笔非常慷慨的教育经费。"

"图书馆也是'十座'之一？"

"是的，路-威-武，我们没有钱。有没有可能，你替图书馆也干点活？也许你的研究对他们有帮助。"

"有可能。"

"作为回报，他们会给一些报酬，甚至可能比我们给的还多。我们没有那么多钱。你愿意把你的东西卖给他们吗？那个发光武器，或者那个帮你说话的机器？"

"还是不卖为好。"

"那你能不能多修理几个水凝器？"

"也许吧。你刚才说，'十座'当中有一座没有正常运转的水凝器，那它为什么还是'十座'之一呢？"

"自从城市陷落以来,奥尔雷大厦一直是'十座'之一。这是传统"。

"城市陷落时奥尔雷大厦是做什么的?"

"是一个军事设施,军械库。"她无视路易咯咯的笑声,"他们对武器很感兴趣。你的发光器——"

"我不能卖掉这个。不过他们也许会让我修好水凝器。"

"我先打听一下,让你进奥尔雷大厦要多少费用。"

"你在开玩笑吧。"

"我是说真的。他们要守着你,以防你拿走了那里的武器。你得付一笔观赏费才可以参观古代兵器,如果你要看武器演示,还得付更多。如果你去查看他们的维修设施,你也许会发现他们的弱点。我先去问问。"她没有挪动步子,"那么,我们可以享受一会儿'瑞色舍那'吗?"

路易一直有点期待这个,让他犹豫的并不是拉丽思卡里尔利亚的古怪容貌,而是自己要脱下甲胄、放下武器的问题。他想起了一张老画,一个国王在王座上孵蛋。是他想得太多了吗?是不是还因该再谨慎一点?

但他早就应该睡上一觉了!他只能信任这个利亚人。"好的。"他说。他开始脱掉自己的甲胄。

时间在拉丽思卡里尔利亚留下了奇特的印记。让路易想起"补生精"出现之前的那些古代文学、戏剧和小说。变老是一种可怕的疾病,但这个女人并没有被年纪所磨损。她的皮肤松弛,四肢也不如路易灵活。但是她对做爱有着无穷无尽的兴致,对路易奇异的身体和肌肉反应感到兴致盎然。

他们忙活了很久,最后,路易总算能睡一觉了。她问起他头发下面的那块塑料,他没有回答。他真希望她没有问,现在他想起来了，"幕后人"的手头还有一只正常工作的电流罩……他恨自己又在渴望这东西了。

临近夜晚时，他被叫醒。床震动了两次，他眨着眼睛翻了个身，站在他面前的是拉丽思卡里尔利亚和一个造城族男人，看样子也上了年纪。

拉丽思卡里尔利亚介绍说，他叫弗塔拉李思普利亚，是她的注册配偶，是这里的主人。他感谢路易修好了大厦的老机器。在一张桌子上，晚餐已经摆好，路易受邀与他们共享一大碗炖肉，那口味对路易而言实在寡淡。但他吃光了整碗。

"奥尔雷大厦的要价我们给不起，"弗塔拉李思普利亚告诉路易，"我们替你买了进入与我们相邻的三座大厦的权利。如果你能修复他们的水凝器，哪怕只是成功修好其中一个，我们就能合力帮你进入奥尔雷大楼了。这样可以吗？"

"好极了，我能修的是那些已经停止运行了一千一百年的机器，而且停机后从来没有被胡乱碰过。"

"我的配偶跟我说过了。"

天黑之后，路易动身离开。他们邀请他共眠，那张大床足够宽敞，但路易刚刚睡了一天，精力充沛。

这座伟大的建筑就像一座坟墓。他所在的楼层很高，路易低头看着迷宫般的桥梁。除了偶然出现的大眼睛夜猎人，桥上什么动静也没有。一天三十个小时，如果造城族每天睡上十个小时，那很可能是在晚上睡觉。不知道那些亮着灯的大厦是什么情况。

"呼叫'幕后人'。"他说。

"听见了，路易。要用翻译器说话吗？"

"不用,我身边没人。我在空中之城,需要一到两天才能进入图书馆。我的飞行背带被毁了,我可能困在这里了。"

"喀密还是没有回应。"

路易叹了口气,"还有什么新消息?"

"再过两天,我的第一个探测器就会绕边缘墙一圈,回到起点了。我可以把它发射到空中之城。你希望我直接与那里的居民协商吗? 我们擅长此事,至少能增加你的故事的可信度。"

"到时候再说吧。环形世界的方向调节器怎么样了? 还有更多安装好的吗?"

"没有。不过那二十一个维修设备全都在喷火。你能看到吗?"

"从这里看不见。'幕后人',查一查司克力斯的物理特性吧,就是环形世界的地基材料。看看它的强度、可塑性、磁力学特征之类的。"

"我一直在研究这个。我的仪器可以收集边缘墙的信息,司克力斯的密度比铅要高很多,环形世界的司克力斯地基还不到一百英尺厚。你回来时我会给你看具体数据。"

"很好。"

"路易,如果你需要,我可以给你交通工具。我可以派喀密给你送来。"

"太好了! 什么交通工具?"

"等我的探测器到了,我再告诉你下一步怎么做。"

"幕后人"挂断后,他朝几乎空落落的城市看了一会儿,感到十分沮丧。独自一人,在一个破败的城市、破败的建筑里,没有他的电流罩……

肩膀后面响起一个声音:"你跟我的女主人说你不是夜行物种。"

"你好,玛尔·柯茜尔。我们在晚上使用电力照明,有些人并不会规律作息。而且这里的一天太长了,我还不习惯。"路易转身过来。

大眼睛的女性这次没有拿武器指着路易。她说:"在过去的几个法兰里,白天的长度一直在变,这很令人担心。"

"是啊。"

"你刚才在跟谁说话?"

"一个双头怪物。"

玛尔·柯茜尔离开了,也许有些生气。路易·吴还是待在窗口旁,心不在焉地回想着这漫长人生的多彩记忆。他已经放弃了重返已知空间的希望,也放弃了电流罩。也许是时候再放弃点什么了。

奇卡大厦是一座用石板浇筑而成的建筑,上面伸出许多阳台。经历了多次爆炸,大厦的一侧被撕开了一道口子,里面的金属骨架暴露了出来。它的水凝器是一条沿顶部铺设下来的槽,略微有些倾斜。一次大爆炸把金属碎渣喷撒到了下面的机械构造里面。路易没指望他的维修方法可以见效——结果,的确没用。

"是我的错,"拉丽思卡里尔利亚说,"我忘了奇卡大厦跟奥尔雷大厦在2000法兰前的冲突了。"

潘斯大厦像一颗倒立的洋葱。路易猜测这座大楼一开始是一个健身俱乐部;他认出了游泳池、水疗房、蒸汽房和按摩床,还有一间健身房。这个地方似乎有大量的水,还有一种若有若无、似曾相识的气味在撩拨着他的记忆……

潘斯人也曾经与奥尔雷人战斗过。留下了不少的石坑。一个名为阿里福卡潘斯的秃头小伙子发誓说，他们的水凝器从来没有损坏过。路易在机械内部看到了沾着尘土的丝丝痕迹，还有那些轨迹上方的接触点。经过他的维修，圆形屋顶上便有了水滴，水滴汇聚起来，流到了一个排水槽里。

双方在报酬上起了些争执。阿里福卡潘斯和他的族人要求用瑞色舍那和一些承诺作为报酬，（而这时候路易认出了那种害得他鼻子和后脑发痒的气味。原来他进了一个臭名昭著的大厦，这地方肯定有吸血鬼。）拉丽思卡里尔利亚要求马上支付现金，路易尽力地附和着她的说法。他猜测，一旦潘斯大厦停止购水，就会触怒"十座"，然后会毫不手软地征收一笔罚款来惩罚他们的作弊行为。最后，阿里福卡潘斯还是付了钱。

在城塌事件发生前，吉斯克曾是一座公寓楼——或者是类似公寓的大楼。这是一个正立方体建筑，一口井从上到下贯彻中央，有一半是空的。从这地方的气味来判断，吉斯克人一直在限制水的用量，而且限制得过分。路易察看着水凝器的外观，推测其机械构造。他很快就完成了维修，机器立刻工作起来。吉斯克人立马付清了全款。他们跪在拉丽思卡里尔利亚的脚边，表达着无限的感激……对她身边那个挥舞工具的仆人则不闻不问。哦，世界就是这样的。

弗塔拉李思普利亚高兴极了。他往路易的背心里塞了满满两捧金属硬币，详细解释了复杂的行贿礼节。那些讲究面子的语言把他翻译机几次逼到极限。"如果拿不准，就什么都别做。"弗塔拉李思普利亚告诫他说，"明天我会跟你一起去奥尔雷大厦。让我来跟他们讨价还价。"

奥尔雷大厦位于城市的左舷方向。路易和弗塔拉李思普利亚不紧不慢地走过去,沿路观光,走上最高的坡道以获得更好的视野。弗塔拉李思普利亚为他的城市感到自豪。"即使城市坍塌之后,这里还是保留着文明的痕迹。"他说。他指给路易看莱罗大厦,那座建筑曾是皇帝的城堡,如今依然很美丽,但伤痕累累。就在奥尔雷大厦快建好的时候,皇帝曾试图把城市据为己有。那根刻有凹槽的大柱子是蔷客大厦。它形如希腊神庙的廊柱,但除了它自身,这根柱子并不支撑什么,它一直是个购物中心。如果没有各种各样的货物(包括菜市场、餐馆、服装店、床上用品商店,甚至玩具店的商品)运到蔷客,让大家跟机器族人进行贸易,这个城市早就死了。蔷客的地下室里有一条空中道路盘旋而下,一直通到"天丘"。

奥尔雷大厦呈碟形,高四十英尺,直径几乎是高度的十倍,像一张巨大的馅饼,边缘的一侧立着一座庞大的塔楼,它有着精心设计的炮台、带栏杆的平台和一个塔架。这个塔楼让路易想起一艘船——而且是巨大的战舰——的船桥驾驶台。通向奥尔雷的走道非常宽阔,但只有一条走道、一个入口。大厦的顶部边缘有数百个小小的突起,路易猜那是摄像头或其他传感器,当然已经坏掉了。面向四周的窗户是在奥尔雷大厦建好之后才凿出来的,玻璃嵌合得很糟糕。

弗塔拉李思普利亚穿着黄色和朱红色长袍,质地看上去是某种植物纤维,在路易看来,实在很粗糙,但从远处看起来很气派。路易跟着他进了奥尔雷大厦,来到一个很大的接待区。这里有灯光,但闪烁不定。接近天花板的地方有几十支酒精灯燃烧着。

十一个造城族男女等着他们,他们的穿着几乎相同:宽松的裤子,裤脚收得紧紧地;配颜色鲜艳的斗篷,斗篷边缘进行了精心的不对称裁剪,上面没有代表等级的徽章。一个白色头发男人走过来迎接他们,面带微笑,他的斗篷剪裁得最为细致,还配有肩枪。

他跟弗塔拉李思普利亚说起话来:"我必须亲自接待他,毕竟这人可以让我们的机器流出水来。它们已经有5000法兰不出水了。"

他肩上的塑料枪套已经破损,手枪很小,枪身具有简洁清晰的线条,不过即使佩了枪,菲利斯特兰奥尔雷的样子也并不强壮好斗,他看着路易·吴,小小的个子已经掩藏不住愉快的好奇心。"他似乎真的不是普通人,但是……好吧,你已经付钱了,我们拭目以待。"他向手下士兵示意。

他们搜查了弗塔拉李思普利亚,接着是路易。他们搜出了他的手电筒,检查了一番,便还给了他。见他们困惑地拿着翻译机,路易解释说:"这个东西帮我说话。"

菲利斯特兰奥尔雷跳了起来,"原来如此!你会卖它吗?"这话是对着弗塔拉李思普利亚说的,弗塔拉李思普利亚回答说:"这不是我的。"

路易说:"离了它我就是个哑巴了。"奥尔雷的主人似乎接受了这个说法。

水凝器位于奥尔雷宽阔的屋顶中央,是个小小的凹坑,下面的连接管太小,路易爬不进去,即使脱掉保护甲胄也不行。况且,他也不想脱。"你们平时用什么修东西?用老鼠吗?"

"倒挂人,"菲利斯特兰奥尔雷说,"我们必须租用他们的服务。柴尔布大厦已打发他们过来了。你看看还有什么其他问题?"

"好的。"这会儿他已经熟悉了水凝器的机械构造。路易修好了三个建筑物的水凝器，只有一个没有成功。他估摸着找到一对触点的位置，往下看了看，没有发现带尘土的轨迹。"之前是不是有人尝试修复过？"

"应该有吧。我们怎么知道呢？都过了5000法兰了。"

"我们等等修理工吧，希望他们能服从指令。"该死！某个早就死掉的家伙曾经来打扫了一番，把灰尘线索吹掉了。但路易觉得自己可以把手臂伸进去……

这时，菲利斯特兰奥尔雷问道："你还要不要看我们的博物馆？你已经购买了这项权利。"

路易从来不是武器爱好者。那些杀人工具躺在一个个玻璃罩子里面、玻璃墙后面，他能看出其中一些的工作原理，尽管那些式样他从没见过。大部分武器都使用导弹或炸弹，或是两者结合。有些武器可以射出一连串的小型子弹，会钻进敌人的身体，然后像小鞭炮一样爆炸。有少数巨大笨重的激光武器，可能曾经安装在拖车或浮动平台上，但那些东西已经另作他用了。

一个造城族领着五六个工人过来。那些倒挂人的身高只到路易的肋骨。他们的头相对于身体显得过大，脚趾长而灵巧，手指几乎能碰到地板。"这多半是在浪费时间。"其中一个说道。

"照着做，你会拿到钱的。"路易告诉他。那小矮人面带讥讽。

他们穿着无袖罩衣，上面满是口袋，里面装着沉甸甸的工具。士兵们想要搜查，他们就把罩衣脱下来让他们搜。可能他们不喜欢被碰到身体。

"个头真小啊。"路易低声对弗塔拉李思普利亚说，"你们也会跟他们做'瑞色舍那'吗？"

这个造城族咯咯笑出了声，"是的，但我们很小心。"

倒挂人围在路易·吴的肩膀下，伸长了脖子看着路易把手伸进连通管。他戴着绝缘手套，是跟玛尔·柯茜尔借的。"接触点就是这个样子。拧紧布条……这样，然后这样。你们应该会发现六对接触点。它们下面多半有一条蠕虫留下的灰尘痕迹。"

等他们从连通管的拐弯处消失，路易对奥尔雷和利亚的主人说："不知道他们会不会犯错，我希望能检查他们的工作。"他没有提到另一件让他害怕的事。

不一会儿那些倒挂人就回来了。人们纷纷登上屋顶——工人、士兵、两个大厦主人，以及路易·吴——在那里，他们看着雾气形成并凝结成水，朝着倾斜导管凹陷的中心流去。

现在，这六个倒挂人的人都知道怎么用黑布条来修复水凝器了。

"我想买些这种黑布。"菲利斯特兰奥尔雷说。

倒挂人和他们的造城族雇主都下了楼梯。菲利斯特兰奥尔雷和十个士兵挡住了路易和弗塔拉李思普利亚离开的路。

"我不打算卖。"路易说。

那个满头银发的士兵说："我会把你们留在这里，直到说服你们同意为止。如果把我逼急了，我还会让你把那个说话的盒子也卖了。"

路易多多少少预料到了这一步，"弗塔拉李思普利亚，奥尔雷大厦会以武力把你强制扣留在这儿吗？"

利亚之主看向奥尔雷之主，说道："不会的，路易。那会引起令人不快的麻烦。其他大厦会联合起来营救我，到时候奥尔雷只能封闭旅客入口，'十座'变成'九座'。"

菲利斯特兰奥尔雷大笑起来，"等那些小型建筑里的人变得口渴难耐……"不过他的笑容很快消失了,倒是弗塔拉李思普利亚的大笑起来。利亚大厦现在有足够的供水,还可以与别的大厦分享。

"你是扣不住我的。你的游客会从坡道上被人推下去,奇卡大厦的戏剧和潘斯大厦的健身设施都会对你们关闭——"

"那你走吧。"

"我带路易一起走。"

"不行。"

路易说:"把钱拿着走吧。这里我来处理,让大家都好过点。"他的手放在口袋里,握住了激光手电筒。

菲利斯特兰奥尔雷拿出了一个小袋子,弗塔拉李思普利亚接了过来,打开袋子数了数。他从士兵中间走过,走下楼梯。当他从视线中消失,路易把抗冲击铠甲的罩子拉过来扣在头上。

"我出个高价。十二——"十二个什么? 翻译器没有识别出来,"——你不会吃亏的。"菲利斯特兰奥尔雷说。但是路易已经朝屋顶边缘后面退去。菲利斯特兰奥尔雷向士兵发了个信号,路易立刻跑了起来。

屋顶边缘有一圈齐胸高的围栏,铁辐条呈"之"字形,模仿肘根的形状。栏杆外面,数千英尺之下,便是阴影农场。路易沿着围栏跑向步行道。士兵已逼得很近了,菲利斯特兰奥尔雷则从后面举起手枪射击。一阵令人不安甚至是吓人的轰鸣响起,一发子弹打在了路易的脚踝,抗冲击甲胄猛地一紧,路易像一尊雕像倒在地上滚了一圈,随后爬起来继续跑。两名士兵向他猛扑过来,他向后撞在栏杆上,接着摔在地上。

弗塔拉李思普利亚还在走道上。他转过身来,大吃一惊。

路易脸朝下,身上的抗冲击铠甲变得像钢一样坚硬。这副贴身棺材支撑着他,但他还是受到了冲击。他想多趴一会儿,但两只搀扶的手已经伸过来。弗塔拉李思普利亚把路易的手臂搭在自己肩上,架着他一起离开。

"你快走,他们可能还会开枪。"路易喘着粗气。

"他们不敢。你受伤了吗? 你的鼻子在流血。"

"这血流得值。"

第二十一章　图书馆

他们穿过一个小门厅，走进图书馆。那门厅在倒锥形的底部，也就是锥尖。

在一张宽阔、巨大的办公桌后面，两名图书管理员在阅读机屏幕前工作着。那是几台笨重的机器，看上去像是一堆箱子，转动录像带，读取上面的信息。图书管理员穿着一模一样的蓝色长袍，衣领呈锯齿状，像一男一女两个祭司。等了好几分钟，女祭司才抬起头来。

她的头发是纯白色的。也许她天生就是白发，因为她看上去年纪不大。以地球的标准，她大约是刚刚到了第一次注射补生精的年龄。她的身材挺拔修长，脸蛋漂亮，胸部平坦，但体形健美。哈尔罗蒲丽尔拉拉尔让路易懂得，没有头发但形状很好的脑袋也是性感的。要是她能笑起来……然而她粗鲁而专横，即使对弗塔拉李思普利亚也是如此。"什么事？"

"我是弗塔拉李思普利亚，你收到我的合同了吧？"

她在阅读机的键盘上轻敲几下，"是的，就是他吗？"

"是的。"

她看着路易，"路威–吴，你能听懂我说话吗？"

"借助这个可以听懂。"

翻译机说话的时候，她有些诧异，但迅速恢复了平静。她说："我叫哈卡比帕洛林。你的主人替你购买了三天无限制的研究权利，并且可以再续买三天。你可以在图书馆随意漫游，但是住宅区是禁止的，就是那些有着金色标志的门，你可以使用任何机器，除非有标记说不能使用。"她给他看一个橙色的井字棋格，"要使用这东西，需要帮助，你可以找我，或者任何一个衣领剪裁跟我的一样的人。你可以使用餐厅，但是睡觉和洗澡必须回到利亚大厦去。"

"好的。"

图书管理员一副很疑惑的样子。路易自己也有点吃惊。为什么他说那句话时那么自然？利亚大厦已经让他感觉更像家了，他在峡谷星上的公寓还从来没有这种感觉，这把他吓了一跳。

弗塔拉李思普利亚支付了一些银币，朝路易鞠了一躬就离开了。图书管理员转身回到她的阅读屏面前。（哈卡比帕洛林——他已经厌倦了这些长名字，但他最好还是记住它。）路易说："我找一个地方。"哈卡比帕洛林向四周看了看。

"在图书馆里吗？"

"希望如此。我很久以前去过一次那种地方。你站在一个圆圈的中心，而这个圆圈就是世界。中心有一个屏幕，可以把世界的任何一处地方放大显示……"

"我们有一个地图室。从楼梯上去，一直爬到顶层。"说完她转过身去。

一段狭窄的金属旋梯眼珠图书馆的中轴螺旋上升，只有顶部和底部两处固定点。他开始攀爬,他的体重压在楼梯上,就像踩在弹簧上一样。他经过了一些有金色标识的门,它们全都关闭着。再往上,就有一些拱形门洞,通往一排排的阅读屏,屏幕面前放着椅子。路易数了数,使用阅读屏的有四十六个造城族、两个老年的机器族和一个结实多毛且种族不明的客人。除此之外,还有一个食尸族女人独自待在一个房间里。

顶层是地图室。他一到那儿就认出来了。

他们曾在一个废弃的悬浮宫殿里发现了一个地图室,那是他看到的第一个地图室。它的墙是一个蓝色圆环,上面带着白色斑点。那里还有一些球形地图仪,是十个大气层含有氧气的世界,还有一个屏幕可以显示放大图像。但它显示的景象已经是上万年前的了,从中可以看到一个繁华的环形世界文明:流光溢彩的城市;小型飞行器沿着边缘墙从加速环中飞驰而过;跟这个图书馆一样大的飞机,以及体形更大的太空船。

他们一直在想办法离开环形世界,没有去找维修中心。显然这些旧录像带已经几乎没什么用了。

他们当时走得过于仓促了。所以二十三年后,在另一种绝望的情形下,路易再一次尝试……

路易·吴从楼梯口探出头来,环形世界在他周围闪闪发光。头顶应该就是太阳的位置。这个地图有二英尺高,直径将近四百英尺。影子方块高度相同,但更加靠近中心,它们悬浮在超过一千平方英尺的地板上方,地板呈深黑色,上面点缀着成千上万的星星。天花板也是如此。

路易朝一个阴影方块走去,从中间穿了过去——是全息图,跟从前的那个地图室一样。但是这次这个没有那些类地世界的球形地图了。

他转过身来,查看阴影方块的背面。没有任何细节:只不过是一个黑色的矩形,稍稍有点弯曲。

屏幕放大器正在工作。

这是一个三英尺宽、两英尺长的矩形屏幕,下面是控制键。屏幕安装在一个环形轨道上,介于阴影方块和环形世界之间,可以在轨道上随意移动。一个小男孩正在观看一幅安装完毕的巴萨德冲压发动机的放大图,屏幕上显示出一道炫目的蓝光。男孩眯着眼睛,想看到强光后面的细节。

这是一个刚刚进入青春期的男孩。细细的褐色头发遮住了整个头,在后脑部位生得更加厚密。他穿着一件图书管理员的蓝色长袍,领子是宽大的方形。袍子套在他身上,几乎是一件上面开了口的披肩。

路易问:"我可以站在你后面一起看吗?"

那男孩转过身来。他的五官很小,几乎看不清楚——典型的造城族面孔。这让他显得老成了一些。"要接触这些知识,你得到许可了吗?"

"利亚大厦为我购买了完整的权限。"

"哦。"男孩回过头去,"反正我们也看不出什么花样来。那些火焰两天之后就会熄灭。"

"你在看什么?"

"修复小组。"

路易眯起眼睛,盯着那道炫目的光。一团蓝白色的火焰充满了屏幕,火焰中心是一小块黑暗,而方向调节器则是那黑暗中心一个暗淡的粉色斑点。

电磁力线将太阳风带来的滚烫的氢原子聚集过来,将它压缩到聚变温度,然后射回太阳。这些机械还在徒劳地工作着,竭力要把环形世界推回原来的位置,顽强地抵抗着太阳的引力。屏幕上看到的就是这些了:一条细线——那是边缘墙——一些蓝白色的光点和粉红色的圆点。

"他们的工作快要完成了。"男孩说,"我们以为他们会找我们帮忙的,但他们一直没有来。"他有些期待地说。

"也许你没有通信工具,所以听不到他们的呼叫吧。"路易努力让自己的声音保持平静。这就是修复小组啊!"无论如何,他们只能收工了,没有更多的发动机了。"

"不对,看这里。"男孩让视图沿着边缘墙推进,最后停在离蓝色眩光很远的位置,停止的时候图像有点乱。路易看见一些金属块从边缘墙上掉下来。

他仔细查看,直到确认自己没看错——这是一些金属长条、线轴和圆筒——他认出这些部件是从脚手架——重装方向调节器的设备——上面拆卸下来的。他曾经通过"探针号"的望远镜看到过这东西。

修复小组一定是用了一小段边缘墙交通系统,使这个设备减速到太阳轨道速度。但他们打算怎么逆转这个过程呢? 在抵达目的地之后,他们该怎么让设备重新加速,达到环形世界的转速?

是通过与大气摩擦吗? 如果那些材料跟司克力斯一样强韧,发热就不是问题。

"看这里。"视图再次向前,沿着边缘墙往顺旋方向推进,来到了太空港棱台。这时,那四艘造城族的飞船清晰地显示了出来,"火热探针号"在它们边上只是一个小点,如果路易不知道"探针号"在哪儿,就会完全错过它:它停在唯一一艘船身还装着一个巴萨德冲压发动机的飞船旁边，距离有一英里。

"那儿，看到了吗？"男孩指着一对黄铜色的圆环，"还有一个引擎。等维修小组把这个也安装上，他们就完工了。"

数百万吨的设备零件从边缘墙掉落下来，一大群未知种族的建筑工紧接着跟过来，涌向"火热探针号"停泊的位置。"幕后人"会头疼的。

"是的，还有一个，"路易说，"但这远远不够。"

"够什么？"

"没什么。这个修理小组工作了多久了？他们是从哪里来的？"

"别人什么都不告诉我。"男孩说，"狗屁，都是些狗屁。为什么他们那么兴奋？为什么我要问你？你也不知道。"

路易让他说完，"他们是谁？他们怎么知道这个世界遇到了危险？"

"没人知道。在他们开始摆弄那些机器之前，我们完全不知道他们的存在。"

"那是什么时候？"

"八个法兰之前。"

干得挺快的，路易想。才刚刚一年半的时间，再加上准备时间。不知道他们准备了多久。他们是谁？有智能、速度快、果断、毫不畏惧工程之浩大和数目之繁多——他们很有可能是……他们一定是……但保护者早已不在了啊。

"他们修过其他东西吗？"

"我的老师维尔普认为，他们一直在疏通溢管。我们曾见到过某些溢山上大雾缭绕。疏导溢管也算是一件大工程吧？"

路易想了想，"好吧，算大事。如果你能重新启动海底的挖泥船……你还得加热那些管道才行——它们铺在世界底下。否则我猜海底的软泥在堵塞的管道中会冻住的。"

"狗屁。"那男孩说。

"什么?"

"溢管里面流出来的褐色玩意儿,我们叫'狗屁'"。

"哦。"

"你是哪里人?"

路易微笑。"我从外星来的,乘坐那个。"他伸手越过男孩的肩膀,指着"火热探针号"所在的位置。男孩的眼睛瞪得大大的。

路易的手在屏幕上滑动,开始回顾登陆船离开边缘墙之后他所经过的地区,动作比那男孩要笨拙得多。他发现了一片白云,跨度相当于一整块大陆,那是曾经的太阳花地。左舷方向远处,有一块宽阔的绿色湿地,然后是一条流入新河道的河,扭曲的旧河床留下一条棕色的轨迹,蜿蜒地穿过黄褐色的沙漠。他顺着那条干涸的河床,给男孩指出吸血鬼城市,男孩点点头。

男孩子很乐意相信他——这个外星人要来拯救我们!然而他又担心路易会觉得他容易哄骗。路易笑着看了他一眼,继续讲述。

屏幕上,大地又一次变绿。机器族所修的道路很容易分辨出来。在大多数地方,道路和两侧的土地明显不同。河水在这里再次拐弯,流入旧河道。他放大了比例,正好能俯瞰空中之城。"我们。"他说。

"这个我看过了。跟我说说吸血鬼。"

路易犹豫了。但话说回来,这男孩的种族可是这个世界上的跨种性关系专家。"他们可以让你渴望'瑞色舍那'。一旦你这么做了,就会被他们紧紧咬住脖子。"他露出喉咙上已经愈合的伤口。"喀密杀了攻击我的吸血鬼。"

"为什么吸血鬼没有迷惑他?"

"喀密与其他种族都不一样,就像他不吃香肠植物一样。"

"我们拿吸血鬼来做香水。"男孩说。

"什么?"翻译机出错了吗?

男孩得意地笑了,"总有一天你会明白的,我得走了。你还会来这里吗?"

路易点点头。

"你叫什么名字? 我叫卡瓦勒斯克森嘉约克。"

"路威-吴。"

男孩从楼梯下去了。路易面对屏幕,站在那皱着眉头。

香水? 潘斯大厦里的吸血鬼气味……现在路易想起来了,二十三年前哈尔罗蒲丽尔拉拉尔来到自己床上的那个夜晚也有那个味道。她一直试图控制他,她曾经这么说过。是不是她用了吸血鬼的香味来对付他呢?

现在无所谓了。"呼叫'幕后人'",他说,"呼叫'幕后人'。"

没有动静。

那屏幕不能旋转,总是一面朝外,背着阴影方块。这很恼人,但很说明问题:它可能意味着,这些图像都是阴影方块发射出来的。

他缩小了屏幕上的显示比例,目光迅速朝顺旋方向扫过去,直到眼前出现一片大洋的俯视图。他放大图像,仿佛是一位天使正在死亡俯冲。真好玩,图书馆的设施比"热针号"上的望远镜要先进太多了。

"地球"的面貌相当古老。五十万年的时光已经让各个行星面目全非了。也许时间还要长些吧? 一百万年? 两百万年? 只有地质学家知道。

路易转向右舷偏反旋方向,直到屏幕里克孜国的区域:一座座岛屿聚集成团,围绕着一片炫目的冰雪大陆。这个国家有多老了?也许喀密该知道。

路易把视图放大,一边工作,一边竟哼唱了起来。他从黄橙色的丛林上方掠过,视线顺着一条银色飘带般的宽阔河流向前移动,一直来到海边。入海口附近应该有城市吧。

差一点就错过它了。这是一片两河交汇形成的冲积扇,叠加在丛林颜色背景上的一小块浅色的网格。有些城市有公路绿化,但在这个克孜城里,绿化的占地面积一定比建筑还要大。在最高放大倍率下,路易勉强能分辨出街道的格局。

克孜人从来不喜欢大城市。他们嗅觉太敏锐了。这个城市的大小几乎与克孜族长的政府所在地一样大。

他们有城市。还有什么?有什么行业是他们必需的?海港?矿业?继续往前搜索。

接下来一段的丛林比较稀疏。黄褐色的贫瘠土壤显示出与城市样貌完全不同的格局,看起来就像一个熔化的箭靶。大致猜测,这是一个非常古老的大型露天矿区。

五十万年或更久以前,曾经有一小批克孜人被投放到这里。路易没想到他还会看到矿业小镇。如今,他们要是还能找到什么可挖掘的东西,那真是交了大运了。在过去的五十万年里,这里的克孜人一直被局限在一个小世界里,在这里,表面之下几百英尺便什么都没有了。不知道用了什么办法,克孜人将他们的文明保存至今。

这些半猫动物是有大脑的,他们统治着一个值得尊敬的星际文明。该死,是克孜人教会人类使用重力发生器的!而喀密应该在几十个小时之前就到达克孜区了。他在寻找反击幕后人的同盟。

路易继续顺着河流往大海移动。现在他把类似上帝之眼的视图往"南"滑去,紧贴着这个地区最大的大陆的海岸线。他预计会看到些港口,虽然克孜人不太使用船舶。他们不喜欢大海。他们的港口都是些工业城,没人会为了找乐子而住在那里。

但克孜帝国就是这样。在这儿,重力发生器已经使用了几千年。路易发现自己正俯视着一个海港,它足以媲美纽约港,船只的尾迹时隐时现,仿佛是港口在缓缓爬行。整个海港几乎呈一个正圆,这原本应该是一个陨石坑。

路易降低了放大率,重新拉高视角,以便看到全貌。

他眨了眨眼,怎么回事?他那可怜的比例感再次作弄他了吗?还是他把控制键弄错了?

一艘巨轮横跨港口,相形之下,海港就像一只浴缸。

那些小型船只的航迹还在。那么这是真实的。眼前的确是一艘大得像一座小镇的船,它几乎完全堵住了这个天然港口的出海口。

他们不会经常移动它的,路易想。它的发动机会剧烈地撕咬海床,这船开走后,海港也会波涛汹涌。而且,那些克孜人该如何为这么个庞然大物添加燃料呢?他们第一次注入燃料是怎样的情形?他们在哪里找到那么多金属的?

为什么?

不知道喀密会不会在克孜区域找到他在寻找的东西。路易从来没有认真想过这个问题,直到现在。

他反转放大旋钮,视角升到太空,克孜区域变成了大海中的几个小斑点,这时,他在屏幕边缘附近看到了新的区域。

离克孜世界最近的区域是一个粉红色的圆点。那是火星……距离和从月球到地球差不多。

这么远的距离,他们怎么征服的? 即使是一架望远镜,也无法穿透超过二十万英里的大气层,要跨越这个距离想一想都可怕。乘坐远洋巨轮——即使是一座城市那么大的巨轮也不可能。该死!

"呼叫'幕后人'! 路易·吴呼叫'幕后人'!"路易的时间不多了,维修小组正在往"热针号"逼近,而喀密又去了克孜区域挑选武士。路易不打算把这些透露给"幕后人",它们只会让傀儡师不安。

"幕后人"没有接听。他究竟在干什么?

他身为一个人类,想破脑子也想不到答案。

那就继续调查好了。

路易缩小比例,直到看到两个边缘墙,便在中线附近寻找"上帝之拳"那座山,它应该是在大洋的左舷方向——没有看到。他把比例放大,看到一片面积比地球还大的沙漠,但在环形世界上,它还是显得很小。看见了——红色的荒原,靠近中心的位置有个苍白小点……那就是"上帝之拳",这座山有几千英里高,山顶是光溜溜的司克力斯。

他将图像往左舷滑动,追寻着"说谎者号"坠落以后他们走过的路。他还完全没有反应过来,就已看到了水。这是大洋的一处宽阔的海湾。他们曾经在那儿停留,当时海湾就在视线之内。路易往回滑动,寻找那团大概永远不会消散的云,从上面看,它应该是椭圆形的。

但风暴眼不在那里。

"呼叫'幕后人'! 妈的,以科达普特、芬纳格尔和真主阿拉的名义，我命令你，上帝啊他娘的！呼叫——"

"我在这儿，路易。"

"好极了！我在空中之城的一座图书馆里，他们有一间地图室。查一下我们看过的那个地图室，涅索斯应该有记录——"

"我记得。"傀儡师冷冷地说。

"那间地图室展示的图像都过时了，现在这个是实时的！"

"你安全吗？"

"安全？哦，很安全。我用超导布结交了一些朋友，支使了一些人，但我被困在这里了。即使我能用贿赂逃出城来，还是得通过机器族控制的'天丘'。我可不愿一路杀出去。"

"很明智。"

"你那边有什么进展？"

"两个消息。我弄到了另外两个太空港的全息图，所有十一艘船都被劫掠过了。"

"巴萨德冲压发动机不见了？全部吗？"

"是的，全部。"

"还有什么消息？"

"别指望喀密来救你了。登陆船正朝着大洋中间的克孜区域飞去。"傀儡师报告说，"我早该料到的。那克孜人叛逃了，把登陆船也带走了！"

路易默默地骂了一句。他能听出那种冷酷无情的语调。傀儡师严重不安，已经失去了对微妙情绪的控制能力，"他在哪里？他在干什么？"

"我通过登陆船的摄像头，看见他盘旋在克孜区上方。他找到了一艘宽敞的远洋巨轮——"

"那艘船我也发现了。"

"你的结论是什么?"

"这些克孜人曾试图去其他区域探索殖民。"

"是的,在已知空间,克孜人最终征服了其他恒星系。在这里的克孜区,他们肯定也曾觊觎大洋的其他地方。当然,他们还不太可能发展出太空航行技术。"

"当然。"太空旅行的第一步,是把东西送入轨道。克孜人母星的低轨道速度约为每秒六英里。而在这里,他们必须达到每秒770英里。"这样的船他们也不可能建太多。他们没有那么多金属。再说,一次航行至少也需要几十年。我很好奇,他们到底是怎么知道还有其他区域存在的。"

"我们可以猜测,他们用火箭发射了望远摄像器材。这些仪器必须快速运行,不然发射物没法进入运行轨道,升上去之后会掉下来。"

"我还想知道他们有没有到达过地球区? 那得到达火星之后再走十万英里……火星区是不能作为中转的。"克孜人会在地球区发现什么? 除了人属物种,会不会还有派克保护者?"右舷的方向还有道恩行星区,不知道反旋那边是什么世界。"

"我知道。那里的居民是群居智慧生命,希望他们永远不要去搞太空旅行,除非他们的太空船能装上整个族群。"

"他们友好吗?"

"不,他们很可能已经跟克孜人冲突过。显然,这些克孜人放弃了对整个大洋的征服。他们的巨轮似乎只是用来封锁港口的。"

"是的,说不定那里还是一个政治中心。你刚才跟我说喀密来着?"

"他先在克孜区域上空盘旋了一阵,然后似乎想清楚了要干什么。他悬停在那艘巨轮顶上,等着一架架飞机升上来,向他发射导弹。喀密任由他们进攻,那些导弹根本伤不到他。接着,喀密击毁了四架飞机,其余飞机继续攻击,一直到武器和燃料用尽为止。他们返航回船时,喀密跟在后面,登陆船现在就停在巨轮指挥塔上的着陆平台。战斗仍在继续。路易,他是在寻找盟友对抗我吗?"

"不知道这么说能不能安慰你:他肯定找不到能和众品飞船匹敌的力量。他们甚至连登陆船都打不烂。"

一阵长久的停顿。"也许你是对的。他们的飞机使用的是氢燃料喷气发动机,导弹使用的还是化学推进剂。不管怎样,我得亲自去救你。你在黄昏时一定能看到我的探测器。"

"然后呢? 还有边缘墙挡着啊。你跟我说过踏碟是无法穿过司克力斯的。"

"我用了第二个探测器,放了一对踏碟在边缘墙上作中转。"

"那好吧。我在一个盖子形状的建筑里,城里顺旋偏左舷的位置。探测器到了之后先悬停住,等我们想好了下一步再说。我还不确定是不是马上就离开。"

"你必须离开。"

"但我们需要的答案可能都在这个图书馆里!"

"你目前有进展?"

"只有一些零星的信息。哈尔罗蒲丽尔拉拉尔的族人所知道的一切都在这栋大楼里。我还想问问食尸族,他们是拾荒者,似乎无处不在。"

"你越来越喜欢问问题了。好吧,路易,你还有几个小时。黄昏时分我把登陆船送过去。"

第二十二章　太空大盗

　　餐厅在大厦的半腰。路易对这一点点运气充满了感激：造城族是杂食动物。这蘑菇炖肉要是能加点盐就好了，不过毕竟填满了他空空的肚子。

　　所有食物都没有盐味。这里的海水都是淡水，大洋除外。他可能是整个环形世界类人生物中唯一需要盐的吧，要是一直没有盐，他是没法活的。

　　他吃得很快，时间紧迫，傀儡师已经给吓着了。令人惊讶的是，他并没有逃跑，让路易和叛徒喀密以及整个环形世界一起走向毁灭。他还在寻找机会，前来营救他这个被强拉来的船员，路易几乎要开始钦佩这个傀儡师了。

　　但要是看到维修小组正在向他奔去，他可能会改变主意。路易决计一定要在幕后人把望远镜转到那个方向之前回到"探针号"。

　　他回到了楼上的房间。

　　他尝试了一些阅读屏，全是他看不懂的文字，没有图片、没有声音。最后，在一排屏幕之中，他看到了一个熟悉的身影。

　　"哈卡比帕洛林？"

图书管理员转过身来。小小的扁平的鼻子,嘴唇像道裂缝,秃顶的头,以及精致的头骨和长长的波浪一般的白发……她的臀部是漂亮的喇叭形,腿也长得不错。以人类标准,她一定已经四十左右了。造城族比人类衰老得慢些,也可能是快些,路易说不清。

"干什么?"她厉声问道。

路易跳了起来,"我需要一个具有语音编程的屏幕,我还想找一个录像带,介绍司克力斯的特性。"

她皱起了眉头,"我不明白你的意思。语音编程?"

"我想让录像带读出声来给我听。"

哈卡比帕洛林瞪大了眼睛,然后大笑起来。她试图忍住自己的笑,但实在忍不住,反正也已经晚了。他们成了众人注意的焦点。"没有这样的东西,从来没有。"她试图耳语,但咯咯的笑声就像泡泡一样冒出来,使声音超过了她的控制,"怎么,你不识字吗?"

要命! 该死! 路易觉得耳根和脖子都涨红了。能识字当然可贵,每个人早晚都能学会,至少在他们星际世界是这样。但这不是什么生死攸关的问题,每个世界都有发音箱! 要是没有发音箱,他的翻译机拿什么来翻译呢!

"我需要的帮助比我想象的要多,我需要有人念给我听。"

"你的需要超出了你的购买量。让你主人来重新议价。"

路易斯不准备冒险贿赂这个让人难堪又不怀好意的女人,"能帮我找一下那些录像带吗?"

"这个你付了钱。你甚至也付钱买了打搅我搞研究的权利。要什么尽管说。"她迅速说道,同时在键盘上敲了几下,一页页奇怪的文字在她的屏幕上跳跃,"司克力斯的特性? 这里有一份物理学文本,里面有些章节提到了这个世界的结构和力学问题,有一章讲司克力斯。可能对你太难了点。"

"我要这个,再要一份讲基础物理的。"

她满脸狐疑。"好吧。"她又敲了几下,"这儿有一份老式录像带,给工程专业学生用的,内容是边缘墙运输系统的建设问题。是些历史旧闻,可能有一些对你有用的东西吧。"

"我要了。你们有没有研究过世界下面呢?"

哈卡比帕洛林挺直了身子,"我们的人一定去过。我们统治着这个世界以及周围的群星,我们的机器会让机器族也拜服——假如它们还在的话。"她又在键盘上敲来敲去,"但我们没有这个研究的记录。你找这些玩意儿干什么?"

"我也不太清楚。你能不能帮我查一下那种古老的长生药的来历?"

哈卡比帕洛林又笑了起来,不过这次声音很轻,"我觉得你拿不了那么多录像带卷。做药的从来不会泄露秘方,写书的也从来没有发现那些秘方。我倒可以给你一些宗教档案、警方记录、秘密游戏,以及各种世界的探险日记。这里有个故事,一个不朽的吸血鬼纠缠食草巨人几千法兰,越到后面越是诡异恶心,直到——"

"不要这个。"

"人们至今没有找到这个吸血鬼囤积的长生药……不要?我再看看……科提斯特克大厦变成十座之一的原因就是,其他大厦早早用光了长生药。这是政治上一个有趣的教训——"

"不要,算了吧。你了解大洋吗?"

"大洋可有两个哦,"她告诉他,"夜里很容易在大拱弧上找到它们。有些古老的故事说,那种不死药就来自反旋那边的大洋。"

"哦。"

哈卡比帕洛林有点得意，小嘴看起来有些神经质，"你也太天真了。一个人用肉眼看，大拱弧上也只能看到这两样东西。如果有什么宝贝是从远方传来的，之后又再也找不到了，自然有人就会说这东西来自两个大洋之一。谁能说不是，谁又能说出另一种来历呢？"

路易叹了口气，"有道理。"

"路威–吴，你的这些问题之间有什么联系？"

"也许根本没有联系。"

她找到了他想要的录像带，另外还有一本童书，名叫《大洋故事集》。"我不知道你拿这些干什么，你是偷不走的。走的时候需要搜身，而且阅读机你也拿不动。"

"谢谢你的帮助。"

他需要找人读给他听。

他不敢随便找个陌生人，也许可以小心地选一个陌生人？他曾看到有个房间里有一个食尸族。如果阴影农场的食尸族知道路易·吴，或许这个也知道。

但那个食尸族走了，只留下气味。

路易找到一个阅读屏，一屁股坐在椅子上，闭上了眼睛。无用的录像带从他背心的两个口袋里鼓出来。一定还有办法，他想。也许可以还能找到那个男孩，也许可以让弗塔拉李思普利亚给我读，或者让他派个人来。当然这会多花些钱。反正一切都要花钱、花时间。

阅读机是个巨大而笨重的家伙，用一根很粗的线缆固定在墙上。制造商肯定没有超导线材。路易把一个录像带放进去，盯着屏幕上毫无意义的天书。屏幕的清晰度很差，上面也没有安装扬声器的位置。哈卡比帕洛林说的是实话。

我不能在这儿耽搁。

路易站起来，他没有选择了。

图书馆的屋顶是一个宽阔的花园，一条条便道从花园中心延伸出来，中心正是螺旋楼梯的顶端。便道之间是肥沃的黑土，生长着饱满多汁的巨型花朵。一些小型的暗绿色灌木上开满了小蓝花，还有一大片枝叶细小的植物，结着形似香肠的东西。它们大多裂开了，裂口处开着金色的花朵。一根根色彩斑斓的黄绿色面条从一些树上掉下。

花园里有一些散落放置的长椅，一对对的情侣坐在长椅上，没人上前打扰路易。他看到很多穿蓝色长袍的图书管理员。一个高个子的男性管理员正带着一群叽叽喳喳的倒挂人游客参观。看来这里没有卫兵，也没有任何通往外界的坡道。显然这里没什么可守卫的，除非小偷能飞。

路易本来打算好好回报这些人的款待。虽然他得到的款待是他花钱买来的，但他还是有点内疚。

水凝器从屋顶边缘升起，像几张三角帆。水全部流进一个月牙形的池塘里，那儿有一群造城族的儿童正在嬉闹。路易听到有人在叫他的名字。"路威-吴！"他转过身来，正好抓住一只撞到胸前的水球。

地图室里遇到的那个棕发男孩拍着手掌，大声让他把球扔过来。

路易一怔。要不要警告他离开屋顶呢？屋顶很快就会变成一个危险的地方。这孩子很聪明——他可能太聪明了，会看出破绽，呼叫警卫。

路易扔回被水弄湿的球，挥了挥手，走开了。

但愿他能想出什么办法来,给屋顶清个场!

屋顶的边缘没有护栏,路易小心走着。这会儿他正走在一丛小型乔木边上,这些乔木的树干就像是拧干的浴巾。路易觉得这里相对隐秘,于是打开了翻译机。

"'幕后人'?"

"我在。喀密还在被攻击。他反击过一次,把巨轮的一个大型旋转炮塔融化掉了。我猜不出他想干什么。"

"可能想让他们看看他的力量有多强,然后和他们达成协议。"

"他要什么协议?"

"可能他自己也不知道。我很怀疑他们到底能帮他多少,除了给他找几个女人。'幕后人',我没办法在这里继续做研究了,我看不懂屏幕上的文字。不过我已经弄到了很多东西,搞懂它们大概需要一个星期。"

"这七天喀密会做些什么?我不能待着不动,等待结果。"

"好吧。我拿到的是些阅读资料带。要是我们能读的话,会得到我们想要的大多数信息。你有办法吗?"

"我想不出什么办法。你能给我弄一台他们的阅读机吗?要是有阅读机,就可以在屏幕上播放,然后拍照让'探针号'的电脑识别出来。"

"机器很重,还有些很粗的线缆——"

"把线缆切断。"

路易叹了口气,"好吧,然后呢?"

"探测器已经能拍到空中之城了。我把它导航到你那里,你必须取下重氢过滤器才能使用踏碟。你有扳手吗?"

"我什么工具都没有,只有一把激光手电筒,告诉我该切哪里。"

　　"希望我那一半燃料的损失是值得的。如果你能搞到阅读机,并让它通过踏碟,就再好不过了;不行的话,就带上那些录像带吧。也许我能另外想办法。"

　　路易站在图书馆的屋顶边缘,越过自己的脚趾往下看。下面的阴影农场笼罩在黄昏斑驳的光线里,阴影那边还是艳阳当空。矩形农场在这里被截断,远处是蛇河,蜿蜒流向左舷方向,消失在低矮的群山中。山的另一边是海,还有平原,以及一些低矮的山脉和几片更小的海,距离越远,蓝色越发鲜艳⋯⋯最远处是大拱弧,一直往上、往上⋯⋯路易半梦半醒,在明亮的天空下等待着。能做的都已经做完了,他几乎意识不到时间的流逝。

　　探测器喷着蓝色的火焰从天边冒出来。它那几乎看不见的火焰触及屋顶时,植物和土壤立即变成了一片橙色的火海,身材矮小的倒挂人、蓝袍图书管理员和那些湿漉漉的孩子一起尖叫着,争先恐后跑向楼梯间。

　　探测器在火焰中稳稳停住,侧身过来,依靠方向调节器放缓速度。它的上方有许多小型喷气发动机,下方则有一个大家伙。这个探测器有二十英尺长、十英尺宽,摄像头和其他仪器破坏了完美的圆柱形,显得臃肿不堪。

　　路易等到火焰差不多熄灭了才走过那一片焦土,来到探测器前面。目光所及之处,屋顶已经空空如也——也没有尸体。没有人死,太好了。

　　翻译机传出声音,引导着他把探测器顶部厚厚的分子筛切开,很快就把踏碟剥离了出来。他问道:"现在怎么办?"

　　"我逆转了另外那个探测器里踏碟的方向,也去除了过滤器。你能去弄一台阅读机吗?"

　　"我去试试吧,真不想干这个。"

"两年之后这些都不重要了。我给你三十分钟,尽力带些东西回来吧。"

路易刚刚出现在楼梯口,十来个蓝袍图书管理员就打定了主意跟着他。他已经把头罩拉上来遮住了脸,重金属弹片打在抗冲击甲胄上,又反弹到地上,他一步一停地走着。

火力渐渐稀疏,最后停了下来。他们在他面前节节后退。

当他们退到足够远的地方,路易切断了他身下的楼梯。这架旋梯只在顶部和底部有固定点,刚一断开,它就像弹簧一样迅速缩短,把边上的门框和通道都扯了下去。图书管理员一个个死命抓着楼梯,路易占据了最顶上的两层楼。

当他转身来到最近的阅览室时,哈卡比帕洛林挡住了他的去路,双手举着一把斧头。

"我又需要你的帮助了。"路易说。

她一侧身。斧头坎在了他脖子和肩膀之间的位置,又反弹回去。路易一把抓住了斧头,她猛地向外抽,试图夺过来。

"小心。"他说,手里的激光束已经朝一台阅读机的线缆上扫过去。电缆喷出火焰,立即折断掉在地上,火花四溅。

哈卡比帕洛林尖叫起来:"利亚大厦将为此付出沉重的代价!"

"那我也没办法。我现在要你帮我把阅读机搬到屋顶上。我想我得切开一面墙壁,这样省事些。"

"我不会帮你的!"

路易的激光束扫过一台阅读机,阅读机立刻裂开,在地上燃烧起来,散发出极其难闻的气味。"现在呢?"

"你这个吸血鬼的情人!"

机器很重,而路易不想放下激光手电筒。他后退着往楼梯上走,机器大部分的重量都落在哈卡比帕洛林的手上。他说:"要是这东西掉下去,我们就得回去再弄一个。"

"白痴! 你已经……把电缆毁了!"

他没有作声。

"你为什么要这么做?"

"我想拯救这个世界,它快要撞到太阳上去了。"

她几乎放手,把机器放手掉在楼梯上。"可是——那些发动机! 它们都被装回去了啊!"

"所以你是知道的! 可惜你们知道得太少、太迟了。你们族人的大部分飞船再也没有飞回来。你们没有足够的发动机。继续走。"

到达屋顶时,探测器也升了起来,并在方向调节器的辅助下停在他们身边。他们放下阅读机,但这东西太大了。路易咬了咬牙,把机器的屏幕从机身上切了下来,总算能塞进去了。

哈卡比帕洛林只是看着他,累得说不出话。

路易把屏幕放在分子过滤器之前的位置,屏幕立刻消失了。剩下的是机身,要沉重得多。路易把它的一端塞进那个传送口,然后躺下来,用腿使劲往里面推,直到机身也消失了。

"利亚大厦跟这事没有关系,"他告诉图书管理员,"他们不知道我的计划,给。"他把一大块无光的黑布扔到她的脚边,"利亚大厦可以教你如何用这个来修理水凝器和其他旧机器。你可以让空中之城不再需要机器族。"

她看着他,眼里充满了恐惧。也不知道她听懂了没有。

他两脚小心翼翼地往前探,进入了探测器。

然后一头钻进了"探针号"的货舱。

第二十三章　最后的条件

他出现在一个巨大的回声玻璃瓶中，四周几乎漆黑一片。通过透明墙，可以看到笼罩在暮色中的造城族飞船废墟。探测器已经回到了固定在货舱后墙的架子上，离灰色喷漆的地板八英尺高。路易缩在探测器里，就像煮蛋器里的一只鸡蛋。那是重氢过滤器的位置。

路易翻身跳出来，双手抓着探测器落在地上。他已经累得骨头酸痛，现在还有最后一个问题要处理，然后就可以休息了。一墙之隔的那边就是安全地带，这面墙坚不可摧，但他已经看到那边的睡盘了……

"很好。""幕后人"的声音在天花板附近某处响起，"那是阅读屏吗？我没有想到它这么大。你是不是只能把它劈成两半了？"

"是的。"那些组件还被他从八英尺高的架子上摔了下去。幸好傀儡师都擅长捣鼓工具……"希望你还在这里准备了一组踏碟。"

"我考虑到了紧急情况。朝左前方看……路易！"
一声恐怖的呻吟从他身后传来。路易急忙转身。

哈卡比帕洛林嵌在探测器里，就是路易刚才待着的位置，双手紧紧抱着一件发射式武器。她的嘴唇往上扯开，露出牙齿，眼睛不停地转，上下左右翻动着，眼前的景象没有一处令她舒适的。

"幕后人"单调的声音响起来："路易，谁侵入了我的飞船？她危险吗？"

"不，放松。这只是一个犯糊涂的图书管理员。哈卡比帕洛林，回去吧。"

她的哭腔更刺耳了，她突然大叫起来："我知道这个地方，我在地图室里见过它！这是星船港口，这是世界外面！路威–吴，你到底是干什么的？"

路易拿出激光手电筒指着她，"回去。"

"不，你毁了图书馆，盗走财物，但是如果——如果是世界受到了威胁，我愿意帮忙！"

"你这个疯女人，那现在就帮帮我吧！听着，回图书馆去，找一找那长生药在城塌之前到底是从哪里来的，我们要找到那个地方。如果除了那些巨大的发动机，还有什么能移动环形世界的话，那儿就是我们能找到控制机关的地方。"

她使劲摇头，"我不知……你怎么知道这些的？"

"那是他们的大本营。那些专——那些环形世界的工程师一定在大本营附近种着那些植物……该死的……我只是猜测，他娘的！"路易抱着头，他的头痛得像打鼓一样，"我又不是自愿拯救世界的，我被绑架了！"

哈卡比帕洛林从探测器里跳出来，落在地上。她的粗布蓝袍早已汗湿，她看上去太像哈尔罗蒲丽尔拉拉尔了。"我可以帮忙。我可以读给你听。"

"这儿有机器帮我读。"

她走近了一些,垂着武器,仿佛已经把它忘掉了。"我们自作自受,对不对? 我的族人把控制世界转向的发动机拆下来造飞船。我能帮助改正这个错误吗?"

"幕后人"说:"路易,这女人不能回去。之前那个探测器里的踏碟只能传送,不能接收。她手中拿的是武器吗?"

"哈卡比帕洛林,把那东西给我。"

她照办了。路易笨拙地举着武器,这一定是机器族人制造的。

"幕后人"说:"把它放到货舱的左前方的角落,那里有个传送器。"

"我没看到。"

"我给它涂了伪装漆。把武器放在角落里,退后。女人,规矩些!"

路易照办。枪消失了。路易几乎没看清,那武器已经穿过船壳,落在了太空港的棱台上。"幕后人"在船体外侧也放置了一只踏碟接收器。

路易惊叹不已。傀儡师的恐慌和偏执有一种意大利文艺复兴的特质。

"好的。下一步——路易! 又来了一个!"

一个褐色的毛绒绒的头从探测器里探出来。是地图室的男孩,一丝不挂,浑身湿漉漉的,他伸展着四肢打量周围,差点儿摔一跤。他惊讶地瞪着大眼睛——正是遇见魔法的年纪。

路易大吼:"'幕后人'! 快关掉那个踏碟!"

"我关了。我应该早就关掉了。这是谁?"

"图书馆的一个孩子,名字太长了,但我记不住。"

"卡瓦勒斯克森嘉约克。"男孩微笑着大声说道,"我们在哪儿,路威-吴?我们在这里做什么?"

"只有天知道。"

"路易,这些外星人不能留在我的船上!"

"如果你想把他们赶出去,那就算了吧。我不会允许的。"

"那他们必须留在货舱里,你也一样。我觉得你们是故意的,你和喀密。我不应该相信你们两个。"

"你从来就没有相信过我们。"

"请你重复一遍?"

"我们会饿死在这里的。"

好一阵没有动静。卡瓦勒斯克森嘉约克从探测器上轻巧地跳下来,和哈卡比帕洛林激动地窃窃私语。

"你可以回到你的舱室里,""幕后人"突然说道。"他们待在这里。我留下一个踏碟,这样你可以给他们送吃的。或许这样也不错。"

"怎么不错了?"

"路易,环形世界的居民不用死绝,这是件好事。"

那两个环形世界的居民离得太远,没有听清路易的翻译机说了什么。他说:"你不会现在就想放弃了吧?这些信息录像带里的东西,可以带我们直奔那个魔法般的物质转化器。"

"是的,路易。而且,克孜区的财富可能已经落到了喀密的手里。我们离得远,还可以平安地待上三天,不能更久了。我们必须尽离开。"

那两个本地人四下张望,路易朝他们走过来。"哈卡比帕洛林,帮我把阅读机搬过来。"

十分钟后,录像带、阅读机以及毁坏的显示屏都出现在"幕

后人"的飞行舱内。哈卡比帕洛林和卡瓦勒斯克森嘉约克等着
"幕后人"的下一个命令。

"你们得在这里多待一会儿，"路易告诉他们，"我不知道会
发生什么事情。我会给你们安排食物和睡觉的地方，相信我。"
他发觉自己满脸愧疚，于是迅速转身走进角落里。

片刻之后，他回到了自己的舱室——压力服、背心，一应俱
全。

路易脱去衣服，让飞船送来一套非正式的睡衣。他已经感
觉好多了，虽然自己很累，但哈卡比帕洛林和卡瓦勒斯克森嘉约
克得有人照管。厨房是不会有毛毯的。他再次拨号，要了四个
大号的连帽披风，通过踏碟送给了他们。

他在记忆中搜索着。哈尔罗蒲丽尔拉尔喜欢吃什么来
着？ 她是杂食者，但偏好新鲜的食物。他为他们挑选了当日的
饭食，透过墙，看着他们一边查看食物，一边露出疑惑的表情。

他给自己点了核桃和正宗的勃艮第葡萄酒，边嚼边喝。他
把睡眠场激活，跳了进去，伸展开身体，在失重状态中思索起来。

利亚大厦将为他的强盗行为付出代价。哈卡比帕洛林有没
有把超导布留下，作为损坏图书馆的赔偿？ 他连这个都还不知
道。

瓦拉佛尔吉琳在做什么？ 她为自己的物种、自己的世界担
忧，却无能为力，这都是拜他路易·吴所赐。货舱里的那个女人
和孩子一定也同样惊恐吧……如果路易·吴在未来几小时内死
去，他们似乎也活不了多久。

这都是代价吧，连他自己的生命也陷入了危险。

第一步：拿到"探针号"上的激光手电筒。完成。

第二步：环形世界能否回到原来的位置？在接下来的几小时，他也许会证明这是不可能的。这将取决于司克力斯的磁力特性。

如果环形世界无法挽救，那就逃走。

如果环形世界还有救，那么——

第三步：想清楚。喀密和路易·吴是否有可能活着回到已知空间？如果没有，那么——

第四步：叛变。

他本该把那块超导布留在利亚大厦。他本该提醒"幕后人"断开探测器里面的踏碟。事实就是，路易·吴近来老是做出一些糟糕的决定。这让他很烦。他下面几个动作将至关重要。

但是此刻，他还是打算偷闲睡几个小时。毕竟他刚刚辛苦偷来了那么重要的物件……

隐约有声音传来。路易不安起来，在失重状态里翻身坐起来，四下看着。

船舱后墙外，哈卡比帕洛林和卡瓦勒斯克森嘉约克正激动地跟天花板交谈着。对路易而言全是叽哩呱啦的声音——他没有戴翻译机。那两个造城族正指着一幅飘浮在船体外面的长方形全息图，那图挡住了太空港棱台的一部分。

通过那个"窗口"，路易看到一座灰色的石头城堡耸立在阳光照耀下的庭院中。那些石头方方正正，体积巨大，表面粗糙。唯一的开口是一些箭孔。一些常春藤属植物爬上了一面城墙，茂盛的藤蔓呈浅黄色，上面有猩红的脉络。

路易走出了睡眠场。

那傀儡师坐在飞行舱的长凳上。今天，他的鬃毛散发出蒙蒙的磷光。路易凑过来时,他转过一只脑袋。"路易,我相信你已经休息好了?"

"是的,我确实需要好好睡一觉。有什么进展?"

"我修好了阅读机。但'探针号'的电脑不是很明白造城族的语言,没法阅读那些讲解物理学的录像带。我想通过与那两个当地人谈话来收集一些词汇。"

"还要多久才能读出来?我有些问题,有关环形世界的总体设计的。"环形世界的土地有整整六百万亿平方英里,是否能用来进行电磁操控?他急需知道!

"十到二十个小时吧,我认为。我们都需要偶尔休息一下。"

太久了,路易想。维修小组已经快到眼前了。真糟糕。"那些画面在哪里拍到的?登陆船吗?"

"对。"

"可以给喀密发一条消息吗?"

"不可以。"

"为什么不呢?他一定带着他的翻译机的。"

"我犯了个错误,强制关掉了他的翻译机。他把它扔下了。"

"发生了什么事?"路易问,"他待在一座中世纪城堡里干什么?"

幕后人说,"喀密抵达克孜区域已经二十小时了。我已经告诉了你他的策略——让克孜人的飞机来攻击他,之后降落在大船上,任凭他们持续的攻击,等着他们火药耗尽。攻击进行了大约六个小时,喀密才决定离开,飞到其他地方去了。我搞不懂他到底想干什么,路易。"

"我也不明白,真的。继续说。"

"克孜人的飞机跟着他飞了一段就回去了。喀密继续探索,他发现了一片原野,那里最高的一座山峰上有一座小型带围墙的石头城堡。他降落在院子里,当然,他又受到了攻击,不过那些防卫者只有刀剑、弓箭之类的武器,等到他们全部集中到登陆船周围,他就用了眩晕炮。接着——”

“等等。”

屏幕上,一个克孜人从一个圆形拱门里冲出来,跑过灰色的石板路,四腿并用拼命地朝着全息窗口的方向狂奔。那一定是喀密。他穿着抗冲击甲胄,眼睛上插着一根箭头,那是一根长长的木箭,尾羽是纸一样薄的叶片。

其他克孜人挥舞着刀剑和大锤,在他身后跑着。箭孔里射出一支支箭,从他的甲胄上弹开。喀密来到登陆船舱门口。一道猛烈的光线从一个箭孔里射出来,在石板地上激起了一片火焰,然后聚焦在登陆船上。喀密消失了。激光还持续了一会儿,随着箭孔在红白色的火焰中爆炸,激光也突然熄灭了。

“粗心大意,”“幕后人”喃喃地说,“竟然把这种武器给了敌人!”他的另一只嘴操作着控制板,切换到舱内摄像头。路易看着喀密锁了气闸舱,步履蹒跚地朝自动医疗器上走去,费劲地脱去甲胄,扔在一边。甲胄之下,这个克孜人的腿也被划伤了。他用力把医疗设备的盖子拉起来,差不多是一头栽了进去。

“该死! 他没有打开显示器!‘幕后人’,我们得帮帮他。”

“怎么帮呢,路易? 如果你想用踏碟过去,就会被加热到聚变温度。你的速度再加上登陆船的——”

“是啊。”大洋在圆环往上三十五度的位置。动能差异大到足以炸掉一个城市。路易过不去。

喀密躺在那里流血不止。

突然他大叫一声,身子半侧过来,粗大的手指在医疗设备的键盘上面猛烈地敲击。他让自己的背部被托举起来,举得高高的,然后拉上了盖子。

"够了。"路易说。那支箭射进了他的眼窝,角度很刁钻,可能没有伤到脑组织……也可能伤到了。"他就是不顾后果。好吧。这下好了,接着来吧。"

"之前,喀密用眩晕炮扫射了整个城堡,然后花了三个小时把失去知觉的克孜人弄上斥力板平台,把他们带到外面去。然后他把门封上,走进城堡里不见了。整整九个小时我都看不见他。你笑什么?"

"他没有把任何女性带到外面,是不是?"

"是啊,没有。我没看到。"

"他真是走运,盔甲穿得够快的。腿上那一下是他完事之前挨的。"

"看起来喀密的确对我没什么威胁。"

他会在医疗室里面待二十至四十小时,路易估计着。现在该路易·吴独下决心了。"有件事我们应该与他讨论下,我想也没有其他办法了。'幕后人',请录下我以下的对话,循环播放,把它送到登陆船。我希望喀密一醒来就听见。"

"幕后人"凑到他的身后,似乎在咀嚼控制板。"准备好了。我们要讨论什么?"

"喀密和我一直不确定你是否会带我们回已知空间,甚至不知道你有没有这个能力。"

傀儡师从两个方向盯着他,两个扁平的头分得很开,从两个视角研究他这位可疑的盟友——也可能是敌人。他问道:"为什么我不会呢,路易?"

"首先,我们知道得太多了。第二,你没有任何理由回到已知空间中的任何世界。无论你有没有找到神奇的物质转换机，你想去的是你们傀儡师的行星舰队。"

傀儡师下半身的肌肉不安地抽搐着。(那是傀儡师用来战斗的腿：背朝敌人，用分得很开的两眼逼视，然后猛地踢过去！)他说："跟我走很糟糕吗？"

"可能比留在这里好些。"路易有点退步，"那你到底是怎么想的呢？"

"我们可以让你们生活得很舒服。你知道的，我们有克孜长寿药，也可以提供补生精。'探针号'也有足够的空间容纳女性类人种族和克孜族。事实上，船上已经有一个造城族女性了。旅途中，你会处在静力场里，所以不会存在拥挤的问题。你和你的随行人员可以在舰队的四个农业世界里选一个安家，你几乎可以拥有那个世界。"

"如果我们对田园生活厌倦了呢？"

"怎么可能！你有机会进入母星的图书馆，了解自我们首次暴露以来，人类一直为之迷惑的那些知识！舰队在以接近光速的速度穿越空间，最终将抵达麦哲伦星云。跟我们一起走，就能逃过银核的爆炸。很可能我们还需要你去探查一下前面那些……有趣的……疆域呢。"

"你想说的是'危险的'。"

"当然。"

路易有点心动，这超出了他的预料。喀密会怎么看这个提议呢？他会暂缓复仇计划吗？他会等待无限期的未来，以及在傀儡师的老巢干一票的机会吗？或干脆吓得不敢接招了？

他问："这些安排的前提是找到神奇的物质转换机吗？"

"不，无论有没有找到，你们的才能都是有用的，只是……我现在的任何承诺,只有在实验主义的政府统治下才能实现。保守派可能看不到你的价值,喀密就更不用说了。"

路易不得不承认,这话很顺耳,"说起喀密——"

"那克孜人已叛逃了,但我保留对他发出的邀请。他已找到他想要的克孜女人。也许你能说服他吧。"

"不知道。"

"也可能,你可以再次回到你的世界。一千年后,已知空间可能早已忘掉了傀儡师,这对你而言只是区区几十年。别忘了你会跟行星舰队在一起,以亚光速飞行。"

"我需要好好想一下,有机会我也会跟喀密提一提。"路易瞥了一眼身后,发现两个造城族正看着他。很遗憾不能征询他们的意见,而他正在决定他们的命运。

但他决心已定。"下一步我想做的是先转移到大洋。我们可以在'上帝之拳'顶上停一下,那样就能控制速度——"

"我一点也不想移动'探针号'。那样可能面临其他威胁,不只是陨石防御系统,我承受不了更多危险了。"

"我敢打赌,我可以改变你的想法。你还记不记得,我们在边缘墙上发现过一个装在巴萨德发动机的吊装架?再去看一下那个架子吧。"

有那么一刻,傀儡师僵坐不动。然后他飞快地转身,消失在起居舱室那不透明的墙后面。

他得忙活一阵了。

空闲下来后,路易·吴来到他那堆废弃的衣服和装备面前,从背心里面掏出激光手电筒。第四步:就绪。真遗憾自动医疗室还在登陆船上,远在一亿英里之外……他没准过一会儿就需要它了。

在"火热探针号"的外层船壳上，肯定装备了光焰屏蔽系统。每艘船都有这样的东西，至少窗户上有。一旦遭遇强光，屏蔽系统就会变成一面镜子，或许能起到保护飞行员的视力的作用。

光焰屏蔽系统曾经屏蔽过太阳耀斑，也阻止过激光手电筒。既然"幕后人"在他自己和强掳而来的船员之间设置了一道无法穿透的墙，他一定会给飞行甲板全都覆盖一层这样的屏蔽。

但是地板呢？

路易屈膝蹲下。超空间引擎横贯整个飞船，呈青铜色，由铜和船壳金属组成。这是傀儡师的机械设计，全部采用圆角，看上去似乎正在融化。路易伸出激光手电筒，对着透明的地板打开电筒。

青铜表面上反射着光焰，一小块金属被蒸发了，液态金属流淌着。路易让光柱继续往深处切割，又朝周围挥动，把任何看起来有点意思的东西都烧掉或者熔掉。真遗憾，他还没研究过超空间引擎的机械原理呢。

激光手电筒在他手里越来越热，他已经玩了好几分钟了，他把光束移到引擎的一个固定件上，它没有融化，只是变软后落下来。固定件共六个，它们让引擎在真空舱室中保持悬浮状态。他又搞掉了一个固定件，引擎的巨大身躯垂下来，扭曲变形。

激光束的细线闪烁起来，像是频闪，然后就消失了。电池用完了。想起傀儡师可能把它炸掉，路易扔开了激光手电筒。

他蹚到他的房间前壁。傀儡师还是不见踪影，但不一会儿路易就听到一种汽笛似的声音在痛苦地呻吟，又逐渐消失。

傀儡师绕着不透明的绿墙又蹦又跳，然后站在他对面，皮肤下面的肌肉颤抖着。

"过来，"路易·吴说，"让我们理智地谈一谈。"

傀儡师不慌不忙地把两个头夹到了前腿下面，几条腿一齐缩在身子底下。

第二十四章　对立提案

　　路易·吴醒过来,感到很饿,但思路清醒。他待着不动,享受了几分钟失重的感觉,然后才伸出手,关闭了睡眠场。他的手表显示他睡了七小时。

　　"探针号"的客人们睡在一个巨大的支架下方,登陆船在飞行期间就固定在那里。白头发的女人睡得不太安稳,裹在她的披风里,一条赤裸的腿伸了出来。棕色头发的男孩睡得像个婴儿。

　　叫不醒他们,这么做也没意义。有隔离墙在,声音无法穿透,翻译机就不能发挥作用。而踏碟只能让几磅重的物体通过。难道傀儡师预料了会发生复杂的阴谋吗?路易笑了。他的叛变非常简单。

　　他点了一只烤奶酪,抓在手里,边吃边在他房间的墙壁上轻敲起来。

　　处在安眠放松状态,幕后人的身体就像一只平顺的长毛的蛋,较大那端长着一团白色绒毛。他的腿和头都藏在身体下面,已经七个小时没有动一下了。

　　以前路易也见过涅索斯这副模样。这是傀儡师面对打击时的自然反应:把自己塞进肚脐眼,让宇宙消失。好吧,很好。但连续逃避九个小时有点过分。如果傀儡师已被路易的打击手段弄出了紧张症,那一切可能就结束了。

傀儡师的耳朵缩在脑袋里,路易的声音必须透过一层厚厚的肉和骨头才能传进去。他喊道:"我有几个提议你考虑考虑!"

傀儡师没有反应,路易似乎在自说自话,但他还是提高了嗓门。"这个世界正在滑向太阳。这事我们可以管一管,但要是你一直贴在肚脐眼上冥思苦想,我们就什么也做不了。除了你,没人能搞懂这架飞船的仪表、传感器和驱动器,你也是故意如此设计的。所以呢,你越在那里像个搁脚凳一样装死,你我和喀密就越有机会碰到天体物理学家难以抗拒的宇宙奇观。"

他一边等着,一边吃完了手里的食物。傀儡师都是超级语言学家,精通许多外星语言。傀儡师会不会对他这种吊人胃口的叙述方法有反应呢?

事实上,"幕后人"已经露出了一个脑袋,伸出足够长的一段,问道:"什么机会?"

"就是从内部研究太阳黑子啊。"

傀儡师的那颗头又缩回了肚皮下。

路易吼道:"维修小组来啦!"

头和脖子再次伸出来,朝路易吼了回去:"看看你对我、对你自己、对两个土著都做了些什么?看看你干的好事!他俩本可以逃离大灾难的。你有想过没有,除了纯粹的破坏,你还能干什么?"

"我想过。你曾说过,总有一天,我们必须决定由谁来掌管这次探险。这一天到了,"路易·吴说,"让我来告诉你,为什么你必须听从我的指挥。"

"真是猜不到,一个飞电佬还会对权力感兴趣。"

"这是第一点,你本来就不擅长猜测。"

"继续吧。"

"我们不会离开这里。就是行星舰队在亚光速状态下也遥不可及。如果环形世界要完蛋,那大家一起完蛋。我们必须设法把它弄回原位。

"第三点,环形世界的工程师已经死了至少二十五万年了,"路易小心翼翼地说,"喀密可能会说是好几百万年。如果工程师还活着,这里的类人种族就不可能突变和进化,工程师不会允许这事出现。他们是派克保护者。"

路易以为傀儡师会恐慌、惊骇或者表现出意外,但他只是淡淡的。"他们仇外,"他说,"凶猛、顽强、极具智慧。"

他一定早就想到了。

"我的祖先们,"路易说,"是他们建立了环形世界,他们建好了该有的一切,让这个系统在固定位置上运行。我们之间谁的思维更像派克保护者呢,如果必须选一个的话?"

"如果我们还能逃走,就不需要选了。路易,我之前很相信你。"

"我认为你没有那么愚蠢。这趟冒险不是我们自愿的,克孜人和人类都不是做奴隶的好材料。"

"你有没有第四条理由?"

路易苦笑了一下,"喀密对我很失望,他想逼你听他的。如果我告诉他,你现在听我的了,他就会服我。我们需要他。"

"是的,我们需要他。他的思维可能比你更像派克保护者。"

"你接受了?"

"你的命令呢?"

路易告诉了他。

哈卡比帕洛林翻了个身,站了起来,这才看到路易从角落走出来。她倒抽一口气蹲下,又缩进披风里面。鼓鼓囊囊的披风朝扔在一边的蓝色长袍挪过去。

真是奇特的行为。造城族有裸体禁忌吗? 路易也该穿上衣服吗? 他做出了自认明智的举动:背过身去,跟那男孩站在了一起。

男孩待在墙边,看着外面被肢解了的巨大飞船。他穿的披风太大了。"路威-吴,"他问,"那是我们的飞船吗?"

"是的。"

男孩笑了,"你的族人造的船有那么大吗?"

路易使劲回忆,"慢点的船差不多有那么大。打破光速的屏障之前,我们需要非常大的船。"

"你们的船在这儿吗? 它能飞得比光还快吗?"

"它曾经可以,但现在不行了。我认为'众品四号'的船体比你们的还要大,但那些船不是我们建的。它们是傀儡师的船。"

"就是昨天和我们说话的那个傀儡师吗? 他问起过你。我们没有跟他说太多。"

哈卡比帕洛林过来加入了他们。她穿着蓝色的图书管理员袍子,已经恢复了平静。她问:"我们的地位改变了吗,路威-吴? 之前有人说不许你来看我们。"她努力直视他的脸。

"我已经接管了指挥权。"路易说。

"这么容易?"

"我付出了代价——"

男孩的声音打断了他们,"路威-吴! 我们在动!"

"没事儿。"

"你能让这里暗一点吗?"

路易喊了一声,灯就熄了。他立刻感觉舒服多了。黑暗遮住了他赤裸的身体。哈卡比帕洛林的尴尬具有传染性。

"火热探针号"在太空港棱台上升起十二英尺高。很快地,几乎是不知不觉地,飞船就飘到了世界边缘并掉了出去。没有任何意外发生。

"我们去哪儿?"那女子询问到。

"我们去世界底下,然后会出现在大洋那边。"

并没有下落的感觉,但太空港的棱台静静地往远处退去了。幕后人让他们落了好几英里才激活推进器。"探针号"减速下来,朝环形世界背面挪过去。

黑暗的边缘滑过去,天空露了出来。下面是一片星辰的海洋,比任何一个环形世界原住民所见过的都要明亮,他们必须透过厚厚的空气层,飞离被阳光照亮的大拱弧。世界的背面漆黑一篇,司克力斯泡沫保护层也不反射任何星光。

路易还是觉得光着身子不太自在。"我要回房间去。"他说,"要不你们也跟我一起吧? 里面有食物,有可换的衣服,如果需要的话,还有更好的床。"

哈卡比帕洛林的身影闪了一下,就出现在房间里。她是最后一个钻出踏碟的,却又猛地试图缩回去,路易大声笑着。她想狠狠瞪他,却又不敢直视。裸体啊!

路易拨号要来一件大罩衫给自己套上,"这样好点了?"

"是的,好点。你觉得我蠢吗?"

"不,我认为你们不能控制气候,多数时候都必须穿衣服,所以看我这样子就很奇怪。可能我想错了。"

"你也可能是对的。"她说，有点惊讶。

"你昨晚睡在坚硬的地板上。你可以试试那张水床，它够大，容得下你俩，再加两个也没有问题，反正喀密不在。"

卡瓦勒斯克森嘉约克猛地跳上毛绒覆盖的水床，又弹了起来，皮毛之下泛起一圈圈波浪。"路威-吴，我喜欢这个！像是游泳一样，只是没有水！"

哈卡比帕洛林僵着背，不太相信的样子，坐在尚未平静下来的水床表面。她怀疑地问道："喀密？"

"八英尺高，浑身橘黄色皮毛……他去大洋执行任务了。我们现在要去找他。你可以说服他与你分享这张床。"

男孩笑了。女人说："你的朋友必须另外找伴侣。我可不喜欢'瑞色舍那'。"

路易哈哈大笑起来（他脑子的另一面却在说：该死！）。"喀密比你想象的要奇怪多了。他对你的兴趣和对一株植物一样。你很安全，除非他想要整张床，那倒是有可能。千万小心，绝不能把他从睡梦中摇醒。要不，你可以试试睡盘。"

"你用睡盘睡觉吗？"

"是啊。"他猜到了她脸上表情的含义，"可以吧睡眠场设定成两个身体分开。"（该死！难道是因为男孩的在场，让她放不开？）

她说："路威-吴，我们在你完成使命的半途突然插了进来。你来这里只是为了偷知识吗？"

正确的答案是"是的"。不过路易的回答至少也不假，"我们来这里是为了拯救环形世界。"

她若有所思，"可是，我怎么能……"她的目光越过了路易的肩膀。

"幕后人"在前面的墙壁外等着,神采奕奕。他把爪子涂成了银色,鬃毛染成了一缕缕的金色和银色,身体其余部分的淡色短毛也梳得光滑闪亮。"哈卡比帕洛林、卡瓦勒斯克森嘉约克,欢迎你们。"他唱道,"你们的援助正是我们迫切需要的。我们穿越星辰来这里,希望拯救你们的人民和你们的世界免于烈焰。"

路易强忍着笑。幸运的是,他的客人们正盯着皮尔森的傀儡师。

"你是哪里来的?"男孩问道,"你的家乡是什么样的?"

傀儡师尽力讲述:他们的世界在宇宙中以接近光的速度坠落,五个世界构成一个五边形,那就是克伦佩勒花环。其中四个有人造太阳,那里生产出的粮食给第五个世界的人口食用。在第五个世界上,只有街道和建筑闪闪发亮。那儿的大陆散发出黄白色的光,海洋则深邃黑暗,一颗颗孤立明亮的星星被雾气缭绕着,那是海面上的漂浮工厂,工厂的废热将水烧开。光靠工业废热就可以让我们的世界免受冰冻。

男孩专心听着,忘记了呼吸。图书管理员轻声地自言自语:"他一定是天上那些星星的居民。他的样子跟任何地方的已知生命都不一样。"

傀儡师谈起了拥挤的街道、巨大的建筑物,以及一座座公园,那些公园是那个世界的原住生命的最后庇护所。他谈到踏碟,可以把人在几分钟内送到世界任何角落。

哈卡比帕洛林猛烈地摇头。大声说:"对不起,我们没有时间,我很抱歉!我们想听到更多,我们也需要了解更多,但是——我们的世界,我们的太阳!路易,我真不该怀疑你!我们可以帮些什么忙?"

"幕后人"指着阅读屏幕,"读给我听。"

卡瓦勒斯克森嘉约克仰面躺着,看着环形世界的背面从他面前滚过。

"探针号"在毫无特征的黑色司克力斯下面飞行,"幕后人"在飞船顶上设置了两幅全息图窗口。一个是较宽的长方形,显示了一幅光亮增强视图;另一个是红外成像,检视着环形世界的背面的热力信息。在红外成像中,处于白天的部分依然比夜色中的更明亮;河流和海洋的部位则是白天较暗,黑夜里较亮。

"像一个面具的背面,看到了吗?"路易把话音压得很低,不想惊吓哈卡比帕洛林,"那条有很多分叉的河流,看到它是怎么凸出来的了吗? 海洋也是凸起的地块。那一行凹痕——那是一条山脉。"

"你们的世界是这样的吗?"

"哦,不。我的世界里有许多星球,地下都是坚实的土地,地面上的形态则由很多偶然事件决定。而在这里,世界是雕刻出来的。看,海都是相同的深度,而且分布均匀,这样到处都有足够的水。"

"有人像做浮雕那样雕刻出了这个世界?"

"是的。"

"路威-吴,那太可怕了。他们是什么样的生物?"

"他们志向远大,热爱孩子,身体就像穿着一套套的盔甲。"路易决定不再过多讲述保护者了。

男孩指了指,"那是什么?"

"我不知道。"这是环形世界上的一个小小的凹痕……凹痕里似乎有雾。"我认为是一个陨石坑。那上面应该有一个风暴眼才对。"

　　阅读屏在飞行舱内，隔墙对着哈卡比帕洛林。"幕后人"修复了损坏部位，并增加了一条编织电缆，可以直通到控制面板。随着哈卡比帕洛林的朗读，船上的电脑开始读取录像带信息，并将这些信息与她的声音关联，也与电脑上有关哈尔罗蒲丽尔拉拉尔的语言进行比较。经过好几个世纪，那种语言一定改变了不少，但也不会太多，一个文明社会是不会变得太剧烈的。希望电脑很快就能接管解读录像带的任务。

　　"幕后人"自己已经消失在了隐蔽区域。这个外星佬已经遭受了太多刺激，路易饶过了他，让他独自歇斯底里一阵子。

　　"探针号"继续加速，此时，外面那些反过来的地貌景观飞掠的速度已经太快，无法看清细节了。而哈卡比帕洛林的声音也变得沙哑起来。该吃午餐了，路易决定休息一会儿。

　　这下问题来了。路易拨号点了鱼片和烤土豆，然后是布里奶酪和法式面包。男孩惊恐地盯着食物，那女人惊恐地盯着路易·吴。

　　"我很抱歉，我忘了。我一直在认为你们是杂食动物。"

　　"杂食，是的，我们吃植物，也吃肉，"图书管理员说，"但不吃腐烂的食物！"

　　"别那么难过啊，完全没有细菌。"适当熟度的牛排，牛奶是真菌发酵……路易把他们的盘子倒进了厕所，并重新点餐。水果、蔬菜沙拉、一份单独的酸味奶油沾料，加上生鱼片和其他海鲜。他的客人们从未见过咸水鱼，吃得很高兴，吃得有些口渴。

　　看着路易不停地吃，他们很不高兴。他还能干什么呢，饿着吗？

　　他们可能还饿着。可他能从哪里搞到新鲜的红肉呢？嗨，当然是喀密那边的自动厨房了。用较宽的激光束,高强度来煎。他得找"幕后人"给激光手电筒充电了。考虑到他上一次拿激光手电筒干的事情,充电可能并不容易。

另外一个问题:他们可能会吃下过多的盐。路易不知道该怎么办了,也许"幕后人"可以重置厨房控制系统。

午餐后哈卡比帕洛林回去继续阅读。环形世界已经如流水般飞快掠过,完全没有细节了。卡瓦勒斯克森嘉约克不停地从睡舱穿到货舱,然后又穿回来。

路易也开始躁动不安。他应该活动一下脑筋:复查第一次航行的记录,或者跟进一下喀密到目前为止在克孜区上的冒险故事。但他找不到"幕后人"。

渐渐地,他意识到了不适感的另一个来源。

他对那图书管理员起了欲念。

他喜欢她的声音。她已经连续讲了几个小时的话了,然而那种轻快感仍然存在。她告诉他,她有时也为失明儿童朗读。没有视力,路易光是想一想就有点眩晕。他喜欢她那种不可冒犯的样子,喜欢她的勇气。他喜欢长袍勾勒出她的身体轮廓;他也瞥见过她光身子的样子。

路易·吴爱上一个严格意义上的人类女人已经是很多年以前的事了。哈卡比帕洛林和人类非常接近,而且她又是单身。另外,他们终于又有了一个傀儡师队员。路易心烦神乱,但是很高兴。

他们用星际语小声交谈,声音比哈卡比帕洛林读给电脑的声音低一些。

"这些业余的修理工是哪里来的?"路易搞不明白,"究竟是谁有这么渊博的知识,可以重新安装方向调节器?而他们似乎并不知道,这么做是不足以拯救世界的。"

"先不管他们。""幕后人"说。

"也许他们知道这是不够的? 也许这些倒霉的人想不出别的办法。还有个问题,他们是从哪里搞来的那些设备? 很可能是从维修中心。"

"现在的情况已经够复杂了。别管他们。"

"就这一次,我认为你是对的,但我还是禁不住要想。蒂拉·布朗是在人类空间受教育的,太空构建的大型结构对她也不是什么新东西。她应该知道,太阳开始倾斜意味着什么。"

"蒂拉·布朗可能组织起这么庞大的工程吗?"

"也许不可能,但是别忘了,'追寻者'肯定跟她在一起。录像带里有没有'追寻者'的信息? 他是环形世界本地人,或许他是长生不老的。蒂拉找到了,这么猜测点疯狂,但他的确有能力组织这样的工作。他曾经不止一次做过国王,他自己说的。"

"蒂拉·布朗是一个失败的实验品。我们试图繁育出一个幸运的人类,以为这样就能让跟她扯上关系的傀儡师沾上好运气。蒂拉可能是幸运的,但她的运气肯定无法传染。我不想去见蒂拉·布朗。"

路易激动起来,"不行。"

"那么,我们必须避开维修小组。"

"在你给喀密的录像带信息里请加一句,"路易说,"路易·吴拒绝你提出的行星舰队庇护所的条件。路易·吴已经接管了'火热探针号'的指挥权,并且摧毁了超空间引擎。这足够把他惹急了。"

"你已经把我惹急了,路易。我的传感器不能穿透司克力斯,你的信息得等一会儿。"

"还要多久才能到他那里?"

"大约四十分钟。我已经加速到每秒一千英里了。在这个速度上,需要超过五倍的重力加速度才能让我们停在目的地。"

"我们可以承受三十个重力。你过于谨慎了。"

"知道。"

"你他妈的从来不听从命令,"路易说,"一点也不。"

第二十五章　帝国的种子

弧形的舱顶之外,环形世界的背面在眼前飞掠。

没有什么好看的。他们在三千英里之外,以每秒一千英里的速度飞行,而且还隔着那层泡沫填料,确实什么也看不到。不一会儿那男孩就在橙色的皮草中睡着了。路易继续观察。其实也不是在观察,而是在飘浮状态中,琢磨着他是不是已经把大家拖累了。

终于,"幕后人"告诉那造城族女人,"够了。"

路易一下子回过神来。

哈卡比帕洛林揉着喉咙。他们看着"幕后人"把四卷抢来的录像带在阅读机里回放了一遍。

只用了几分钟。"这东西现在交给电脑去解决,"傀儡师说,"我已经把问题编入程序了。如果答案在信息录像带中,最多几个小时,我们就会得到答案。路易,要是我们不喜欢那些答案怎么办?"

"先让我们听听那些问题。"

"环形世界有没有维修活动的历史记录?如果有的话,修理机械的来源是否单一?维修活动是否在某个区域更加频繁?环

275

形世界有没有什么地方比其他任何部分更容易修复？以派克人为参考,盔甲的风格是否从一个中心点开始,随距离的增加而变化？环形世界的地基以及其他的司克力斯的磁性特征是什么？"

"很好。"

"我遗漏什么没有？"

"有啊,我们想知道不死药的最可能的来源。它一定会说是大洋,不过还是问一下吧。"

"好的。为什么是大洋？"

"因为大洋是如此引人注目。还有一部分原因是,我们曾经找到过一份不死药,并且只有一份,就是哈尔罗蒲丽尔拉拉尔拥有的那份,而我们是在大洋附近发现她的。"还有一个原因,路易想,我们上次是在那里坠毁的。蒂拉·布朗的运气扭曲了概率。按理说,以蒂拉的运气,那次我们就应该找到维修中心的。"哈卡比帕洛林,你还能想到我们漏掉了什么吗？"

她的声音很沙哑,"我都不明白你们是在干什么。"

如何解释呢？"我们的机器可以记住你的录像带上的一切。我们让它去搜索它的记忆,看看能不能给我们的问题找到答案。"

"就问它如何拯救环形世界吧。"

"我们必须问得具体些。机器可以记住信息、寻找关联、做些总结,但它本身不能思考,做不了更复杂的事。"

她摇了摇头。

"要是答案错了呢？""幕后人"还是不放心,"我们就无法逃离了。"

"错了就再试试别的办法。"

"我也想过这个问题。我们必须进入环绕太阳的极地轨道①,以尽量减少风险:万一环形世界解体之后的碎片砸到我们怎么办? 我会把'探针号'放入静力场等待救援。即使救援不会来,风险也要小些。"

很可能会走到那一步吧,路易想。"好吧,我们还有好几年时间,可以找找有没有更好的选择。"

"没那么长的时间了,如果——"

"闭嘴。"

精疲力竭的图书管理员一头栽进了水床。仿制的克孜人的毛皮在她身下荡起了一阵涟漪。她的身体僵了一会儿,然后小心翼翼地伸展身体,毛皮继续波动。不一会儿她就完全放松了,开始随着水波轻轻起伏。卡瓦勒斯克森嘉约克喃喃地抗议说自己想睡觉,然后翻身继续睡去。

那图书管理员看上去实在太诱惑了。路易拼命抵抗着睡到她那张床上的冲动。"你感觉怎么样?"

"累,糟透了。我还能再见到我的家吗? 如果末日来临——要是真的来了——希望我是在图书馆的屋顶上。不过到那个时候,那里的花儿也都死了吧? 不是烧焦就是结冰了。"

"是啊。"路易被感动了。当然他是再也见不到自己的家了。"我会努力让你回去的。现在你需要的是睡眠,还需要做个背部按摩。"

"不行。"

真奇怪。哈卡比帕洛林难道不是造城族吗? 她不是哈尔罗蒲丽尔拉拉尔的族人吗? 他们对环形世界的统治在很大程度上都是靠性吸引力的! 其实,外星物种的不同个体和人类一样,可

---

① 即经过天体两极的轨道。

以千差万别,这一点很容易被忘掉。

他说:"图书馆的工作人员似乎更像是牧师而不是学者。你是在练习节欲吗?"

"在图书馆里工作的时候是要禁欲的。但我是自己主动选择了禁欲。"她撑起胳膊肘,看着他。"我们了解到,其他种族都渴望与造城族做'瑞色舍那'。你也是这样吗?"

他承认了。

"我希望你能控制自己。"

他叹了口气,"唉,该死。我已经有一千法兰那么老了,我早就学会了如何打发时间。"

"如何打发呢?"

"通常我会去找个女人。"

图书管理员没有笑,"如果那个女人不配合呢?"

"嗯……那就做运动来消耗体力。喝点酒,大醉一场。或者度个假,搭单人飞船跑到星际空间去。找些其他乐子放纵一下。要不就埋头工作。"

"你不应该喝醉。"她是对的,"你一般会玩些什么?"

电流罩啊!只要有一丝丝的电流,哪怕哈卡比帕洛林在他眼前变成一摊绿色的黏液,他也不会介意。现在有什么好介意的呢?他才不仰慕她呢……好吧,也许有那么一点。但她已经尽到了伙伴的责任。没有她从旁协助,拯救环形世界的任务他是做不下去的。

"不管了,还是给你按摩吧。"他说。他绕开她的身体,伸手碰了下水床上的控制。哈卡比帕洛林有些慌乱,接着便笑着放松下来,沉浸在声波激荡之中,没几分钟就睡着了。他将按摩设定成二十分钟后关闭。

然后他沉思起来。

如果没有跟哈尔罗蒲丽尔拉拉尔一起生活一年之久,他会觉得哈卡比帕洛林很难看,光秃秃的头,刀片般的嘴唇,鼻子又小又扁。但是他已经——

他有毛发的地方,造城族都没有。是这个让她抗拒吗?或许是他呼吸中透出的食物气味?还是有什么他不懂的社交信号?

一个劫持了星际飞船的人,一个赌上自己的生命来抢救万亿条生命的人,一个抵御住了终极药瘾的人,不应该为这么一点小小的诱惑而发愁吧,不就是对那个可爱的室友有点心痒嘛。一丝丝电流的抚慰就能带来冷静明澈,看透这一切。

是这样的。

路易走到房间另一端,对着前壁喊:"'幕后人'!"

傀偏师小跑着进入视野。

"运行一下派克人的档案,要杰克·布伦南的专访和医疗报告,还有外星人的尸体研究,翻查你手里有的一切。"他想用埋头工作来消遣。

路易·吴悬在半空,摆着打坐的姿势,宽松的衣服飘逸曼妙。一个窗口一动不动地浮在"探针号"船体外面,画面上,一名男子正在讲授人类的起源,这个人已经死去很久了。

"保护者有着少许自由意志,"他说,"我们这么聪明,不可能看不到正确的答案。除此以外,我们还有强烈本能。如果一个派克保护者没有活着的子嗣,他通常就会死去——他会停止进食。有些保护者可以越过这个屏障,转而为整个族群做一些事情,这支撑着他们继续活下去。我觉得,这一点我要比福斯坡克更容易做到。"

"你发现什么了？是什么事情支撑着你继续进食？"

"我要警告你，小心派克保护者。"

路易点了点头，想起了那个外星人的尸检数据。福斯坡克的大脑比人类的大，但前额叶并没有膨胀。杰克·布伦南的头在中间有凹陷，这是由于他的人类前额叶发育了，头骨后部也向上长大。

布伦南的皮肤像是起皱的皮甲。他的关节肿胀异常，嘴唇和牙龈融合了，变成一个硬喙。这个小行星带矿工似乎并不为这些变化感到困扰。

"所有老年人的病症都是从繁育者变成保护者的后遗症。"他告诉一个不知死去了多久的 ARM 检察官，"皮肤变厚、起皱，最后应该变成这样，硬得可以把刀子折弯。你将失去所有牙齿，给牙龈腾出变硬的空间。你的心脏可能会衰弱，因为你长出了第二颗心脏，有两个心室，长在腹股沟。"

布伦南的声音像一把锉刀，"你的关节全都会变大，为肌肉提供更大的力臂。你的力气会变大。但如果没有生命之树，这些变化都不能正常进行。而生命之树已经从地球上消失三百万年了。"

几根手指拽了拽他的罩衫，把路易吓了一跳。"路威-吴，我饿了。"

"好吧。"反正他也研究累了，而且也没有得到太多有用的信息。

哈卡比帕洛林还在睡觉。手电激光烤着肉类，这香味弄醒了她。路易给他们拨号点了水果和煮熟的蔬菜，又给他们指了个地方，告诉他们把不喜欢吃的东西倒在那里。

他把自己的晚餐带进了货舱。

有人需要他的照顾,这让他烦恼。诚然,这两个人落到这个境地都是路易·吴害的。但是,他甚至连教会他们自己点餐也做不到!那些菜单只有星际语和英雄语。

他们可以帮忙干点什么活呢?

明天吧。他会想到的。

电脑已开始输出些结果了,"幕后人"很忙。路易等到傀偏师有时间搭理自己了,就跟他要了喀密入侵城堡的视频记录。

那座城堡坐落在一座乱石山的顶峰。周围有一群群橙色条纹、黄色皮毛、长得像猪一样的兽类,在黄色的草地上吃草。登陆船绕着城堡盘旋,降落在了庭院里,迎来了一阵箭雨。

好几分钟,什么都没有发生。

然后,几个拱形门廊里突然出现了模糊的橙色身影,动作太快,根本看不清。

他们停下来,身体像地毯一样平滑,抓着武器朝登陆船底部攻击。他们是克孜人,但似乎都变形了。经过了二十五万年,它们都发生了分化。

哈卡比帕洛林在路易的肩膀边上说:"这些是你同伴的同类吗?"

"差不多吧。他们看起来矮了点,毛色暗了点,并且……下颚似乎更庞大。"

"他抛弃了你们。为什么还要管他呢?"

路易笑笑,"这样你就能安心睡在水床上了?我们当时正在战斗,我突然被一个吸血鬼引诱了,这让他很反感。照喀密的想法,应该是我抛弃了他。"

"没人能抗拒吸血鬼,不管男女。"

"喀密不是人类。他没有跟吸血鬼做'瑞色舍那'的想法,也不想跟其他的类人族做。"

屏幕上显示出更多的橙色大猫,他们冲向登陆船下方的柱子,其中两个抬着一个锈迹斑斑的金属圆筒,另外十几只大猫蹑手蹑脚地靠近登陆船的另一边。

一阵黄白色的火焰之后,那金属圆筒消失了,只见登陆船下滑了一到两码。这些克孜人等待着,过了一会儿便爬回去查看战果。

哈卡比帕洛林打了一个寒战,"他们似乎更想把我当作一顿饭吃掉。"

路易越来越烦躁,"可能会的,但我记得有一次喀密饿得要死了,也没碰我一下。你有什么好怕的? 难道你们城里没有食肉种族吗?"

"有啊。"

"图书馆呢?"

他以为她不会回答。(箭孔里露出了很多毛茸茸的脸,爆炸没有造成明显的破坏。)结果听到她说:"我曾经在潘斯大厦待过一段时间。"她并没有迎接他的目光。

他差点儿不记得了,潘斯大厦就是那个像飘浮的倒置洋葱一样的建筑。他曾去那里修理水凝器,大厦的治者要求以交配来抵偿费用,大厅里弥漫着吸血鬼的气味。

"你跟食肉种族做过'瑞色舍那'吗?"

"跟放牧族、食草族、倒挂人,还有夜族做过。"

路易缩了缩身子。"夜族?"是食尸鬼吗?

"夜族对我们非常重要,他们为我们和机器族记载信息,把文明抛弃的东西收集起来，我们都尽力不去得罪他们。"

"哦。"

"但是——路威-吴，夜猎人的嗅觉非常敏锐，吸血鬼的气味会让他们奔跑起来。曾经有人告诉我，我必须与一个夜猎人进行'瑞色舍那'。他没有吸血鬼的气味。但后来我还是要求调到了图书馆。"

路易想起了玛尔·柯茜尔，"他们似乎并不让人反感。"

"但要做'瑞色舍那'就不同了。我们这些没有父母的，必须先对社会偿还债务，才可以进行交配，建立家庭。为了换工作，我花光了积蓄，而调换通知却迟迟没有来……"她抬起头来，看着他的眼睛。"那次'瑞色舍那'很不愉快。但其他时候也一样糟。吸血鬼香水消散后，记忆还留着。你会记得那气味——夜猎人呼吸中的血腥，还有夜族的腐尸味。"

"你现在远离那些了。"路易说。

一些克孜人还想站起来，结果全都倒下睡着了。十分钟后，舱门打开，喀密走出来，接管城堡。

天色已晚，"幕后人"又出现了。他看上去蓬头垢面、疲惫不堪。"看来你的猜测是正确的，"他说，"司克力斯会阻断磁场，而且，环形世界内部布满了超导电缆。"

"好极了，"路易如释重负，"好极了！但是，造城族是如何知道这个的呢？我无法想象他们挖掘司克力斯的样子。"

"不。他们拿磁铁制作了罗盘，在环形世界的上搜寻了跨度五万英里的地区，探查到了呈六边形交错分布的超导线网格，他们根据这个做了一份地图。又过了几百年，造城族才有了足够的物理学知识，推测出他们探查到的是什么，而那些推测又促使他们发展出了自己的超导体。"

"你播种的那些细菌——"

"它不会接触到埋在司克力斯里的超导体。我知道环形世界的地基很容易被陨石毁坏。我们现在只好祈祷,那些陨石都没有伤到超导网格。"

"机会还是很大的。"

傀儡师思考着,"路易,我们还要寻找大型物质转换机吗?"

"不了。"

"物质转换机将完美解决我们的问题,""幕后人"说,"这样的设备,运行起来一定规模巨大。把一种物质转化为能量,比把这种物质转换为另一种物质要容易得多。假设,我们就发射一个——就叫嬗变炮弹吧——到环形世界远日点的底部,这个作用力能让这个结构迅速回到原位。当然会出现一些问题,比如冲击波会杀死很多人,但这么做会救活更多的人。被冲击波烧掉的陨石屏障可以随后更换。你为什么要笑?"

"你真是聪明绝顶。麻烦的是,我们没有任何理由相信嬗变大炮是存在的。"

"我不明白。"

"哈尔罗蒲丽尔拉拉尔只是在编造故事,她后来告诉我的。再说了,她怎么可能了解环形世界的建造方式呢? 她的祖先也不比猴子强多少呢。"路易看到那两只头低了下去,就要往肚子里缩,"别难过了,我们没那个时间。"

"好吧,你说得对。"

"你还发现什么了?"

"很少。模式分析仍然不完整。跟大洋有关的幻想故事对我毫无意义,你想试试吗?"

"明天吧。"

声音太低了，路易听不清楚，也睡不着，他在黑暗中翻了个身，放松下来。

黑暗中有少许光线，他看见卡瓦勒斯克森嘉克、哈卡比帕洛林躺在彼此的怀抱中耳语着。路易的翻译机无法辨别那些声音，听起来很像是爱人的低语。一阵嫉妒的刺痛让他哑然失笑。他还以为那男孩太嫩，还以为女子发誓禁欲。但这不是"瑞色舍那"，他们俩是同类。

路易转过身，闭上了眼睛。他的耳朵等待着某种有节奏的声音，但没有等到，不一会儿他就睡着了。

他梦见自己在度假。

他在群星之间坠落、坠落……当世界变得太富足、太多样化、太难伺候时，就应该抛开所有的世界。路易曾经这样做过：独自驾驶一艘小型飞船，进入已知空间之外那些尚未开拓的空白区域，一边游览，一边思考人生。现在，路易浮在睡盘上，做着幸福的梦，在群星之间一直坠落下去。没有家人需要照管，也没有承诺需要践行。

耳边突然响起一阵恐慌的女人的号叫，一只脚跟重重地踢了他一下，踢在软肋骨下方。路易蜷起身子，倒抽一口气叫了出来。几只挥舞的手臂还在殴打他，随后死死箍住他的脖子。哭喊在继续。

路易掰开钳制着他的喉咙的手，喊道："睡眠场关闭！"

重力恢复了。路易和他的攻击者都稳稳地落在睡盘上。哈卡比帕洛林停止了尖叫，任凭她的手臂被掰开。

男孩卡瓦勒斯克森嘉约克跪在她的身边，眼神迷茫而恐惧。他以造城族的语言急切地问着什么，那女人还在咆哮。

男孩问了一句什么，哈卡比帕洛林的回答很长。男孩不情愿地点了点头，不管他听到的是什么，肯定不是他喜欢的。他走进角落，带着一种路易完全搞不懂的离别表情，然后出现在货舱里。

路易伸手取来翻译机，"好吧，这是怎么回事？"

"我在坠落！"她抽泣着。

"没什么好怕的，"路易告诉她，"有些人喜欢睡觉，图的就是这个呢。"

她抬头看着他的脸，"坠落？"

"是的。"

她的表情很好理解：认输，彻底认输……她耸耸肩，使劲抱住自己，说："我明白，我已经没用了，你们的机器已经可以比我读得更快。不过我可以再做一件事，让我们的任务轻松一点，那就是缓解你欲望受挫的痛苦。"

"真是一种解脱。"路易说。他本想挖苦她，但是她能理解挖苦吗？他无论如何也不会接受这种施舍。

"如果你去洗澡，然后彻底清洁你的口腔——"

"等一下，你为了更高目标而放弃自己的舒适，这当然值得称赞；但是我接受的话，就是很坏的行为。"

她很困惑，"路威-吴？你不是想和我做'瑞色舍那'吗？"

"谢谢你，不用了。睡眠场启动。"路易从她身边飘走。根据以往的经验，他感觉到一场对骂即将来临，这是无法避免的。但如果她想使用蛮力，他可以再次关闭睡眠场。

但她的反应让路易吃了一惊，"路威-吴，我要是现在有了孩子，就太可怕了。"

　　他低头看着她的脸,她没有生气,但是非常严肃,"如果我现在和卡瓦勒斯克森嘉克交配,就会生下一个婴儿,然后在太阳的火烈焰中死去。"

　　"那就别交配。反正他也太年轻了。"

　　"不,他不小了。"

　　"好吧。那你们难道没有——算了,你肯定也不会随身带避孕药。你能不能算算你的排卵期,然后避开那几天?"

　　"我不明白……不,等一下,我明白的。路威-吴,我们的族类统治了很大一片世界,就是因为我们对'瑞色舍那'各种微妙的变化拿捏自如。你知道我们是如何学到各种'瑞色舍那'的吗?"

　　"运气好吧,我猜。"

　　"路威-吴,有些人种比其他的更容易繁殖。"

　　"哦。"

　　"很久之前我们就了解到,'瑞色舍那'是一种避孕方式。如果我们交配,就会生下来一个孩子。路威-吴,你觉得这世界还有救吗?"

　　在这个假期,独自躺在飞船里,与任何人、任何责任都相距光年,路易·吴只需要照顾他自己,还可以飞电……"我什么保证都做不了。"

　　"那就跟我做'瑞色舍那'吧,让我不要去想卡瓦勒斯克森嘉约克!"

　　路易·吴年轻的时候可没有遇到过这么不讨喜的提议。他问道:"那他该怎么办呢?"

　　"没有办法,可怜的孩子,他必须受苦。"

　　那你们俩都该去受苦,路易想。但他无法让自己说出这样的话来。这女人是认真的,她很痛苦,而且她是对的。这可不是时候,不能随便把一个造城族宝宝带到这个世界。

　　他其实想要她。

　　他从失重状态爬出来,把她抱到水床上。他很高兴卡瓦勒斯克森嘉约克已经躲到了货舱里。明早起来,那男孩会说什么呢?

第二十六章　海洋的背面

路易从重力环境中醒来,脸上带着笑容,每一块肌肉都愉快地酸疼着,眼睛发涩。他昨晚睡得很少。哈卡比帕洛林没有夸大事情的紧迫性。他从来不知道(尽管他与哈尔罗蒲丽尔拉拉尔还混过一段时间)造城族人发起情来会那么厉害。

他换了下姿势,发现身下就是巨大的床,一个身体滚过来,压着了他:是卡瓦勒斯克森嘉约克,正肚子朝下趴着,四脚八叉像海星一样摊开,发出轻轻的鼾声。

哈卡比帕洛林卷曲在床脚的橙色皮毛里,惊了一下,然后坐起来。她似乎对离开他这件事有些内疚,解释说:"我老是醒来,不知道自己在哪儿,床又在身子下面起伏不定的。"

文化冲击,他想。哈尔罗蒲丽尔拉拉尔是喜欢睡眠场的,但不是用来睡觉。"没事,这里很宽敞。你感觉怎么样?"

"目前的话,好多了。谢谢你。"

"要谢谢你呢。你饿吗?"

"不饿。"

他活动了一下,虽然很久没练过,但他的肌肉还是很结实。两个造城族人看着他,露出十分困惑的表情。他点了早餐:西瓜、烤蛋奶酥、柑曼怡、松饼、咖啡。他的客人们拒绝了咖啡，这不出所料，也拒绝了松饼。

"幕后人"出现时，看上去又是没精打采的样子，他很累。"我们寻找的规律不在空中之城的记载里。"他说，"所有的族群在制造铠甲时都采用了派克保护者的形状。各地的铠甲造型都不同，但造型的变化没有什么规律。或许应该责怪造城族，这是他们让文化传播的结果，他们的帝国混合了那么多的创意和发明，我们永远没法追踪到源头。"

"那不死药呢？"

"你说得对。人们认为恐怖与快乐都来自大洋，其中也包括永生不死。馈赠品并非总是一种药物。有时候，它来得毫无预兆，似乎就是异想天开的神仙的恩赐。路易，那些传说对我来说根本讲不通——讲的都不是人类的故事。"

"把录像带给我们装好。我让我们的客人也来看看。我解释不了的，也许他们可以解释。"

"好吧。"

"维修方面呢？"

"在有记载的历史里，环形世界没有出现过修复活动。"

"你在开玩笑吧！"

"城市档案覆盖了多大的区域、多长的时间范围？肯定很有限吧。除此之外，我研究了那些采访杰克·布伦南的旧档案。我猜，保护者都有很长的寿命、很大的注意力范围。如果是自己能够完成的工作，他们就不倾向于使用伺服系统（自动控制系统）。比如福斯坡克的航天器上就没有自动飞行挡。"

"这和我们之前的发现不一致啊，溢山管道系统肯定就是自动的。"

"那是一种很原始的蛮力方法。我们不知道保护者为什么死去，或离开环形世界的。会不会是他们知道自己的命运，所以及时将溢管系统自动化了？路易，不用考虑这些细节问题。"

"哦，是吗？陨石防御系统很可能也是自动的。难道你不想多知道些陨石防御系统的事吗？"

"我想知道。"

"方向调节器也是自动化的，可能所有这些自动化系统都有手动控制操作。但是自从派克人消失之后，已经有一千种类人族进化出来了，而那些自动机关还在运行着。难道保护者从一开始打算离开吗？这一点我可不信——"

"或许，他们是很多年之后才死绝的。""幕后人"说，"这事我有自己的想法。"他不愿再多说什么。

路易那天早上找到了高品位的娱乐方式。有关大洋的那些故事都是好东西，有英雄，有王族，有聪明绝顶的侦探，还有神奇可怕的鬼怪，但风味却跟任何人类文化的童话故事截然不同。爱不是永恒的；造城族的男女英雄总是以异性为伴侣，通过"瑞色舍那"维系忠诚，那种"瑞色舍那"总是得到充满想象力的描述，而英雄们诡异的力量往往被看作是理所当然的。在这里，魔法不一定是邪恶的，它们只是些偶然随机的危险，只需小心避免而不必奋力与之搏杀。

路易也找到了一些他一直在寻找的、大家都感兴趣的东西：大海的浩瀚、风暴与海怪的恐怖。这些总是不可或缺的。

这里面包括鲨鱼、抹香鲸、虎鲸、甘米吉兰的驱逐舰、仙境星的影子鱼，以及僵尸陷阱草的丛林。有些生命非常聪明，比如几英里长的海蛇，有着喷气的鼻孔（暗示着肺的存在？），巨大的嘴里排着锋利牙齿。有这样一块大地,会烧毁任何靠拢过来的船只,但却会无一例外地留下一名幸存者(到底是奇幻,还是太阳花?)。有一些岛屿其实是久坐不动的海兽,整个生态系统都可能在那海兽的背上建立起来,直到满满一船的水手打搅了那怪兽的宁静,它就潜到水下去。要不是在地球人的文学中也见识过同样的传奇,路易很可能会相信这一个。

对于那些猛烈的风暴,他是相信的。跨度那么打的水域,完全有可能聚集起极端强烈的风暴,即使没有科里奥利效应①——那是在任何一个正常的世界也都会造成飓风的力量。在克孜区域,他看到了大如城市的船只。可能真的需要那么大的船,才能经受得起这大洋上的风暴吧。

他没有怀疑魔法师的存在,但并非彻底相信。他们(在三个故事中)似乎都是造城族的人。但与地球上的魔法师不同,他们都是强大的战士,而且在三个故事里他们都身穿铠甲。

"卡瓦勒斯克森嘉约克? 魔法师总是穿着盔甲的吗?"

那男孩奇怪地看着他,"你指的是故事里面的吧? 不是。不过我猜他们在大洋附近总是穿的。怎么啦?"

"那么魔法师会打斗吗? 他们是伟大的战士吗?"

"不一定。"这些问题已经让那孩子感到不安了。

哈卡比帕洛林插话进来,"路威-吴,我知道更多童话故事。你想知道些什么?"

"我在找环形世界工程师的故乡。这些穿盔甲的魔法师可

---

①科里奥利效应(Coriolis effect),指旋转体系中进行直线运动的某个质点由于惯性相对于旋转体系产生的直线运动的偏移现象,此现象由法国著名数学家兼物理学家古斯塔夫·科里奥利(Gustave de Coriolis 1792－1843)发现,因而得名。由于这种力是在地球自转下产生,因此又称为"地转偏向力"。

能就是,除非他们在历史上出现得太晚。"

"那就不是他们。"

"但是,这些传说到底是由什么激发出来的呢？神像？沙漠挖来的木乃伊？种族记忆？"

她考虑了一下,"魔法师通常属于故事的讲述者。对于他们有着各种各样的描述:身高、体重、他们吃什么等等。尽管他们在这些方面有区别,但他们还是有些共同的特质。比如他们都是可怕的斗士,没有道德立场；没人可以击败他们,只能躲开他们……"

宛如一艘极地冰层下的潜艇,"火热探针号"巡航在大洋背面。

"幕后人"这时已经放慢了船速。他们可以很清楚地看到那长长的大陆架,仿佛一段蜿蜒曲折的飘,一点一点落在他们身后。放眼望去,大洋的背面与陆地一样生动:足以露出水面的山脉深深下陷；海底峡谷从背面看去则是五六英里高的山岭。

现在他们的上方是一个鹅卵石大顶,很暗,即使在亮度放大的光线下也这样,感觉那大顶正迅猛地向他们逼近,尽管它此时是在三千英里的上方——这儿应该就是克孜区域。电脑的显示也确实是。大概在这块区域被雕刻的时候,克孜人在技术上已经很活跃了。海床隆起得很厉害；山脉有着高深陡直的轮廓线。

路易什么也无法识别出来,泡沫材质的轮廓难以让他做出判断。他需要看到阳光照耀下的大地、看到黄橙色的丛林才行。"让相机开着别关。你能接到来自登陆船的信号了吗？"

"幕后人"从他的控制台上转过来一个头,"不能,路易,司克力斯屏蔽了信号。你看到那个接近圆形的海湾没有,大河尽头那个位置？那艘巨船就停在入海口，几乎横跨整个三角洲。另外一边，那两条河流汇合的地方，那里是城堡，登陆船现在就躺在那儿。"

"好吧，降低几千英里。给我俯视全景……或叫仰视全景吧。"

"探针号"靠近凹凸不平的司克力斯。"幕后人"说："你乘'说谎者号'也这么巡游过一次。你觉得这次会发现一些变化吗？"

"不，这就没耐心了吗？"

"当然不是，路易。"

"我比那时候知道得多些，也许我会发现些上次忽略的细节。比如——那是什么，从南极①附近伸出来的那个？"

"幕后人"给他们呈现了一幅放大的视图。一个长而狭窄的、几乎全黑的三角形，从克孜区域的中心垂下，表面有些纹理。"是一个散热片，"傀儡师说："南极必须保持冷冻，当然了。"

两个造城族感到困惑不已。"我不明白。"哈卡比帕洛林说，"我以为我还是懂一点科学的，但是……那是什么？"

"太复杂了。'幕后人'——"

"路威-吴，别把我当小孩子骗！"

她也就四十岁出头吧，路易想。"好吧。其实就是为了模仿一个星球，一个旋转的球？在星球的极点，阳光几乎是与地面呈水平方向照射下来的，所以非常寒冷。这个模拟的世界也需要在极点进行冷却。'幕后人'，给我们再放大点。"

散热片的表面纹理变成了无数个可调节的水平翼板，上面银色，下面黑色。这是调节夏天和冬天的吧，他这么想着，心神激荡，"简直不敢相信。"

---

① 这里的南极指的是克孜地图的南极。

"路威-吴?"

他无奈地摊开双手,"我有时会走神。我以为我已经完全习惯了这种症状了,结果它又会突然变严重,特别严重。"

哈卡比帕洛林的眼眶里噙满了泪水,"现在我相信了,我的世界不过是对真实世界的一种模仿。"

路易伸手搂住她,"这是真实的,感觉到了吗? 你跟我一样真实。跺跺脚,世界跟这艘船一样都是真实的,只是更大。要大很多很多。"

"幕后人"说:"路易?"

他拿着望远镜里又仔细看了看,发现了更多的翼板,更小一些,围在克孜区域外围。"自然了,整个北极地区也必须进行冷却。"

"好的,我马上就好。带我们到'上帝之拳'去,但不用太急。电脑能找到它吗?"

"可以的。它会不会被堵住了? 你说过风暴眼被堵了,或者是修理过。"

"要把风暴眼堵住可不容易。那个洞可是比澳大利亚还大,而且它肯定是在大气层之上。"他眼睛紧闭,但还使劲地揉着。

这不行,他想。发生的,就是真实的;而所谓真实,是可以用我的大脑操控的。该死! 我真不该去玩飞电啊,把现实搞得乱七八糟。但是……极地下的冷却翼板是怎么回事?

现在他们已经飞离了克孜区域。深层雷达沿着海底轮廓扫描,没有扫描出类似管道的东西,这意味着管道一定是在陨石防御系统后面,而以司克力斯泡沫为材料的防御系统挡住了雷达。一定是这样,否则淤泥就会填满海床。

环形世界背面的那些山岭——也就是那些长长的海底峡

谷,每一道的最深处都有一架挖泥机,一端有一个排泥口:这样就可以让整个海床都始终干干净净。

"转一转方向,'幕后人',我们去火星区域下方,然后再去地球区域的下方。不会偏离航线太多的。"

"那要浪费将近两个小时。"

"就冒一下险吧。"

这两个小时,路易在睡眠场里打了个盹。他知道,作为一个冒险家,需要见缝插针地睡一觉。他提前好一阵就醒来了,"探针号"上方依然是海底背面。他看着飞掠的景色渐渐慢下来,直到停止。

"幕后人"说:"火星区不见了。"

路易猛地摇了摇头,清醒过来,"你说什么?"

"火星是一个寒冷、干燥、几乎无风的世界,不是吗?整个火星区都需要冷却,并多多少少经过干燥处理,而且海拔几乎高出大气层。"

"是的,你说得都对。"

"那你再往上看看。我们应该是在火星区域下面的,你看到比克孜区域底部更大的翼板了吗?你看到一块深达二十英里的圆形凹陷了吗?"

头顶上什么也没有,依然是海底的反面轮廓。

"路易,这事让我很不安,如果是我们的电脑内存出了故障……"说着,"幕后人"的几条腿已经弯折起来,两只头向下、向内低了下去。

"电脑的内存没问题。"路易说,"放松点,电脑没问题。检查一下我们上头的海洋温度,是不是高一些。"

"幕后人"犹豫了一下,快要变成胎儿的姿势了,接着终于"唉、唉"地应了两声,在控制台前忙碌了起来。

哈卡比帕洛林问道:"是我理解错了吗? 一个你们的世界不见了?"

"一个较小的世界。纯粹是因为粗心吧,亲爱的。"

"这些世界可不是球形的。"她若有所思地说。

"是像水果一样削下皮,再摊开变成一个平面。"

"幕后人"突然呼叫:"这附近的温度都不一样。忽略掉翼板周围地区,其他部分温度从四十到八十华氏度不等。"

"火星区周围的水温应该高些。"

"这会儿看不到什么火星区,水也不热。"

"什么? 这……实在太怪了。"

"如果我没理解错的话——是的,这是一个问题。"傀儡师的两根脖子伸了出来,左右探了探,最后盯着自己的眼睛,两眼对视着。涅索斯有过这样的动作,路易曾经以为那是傀儡师在发笑,或者是在集中注意力。这个动作让哈卡比帕洛林缩了一下,但似乎不打算移开目光。

路易踱起步来,"火星区肯定少不了降温设施,所以,会在哪里呢?"

傀儡师发出一声奇怪的口哨声,"网格?"

路易停下步子,"网格,是了。那就意味着……妈呀! 答案就这么简单吗?"

"总算有进展了。下一步干什么?"

世界的背部已经提供了好多情报,所以——"请带我们继续前进,去地球区,找海拔最低的地方。"

"遵命。""幕后人"说着,"探针号"继续向顺旋方向飞去。

这么大的海洋面积，路易思索着，这么少的土地，为什么环形世界的工程师要在两个分离的水体内，安排那么大面积的咸水海洋？两个当然可以用于平衡，但为什么要弄这么大呢？

当作蓄水池？部分原因吧。为被遗弃的派克文明保留海洋生物？或许环保人士会说这很值得称道；但这是派克保护者作品，无论他们做什么，都是为了自己和后裔的生存安全。

那些按地图建造的区域，路易想着，可能是一种绝佳的误导。

尽管大洋底部轮廓多种多样，地球区的位置还是很容易辨认的。路易指着平坦的大陆架曲线，告诉大家窗外的非洲、澳洲、美洲、格陵兰岛……然后是南极洲和北冰洋下的散热翼板。两个环形世界本地人一边看着，一边礼貌地点着头。不知道他们为什么要在乎，这些区域又不是他们的家。

是啊，他会尽自己所能，哪怕不能为他们做些别的什么，也要把哈卡比帕洛林和卡瓦勒斯克森嘉约克送回家。路易·吴现在离地球区很近了，比以前任何时候都靠得更近。

更多的海底地形从他们顶上掠过。

然后是海岸线：一块平坦的大陆架曲线，接壤的是一片迷宫般的大小海湾和河流三角洲，还有半岛、岛屿群，以及密密麻麻的细节，人眼已经无法辨识。"探针号"往顺旋方向左舷飞去，他们从空心的山脉和平底的海洋之下飞过。一条精细的直线一直向顺旋延伸，在它的尽头附近，有一丝丝光亮闪烁——

"上帝之拳。"

某个巨大的东西曾经撞上了环形世界，那是很久以前的事。在那个火球的作用下，地层向下凹陷，形成一个倾斜的圆锥，锥间被打穿了。顺着那巨大的漏斗形看过去，有一道陨石的

轨迹逆向划过,那是很久以后出现的,是残损的众品公司的飞船
留下的痕迹。那时,飞船的乘客都待在静力场中,飞船以每秒
770英里的水平速度降落。好家伙,他们居然在司克力斯上留下
了划痕!

"火热探针号"在一根光柱中升起:阳光没有碰到任何遮拦,
从"上帝之拳"的山口直直倾泻而下。当年,在那个火球击穿大
地时,司克力斯被拉抻成很多薄薄的碎片,宛如一座座微型山
峰,耸立在山口周围。"探针号"从这里上升,悬停在它上方。

沙漠倾斜而下,延伸到远处。那样的冲击力造就了"上帝之
拳",也将周围的生命全部烧成灰烬,影响范围轻而易举就比地
球大出很多。在很远很远之外,十万英里远的地方,空气折射的
蓝色已经与大海融为一体。也只有从"探针号"所在的一千英里
高度他们才能看到那么远。

"我们快走吧。"路易说,"切到登陆船那边的视图,看看喀密
怎么样了。"

"好,好。"

第二十七章 大 洋

六个矩形的窗口飘浮在船体外面。六个摄像头展示出登陆船的驾驶舱、下层舱以及四个外部视图。

驾驶舱是空的。路易四处扫描寻找应急灯,但一个都没找到。

自动医疗室仍然关闭着,像一副巨大的棺材。

几个外部镜头好像都出了问题,视图摇晃偏移得很厉害,晃动的光斑变换着颜色。路易能认出庭院的样子和墙上的箭孔,几个身着铠甲的克孜卫兵在站岗。其他克孜人都连滚带爬,来来回回地冲刺,快得连身上的条纹都模糊了。

好大的火!守军已经在登陆船周围燃起了篝火。

"'幕后人'?你可以从这里把登陆船升起来吗?你说过有遥控装置的。"

"我可以让它起飞,""幕后人"说,"但会很危险……我们在克孜区域顺旋方向十二弧分、稍稍偏左舷方向——也就是三十多万英里意外,按照光速来算,会有三秒半左右的延迟,你希望我隔着这么远操作登陆船吗?生命支持系统保持得还不错。"

四个克孜人快速穿过院子,撞开了几扇巨大的门。一辆带轮的车辆开出来停下。它比机器族造的车辆还大,路易就是坐那种车去空中之城的。四侧挡板上都安装了弹射式武器。克孜人从车里走出来,站在登陆船前面仔细研究。

城堡的主人是不是向邻居求助了?

或者,哪个领近种族想来占有这个固若金汤的空中装甲?

车辆上的枪炮转过来,正对着摄像机,一阵火花飞溅之下,摄像头猛地颤抖了一下。那些橙色的大猫先是弯腰躲开,然后直起身子来查看炮火的结果。

驾驶舱里的应急灯还是没有亮。

"这些野蛮人没有办法破坏登陆船。""幕后人"说。

炸药再次被投到登陆船上。

"我姑且相信你,"路易说,"继续监测。我们现在够近了吗? 我可以使用踏碟了吗?"

傀偏师盯着自己的眼睛看了好几秒钟。

接着他开口道:"我们在克孜区域顺旋方二十万英里、左舷方十二万英里的位置。左舷距离无关紧要,但顺旋方向的距离依然将是致命的,'探针号'和登陆船的相对速度为每秒0.8英里。"

"速度太大了吗?"

"我们的技术又不是奇迹,路易! 踏碟可以吸收的动能最多为每秒200英尺,不能比这个更多。"

爆炸将火堆炸散了,穿着甲胄的克孜士兵重新把火堆燃起来。

路易咽下一句咒骂,"好吧。去那里的最快方式就是让我们朝反旋方向飞,飞到我可以使用踏碟为止。然后我们可以再花时间飞到右舷去。"

"好,好。多大速度呢?"

路易张大嘴巴,开始思考。"这个嘛,可是个有趣的问题。"他说,"环形世界的陨石防御系统把什么当作陨石呢? 又把什么看成是入侵飞船?"

傀儡师把头伸到身后,用嘴在控制台上忙碌,"我已经停止加速。我们来讨论一下,路易,为什么造城族知道建一个边缘运输系统是安全的? 他们是正确的,但他们是怎么知道的呢?"

路易摇摇头。他能够明白为什么环形世界保护者会把陨石防御程序设定好,使其不朝边缘墙开火。这是为他们自己的飞船留的一个安全的走廊——也可能是因为他们发现了,每当方向调节器开始喷射高速火焰,防御系统会朝着方向调节器开火。"我觉得,造城族一开始只造了比较小型的飞船,后来才造出大船。他们尝试过多次,最后才成功的。"

"这么危险,真蠢。"

"我们已经知道他们就是这样做事情的。"

"你已经知道我的看法了。我等你命令,路易——要多大速度?"

高高的沙漠渐渐倾斜向下:这是一片烧焦的土地,毫无生气。整个生态系统在几千法兰之前,被一种白热化的热量彻底摧毁。到底是什么在环形世界的背面留下迅猛的一击呢? 彗星通常没有那么大。附近也没有小行星或行星:这些东西在环形世界的建设过程中就被清理干净了。

"探针号"的速度已经相当大了。能看到前面的大地开始变绿,还有些亮闪闪的银线,那是河流。

"我们第一次远征来此时,速度是两个马赫,乘坐的是飞行摩托。"路易说,"那样的速度下我们花了……八天时间,才能使用踏碟。该死的那太久了。假设任何东西只要比环形世界表面移动得快,陨石防御系统就会开火,但要快多少才算数呢?"

"搞明白这个的最简单方法,就是我们一直加速,直到发生点什么事情。"

"真不敢相信,一个皮尔森的傀儡师居然说出这话。"

"要对傀儡师的工程技术有点信心,路易。静力场会发挥作用的。在静力场中,没有武器可以伤害我们。最坏的情况是,我们撞上地表,然后恢复到正常状态,以较低的速度继续前进。风险也是有大小之分的,路易。对我们来说,在接下来的两年里,躲起来才是最危险的选择。"

"我不……如果说这话的人是喀密……但一个皮尔森的……让我想一下。"路易闭上了眼睛,试图好好想一想,然后说道,"这样行不行,我们先把那个坏了的探测器升起来,另外那个留在图书馆——"

"我已经转移走了。"

"移到哪儿了?"

"移到了最近的高山上,山顶有裸露的司克力斯。这是我能想到的最安全的地方。那个探测器仍然是有价值的,虽然它不能再生产燃料了。"

"那可是一个好地方。别让它飞走了。把探测器、'探针号'和登陆船上的每个传感器都打开,然后把它们大部分转向阴影方块。现在想想,还有什么地方可能有陨石防御系统?别忘了,这个系统好像是不能对着环形世界'背面'的任何东西开火的。"

"我不知道。"

"那好吧,我们让摄像头对着大拱弧各处——阴影方块、太阳、克孜区和火星区都不要漏掉。"

"当然。"

"我们待在一千英里的空中。要不要把货舱里的探测器也放下来？让它跟着我们？"

"动用我们唯一的燃料来源？不行。"

"那就开始加速吧，直到有事情发生为止。听起来如何？"

"好，好。""幕后人"说着，转向控制台。路易本来准备好了继续争论、继续绷紧神经，这下也沉默下来。

摄像机捕捉到了它，但"探针号"上的乘客却没一个看见。即使他们一直抬头往上看，也不太可能看清楚。在黑色的空间背景下，他们只能看到耀眼的白色星星、带蓝色格子的大拱弧，以及大拱弧中间的一个黑色的圆，那是太阳，被光焰屏蔽系统直接覆盖了。

但他们甚至都没有抬头。

在超空间引擎的废墟之下，大地散发着绿色的生机，到处是丛林、沼泽和蛮荒的土地，偶尔出现一块耕地，如一张胡乱缝缀的破补丁。在他们迄今所遇见过的环形世界的原始人类中，还没有一个合格的农耕民族。

开阔的海上有许多船。他们花了半小时飞过一片纵横交错、横跨七千英里的道路网。望远镜里显示出有马匹被人骑着或者被小车套着，没有机动车辆。肯定是造城族的一支流落到了这里，并在这里扎了根。

"我觉得自己像一个女神。"哈卡比帕洛林说，"没人能拥有这样的视野。"

"我认识一个女神，"路易说，"至少她以为自己是女神。她曾经是一艘飞船的机组人员，也是造城族的。她可能也看到过你现在所看到的景象。"

"哦。"

"不要被这念头弄晕了。"

"上帝之拳"在慢慢变小。那么大的一个破洞,甚至能把月亮镶嵌在里面。只有在这样的距离上看那座山,中间隔着比已知空间的全部宜居地区还要广阔的大地,才能真正欣赏它的巨大。路易没有自己像神的感觉。他只感到渺小,无比脆弱。

登陆船上的自动医疗室还没有打开过。路易问:"'幕后人',喀密会不会还受了别的什么伤?"

傀偏师在视线之外的地方,但他的声音清晰地传来:"当然啦。"

"他可能会死在那里面。"

"不会的。路易,我很忙,不要打扰我!"

望远镜里的景象已模糊一片。下方一千英里,阳光照耀的土地移动得很快。"探针号"的速度已经超过了每秒5英里,这是地球的轨道速度。

云层发出耀眼的光,足够刺痛眼睛。在船尾方向远处,棋盘一般的田地逐渐减少。正下方,他们正迅速飞过一片低洼区,地势陡然上升,然后慢慢平展,变成绵延数百英里的大草原,往左右两侧延伸到能看见的最远处。流入平原的河流变成了沼泽,突然变绿。

路易可以看出一条弯弯扭扭的轮廓线,那是海湾、河口、岛屿和半岛组成的:这就是环形世界的海岸线,它是专为船舶和航运便利而设计的。这是顺旋方向。接下来是几百英里平坦的盐碱地,再往前来是大洋的蓝线。见到"上帝之拳"的冲击留下的影响,路易感到脖子上的毛发都竖起来了。即使这么远,也能看出大洋的海岸线曾经被抬高了很多。如今，海水已经退去了七八百英里。

路易揉揉发花的眼睛。下面真是太亮了，紫色的高光亮了起来——

突然一片漆黑。

路易紧紧闭上了眼睛。当他再次睁开时，感觉还是闭着的：黑暗得像是待在什么东西的胃里一样。

哈卡比帕洛林尖叫起来，卡瓦勒斯克森嘉克猛蹿过去，手臂砸在路易肩上，他双手紧紧抓住路易的手臂不动。女人的叫声突然中断，从牙齿缝里挤出一句话，"路威-吴，我们在哪里？"

路易说："凭我最狂野的想象猜测，我们是在海洋的底部。"

"你是正确的。""幕后人"用女低音说道，"我有深度雷达，可以看得清清楚楚。要不要我开一盏聚光灯？"

"当然。"

水很浑浊。"探针号"本来可以潜得更深的。周围有些鱼类在探头探脑；甚至附近还长着一片海藻林。

男孩松开了路易，把自己的鼻子压在墙上。哈卡比帕洛林也盯着外面发抖。她问："路威-吴，你能告诉我发生什么了吗？你能解释清楚吗？"

"我们会搞清楚的，"路易说，"'幕后人'，带我们上去。回到一千英里高度。"

"好的，好。"

"我们在静力场待了多久？"

"我不知道。'探针号'的计时器停止了——当然如此。我一会儿发信号让探测器发送数据回来，但光速延迟是十六分钟。"

"我们刚才有多快？"

"每秒五点八一英里。"

"那把速度调到正好五英里,保持这个速度,看看我们碰到什么了。"

当"探针号"接近地表时,登陆船的信号恢复了。火堆还围着登陆船,自动医疗室仍然关闭着。过了这么久,喀密应该出来了,路易想。

他们周围闪烁着蓝色的光。"探针号"冲出海洋,一跃而起,冲进了阳光。在二十个G的加速下,飞行舱几乎没有震动,海洋就落在了下方。

船尾的景象足够说明问题了。

在他们身后四五十英里,一些巨大的火球滚过平坦的沙滩,那里曾经是海底大陆架,一条槽线海岸伸进内陆。"探针号"连水面也没有碰到,火球上了岸,并滚滚前进。

后面更远的地方,沙滩变成了草原,接着是森林,它们全都在燃烧。数千平方英里的火焰风暴从各个方向向内陆延伸,中间的浓烟直冲天际。很远的地方,那一片太阳花地的天空也是这样的。"探针号"的引擎可不造成这么大的破坏。

"现在我们知道了,""幕后人"说,"陨石防御系统的编程指令是,保护有人居住的地区。路易,我太佩服他们了。这个自动系统所消耗的功率足够驱动行星舰队,而且还必须长期维持运转。"

"派克人喜欢做大工程,这我知道。但他们是怎么做到的?"

"让我待一会儿不要打扰,我会让你知道。""幕后人"消失了。

这很烦人。傀儡师控制所有的仪器设备,他完全可以胡说八道,路易呢? 此时傀儡师甚至不能改变路易的计划……

哈卡比帕洛林这时拽了拽他的胳膊。他厉声说:"怎么?"

"路易,我不是想轻率发问。我的理智在畏缩,我受到了巨大的冲击,甚至无法描述出来——但是,求求你,我们出了什么事?"

路易叹了口气,"我得从静力场和环形世界的陨石防御系统说起。还要说到皮尔森的傀儡师和众品公司的船体,还有派克人。"

"我准备好了。"

于是他说了起来。她不时点头、提问,他接着说。他无法确信她到底明白了多少,当然,比起他想知道的,他已知的也少得可怜。大多数时候他只是向她传达:路易·吴知道自己在说什么。等她开始确信这一点,她就平静了下来。这就是他要的结果。

不一会儿她就把他带到水床边——完全忽略了卡瓦勒斯克森嘉约克的存在,他转过来看了他们一眼,对他们笑了一下,然后就转回去观看大洋在窗外掠过。

"瑞色舍那"让人感觉一切都有保证。自欺欺人的吧,谁会在意呢?

那下面的水还真不少。

从一千英里高处可以看到很远,直到空旷的巨毯挡住了视线。眼前的这一片大洋上几乎没有岛屿。海底的轮廓显现出来,有些地方很浅,唯一的群岛远远落在后面。在"上帝之拳"破坏地形之前,可能那些群岛曾经是海底山峰。

他们看到了风暴,那些飓风和台风的旋涡毫无规律。但有些云会组成空中河流,只要仔细看,就会发现它在流动——即使在这样的高度下。

敢于挑战这片浩瀚水域的克孜人不是懦夫,而那些回头的也是聪明人。在右舷方向地平线上有些岛屿与周围的蓝色融为一体,你得挤挤眼睛,才能看清楚——那一定是地球区域。

一声平静的、标准的女低音慢慢爬进了他的思绪,"路易,我已经把最大速度降到每秒四英里了。"

"好。"四英里,五英里,有什么意义呢?

"路易,你之前说陨石防御系统在哪里来着?"

傀儡师的语气有点……"我没说过。我不知道。"

"阴影方块,你说的。我有记录。如果陨石防御系统不能保护环形世界的背部,那它就一定是在阴影方块上。"傀儡师声音平板,没有表现出任何情绪。

"我猜是我错了?"

"现在,请注意,路易。当我们的速度达到4.4英里时,太阳爆发了耀斑。我们当时被光焰屏蔽挡住了,没能看到,但我有视频记录。太阳从几百万英里之外射出了等离子体。这是很难观察到的,和通常耀斑不同的是,它直冲我们而来,没有在太阳的磁场里形成拱弧。"

"击中我们的不可能是太阳耀斑。"

"耀斑在二十分钟内达到了数百万英里,之后射出延伸更远的紫外光。"

"哦,上帝啊!"

"一道极大规模的气体激光。被它击中的那片大地现在还在燃烧。我估计它跨越十公里。这道光束还不是特别密集,但通常也不需要密集。即使是适中的程度,那么大的耀斑也可以激发出的气体激光,功率高达$3×10^{27}$尔格每秒,持续一个小时。"

沉默。

"路易?"

"让我安静安静。'幕后人',这真的是一件了不起的武器。"他一下子想通了环形世界工程师的秘密——"这就是他们感到安全的原因:这个环形世界可以抵御任何入侵。他们拥有一件巨大的激光武器,比地月系统还要大,比……'幕后人',我想我要晕过去了。"

"路易,我们没时间想这些。"

"是什么触发的呢? 某种东西引发太阳喷射出等离子体。磁性——它必须是带磁性的。会不会是阴影方块的一种功能?"

"我不这么认为。摄像机记录显示,阴影方块当时移开了一点,好让光束通过,同时缩小了其他地方的空隙,大概是为了保护大地免于突然增强的曝晒。这个方块不可能在同一时间用磁场操纵太阳的光球层,一个聪明的工程师会设计两个独立的系统。"

"你说得对,完全正确。但检查一下也无妨,可以吗? 我们从三个不同角度记录到了所有可能的磁效应。去找找是什么触发了太阳耀斑。"各路神灵啊! 但愿答案就是阴影方块!"'幕后人',不管你发现了什么,千万不要再缩起来。"

一阵怪异的停顿,然后传来了"幕后人"的声音:"在这种情况下,这样做将毁掉我们所有人。除非是彻底失去希望,否则我不会这么做的。你究竟是怎么想的?"

"我们永远都不会失去希望。你给我记住。"

火星区域终于出现在视野里。它比地球区域更远——在右舷方向十万英里——但和地球不同的是,它是一个致密的整体。从海面之上二十英里来看,它是一条黑线,恰如"幕后人"的预期。

登陆船的仪表板上,一只红灯一闪一闪的。温度:110华氏度,正适合水疗。关着喀密的那个"棺材"上的灯没有闪。自动医疗室有其自身的温度控制系统。

那些克孜防卫者似乎已经用完了爆炸品,但他们的燃料好像没有穷尽。

还有两万英里的距离,每秒四英里的速度前进。

"路易?"

路易慢慢地从睡眠场中走出来。他觉得"幕后人"看起来很可怕。鬃毛皱巴巴的,镶在一侧鬃毛的石榴石已经磨掉了。他茫然地走着,仿佛膝盖都是用木头做的。

"我们想想别的办法,"路易告诉他。他但愿自己能穿墙而过,抚摸那傀儡师的鬃毛,给予某种程度的安慰。"也许那城堡里有某种图书馆,也许喀密已经知道了一些我们还不知道的东西。该死! 也许那个维修小组的人早已知道答案了。"

"我们也知道答案——找个机会,从背面研究太阳黑子。"傀儡师的声音清脆而冷漠,像一台电脑发出的声音,"你猜到了,对不对? 环形世界地基中嵌入了六边形超导体图案,司克力斯可以被磁化,从而控制耀斑的等离子体的喷射方向。"

"是的。"

"环形世界被推离中心,很可能就是因为这个。一股等离子流形成,喷向一颗流星、一颗流浪的彗星,甚至是来自地球或克孜星球的舰队。等离子推开了环形世界,却没有方向调节器将其推回原位。就算没有等离子体,流星本身也可能造成这样的偏移。维修小组是后来才有的,但为时已晚。"

"希望不是太晚。"

"网格不能代替方向调节器。"

"当然不能。你还好吧?"

"不好。"

"你打算怎么办?"

"我会听从指令。"

"好极了。"

"要是继续让我当这次行动的指挥者,我就要放弃了。"

"这话我相信。"

"你猜到最坏的情况了吗? 根据我的计算,太阳大概是可以移动的。太阳可以控制射出的等离子流,而等离子流可以变成气体激光器,以一种光子驱动器的形式来推动太阳。环形世界本来会被太阳的引力牵着一起移动,但即使最大的推力也微不足道。只要太阳的加速度超过$2×10^{-4}G$,环形世界就会被抛在后面。当然,无论是什么速度,等离子流带来的辐射都会破坏地上的生态系统。路易,你在笑?"

路易是在笑,"我从没想过移动太阳,永远不会这么想。你不但这么想,还进行了数学运算?"

那个声音如冬天般地冷漠、机械,"我是算过了,帮不了我们。还有什么办法呢?"

"服从命令。保持每秒四英里的速度,反旋方向。告诉我什么时候可以到达登陆船。"

"遵命。"傀儡师转身就走。

"'幕后人'?"

"幕后人"转过来一只头。

"有时候放弃是没用的。"

第二十八章　克孜区域

所有的灯都在闪着绿光。无论喀密现在伤势如何,自动医疗室都在处理着。喀密就在里面,活着——他还活着,虽然受了些伤。

但驾驶舱内的温度计显示温度为160华氏度。

"幕后人"说:"路易,你准备传送了吗?"

此时,火星区已经是一条黑色破折号,出现在那排全息图的下方,正对右舷方向。克孜区就更难看清了。在火星区域前面几个弧度的地方,距这里五万英里。路易在大海的蓝灰色中,认出了一条蓝灰色的虚线。

他说:"我们还没到达完全相反的位置呢。"

"还没有。环形世界的自转还是给'探针号'和登陆船造成速度差。但方向是相互垂直的。我们可以抵消这个误差,并坚持足够长的时间。"

路易花了好一阵才在脑中把这幅图像想清楚,问道:"你会从一千英里高度往海洋俯冲下去吗?"

"是的,现在冒再大险也没关系了,反正你的疯狂已经把我们逼到了这个地步。"

　　路易放声大笑(一个傀儡师来教路易·吴勇敢?),但他突然止住笑声严肃起来。一个失去控制权的"幕后人",要不勇敢,靠什么翻身呢? 他说道:"好久了。开始俯冲吧。"

　　他要了一双木拖鞋给自己穿上,脱下松垮垮的大罩衫,裹在抗冲击甲胄和工具背心外面,把激光手电筒拿在手里。窗外的海景愈发空旷。

　　"预备。"

　　"跳。"

　　路易一个箭步,跨过了十二万英里。

　　克孜星球,二十年前:

　　路易·吴趴在一块光滑的石头伏器上面,感到自己一切尚好。

　　这些奇形怪状的石头睡椅叫"伏器石椅",在克孜星球的各个狩猎公园里,它们随处可见,就像普通的公园长椅一样。它们差不多是肾脏形状,适合一个男性克孜人半蜷着躺在上面。克孜狩猎公园是半野生状态,有捕猎者,也有猎物。在橙黄色的丛林里,"伏器石椅"是文明的唯一痕迹。这个星球的人口数以亿计,按克孜的标准已经非常拥挤,这座公园也是如此。

　　路易从早上开始就在丛林里游逛着。他已经很累了,双腿吊着摇摇晃晃,看着眼前的克孜人来来往往。

　　在丛林里,橙色的克孜人可以隐藏得很好。前一秒还不见动静,下一秒就看到一个体重二百五十公斤的食肉智慧动物在匆匆追赶着什么。猎物惊恐万状,快跑如飞。有些克孜男性会猛地停下来瞪着路易仔细看——看路易紧闭双唇的微笑(因为对克孜人露出牙齿就意味着挑衅),再看看他肩膀上的族长保护符号(路易让它处于特别显著的位置)。克孜人便认定了这儿没他的事,随即离开。

奇怪,这样的捕猎者还有许多。但路易只能若有若无地感觉到他们,藏在多褶的黄色枝叶之间。某个地方一定有警觉的眼睛、嬉闹和残杀。就在这时,走过来一个巨大的成年男性和一个毛茸茸的可爱的少年,身高只有路易的一半,怔怔地看着这个闯入者。

路易略通英雄语,那个克孜小毛球抬头问父亲的话,他听懂了:"这个好吃吗?"

成年克孜人的目光落在路易身上。路易绽开笑容,露出了牙齿。

克孜人说:"不。"

路易带着胜利者的自信,因为四次人类-克孜大战,加上一些"小事件",总之,在过去几百年中,所有的战争都以人类获胜告终。路易笑着点了点头,心里在说:"孩子爸,快告诉他,吃白色砒霜比吃人肉要安全多了!"

环形世界,二十年后:

几面墙壁都朝他散发热量,他开始出汗。这并没有让他不适。他洗过桑拿浴。160华氏度,对于桑拿来说并不是很热。

录音里,"幕后人"的声音在咆哮,他说的是英雄语,答应提供世界舰队的庇护。"关掉广播!"路易大声命令道,那声音便戛然停止了。

窗口外是向上猛蹿的火焰。拖着大炮的车辆已经被移开,一对变形的克孜人冲过院子,把一个罐子放在登陆船下方,然后又以百米冲刺的速度回到门廊里。

这不太像克孜人的做派：不是文明如喀密那样的克孜人。他们的爪子要是碰到了路易·吴——不会的，他在这里应该是足够安全的。

路易眯起眼睛，透过火焰向下看。有六个罐子在登陆船底座下围成一圈。毫无疑问是炸弹，可能在任何一秒被引爆，不用等火焰慢慢烧过去。

路易咧开嘴笑了起来。他的手放在控制板上方，跟某种诱惑斗争了片刻，然后很快敲入了命令。那些按钮很烫，让他不太舒服，他绷紧双腿，紧紧抓住椅子背，松垮垮的大罩衫垫着他的双手。

登陆船从火海上腾空升起，一圈小火球在下方翻滚着，顷刻间城堡就变成了一只缩小的玩具。路易的笑容还挂在脸上，感觉自己德行高洁。他抵御住了诱惑——要是他用聚变引擎起飞，而不是用斥力板，那些克孜人一定会对他们那些炸药的威力惊讶不已。

冰雹劈劈啪啪地打在船壳和窗口上。路易抬头一看，惊了一跳，只见十几艘带翅膀的飞船在上面盘旋，过了一会儿，又飞走了。路易紧闭着双唇，将自动驾驶重置，设定在五英里高度时停止上升。也许根本不用在乎那些飞行器。

他站起来，转身去楼梯。

路易读着表盘，哼了一声。他呼叫"幕后人"："喀密已经完全治愈，现在平静地睡在自动医疗室里，但是自动医疗室不会叫醒他，因为外部条件对生命不利。"

"对生命不利？"

"太热了。自动医疗室的设置不允许病人一出来就走进火炉。我们已经逃离了火焰，温度会降下来的！"路易用手在额头上不停地抹着,汗珠流到了他的手肘上,"要是喀密出来,你告诉他一下这里的情况好吗? 我要冲个冷水澡。"

他正在淋浴,突然感到飞船往下坠。路易抓起一条毛巾裹在腰上,一边跑上楼梯。船体上响起猛烈地冰雹声。

这时候,喀密慢慢地、小心翼翼地,从控制台上翻了一个身,似乎伤口还是很痛。他古怪地眯起眼睛,眼部周围的毛发已经被剃光,从大腿到腹股沟的毛剃出了一个长条,被模拟皮肤覆盖着。他说:"你好啊,路易。看来你活了下来。"

"是啊,你干了什么?"

"我在城堡把一些女的搞怀孕了。"

"他们马上就会遭殃吗? 换句话说,我们可以再盘旋几分钟吗?"

"没得商量,我想你最好不要管我的事。"

"照目前情况来看,你那些女人两年内都会死的。"

"她们可以乘'火热探针号',待在静力场里回家。我还希望说服幕后人——"

"说服我吧。我已经获得了'探针号'的指挥权。"

喀密的手动了一下。地板猛烈地起伏。路易抓住一把椅子的后背,稳住了。他瞥了一眼控制板,发现'探针号'已经停止了下降。虽然还有十几架飞机盘旋在窗外,但是弹雨停止了,城堡在下方半英里处。

喀密问道:"你是怎么做到的?"

"我把超光速引擎变成了矿渣。"

克孜人的动作快得难以置信。路易还没来得及退缩,就被裹在了橙色的皮毛里。克孜人一只手把路易拖到胸前压住,另一只手举起四个爪子摁在路易的眉骨上。

"真够狡猾的。"路易说,"你下一步要怎样呢?"

克孜人没有动。血流到了路易的眼睛上,他觉得他的背快要断了。路易说:"看来我还得再救你一次。"

克孜人放开了他,小心后退,仿佛在压制自己的冲动。"你是打算宣布我们的末日,还是已经想出办法把整个环形世界移回原位?"

"后一种。"

"怎么移?"

"几个小时前我本来可以告诉你的,但现在必须另找一个答案了。"

"你为什么要这么做?"

"我想拯救环形世界。但只有危及'幕后人'的生命时,才能得到他的合作。你呢? 你要怎样才肯合作?"

"你这个笨蛋。我完全愿意学习如何移动环形世界,只要能救我的孩子! 但你得说服我,我真的需要你的帮忙。"

"建造环形世界的派克人是我的祖先。我们正在努力像他们一样思考,对不对? 他们一定在内部建造过什么东西,来调整环形世界。除此之外,我有两个造城族的图书管理员,他们对环形世界的历史非常了解。但他们是不会与你合作的。你还没有杀我呢,他们就已经觉得你很可怕了。"

喀密考虑了一下,"他们怕我,就会服从我。他们的世界危在旦夕,他们的祖先也是派克人。"

登陆船里面的温度凉下来了,一个裸体的人类已经感到有点不舒服,但路易又出了一身汗。"我已经找到维修中心了。"

"在哪儿?"

路易本来想暂时隐瞒这个信息,"在火星区域。"

喀密坐了下来，"嗯，那才真是让人惊叹。这些流离失所的克孜人，在他们的探索年代里对火星区域了解了不少，但从来没有了解到这一点。"

"我敢打赌，火星区域周围有些船只消失了。"

"有飞行员告诉我说，许多船都消失了，而火星区域上的贵重物资从来没有被拿走过。探险家们带回家的财富来自顺旋那边更远的一个区域，但他们带回家的财富永远没有造船的投入多。你需要的自动医疗室吗？"

路易用他快掉下的罩衫去擦脸上的血迹，"现在还不用。那个顺旋方向的区域听起来像是地球。这么说，它没有设防。"

"好像是不设防。但是左舷还有一个区域，去那儿的船只再也没有回来。维修中心会不会在那里？"

"不，那是道恩区域，他们碰到的是葛洛格人。"路易又在脸上擦了一把。喀密的爪子并没有抓太深，他想，不过面部的伤口会出血很久的。"对你那些怀孕的女人，我们得做点什么。有多少个？"

"我不知道，有六个处在交配期。"

"呃，我们可没有足够的空间，他们得留在城堡里。这里的领主会杀了他们吗？"

"不会，但他很可能会杀了我的男性后代。另一个危险……嗯，我可以解决。"喀密转向控制台，"他们最强大的文明是在一艘老勘探船周围建立起来的，那船叫作'巨怪'。如果他们跟踪我到这里来，可能要和那个要塞打一仗。"

外面的飞机在燃烧、坠落。喀密用雷达、深度雷达和红外雷达扫描天空——已经空无一物了。"路易，还有飞行器吗？有没有着陆的？"

"我觉得没有了。如果他们着陆,也会耗尽燃料,而这里又没有跑道……有道路吗?扫描一下道路。绝能让他们向那艘大船发射无线电。"无线电会成为他们的眼睛的,而且环形世界的大气层可能还有一个海维赛德层①呢。

的确有一条路,但是没有笔直的路段,平地倒是有一些。过了好几分钟之后,喀密才放心下来。所有飞机都完蛋了。

"下一步,"路易说,"你不能把堡垒里所有人都灭了,我猜克孜的女性是无法照顾自己的。"

"不,路易。这很奇怪,城堡里的女性比我族长手下那些要聪明得多。"

"跟你一样聪明吗?"

"当然没有!但她们竟然学会了少量的词汇。"

"会不会是你们的族人千万年来拒绝与聪明的女性交配,所以选育出了温顺的女性?毕竟你们已经剔除了奴隶种族。"

喀密不安地换了个坐姿,"可能。这里的男性也很不同。我试图跟勘探船的掌舵人交涉,先展示了一下我的力量,等着他们来谈判。结果他们没有这样的打算,似乎只懂得战斗,战斗到其中一方被毁灭为止。族长齐加尔自以为血统优秀,他还没来得及向我展示这一点,就被我嘲笑了一通。"

但傀偏师根本没想繁育温顺的克孜人,路易暗想。"如果你既不能把那些女的带走,又不能把男的全部杀掉,那他们就很难处理了。"

"也许吧。要不这样……"

---

①海维赛德层(Heaviside layer),又称海氏层,E电离层,是离地面100公里可以反射无限电波的大气层,由英国物理学家奥利弗海维赛德(Oliver Heaviside,1850-1925年)提出并得到证实。

　　登陆船悬停在空中,远远高于箭头的射程,而且刚好是闯入者车辆上的大炮打不到的高度,它的影子笼罩在院子里大火留下的灰烬上。路易仔细听着喀密的翻译机传来的声音,等待着喀密的信号。

　　喀密在引导弓箭手向他射击。时而威胁,时而诱惑。一束激光划向岩石,发出断断续续的爆裂声,接着是一连串嘶嘶声、咆哮声和喷吐声。

　　喀密更危险的主人还没有出现。

　　他在下面整整待了四个小时,最后才看到喀密从一扇狭窄的窗户里钻了进来,飘到上面。路易等他上了船才把登陆船升高。

　　此时喀密出现在他身后,脱掉了飞行带和抗冲甲胄。路易说:"你他妈的一直没有给我信号。"

　　"你生气了?"

　　"没有,当然没有。"

　　"刚才的情况很糟糕,我不想把你牵扯进来。而且这是我的种族,我不能拿人类来胁迫他们。"

　　"好吧。"

　　"卡萨科特会替我抚养孩子,让他们成为英雄,他会教他们武器,会好好地武装他们,等他们年纪够大了,就让他们出去,自由征服自己的领地。他们不会对他产生威胁的,你看吧,即使我不回去,他们也有很大机会能生存下来。我把激光手电筒留给了卡萨科特。"

　　"再好不过。"

　　"希望如此。"

"那我们跟克孜区就算了结了吧?"

喀密想了想,"我抓住了一个飞行员。从他那儿知道,他们都是贵族,有名有姓,受过良好的教育。齐加尔听到我嘲笑他祖先的功绩,就跟我说了许多探险时代的事。我们可以推测,在'巨怪'里,一定有大型历史资料馆。要不我们去把它夺下来?"

"跟我说说齐加尔告诉你什么了。他们在火星区上跑了多远?"

"他们发现了一面瀑布墙。他们的后代发明了压力服和高空飞机,他们探索了火星区域的边缘,有一个探险队抵达了区域的中心,那里全是冰。"

"那样的话,我认为我们还是跳过'巨怪'上的图书馆算了,毕竟他们从来没有到过火星区域内部。'幕后人',你在吗?"

一只麦克风说道:"我在,路易。"

"我们正驶向火星区域,你也去那边,但保持在我们左舷方向,搞不好我们要传送跃过去。"

"遵命。你有什么要报告的吗?"

"喀密得到了一些信息。克孜人探索了火星区域表面,没发现任何异常的地方,所以我们还不知道该从哪里突破。"

"也许是从下面。"

"可能是吧,那就很烦人了。我们那两个客人还好吗?"

"你应该快点回来陪他们。"

"那我尽快。你看看'探针号'的电脑上有没有火星和火星人的数据。"他转过身来,"喀密,你想驾驶这东西吗?不要超过每秒四英里。"

那克孜人轻轻一点,登陆船就乖乖地升起来向前飞去。一面灰色的云墙被破开一个洞,他们从中通过,冲向蓝天。随着高度增加,周围的蓝色也开始变暗。克孜区域在他们下方越来越远,被抛在了身后。

喀密说:"傀儡师好像非常温顺啊。"

"是的。"

"你似乎对探索火星区很有信心。"

"是啊。"路易笑了,"真是一种极高明的障眼法,但它不可能毫无纰漏,是吧?他们要隐藏的东西太多、太大。我们来这边的时候是从大洋背部经过的,你猜我们在火星区下面发现了什么?"

"别卖关子了。"

"什么也没有。除了海底,什么也没有。甚至连散热翼板也没有。其他大多数区域下面都有散热翼板来冷却两极。这是一种被动式冷却系统。一定有一个系统来冷却火星区。要不然热量都去了哪里?我还以为可能是进入了海水,但事实并非如此。我认为热量直接输入了环形世界地基中的超导电网。"

"超导电网?"

"一张巨大的网格,控制着环形世界地基的磁效应,从而控制太阳的作用。如果火星区连接着这个网络,那它就是环形世界的控制中心。"

喀密想了一下,说:"他们不可能把热量排到海水中,否则温暖、潮湿的空气会上升形成云团,云团在大范围内向里、向外涌动,这样火星区域从太空看去将是一个巨大的目标。你能想象派克保护者会犯这种错误吗?"

"不会的。"虽然路易自己会。

"有关火星,我不太记得什么了。这颗行星对于你们种族从来就不太重要,是吗?仅仅是激发了一些传说而已。我知道那个区域有二十英里高,模仿火星上非常稀薄的大气层。"

"二十英里高,面积五千六百万平方英里。那就是十一亿二千万立方英里的藏身空间。"

"呃,"喀密说,"你应该没说错。火星区就是维修中心,派克人尽了最大努力来隐藏它。齐加尔跟我讲了大洋中的怪兽、风暴,以及它巨大的跨度,这些都是绝好的被动防护。闯入者的舰队无论如何也没法猜到真正的秘密。"

路易心不在焉地挠了挠眉毛,"$1.12×10^9$立方英里。我不得不承认这个数字大得可怕。他们到底在那里藏了些什么? 可以堵住'上帝之拳'的巨大补丁? 可以把那些补丁运过去、搁置到位、再焊接妥当的运输机械——比如我们在边缘墙上看到的那个起吊方向调节器的绞盘设备? 或者是备用方向调节器? 该死,我倒真想找到备用的方向调节器,但也得有多余的空间才放得下它们啊。"

"战舰舰队。"

"好吧。舰队,肯定还有运载难民的船只,这就是他们的大型武器了。可能整个火星区就是一艘巨大的难民船。这船必须足够大,可以疏散环形世界的全部人口,要不然生态系统的每个角落都会超载的。"

"会不会是一架航天器? 也许是一架巨大的航天器,大到足以把环形世界拖回原位? 我无法在这么大的尺度上思考,路易。"

"我也是。我觉得还不够大。"

"那你毁掉我们的超光速引擎时,脑子里到底进了多少水呢?"那克孜人一下子勃然大怒。

路易决定不退缩,"我当时认为,整个环形世界可能被设计成了一个作用于太阳的磁场。我几乎是正确的。没想到麻烦的是——"

扬声器里传来"幕后人"的狂叫:"路易!喀密!把登陆船设到自动驾驶,马上跳到我这边来!"

第二十九章　火星区域

喀密猛然跃出一大步，抢在路易前面跳到了踏碟上。那克孜人完全可以按次序排队嘛，路易想着，但他忍了忍，没有对此发表议论。

两个造城族人透过船壳向外望着，不是在看匆匆掠过的海景——窗外只有蓝色的海和天空，在无限远处的地平线上融合，中间夹杂了一些白云——他们看的是一个电影屏幕大小的全息图像。当喀密出现在踏碟接收盘上时，他们吓得转身往后退，然后又试图掩盖自己的窘态。

路易说："喀密，这是哈卡比帕洛林，这是卡瓦勒斯克森嘉约克，空中之城的图书馆馆员。我们能获取那些信息，全靠他们帮了大忙。"

克孜人说："好吧。'幕后人'，出什么问题了？"

路易扯了扯克孜人的皮毛，指给他看。

"是的，"傀儡师说，"太阳。"

在全息图的矩形框里，太阳被压低了亮度，放大了尺寸。可以看到太阳中心附近有一块明亮的光斑正在移动，扭曲着改变了形状。

　　喀密说:"在我们登上太空港的棱台前,太阳不是也这样活动过吗?"

　　"是的。你现在看到的就是环形世界的陨石防御系统。'幕后人',现在该怎么办?我们可以慢下来了,但不知道怎么才能挽救登陆船。"

　　"我首先想到的是怎么救咱们自己。"傀儡师说。

　　从逃逸中的"探针号"看下去,大海上反弹出一道光,越来越亮,带着一点紫色。突然,亮光变得难以忍受地刺目,接着暗下来,变成了船壳下面的一个黑点。

　　一条黑色的喷射线,带着紫白色的边,从顺旋方向地平线升起。那是一根垂直的柱子,从地面伸向天际,消失在大气层边缘。

　　克孜人用英雄语说起话来。

　　"不错,""幕后人"用星际语说,"但它在朝什么射击呢?我以为我们才是目标。"

　　路易问道:"那个方向不是地球区域吗?"

　　"是的。还有大量的水域,和一大片环形世界的其他景观。"

　　光束和地面连接的地方,天边闪烁着白光。喀密用英雄语嘟哝着,但路易明白大概的意思,"有了这样的武器,我可以把地球烧成蒸汽。"

　　"闭嘴。"

　　"这是再自然不过的想法,路易。"

　　"是啊。"

　　光束突然中断。接着再次出现,往左舷偏了几度。

　　"该死!好吧,'幕后人',带我们飞高些,飞到可以使用望远镜的高度。"

在地球区上有一个黄白色的亮点,看起来像是遭到了一颗大型的小行星撞击。

更远的地方还有一个类似的发光点,是在大洋的另一侧。

太阳上的光斑暗了下来,和之前不一样了。

喀密问道:"那些方向上会不会有飞行器或航天器?或者其他快速移动的物体?"

"我们的仪器可能会记下些什么。""幕后人"说。

"查一查。降到一英里的高度。我们可能需要低空接近火星区。"

"路易?"

"执行吧。"

喀密问:"那束光是如何产生的,你有相关的知识吗?"

"让路易告诉你吧,"傀儡师说,"我很忙。"

"探针号"和登陆船从两个方向在火星区域上汇合。"幕后人"让两者平行,方便他们在两者之间传送。

路易和喀密跳到对面的登陆船上吃午餐。喀密很饿,吞下了好几磅红肉、一条鲑鱼,还灌下了一加仑的水。但是路易自己却倒了胃口。他很高兴他的客人们没在看着他。

"我不明白你为什么要带上这两个乘客,"喀密说,"除非是为了跟那女人交配。但要那男孩干什么?"

"他们是造城族的。"路易说,"他们的种族几乎统治了环形世界。这两个都是我从一个图书馆里挑来的。去了解他们吧,喀密。问他们问题。"

"他们怕我。"

"你是个轻声细语的外交官,记得吗？我打算邀请男孩参观登陆船。你给他讲些故事,讲讲克孜狩猎公园、族长往事博物馆。再讲讲克孜人是如何交配的。"

路易跳到对面的"探针号"上,跟卡瓦勒斯克森嘉克说了两句,哈卡比帕洛林还没有反应过来是怎么回事,路易就已经把卡瓦勒斯克森嘉克带回了登陆船。

喀密向男孩演示如何飞翔。登陆船俯冲下去,翻着跟头,然后又随着他的指挥往天空窜去。男孩看得着迷,喀密又给他看头戴式望远镜、超导布以及抗冲击甲胄的魔力。

男孩问起了克孜人的交配习俗。

喀密曾与一名不会讲话的女性交配！这让他大开眼界。他把卡瓦勒斯克森嘉约克想知道的都告诉了他——路易觉得都是相当枯燥的东西——然后他让那孩子谈起了交配和"瑞色舍那"。

卡瓦勒斯克森嘉约克没有实践经验,只是有很多理论知识。"哪个物种会让我们做'瑞色舍那',我们都是有记录的。我们有录像带存档。有些种类不做'瑞色舍那',但会做些别的,比如观看,或仅仅是谈论'瑞色舍那'。有些只在唯一的位置进行,有些只在特定季节,而这些习俗都保留了下来。这一切都会影响贸易关系。他们还使用各种各样的辅助工具。路威-吴有没有告诉你吸血鬼香水的事？"

他们几乎没有注意到路易已经离开,独自返回了"探针号"。

哈卡比帕洛林很生气,"路威-吴,他可能会伤害卡瓦！"

"他们相处得很好,"路易告诉她,"喀密是我的船员,他喜欢所有物种的孩子,他是绝对安全的。如果你也想做他的朋友,就去挠他的耳朵背面。"

"你是怎么伤到额头的?"

"我自己不小心呗。你看,我知道如何使你平静下来。"

他们开始做爱——好吧,叫"瑞色舍那"——就在水床上,按摩功能还开着。这女人可能曾经憎恨潘斯大厦,但她从那里学会了很多东西。两个小时后,当路易确信自己永远也不会再动一下了,哈卡比帕洛林抚摸着他的脸颊说道:"我的交配时间明天就结束了。那时你也会恢复过来。"

"我对此心情很矛盾。"他笑出了声。

"路威-吴,如果你肯回到喀密和卡瓦那边,我会感觉舒服些。"

"好吧。看,我都走不动路了。看见我的脚没有,我走到踏碟上了——我这就走:噗——就不见了。"

"路威-吴——"

"好吧,我走了。"

火星区是横在地平线上的一条黑线,不断变宽,最后变成航线前方的一道墙。喀密放缓速度,登陆船的麦克风捕捉到一种稳定的低语声,比背景的风声要响亮。

他们面前是一道瀑布墙。

从一英里远的地方看过去,它显得笔直无比,朝两边无限延伸。瀑布的顶部在他们上方二十英里处,底部则淹没在迷雾中。通话被瀑布的轰鸣盖了过去,最后喀密不得不关掉麦克风,这时,水声已经可以穿过船壳,传到内部了。

"这就像空中之城里的水凝器,"男孩说,"我们的族人一定是从这里学会了如何制造水凝器。喀密,我跟你说过水凝器吗?"

"说过。如果造城族来这么远的地方,说不定他们也发现了进去的路。你们的传说故事里有没有讲到一块空心的大地?"

"没有。"

路易说:"他们传说中的魔术师都像派克保护者。"

男孩问:"路威-吴,这个巨大的瀑布——为什么这么大?"

"因为它必须覆盖这个区域顶部所有地方,带走水蒸气。区域的顶部必须保持干燥。"路易说,"'幕后人',你在听吗?"

"是的,请吩咐。"

"开着登陆船,用深度雷达和其他设备来回扫描。也许我们会在瀑布下面找到一扇门。然后把'探针号'开到顶上去搜索。燃料供应任何?"

"燃料充足,反正我们也不用回家了。"

"好。等会儿我们卸载探测器,让它跟随'探针号'——相隔十英里,贴地高度吧。保持踏碟和麦克风都打开。喀密,你想开登陆船吗?"

克孜人说:"遵命。"

"好的。卡瓦,过来。"

"我想留在这里。"男孩说。

"哈卡比帕洛林会杀了我的。过来吧。"

"探针号"升起二十英里,红色的火星区在他们面前舒展开。

卡瓦勒斯克森嘉约克说:"看起来可怕极了。"

路易不理他,"至少我们知道,我们正在寻找某种巨大的东西。想象一个轮胎补丁,大到可以塞住'上帝之拳'的洞。这样一个大盖子还需要某种交通工具来装载。要是你的话,你会把它放在火星区域的哪里呢,'幕后人'?"

"瀑布下面,""幕后人"说,"这样谁都看不到。海洋是空旷的,而瀑布会把海面隐藏起来。"

"是的,有道理。但喀密已经在搜索那里了。还有什么其他地方吗?"

"如果要我把一个巨大的盖子藏在火星上,我也许会找个不规则的形状作掩护,把铰链放在一条又长又直的峡谷里。或许我会把它埋在冰下,将北极融化了再冻回去,把我全部的活动痕迹都隐藏起来。"

"有这样的峡谷吗?"

"有的,我做了点功课。路易,两极是最好的赌注。火星人从来没有接近过两极,那儿的水让他们送命。"

火星区是极地投影式地图:南极沿着地图边缘分散开。"好吧,带我们去北极。如果没找到什么,我们就从那里转出来。保持高度,保持所有仪器正常运行。我们不用太在意什么东西会朝'探针号'开火。喀密,你在听吗?"

"我听到了。"

"把看到的全都告诉我们。很有可能到头来是你发现了我们要找的。但不要贸然行动。"他会服从吗?"我们是入侵者,如果会被射击,最好是躲在众品公司的船壳里,而不是开着登陆船。"

深度雷达停在司克力斯地基上。在司克力斯之上,山脉和峡谷都泛着荧光。大片大片的火星尘埃精细得可以像石油那样流淌。尘埃之下,是一个个类似城市的聚落:密集的石头建筑,雕花的墙壁和圆圆的转角,还有大量的开口。两个造城族人呆住了,路易·吴也呆住了。火星人在人类空间里已经灭绝了千百年。

空气像真空一样清澈。右舷方向的地平线上有一座高山，比地球上的任何山都要高。当然啦，这是奥林帕斯山①。一条白色的东西飘浮在火山口上。

"探针号"俯冲下去，又在新月形沙丘上方升高。那个白色的物体仍然可见，浮在峰顶上五六十码的位置。住在那东西上的居民也一定清楚地看到"探针号"了。

"喀密?"

"我在。"

路易压低自己的声音，几乎在小声耳语："我们发现了一座飘浮的摩天大楼。也许有三十层楼高，带有飘窗和汽车着陆棱台，外形像个双锥，很像我们第一次来时占领的那个建筑。"

"一模一样?"

"不完全一样，但很相似。而且它飘浮在火星最高峰的上面，就像是一个该死的指示牌。"

"听起来确实像是给我们的信号。要我传送过去吗?"

"不着急。你有没有发现什么?"

"我发现了瀑布里一个巨大的舱盖轮廓，足够通过一个舰队，也可以盖住'上帝之拳'。可能有打开它的办法，我还没有试过。"

"别，先待命。'幕后人'?"

"我有辐射和深度雷达扫描。那座建筑辐射的能量很少。但磁悬浮并不需要多少能量。"

"里面有什么?"

"看这儿。""幕后人"给他们发了一幅图。在深度雷达下，那

---

①奥林帕斯山(Mons Olympus)是火星上的盾状火山，亦为太阳系中已知最高的山，高于基准面21,229米，将近地球珠穆朗玛峰的两倍多。(译注)

建筑显示出半透明的灰色。这似乎是一个悬浮建筑,被改造成可以移动的,里面有燃料箱和空气交换机,安装在第十五层。傀偏师说:"结构坚固,由混凝土或某种类似密度的材料建成。泊车港没有任何车辆。塔顶和地库的那些东西都是望远镜。我无法判断这个建筑是否有居民……"

"好吧,这就是问题。我定个大致战略,你们告诉我它怎么样:第一步,擦着峰顶上方飞过去,速度尽可能快。"

"这会让我们成为完美的打击目标。"

"我们现在已经是打击目标了。"

"至少不会有奥林帕斯山内部的武器向我们开火。"

"不管了,我们有众品船壳呢。如果没遭到打击,我们就执行第二步:用深度雷达扫描那个火山坑。如果发现里面除了坚实的司克力斯之外没有别的,就执行第三步:将那座建筑汽化掉。我们能做到吗? 速战速决?"

"可以的,不过我们的能量储备只够干一次。第四步是什么?"

"以最快速度飞进去。喀密待命,想办法救我们出来。现在告诉我,在这个过程中你会不会半途就吓傻了。"

"我不敢。"

"等一等。"路易突然想起来,他们的造城族客人也已经吓得不敢吐气了。他对哈卡比帕洛林说:"如果还有什么可以挽救这个世界,那它就在我们脚下。门已经找到了,但发现门的不只我们。我们对对方一无所知,对方对我们也一样。明白吗?"

造城族女人说:"我很害怕。"

"我也害怕。你能让那个男孩冷静下来吗?"

"那你能让我冷静下来吗?"她勉强笑了一下,"我会尽力。"

"'幕后人'，出发。"

"探针号"以二十个重力的加速度一跃而起，翻滚一圈突然倒悬着停下来，几乎与那个飘浮的建筑并排。路易的肚子也翻滚着，两个造城族尖叫不已，卡瓦勒斯克森嘉约克死死地抓着他的胳膊。

肉眼能看到，那火山口被冷却的岩浆堵塞着。路易看着深度雷达上的图像。

就在那里！司克力斯中间有一个洞，奥林帕斯火山口里面有一个倒置的漏斗，一直往上（应该是下才对！）。它太小了，环形世界的维修设备是没法通过的，它只是一个逃生舱，但足够容得下"探针号"。

"开火。"路易说。

"幕后人"曾用这种光束当聚光灯，在近距离上它会是毁灭性的。那座悬浮大厦变成了彗星一样的耀眼长条，一头的混凝土沸腾着，转瞬间就只剩下一片尘埃云。

路易说："俯冲。"

"路易？"

"我们留在这儿就是成了靶子。没时间了。俯冲，二十个重力。我们将自己撞出一扇门。"

褐色的大地成了他们头上的屋顶。深度雷达显示在司克力斯里面有一个洞，就要包围他们。但是所有其他感官则显示，奥林帕斯坚硬的熔岩火山口正以可怕的速度朝他们撞过来。

卡瓦勒斯克森嘉约克的指甲在路易的手臂上掐出了血。哈卡比帕洛林似乎已经僵死过去。路易做好了承受冲击的准备。

黑暗。

深度雷达屏幕上出现一种无形的、乳白色的光。在其他地方,另有一些绿色、红色和橙色的光点。那是飞行控制台上的仪表灯。

"'幕后人'!"

没有回答。

"'幕后人',给我们一点光! 使用聚光灯! 让我们看看有什么危险!"

"发生了什么事?"哈卡比帕洛林的声音透着悲伤。路易的眼睛还没有适应,但能看到她坐在地板上,双臂抱着膝盖。

客舱内的灯亮了。"幕后人"从控制台转身过来。他看起来似乎萎缩了,已经半蜷起来。"我再也干不了这种事了,路易。"

"我们不能使用控制台,你知道的。打开聚光灯,让我们看看外面。"

傀儡师碰了碰控制台。一束白色的漫射光洒在驾驶舱前面的船体上。

"我们被卡住了。"傀儡师一只头朝下看了一眼,另一只头说,"是熔岩。外层船壳有七百度。我们在静力场里的时候熔岩倾泻在船体上,现在冷却了。"

"听起来像是有人等着我们。我们现在还是倒悬着的吗?"

"是的。"

"所以我们不能加速上升,只能下降。"

"是的。"

"想试试吗?"

"你在问什么啊? 我想回到你烧坏超光速引擎之前,重新开始——"

"行了,快试试吧。"

"——或者回到我决定绑架一个人类和一名克孜人之前。

那可能真是一个错误。"

"我们在浪费时间。"

"没有地方可以散发'探针号'的多余热量。使用推进器的话,需要进入静力场的时间会提前一两个小时,到时候就只能等待了。"

"那么,先等一下。你的深度雷达上有些什么?"

"各个方向都是火成岩,带有冷却后的裂缝。等我放大一下看看……路易,我们下面有六英里的司克力斯地板,上方是一层更薄的司克力斯天花板,离我们大概十四英里。"

路易开始感到恐慌了,"喀密,你明白这意味着什么吗?"

他得到的答案完全出乎预料。

他听到一声号叫,带着非人类的痛苦和愤怒,随即看见喀密从踏碟上蹦出来,手臂捂着眼睛在全速奔跑。哈卡比帕洛林急忙闪身给他让路。水床绊住了克孜人的膝盖,他从床上滚过去,落在地板上。

路易已经飞速取来了淋浴头,他把水量开到最大,跳过水床,把肩膀抵进喀密的腋窝,往上架起来。喀密的身子隔着毛皮也是滚烫的。

克孜人站起来,任由路易拖拉进了冷水流中。他动了一下,让水冲到自己身上每一部分,然后瑟缩着把脸埋进了水流。过了一会儿他才说:"你是怎么知道的?"

"再晚一点就能闻到了。"路易说,"你这身烧焦的皮毛是怎么回事?"

"突然之间我就着火了。控制台上有一打的红灯在闪。我跳过去找到踏碟。登陆船如果没有被毁,它应该还是在自动驾驶状态。"

"我们得查清楚。'探针号'被卡在熔岩里了。'幕后人'?"路易转向飞行舱。

傀偏师蜷缩着,两只头藏在肚子底下。

这次的震撼太大了。不难理解傀偏师为什么会这样。驾驶舱的屏幕上显示着一张有点熟悉的面孔。

放大后,路易发现这张脸正从一个矩形的方框向外看,这儿曾经显示着深度雷达的投影。那是一张面具一样的脸,像是用旧皮革做出的一张人脸翻模,但又不完全是。它没有头发,颌骨是僵硬的新月形,没有牙齿。深深的眉脊下面,一双眼睛若有所思地往外看着路易·吴。

第三十章 轮中之轮:套中之套

"看来你们损失了个飞行员。"面孔粗糙的闯入者告诉他们。它飘浮在船体外的半空中:扭曲的头、保护者那种甜瓜大小的肩膀,在紧紧包围着他们的黑色岩石中,仿佛是个幽灵。

路易只能点头。震撼实在来得太快,而且来自完全不可能的地方。他意识到喀密正站在他身边,浑身滴着水,默默地研究着这个潜在的敌人。两个造城族人则完全哑了。如果路易能读懂他们的面部表情,那一定是更接近敬畏或狂喜,而不是恐惧。

保护者继续说:"这里可以把你们彻底困住。过一会儿你们就会进入静力场,那以后的事情就不用说了。我总算放心了。我还拿不准自己是否会杀了你们。"

路易说:"我们还以为你们全都死了。"

"派克人二十五万年前就灭绝了。"保护者的嘴唇和牙龈有些粘连,把一些辅音发错了,但它讲的是星际语。为什么是星际语呢?"他们染上了一种绝症。你的假设是对的,保护者都死了,不过生命之树还活着,就在火星区域的下方。有时它会被发现。我猜长生不老药就是在这里制作出来的,那时保护者需要换取一些工程的资助。"

"你是怎么学会星际语的?"

"我从小到大都会。路易,你不认识我了吗?"

这就像是在肠子里面划了一刀。"蒂拉! 怎么可能?"

她的脸像面具一样坚硬,怎么可能表达出感情呢? 她说:"一个小知识。你知道那句格言吧? 追寻者一直在寻找大拱弧的基座。我在他面前显示了我良好的教育,告诉他那基座并不存在,这个世界是一个环。他极其生气。我告诉他,如果他想找的是一个可以统治这个世界的地方,那么,他应该去找那个建筑棚子。"

"是维修中心。"路易向驾驶舱投去一瞥,看到"幕后人"变成了一条拉长的白色脚凳模样,上面装饰着红色和薰衣草色的宝石。

"那里当然会成为维修中心,也是权力中心。"保护者说,"追寻者想起了大洋的故事。这似乎是一个合理的地点——遥远的距离、暴风雨、有着几十种掠食动物的生态环境……共同构成了天然屏障。天文学家曾经从大拱弧上很远的地方研究过大洋,追寻者记得许多,足以给我们画出地图来。

"我们在大洋上穿越了十六年,那次航行留下了一些传说。你知道吗? 那些地图区域都是按族群分布并任由他们自然发展的。克孜人已经向地球区殖民。我们要不是捕捉到克孜殖民地的一艘船,就无法继续下去了。大洋里有很多岛屿其实都是巨型的生命形式,背上覆盖着植被,会在水手们毫不提防时潜下水去——"

"蒂拉! 怎么可能? 你怎么会变成这样?"

"一个小知识,路易。我从来没有想明白环形世界的工程师到底来自哪里,等我明白却为时已晚。"

"但是,你运气很好啊!"

保护者点了点头,"被选育出来的好运,皮尔森的傀儡师干预了地球的生育法律,制造了生育彩票。你们以为这事成功了,但我始终认为,这事十分愚蠢。路易,你真的会相信,六代生育彩票的中奖人就可以生出一个幸运的人类吗?"

他没有回答。

"而且只有一个?"她似乎在嘲笑他,"考虑一下那些生育彩票的中奖人,他们其他后代们的运气又会如何呢? 在两万年的时光里,他们一定早早走在离开银河系的路上,逃离银核的那场爆炸。为什么不来环形世界? 这里的宜居面积是地球的三百万倍,而且还可以移动,路易。环形世界是为我们未出生的后代准备的。如果我能救环形世界,那么我们二十三年前来到这里就是他们的幸运,追寻者和我发现了奥林帕斯山的入口是他们的幸运。好运属于他们,而不是我们这一代。"

"他也跟你一样了吗?"

"追寻者当然已经死了。我们都渴望生命树的根,最后快疯掉了,但追寻者实在太老了,最后树根要了他的命。"

"我真不该离开你。"路易说。

"我没有给你选择,也没有给自己——不知你是否还相信运气。我现在也没有选择。保护者有很强的本能。"

"你相信运气吗?"

她说:"不信,但愿我能信。"

路易翻开双臂——这是无可奈何的手势——然后转身走了。他一直知道自己还会再次见到蒂拉·布朗的,但绝对不是这样相见! 他挥了挥手,睡眠场开启,他浮了起来。

幕后人算是有先见之明,早早爬进了自己的肚脐。

但人类不能把耳朵关上。路易半蜷着身子悬浮着，双臂遮在脸上，但他还是听见：

"动物对话官，祝贺你重获青春。"

"我的名字是喀密。"

"请原谅。"保护者说，"喀密，你怎么会来这里？"

克孜人说："我陷入了三重困境。先是被'幕后人'绑架，然后被路易掐断了逃离环形世界的路，现在被蒂拉·布朗困在地底下。这真是一种可怕的惯性，我必须打破它。你跟我打一架吧，蒂拉。"

"除非你能碰到我，喀密。"

克孜人转身走了。

"你想拿我们怎么办？"卡瓦勒斯克森嘉约克用造城族的语言问到，通过翻译机传出星际语。

"不怎么办。"蒂拉用造城族的语言回答。

"那我们在这里该做什么？"

"什么也不做。我已特别留意了，让你们什么也不能做。"

"我不明白。"男孩快要哭了，"你为什么要把我们埋在地下？"

"孩子，我要尽我的职责。我必须阻止 1.5×10^{12} 的谋杀。"

路易睁开了眼睛。

哈卡比帕洛林激烈地抗议起来："但是我们来这里就是为了阻止死亡！难道你不知道世界已经偏离了中心，正在滑向太阳吗？"

"我知道。我组建了维修小组，一直在环形世界上重新安装方向调节器，扭转你们的物种造成的破坏。"

"路威-吴说那是不够的。"

"确实不够。"

路易·吴全神贯注地听着她们的对话。

图书管理员摇摇头,"我不明白。"

"通过方向调节器,我们把环形世界的寿命延长了一年。额外的一年,对于3×10^{13}个智慧生命而言,相当于地球上的每一个人都获得额外一千年的寿命。这还是有价值的,我的合作者们都同意这点,包括那些不是保护者的。"

从保护者皮革一样的脸上,路易依然能辨识出蒂拉·布朗的面部线条。下颌关节处凸起了,头骨膨胀,以容纳更多的脑组织……但这的确是蒂拉,这让他痛苦万分。她为什么还在这里?

旧习难改,路易开始习惯性地分析:她为什么还在这儿呢?一个垂死的保护者,在一个注定毁灭的人造世界上,她不该这么空闲,跟自己这群受困者闲聊。她以为自己在做什么?

他转身面对她,"你组织了维修小组,是吗? 他们是谁?"

"我的外表帮了些忙。至少大部分的类人族会听我的。我把几十万个环形世界居民聚集到一起,他们是从不同的族裔中挑出的,然后把三个带来这里变成保护者:一个溢山人、一个夜族人,还有一个吸血族。我希望他们能看到我所无法看到的解决方案。他们有不同的观点。例如吸血族,在改变之前还是一种非智慧生命。

"但他们都让我失望了。"蒂拉说。看起来她似乎有很多时间来娱乐这几个被困的外星人,一直到环形世界擦到阴影方块上!"他们没有想出更好的办法。所以我们把剩余的巴萨德冲压发动机安装在边缘墙上。现在还差一个就安装完了,根据剩下的保护者的安排,我的小组将会装备环形世界的全部飞船,把大家带到附近一些安全的星球上。一部分环形世界的居民是能生存下来的。"

"那就又回到了原来的问题。"路易说,"你的船员在努力工作,那你在这里做什么呢?"我猜对了!她正想告诉我们点什么!

"我是来阻止一场对一万五千亿个智慧生命的大屠杀的。我发现了大量的中微子排放,那是从人类空间制造的太空推进器里排出的。我来到唯一可能的犯罪现场,就地等待。你们来得正好。"

"我们来得正好,"路易表示赞同,"但是该死,你很清楚,我们根本不是来谋杀谁的啊。"

"就差一点。"

"为什么?"

"我不能告诉你。"

然而,她没有表现出要结束谈话的样子。蒂拉是在进行一场奇怪的比赛,他们只好猜测比赛的规则。路易问道:"假设三十万亿的居民中,你只要杀死1.5万亿就能拯救环形世界,作为一个保护者,你会这么做的,对吗?用5%来换95%。这样似乎是……最高效的。"

"你能对那么多智慧生命产生同情吗,路易?还是说你一次只能想象一个人的死亡,而你自己是这场灾难的主角?"

他没有回答。

"三百亿人居住在人类空间,想象一下所有人都死了。再想象一下五十倍那么多的人口的死去,比如说死于辐射中毒。你能感受到这么多人的痛苦、怨恨,以及彼此之间的情感吗?这个数字太大了。你的大脑没法想象,但我的可以。"

"哦。"

"我不能做这种事。我也不能让这种事发生。我知道我必须阻止你们。"

"蒂拉,想象一个阴影方块以每秒700英里左右的速度沿着环形世界横扫下来。想象一下随着环形世界的解体,千倍于人类空间的人口死亡。"

"我想象过。"

路易点点头。拼图找到了几块。蒂拉会给出尽可能多的拼图,但无法拼好交给他们。所以,必须引导她给出更多的拼图块。"你刚才说到剩下的保护者? 之前有四个,现在除了你之外还剩一个,对吗? 另外两个发生了什么事?"

"那两个保护者离开维修小组的时间跟我差不多。他们一定是分别离开的。也许发现了你们到来的线索。我觉得有必要跟踪并阻止他们。"

"真的吗? 但如果他们是保护者,他们肯定也跟你一样,不忍心杀死1.5万亿活着的类人居民。"

"但他们可能会用某些方法安排这样的事情发生。"

"某些方法。"路易现在对措辞很小心了。他很高兴这时没人来打断他。甚至喀密,那个轻声细语的外交官,也没有插嘴。"这个方法,是不是任由我们这些繁育者抵达环形世界上唯一可以犯罪的场所——如果你没有拦住他们的话?"

"也许是。"

"让这些精心遴选出的繁育者找不到生命树。"压力服! 怪不得蒂拉那时一直在找一艘星际飞船。"再用某些方法让他们意识到这种局面,让一个保护者在杀死他们之前精心考虑退路。最后找到办法,杀死天文数字的繁育者以拯救更多。你认为你阻止了这一切吗?"

"正是。"

"而这里就是唯一可以犯罪的场所?"

"否则为什么我在这里等着?"

"还有一个保护者呢。他会来找你吗?"

"不会。夜族保护者知道,她将独自一人留下来监督疏散。如果她试图杀死我,而我又杀了她,繁育者们就可能在途中死亡。"

"你似乎确实会轻易杀人呢,"路易恨恨地说。

"不,我不能杀害环形世界人口的5%,我也不知道能否杀了你,路易。你是我自己族裔的繁育者,从这个角度说,在环形世界你是唯一的一个。"

"我想了好些办法来挽救环形世界,"路易·吴说,"不知你是否了解一种大规模的嬗变装置,我们懂得如何运用它。"

"派克人没有那样的东西。这可不是你最聪明的推测,路易。"

"如果我们可以在两个大洋中的一个下面打开一个洞,然后控制水流外泄,就可以利用反作用力,把环形世界推回原位。"

"很聪明,但你不能开那样的洞,开了也没法堵住。再说,还有一个方案损害更小,但依然有损害,我不会允许的。"

"那你会如何挽救环形世界呢?"

保护者说:"我救不了。"

"我们在哪里?维修中心的这个部分发生了什么?"

过了很长一阵,保护者才说道:"我不能告诉你更多,你已经知道得够多了。我看不出你能如何逃脱,但我必须考虑这个可能性。"

"我不干了,"路易·吴说,"我让你,让你这无聊的游戏见鬼去吧。"

"好吧,路易。至少你永远不会死。"

路易闭上了双眼,在失重里蜷成一团。这个自以为是的婊子!

"在你们进入静力场之前,我会一直陪着你们,"蒂拉说,"但对你们的舒适度我无能为力。你们几个叫什么名字?从哪里来?你们都是征服了环形世界和群星的种族。"

真是聒噪。为什么人类的耳朵就不能自己盖上呢?有没有哪个类人族具有这种能力?

卡瓦勒斯克森嘉约克问道:"在做'瑞色舍那'的时候,什么叫作魔法师体位?"

"如果遇到一个新的物种,这就很重要,是不是,孩子?在我看来,'瑞色舍那'只适用于繁育者。而我们还是热爱这项活动。"

男孩高兴得不得了,他表现出无限的惊奇。蒂拉跟他讲了她的伟大征程。她的探险队曾经被葛洛格人困在道恩区域,然后又被一些奇异的居民解放。在克孜区域,有一些类人的原始动物,很久以前从地球区域进口而来,在那里按不同特征被饲养和繁殖,到最后它们变得彻底不同,就像狗在人类空间的驯养那样。蒂拉的探险队就藏在他们中间,他们偷了一艘克孜人的殖民船,曾经捕杀了一头吃磷虾的海岛野兽,并把它的肉冷冻在一个空的液态氢气罐里,吃了好几个月。

终于,他听见她说:"我得去吃东西了,但我很快会回来的。"然后周围安静了下来。

几分钟的清净很快就结束了:一排钝钝的牙齿轻轻咬在路

易的手腕上。"路易,醒醒。我们可没时间让你颓废。"

路易翻身过来,关掉睡眠场。他望着眼前的有趣景象,欣赏了好一阵:一个傀儡师旁边站着一个年轻的克孜人。"我还以为你不干了呢。"

"一种非常接近现实的错觉。我差点儿想让事情顺其自然了,"傀儡师说,"蒂拉·布朗说我们不会死,这是真的。环形世界的大部分会解体,自由飞行,飞到彗星晕圈之外。我们甚至哪天会被人找到。"

"我也有这种感觉了,准备放弃。"

"保护者一定已经死了二十五万年了,是谁跟我这么说的?"

"如果你还有丁点常识,就不会听我的了。"

"还没那么糟,请行行好。我有种感觉,保护者是想告诉我们点什么。派克人是你们的祖先,而蒂拉更是来自你的文化。告诉我们该怎么做吧。"

"她要我们为她干脏活儿,"路易说,"但她从头到尾都很矛盾。靠! 你研究过布伦南变成保护者之后的那些采访。保护者具有很强的直觉和超人般的智慧,这两者之间必然存在冲突。"

"我想不出来她想我们干什么脏活。"

"她知道怎样可以挽救环形世界。他们全都知道。杀死5%,挽救95%——但他们自己干不了。甚至也不能让别人来干,但他们又必须让别的什么人去做点什么,非常矛盾。"

"说具体点?"

那些数字在路易的脑子里打转。为什么? 该死。"蒂拉挑选了那个建筑,因为它看起来像哈尔罗蒲丽尔拉拉尔的悬浮监狱,那是我们第一次探险时征用的。她挑选它,是为了引起我们的注意,她把它放在这里,就是希望我们来。我不知道维修中心的这个部分具有什么功能，但在这个十亿立方英里的大盒子里，这里肯定是正确的位置。我们必须解开剩下的谜题。"

"然后呢？她确定我们被困住了吗？"

"无论我们尝试什么，她都会试图阻止我们。我们必须杀掉她——这就是她在告诉我们的。我们只有一个优势：她在求败。"

"我跟不上你的思路。"傀儡师说。

"她希望环形世界存活下去。她希望我们杀了她。她已经尽可能告诉了我们一切。但即使弄明白了，我们真的可以杀死那么多的智慧生命吗？"

喀密说："蒂拉真可怜。"

"是啊。"

"我们怎么能杀了她呢？如果你是对的，那她一定已经为我们安排好了。"

"我很怀疑，我猜她是在尽力避免为我们做什么安排。因为只要是我们能做的，她都一定会阻止。没有人帮我们，按照本能，她是会杀死外星人的。因为我在这儿，她可能就犹豫了关键性的半秒钟。"

"很好。"克孜人说，"大型武器都在登陆船上，而我们现在嵌在岩石里面。踏碟是连到登陆船的，链接还开着吗？"

"幕后人"回到驾驶舱，回答："是打开的。火星区域的司克力斯只有几厘米厚。不需要承受环形世界地基的巨大阻力。我的仪器可以穿透它，所以踏碟应该也可以穿透。这是我们迄今最好的运气。"

"好极了，路易。我们一起过去？"

"当然，登陆船上的温度是多少？"

"我不知道。有些传感器烧坏了,""幕后人"说道,"如果登陆船可以使用,当然好,如果不能,就把你们的设备拿了赶紧回来。如果条件难以忍受就立即返回。我们需要搞清楚面对的困难是什么。"

"显而易见的下一步,"喀密同意,"要是登陆船无法操作怎么办?"

"我们还有一条出路,"路易说,"但必须有压力服。'幕后人',别坐着干等我们回来。找出我们所在的位置,并找到蒂拉。她应该会在一个开放空间,是适宜农作物生长的地方。"

"遵命。我猜我们是在奥林帕斯山下面比较深的地方吧。"

"别太相信这个猜测。她完全可能用了高强度激光束把我们锁在静力场里,然后拖到某个位置,把岩浆倒在我们上面。那个位置才是谋杀现场。"

"路易,她到底期望从我们这里得到什么? 你对此有些什么看法?"

"几乎说不上是看法,先不说这个吧。"路易点拿了几块浴巾,递了一块给喀密,然后又要了一双木拖鞋,"准备好了吗?"

喀密跳到踏碟上,路易紧随其后。

第三十一章　维修中心

完全像是跳进了烤箱。路易有木拖鞋,但喀密的脚没有保护,除了地毯。克孜人消失在楼梯口,每挨到一次金属就惨叫一次。

路易屏住呼吸,他希望喀密也这么做了。这里实在太烫了:感觉足以把肺烧焦。地板倾斜了四五度。他望向窗外,这真是一个错误:外面的景象令他难以置信,他一下子僵住了。在阴郁的黑暗中,一只沙鲨正在寻找什么,这是在海水里,怎么回事?

有那么两三秒钟他完全呆住了。他下楼梯的时候比喀密要小心得多,拼命忍住呼吸,时不时用鼻子喷出一口气,把不小心还是钻了进去的火炉般的热气排出去。他闻到了焦味、腐臭味、烟味,还有纯粹的热量。

喀密正在包扎烧伤的手,脖子上的毛都蓬得老高。储物柜的把手都是金属的。路易用毛巾把手缠上,打开储物柜,喀密则用他的毛巾扒拉出柜子里的东西。压力服、飞行带、粉碎机、超导布……路易拿起压力服头盔,打开了空气供给,然后在脖子上垫上毛巾,把头盔套到了头上。吹拂在他脸上的风是温热的。他猛吸一口甜美的空气,胸口剧烈起伏着。

喀密的压力服没有分离式头盔,他不得不先把全身穿上,并密封起来。路易的耳机里传来一阵急剧刺耳的可怕喘息声。

"我们在水下。"路易喘着气,"他妈的为什么这么热?"

"等一会儿再问,先帮我拿着这个。"喀密一把捞起他的飞行背带、抗冲击盔甲、一卷黑线、一大块超导布,还有沉重的双把手粉碎机,朝楼梯冲过去。路易摇晃着跟在他之后,拿着蒲丽尔那套飞行背带、激光手电筒和和两件压力服,以及几套抗冲击盔甲。他身上的肉已经快要沸腾了。

喀密在驾驶舱的仪器前停了下来。透过窗户,看到外面冒着泡泡的墨绿色海水,一群小鱼在一大片海藻林里穿梭。克孜人大声嚷道:"看到了,表盘……快记下来,蒂拉朝我倾泻热量……是微波爆炸。生命支持失灵。司克力斯斥力板失灵。登陆船下沉。渗水阻止了……微波。登陆船还是很热因为……散热泵最先烧掉……隔热性完蛋了。我们不能使用登陆船了。"

"靠。"路易跳上了踏碟。

他扔下带在身上的东西,汗水不停地流进他的眼睛和嘴里。他打开火热的头盔,吸进大口的凉爽空气。哈卡比帕洛林用她的肩膀顶在他的胳肢窝下,半背着把他拽到床上,用造城族语言低声抚慰着他。

喀密还没有出现。

路易重新打起精神,把头盔罩在头上,摇晃着回到踏碟。

喀密正在控制台前忙活。他把自己的装备塞到路易的怀里。"拿着,我马上与你会合。"

"遵命。"

路易还没脱完他的压力服,克孜人就在"探针号"里出现了,他脱光自己的衣服，"我们不用着急，路易。'幕后人'，登陆船是废了。我将它设置为聚变引擎起飞，让它飞到奥林帕斯山上，纯粹为了打一个掩护。蒂拉可能会浪费几秒钟去摧毁它。"

"幕后人"在麦克风里回答："好的。我这边有一些进展，但我还不能告诉你们。蒂拉能窃听我们的通信。"

"那怎么办？"

"幕后人"从驾驶舱传送过来，现在他说话可以不用机械辅助了。"我的大部分仪器都失灵了。但我知道我们的方位。我发现了大规模的中微子排放源，可能是来自一个聚变发电厂，在两百英里远，顺旋方向左舷侧。深度雷达显示了我们周围是一个个的中空的房间，有些巨大无比，而且安装有重型机械。我相信我已经认出了那个大房间，里面存有维修小组的脚手架，这是从它的大小、形状以及在地板上的支架判断出来的。房间的出口是一个巨大的呈弧面的门，就在火星区的高墙上，隐藏在瀑布后面。我还找到了一些储存空间，那里面一定是些用来修补陨石撞击坑的补丁块。还有一个气密舱，应该是小型航天器，可能是战斗机——我没法识别。一共六个气密舱，全都在瀑布下面。我设法——"

"'幕后人'，你该去找到蒂拉·布朗！"

"我刚才不是听到你劝导探路易·吴要有耐心吗？"

"路易·吴是人类，他懂得耐心是什么。你，你这头四处啃草皮的野兽，你的耐心完全过头了！"

"而你竟然提议谋杀一个人类变种的派克保护者。希望你不是在期待某种决斗——大叫一声，跳过去，蒂拉就会跟你赤手对决？我们必须用智慧来跟蒂拉斗争，耐心点，克孜人。记住我们所面临的危险。"

"说下去。"

"我设法在地图上找到了奥林帕斯,它在反旋方向,离我们八百英里的左舷侧。我猜测,蒂拉对'探针号'施加了重型激光的射击,或是诸如此类的武器,把我们锁在了静力场中,又趁机把我们拖了八百英里。我猜不到原因。"

路易说:"她把我们拖到一个地方,准备随时用熔化的岩浆倒在我们头上,变成她假想中的多重谋杀案现场。我们仍然有很多搞不懂的地方。该死,也许她高估了我们的智慧!"

"这话留着对自己说吧,路易。那些房间在我下面,"傀儡师的一只头向上翘着,"几乎在我们之上,按船的朝向,能看出是许多复杂的房间,可以感应到大量的电力活动,而且还有足够的中微子脉冲发射,表明有半打深度雷达装置。

"我还发现了一个半球,直径38.8英里,带有另一个移动中微子源,输出是随机的,就像聚变发电厂那样。你们离开的那几分钟它没有移动多远,但它的移动可能遍布整个半球的一百八十度圆顶,用时15±3小时。在你们俩看来,这暗示了什么?"

"人造太阳,农业……在哪里?"

"离火星区右舷边缘两千五百英里。但如果要从奥林帕斯山过去,必须搜索右舷方向偏反旋十二度那边。可能有能穿透的墙壁。你带上手持粉碎机了吗?"

"我带了,看来不是完全没道理。'幕后人',如果登陆船能到达奥林帕斯山,那么我们就可以用踏碟,从登陆船的货舱门直接出去。不过蒂拉会先把它打下来吧。"

"她为什么要打?我们还没有登上去呢。她有深度雷达,她会知道的。"

"呃……那她会跟踪登陆船,等到我们出现,再灭了我们。

这就是你们傀儡师的智慧？你们就是这样在树叶里神出鬼没的吗？"

"是的。你将在登陆船到达前好几小时就进入奥林帕斯山，我会让探测器跟着我们，那里面有一个踏碟接收器。当然，这样你就没法回到'探针号'上了。"

"呃，听起来是可行的。"

"你会用到什么设备？"

"压力服、飞行背带、激光手电筒、粉碎机，我还带了这个，"喀密指着超导布，"蒂拉不知道这种东西。或许这能帮到我们。我们可以缝进衣服里，盖住压力服。你，哈卡比帕洛林，你会缝衣服吗？"

"不会。"

路易说："我会。"

"我也会，"男孩说，"但你得告诉我你想要怎么弄。"

"我会告诉你的。不需要缝得很好。我们只好寄希望于蒂拉将使用激光，而不是弹射武器或战斧。抗冲击盔甲没法套在压力服外面。"

"不一定，"路易说，"喀密，你的抗冲击盔甲可以套在我的压力服外面。"

"那裹得太厚了，会拖慢移动速度。"

"也不一定。哈卡比帕洛林，你那里如何？"

"我不明白，路易。你们跟保护者是要开战还是要并肩战斗啊？"

"她在与我们作战，但她潜意识里希望自己失败，"路易轻轻地说，"然而她又不能明说。她的游戏规则内置在大脑和腺体里面。你相信这些东西吗？"

哈卡比帕洛林犹豫了一下,说:"保护者表现得像——像是有人在监督她的言行举止,而她怕那个人。有点像我在潘斯大厦受训练时那样。"

"监督者是蒂拉自己,事情就是这样的。现在你知道了,如果失败,整个世界就会灭亡,你还能同一个保护者战斗吗?"

"我想可以。最起码,我也能让保护者分心。"

"好,我们带你一起走。我们还有一些装备,本来是为另一位造城族女人准备的。我会尽力教你怎么穿。喀密,让她把抗冲击盔甲穿在压力服和超导体布之间。"

"她可以用哈尔罗蒲丽尔拉拉尔的激光手电筒。我自己的不小心弄丢了,用粉碎机代替。我知道如何操作备用电池让它们在瞬间释放能量。"

"这些电池出自傀偏师,我们设计它时早就考虑到了安全问题。""幕后人"有点疑惑。

"反正让我试试吧。接下来您必须关闭所有通信渠道。而且。可能没等我们在这里折腾完,蒂拉就用完餐回来了。但愿我们能有更多时间。路易,快跟卡瓦勒斯克森嘉约克说说怎么缝制衣服的外层,用超导线。"

"是啊,我也想到这一点。该死,希望我们时间再多些。"

他们跳上踏碟,身上鼓鼓囊囊全是东西。

哈卡比帕洛林裹在层层布料之下,已经看不出身材了。她的脸在头盔里绷得很紧,精神高度集中。压力服、飞行背带、激光手电筒——能记清楚身上穿戴的每一样东西如何操作就够难了,可还得战斗。从远处看,被厚布包裹着的人可能会被误认为路易·吴。蒂拉可能会因此犹豫——任何招数都试试吧。

她走了,路易紧随其后,打开了飞行背带的开关。

喀密、哈卡比帕洛林和路易·吴三人在空中飘浮着,就像黑色的面巾纸球,飘在奥林帕斯山的铁锈色山坡之上。探测器已经不在空中了,它大概一直悬停到燃料耗尽,然后掉下去滚落在山坡上,摔得稀烂了。不过还好,踏碟没有受损。

路易下巴底下的表盘显示,这里的空气非常稀薄、非常干燥,含有丰富的二氧化碳。他们对火星的大气层模仿得还真不错,但这儿的引力几乎与地球相同。火星人是如何活下来?他们一定适应了这里吧,浮在粉尘的海洋里生活。比他们的已然灭绝的堂兄弟更强壮……喂!想想正事!

火山口边缘在坡上四十英里。他们花了十五分钟,哈卡比帕洛林落在最后。她飞得有点跌跌撞撞,一定是在不断摆弄各种飞行控制。

火山口的坑底被铁锈色的粗糙石门封着,它已经从下方和内部被炸开。

他们一头扎进黑暗。

他们被飞行背带托举着。飞行背带本来不会管用的——斥力板跟上面和下面的司克力斯层都会发生作用。但上面的司克力斯无法承受多大的力量,因为比下面的环形世界地基板要薄得多。

路易把视域切换到红外线档(他希望哈卡比帕洛林也会记得这么操作,否则她就会被亮光刺瞎)。下方有热辐射——是一个小而明亮的圆,周围环境则宽广而模糊,其中三面墙上,一摞摞圆盘旁边是修长的梯子。在巨大房间的中间,升起一座圆环叠成的斜塔。他们从那些圆环穿过,一环一环地落下。线性加速器?通过奥林帕斯山向上瞄准?这么说来,那些圆碟可能是保护者的一种作战平台,等待发射升空。

地板被砸出了一个洞,他们穿过洞继续下降。哈卡比帕洛林还跟他们在一起。那个发热点仍然在下面,越来越近。

十二层楼,紧紧叠在一起,每一层都有一个洞。"探针号"撞掉了相当大一片,连最底层的那个裂口也很大⋯⋯红外光从那里穿过。再下一层的那个空间温度很高。喀密在路易之前钻了进去,片刻之后他又飘回来,停在上面一层地板上。

他们在无线电中沉默着。路易模仿喀密,钻进最后那个洞,发现自己被红外线炙烤着。这里散发着巨大的热量,而伸向远方的那条隧道光线更亮。

路易升上去跟喀密会和。他朝哈卡比帕洛林挥手,她轰的一声落在他的身边。

没错,"探针号"就是从那条隧道被拖走的,那么大的热量,把船上的静力场都触发了。跟过去很容易⋯⋯只是都会被烤焦的。现在怎么办?

跟上喀密。他正迅速地飘走,他脑袋里在想什么?要是能说话就好了!

他们正在通过居住区。对于试图高速飞行的人来说,这儿非常逼仄。一个个小房间有的没有门,有的是那种铁框门。完全没有遮挡隐私的帘子。派克保护者是怎么生活的呢?看一眼这些小房间,足见斯巴达式的简朴。在一个小隔间的地板上有一副骨架,关节非常大,头骨呈冠状。另外一个大房间里,满满地堆着一些类似运动器材的东西,甚至有个攀爬架,看着有一英里高。

他们飞了好几个小时,时不时会碰到几英里长的直线通道,可以高速飞过。其他时候则要小心选择方向。

遇到门挡住去路,就让喀密处理:所有的门都被粉碎机解体,变成一团单原子尘云,一吹就散开了。

一扇大门被打出一团尘土,等尘埃落定,门还是在。这是一块空白的矩形。一定是司克力斯,路易想。

喀密带着大家往左走,绕开那道门。路易落到哈卡比帕洛林的后面,向后飞去,警惕着蒂拉·布朗的出现。那扇大门仍然关闭着。如果门的背后就藏着蒂拉·布朗,她也无法透过司克力斯探测到他们。就算是保护者,能力也有限。

他们本来可以一直顺着通往"探针号"的隧道上方移动,但他们没有这样做。喀密以"探针号"的位置为参照,带着大家往右舷方向偏反旋十二度,去往一个庞大的半球形空间,那里有一个不停移动的中微子源,这时上升到墙的一半的高度。好极了。

他们只要可能就往右转,路过了另一道司克力斯门,但这道门并没有挡路。不管他们绕过了什么,那东西一定很大。应急控制室? 他们可能还想回头找到它。

十四个小时过去了,几乎行进了一千英里,他们才停下来休息。他们睡在齐腰高的金属环里,这些环放置在一大片地板中央,用途不明——但他们不会遭到任何偷袭。路易感到越来越饿,想要吃点糖浆之外的有营养的东西,脑子却在想:蒂拉是不是已经吃完了,忙完活儿又饿了呢?

他们继续飞行,现在已经离开了住宅区,虽然时不时仍能看到小隔间,里面还有空空的食品储藏箱、下水管道设施,还有差强人意的平坦地板可以小睡一会儿。但这些小房间都被掩藏在巨大的舱室之内,他们无法预测那里面有什么,可能什么都没有。

当他们飞到某个房间的外围时,巨大的喧闹声震耳欲聋,直到他们离开才消停。据此判断,那儿一定有一个庞大的泵。喀密带领他们离开,炸开了一道墙壁,把大家带到一个地图房间里,那房间如此之大,路易感到自己仿佛缩小了。喀密轰掉了远侧的墙,巨大的全息图闪烁着消失,他们继续前行。

现在很近了。他们在一个停止运行的聚变发动机上面睡了一会儿。四个小时后,他们重新上路。

穿过一道走廊,前面是一片亮光,风迎面吹过来。

他们一下子浸入光明。

太阳高挂天顶,天空近乎无云,一片阳光明媚的风景在他们眼前展开:水塘、小树林、一块块粮田、一排排深绿色的蔬菜。路易感觉自己是暴露在亮光之下的一个显眼的目标。他的肩膀上粘贴着一卷黑线圈,他把线圈放开扔出去,另一端仍然连在衣服上。要是她现在开火,这东西就会辐射热量。

蒂拉·布朗在哪里?

好像不在这里。

喀密又带着他们飞过许多小山丘。他沿着弧线降落,来到一块静止的池塘边。路易紧紧跟上,后面是哈卡比帕洛林。克孜人打开他的压力服。路易刚刚降落,喀密就举起两手,掌心向外,示意把衣服紧紧封上。

不要打开压力服。他是在朝哈卡比帕洛林示意。她收到警告,但路易还是盯着她,确保她不会打开。

现在怎么办?

土地太平坦了,藏身之地看来很少——小树林,身后几个平缓的小山丘;这些都太明显了。藏在水下?也许吧。路易开始把抛出去的超导线往回卷。他们或许有好几小时来准备,一旦蒂拉到来,就什么都来不及了。

喀密脱得精光,又把超导布重新穿回去。他走到哈卡比帕洛林身边,帮她脱下他那一套抗冲击盔甲,然后自己穿上,这让她无可奈何。路易并没有干涉。

那个靠聚变驱动、散出中微子的小型太阳之下,至少没什么明显的藏身之处。能否做到呢?要是身上的超导线一直拖到池塘里,温度最高也就是水的沸点。真他妈聪明!要是离火星表面再近些,水的沸点就会在某个合适的温度上,没准真的可以做到。但他们现在离环形世界的地基太近了,空气压力几乎接近海平面。

他们可能会等上好几天。压力服中的水和糖浆是足够的,路易·吴的耐心也还能行。喀密已经脱下了压力服。他可能还会抓到猎物。

但哈卡比帕洛林怎么办?如果她打开衣服,就会嗅到生命树的味道。

喀密重新把他的压力服充上气,又把飞行背带挂在上面。他在压力服的每个脚趾上都压上石头,开始调整飞行背带,直到向上拉紧为止——很好。喀密把石头踢开,把喷气推进打开。一件空心的压力服将朝攻击者飞去。

路易想不出比这更聪明的法子。

也许蒂拉只是每隔几周才来一次这里,也许她把生命树的根储存在别处。

可是生命树到底长什么样子?是这一团团散发光泽的暗绿叶子吗?路易拔出一颗来。它的根茎肥大,像薯类。他不认识这种植物,其实他也不认识这里生长着的任何一种东西。环形世界的大部分物种,以及这里的所有东西,一定都是从银河系核心地区引进来的。

路易耳朵里传来蒂拉的大笑声。

第三十二章　保护者

路易不只是跳了起来,他甚至在头盔里大叫了一声。蒂拉的声音里带着笑,也带着那种含糊不清的辅音,这是她控制不了的,因为嘴唇和牙龈融合成了一个硬喙。"我再也不想跟一个皮尔森的傀儡师打仗了! 喀密,你以为你很厉害吗? 那个傀儡师差点儿就逮住我了。"

不知道她用了什么方法,打开了原本关闭的耳机。她是不是用同样的技术在跟踪他们呢? 要是那样的话,他们必死无疑。因此先假设她不能。

"你们的船没有信号,通信断了。我必须知道那里面是怎么回事。所以我弄了个东西放到踏碟里。我可以告诉你,那还真不容易。首先我得猜到,傀儡师可能会从他的母星带来踏碟,然后我得推断踏碟的工作原理,并构建一个……当我连接上踏碟并跳过去时,傀儡师正要去碰静力场开关! 我得猜测哪个是发射踏碟的按钮,还必须该死地尽快找到! 结果我爬出来了,而你们的船肯定陷在静力场里,没人会来帮你们。而现在我来了。"蒂拉说,路易在她的声音里听出了遗憾。

现在什么也做不了,只好等待。"幕后人"已经指望不上了,所有"探针号"上的设备也都指望不上了。除了他们手中的，什么也没有了。

听起来她好像还需要一段时间——如果她没有说谎的话。路易升起了飞行背带。

一英里、两英里……他还能继续上升。池塘，溪流，平缓的小山丘；原本的小花园在他眼中变成了一千平方英里的荒野。在左舷方向，一种树叶带花边的钟形树木形成了蔓延的丛林；在顺旋方向的右舷侧，数百平方英里的黄色灌木丛仍然保留着成排的痕迹，那是种植的时候留下的。

他在顺旋方向发现了一个很大的入口，还有至少三个较小的入口，包括反旋那边那条把他们带到这里来的隧道。

路易降到表面附近。他们现在四面受敌。他急需找到某种碗状的物体……在那里！偏离中心一点点的地方，小山丘之间有一条水流。当然可以藏在水流里！他从上方研究着，感觉快要找到关键点了。

对啊！

路易迅速回到喀密隐藏的位置，摇摇喀密的手臂，指给他看。

喀密点点头，朝他们来的那个通道跑去，拖着他的压力服，仿佛拖着一只气球。路易拉起飞行被带，挥手让哈卡比帕洛林跟上。

这是一排低矮山丘的山脊凹口，后面是一个水塘。这里可以打一场漂亮的伏击战。路易降在山头上，趴下来观察入口。他翻身过，把超导线圈扔向池塘，看着线圈的一头掉进水里。

从"探针号"里出来只有一条路。蒂拉能用的唯一踏碟通向奥林帕斯山坡上的一只探测器。他们正是跟着蒂拉的路线来到这里的。

咽下几口糖浆,咽下几口水,尽量放松。路易看不见喀密,完全不知道克孜人去了哪里。哈卡比帕洛林正看着他。路易指着那条通道,挥手示意她过去。她立刻懂了,滑下山坡。路易现在独自一人了。

这些小山真是太平缓了。那些叶子发亮的一团团暗绿色植物高度齐大腿,藏在里面一动不动是可行的,但它们会阻碍运动。

过了很长时间,在无助和匆忙之中,路易使用了压力服里面的卫生设施,然后又回到岗位,继续戒备。鉴于她对维修中心内部交通系统了如指掌,她很快就会来。可能只要几个小时,可能就是现在……

就是现在!蒂拉像一枚精确导航的导弹,出现在那个隧道顶部。刚刚瞥见她,路易就开火了。她站在一个六英尺宽的圆碟上,手抓着一根直立的柱子,上面有把手和各种控制机关。

路易朝她射击,喀密也从不知道哪里的掩护点射击。两条红光触到了同一个目标。蒂拉已经蹲下,藏在圆盘后面。她对眼前局面一目了然,精确瞄准了他们的位置。

但那张飞盘闪耀起红色的火光,往下落去。路易看了蒂拉最后一眼,她就掉到那种奇异的长着花边的树下面不见了。

她打开了一只微型滑翔伞。

那么假设她还活着,没有受伤,并很快逃走了。路易径直走到山顶,并从另一侧面看了看。还是有胜算的,他的超导线的那一头依然还在池塘里。

她在哪儿呢?

某个东西从旁边的山丘的顶上一跃而起。一束绿光将它刺穿在半空,并一直照着它,将它慢慢烧死。喀密的宇航服就这样完蛋了。随即一颗手掌大小的导弹飞向绿光的来源处,半打白色闪光从小山丘后面升起,近处响起一声惊雷般的"噼啪",表明喀密已经把傀儡师的电池成功改装成了炸弹。

蒂拉很近,她也在使用激光。要是她绕过池塘,来到山顶……路易调整着他的位置。

喀密那烧焦的衣服下落得太慢,一个保护者肯定会明白它是空的。神啊!他们该怎么战胜一个幸运的保护者?

蒂拉冒了一下头,在山坡上的位置比路易预计的要低一些,她朝路易射出一道绿光,路易的拇指还没来得及动一下她就不见了。路易眨了眨眼。头盔上的光焰屏蔽系统救了他的眼睛。但是,不知道是不是直觉,路易觉得蒂拉想置他于死地。

绿光冒出,碰到超导布就灭掉了。这一次路易得以还击。她又不见了。他不知道是否击中了她,只是瞥见她身上的柔韧皮甲有点松脱,关节显得更加肿胀:指关节像核桃,膝盖和肘部像香瓜。其实,她并没有穿戴甲胄,路易看到的是她本身的皮肤。

路易侧身滚下山丘,开始爬行,爬得很快。爬行可是件辛苦的工作。她下一步会在哪里?他从来没有玩过这样的游戏。在他两百年的生活中还从来没有当过兵。

池塘上方喷起了两团蒸汽。

在他左边,哈卡比帕洛林突然站起来开火。蒂拉在哪里?在她射出激光之前无法推测。哈卡比帕洛林站在那里,像一个穿着黑袍的靶子,然后她猛地猫下腰朝山下跑去。路易紧贴地面,向左上方爬过去。

一块岩石从她的左侧飞来。蒂拉怎么可能那么快就到了那里？石头重重地砸到哈卡比帕洛林的手臂上，扯开了她的袖子，看样子足以打碎她的骨头。造城族女人哀号起来，路易等着她倒下。见鬼！快跟踪那激光——

激光没有出现。他不应该只是看着，而应该行动。已经知道刚才的石头是从哪里飞来的。两山之间有一道空隙，他壮起胆子，飞快爬了过去，把自己和蒂拉隔在山坡两边。然后围绕着……该死！喀密现在去哪儿了？路易冒险朝山坡另一边看去。

哈卡比帕洛林已经停止了尖叫，但还在抽泣。她放下飞行背带，一只手撕掉了黑布，另一只胳膊晃荡着，已经断了。她开始脱下压力服。

蒂拉刚才在那儿。她会往哪里去？她没把哈卡比帕洛林放在心上。

哈卡比帕洛林的头盔取不下来。她跌跌撞撞滚下山，一只手使劲撕扯，一手拿着一块石头猛砸头盔的面板。

时间过了好久。蒂拉现在可能在任何地方。路易再次移动，来到一个被曾经的溪流冲出的山口，那儿已经没水了。如果他从山顶上走，她一定会看着。

她会不会猜得到他的一举一动？她可是保护者！现在她在哪里？

在背后吗？路易觉得后颈发麻。他下意识地转身，接着猛地朝蒂拉开火，一个小型金属物体飞向他的肋骨——导弹撕开了他的压力服，也撕开了他的肌肉，使他猛地偏离了目标。他用左胳膊紧掩着压力服撕裂的位置，一边拿红色激光朝刚才蒂拉的位置扫射。看见她冒出来，激光还没抵达却又不见了，一排密集的金属球在他头盔上方炸出一条条碎片。

他滚下山去，左手一直紧拽着压力服。透过伤痕累累的头盔,他看到蒂拉像一只巨大的黑色蝙蝠朝他扑过来,他飞快举起红色激光对准了她,蒂拉已经难以闪避。

该死的,她没有躲开!为什么?哈卡比帕洛林的黑色超导布现在穿在蒂拉·布朗身上。他将激光束对着她,在她杀死他之前,她也会热得难以忍受。那穿上了甲胄的恶魔朝他跳过来,身上的黑布拖着碎条,像是湿漉漉的肌肉组织。

黑布被撕碎了。为什么?等等,那是什么气味?

她突然转向一边,把激光像导弹一样射向喀密。粉碎机和激光手电筒从喀密的手上飞出去,一起坠落。

生命树的气味进入了路易的鼻子和大脑。这不像电流。飞电本身就是一种体验,不需要别的补充。生命树的气味是狂喜,但它引发了不可遏制的饥饿感。路易现在知道生命之树是什么了。它有着暗绿色的光亮的叶子,根茎像是红薯,在他的周围到处都是,那味道是——他脑子里想起了天堂的味道。

他的身边全都是生命之树,而他不能吃,不能吃,不能吃……因为他戴着头盔,他努力管住那双想要解开头盔锁的手。他不能吃,因为一个派克保护者的人类变种要杀死喀密。

他稳住激光,仿佛光束会拐个弯,绕回来。克孜人和保护者已经纠缠在一起滚着下了山坡,留下一路撕成碎片的黑布。他跟着下去,拿着红色的激光。先开火,后瞄准。你不是真的饿了,那会要你的命。你太老了,无法转化为保护者,那会要你的命。

该死的,那气味!他的大脑一阵眩晕。他拼命抵抗诱惑,这就像过去十八年的每个晚上,当他无法重置电流罩的时候。真难受!但路易还是抓着激光,等待着。

蒂拉躲过一记开膛破肚的猛踢,一时间她的腿直愣愣地戳在地上。一条红线碰到她的腿,蒂拉的胫骨闪耀出能灼伤眼睛的血红。

另一发射击消失在前方。喀密那裸露出来的粉色尾巴被照亮了一下，然后断了，像一只受伤的蠕虫在地上扭动着。而喀密似乎没有注意到。但蒂拉知道光束射出的位置，她想把喀密推过去。路易把发着红光的魔杖移开，等待着。

喀密也负伤了，身上好几个地方都在流血，但他用全身重量压在保护者身上。路易发现附近有一块边缘锋利的岩石，就像是一把仔细打磨过的拳头斧，足以劈开喀密的头骨。他松开扳机，瞄准岩石。蒂拉正要伸手去抓，石头一下燃起火来。

想不到吧，蒂拉！

该死的，那气味！就凭这生命树的气味我也要杀了你！

一只手没了，还有一截小腿。受了这么重的伤，蒂拉应该已经废掉了。但她把喀密伤得也够厉害的。他们一定都精疲力竭，因为路易清楚地看到蒂拉的硬喙搁在喀密的粗脖子上，喀密的身子扭动着。有那么短暂的一刻，蒂拉的畸形头颅后面什么遮挡物也没有。路易把光束射进了她的大脑。

路易和喀密一起动手，齐心协力，才把蒂拉紧咬在喀密喉咙上的下巴颌骨拨开。"她受本能的驱动而战，"喀密喘着粗气，"这不是她的意愿。你说得对，她是在求败。如果她想取胜，我只能求科达普特保佑了①。"

现在一切都结束了。但喀密的皮毛还在渗血，路易肋骨伤

---

①科达普特（Kdapt）是克孜人一个宗教领袖，他在克孜人输了第四次人类-克孜战争后建立了一个异端宗教。他认为上帝是按自己的形象创造的人类，所以才会在每次战争中支持和保佑人类，所以人类才会赢得每场跟克孜人的战争。喀密是这个宗教的信徒。详见《环形世界》第十七章。

痕累累,可能已经断裂,剧痛迫使他侧身抽搐着。还有那没完没了的生命之树的气味;还有哈卡比帕洛林,她现在站在池塘里,水淹没了膝盖,眼神疯狂、口吐白沫,还在奋力想砸开她的头盔。

他们扶着她的胳膊把她带走。她战斗过了。路易也战斗过了:但他的战斗是为了远离那一排又一排的生命之树。

喀密在隧道里停下脚步,松开路易头盔的夹扣,把它取下来。"呼吸吧,路易。风在往生命树农场吹。"

路易嗅了嗅。气味消失了。他们把哈卡比帕洛林的头盔取下来,让她把压力服里的气味散出来,但好像也无济于事,她的眼神疯狂而呆滞。路易把她嘴边的泡沫抹掉。

克孜人问:"你能抗拒吗? 你可以确保你和她都不会回去吗?"

"我没问题的,没有人能做到我这地步,我可是洗心革面的飞电佬。"

"哦?"

"你永远也不会懂的。"

"我永远不想懂。把你的飞行背带给我。"

肩带很紧,勒着喀密的伤口一定很痛。喀密只离开了几分钟,回来时拿着哈卡比帕洛林的飞行背带,自己的粉碎机,还有两把激光手电筒。

哈卡比帕洛林平静了下来,可能是体力已经耗尽。路易正在抵御一阵极度的抑郁,几乎听不到喀密在说:"我们似乎赢了战斗,输掉了战争。接下来怎么办? 你的女人和我都需要治疗。有可能我们还可以回到登陆船上。"

"我们从'探针号'过去。我们输掉了战争是什么意思?"

"你听到蒂拉说了。'探针号'进入了静力场,我们除了双手,一无所有。没有'探针号'上的仪器设备,我们怎么可能搞明白这些机器都是干什么用的?"

"我们赢了。"就算没有克孜人的悲观,路易也够难受了,"蒂拉不是不可战胜的。她都死了,对不对?她是怎么知道'幕后人'碰了静力场开关的?还有,他为什么要那样做?"

"可能他不想保护者进到船里,仅仅一墙之隔。"

"他还曾把一个克孜人困在同一房间内呢。那道墙可是众品公司的船壳。我觉得,'幕后人'当时是想关闭踏碟来着,但他动作慢了点。"

喀密考虑了一下,"我们还有粉碎机。"

"但只有两副飞行背带。我们看一下,现在离'探针号'有多远?大约两千英里,几乎得原路飞回去,靠!"

"人类碰到手臂骨折会怎么办?"

"上夹板。"路易站了起来。他行动起来可不容易。他找到一条铝棒,却记不起来该拿它干什么。他们没有东西来包扎,只有超导布。哈卡比帕洛林的手臂也肿得可怕。路易包扎了她的手臂,然后拿黑线把喀密伤口最深的地方缝合起来。

如果不治疗,他们两个都可能死掉。可是眼下根本无法治疗。路易感觉自己再坐下去也是等死。行动起来,靠!就算不动,痛苦也丝毫不会减轻。你总得克服它,为什么不就现在呢?

"我得在飞行背带之间弄一个吊索。用什么呢?超导布不够强韧。"

"我们得找点东西。路易,我也受了重伤,不能帮你找了。"

"我们并不需要。帮我把哈卡比帕洛林的这套压力服脱下来。"

他使用激光切掉了压力服的前半部分,把松散的纤维切成条状,在衣服剩下部分的边缘上打了些孔,把那些布条穿过一个个小孔,另外一端则绑在他飞行背带的肩带上。

压力服变成了一个哈卡比帕洛林形状的吊篮。他们把她放进去躺着。她变得很温顺,但还是不肯说话。

喀密说:"聪明。"

"谢谢。你能飞吗?"

"我不知道。"

"试试吧,如果你要放弃,等一会儿缓过来再说,你还是有一副飞行带。也许我们可以找一个大的地标,那样我回来就找得到你了。"

他们从那条隧道进去,原路往回走。喀密的伤口又开始流血,路易知道他很痛。他们走了三分钟,就来到一个六英尺宽的大圆盘,它浮在空中一英尺,上面堆满了各种设备。他们就在旁边歇下来。

"我们早该知道的,这是蒂拉的货盘,又一个有趣的巧合,"路易说。

"也是她游戏的一部分?"

"是啊,如果我们活下来,就会找到它。"圆盘上的每一样东西都奇怪而陌生,除了一个沉重的箱子,上面的螺栓都已经融化了。"你还记得吗? 这是蒂拉飞行摩托上面的药箱。"

"这对克孜人没用,再说那些药品也放了二十三个地球年之久了。"

"聊胜于无吧,对她、对你都如此。你服点过敏药,虽说这里也没什么感染源。我们离克孜区并不近,不会有克孜细菌的。"

克孜人看起来很糟糕。他不应该站起来。他问道:"你能搞懂这些控制开关吗? 我可不敢碰。"

路易摇头，"何必麻烦呢？你和哈卡比帕洛林去货盘上，它已经浮起来了。我来拖着它走，你可以睡觉。"

"很好。"

"先把她固定在那个便携式医疗箱上，再把你们自己绑在控制杆上。"

第三十三章　1.5乘以10的12次方

在接下来的三十小时里他们两人一直沉睡着,路易拖着大圆盘,右肋被勒出一大片紫红色的瘀血。

他看见哈卡比帕洛林醒了,就停下脚步。

她没完没了地说起话来,说当时一阵可怕的冲动抓住了她,那是生命之树带来的一种既恐怖又喜悦的邪恶感。路易一直忍着不去想那事,可她却滔滔不绝,甚至不吝诗意的辞藻,完全不肯停下来。路易并不强迫她打住。她需要倾诉。

她想要路易抱抱,给她安慰,他就把安慰给了她。

他还把蒂拉那个古老的急救箱接通到自己的手臂,治疗了一个小时。等到肋骨的伤痛消退下去一些,他也觉得没那么虚弱了,就把急救箱放了回去。但那伤痛还足以折磨他,让他分心,不用去想某种气味,那气味还在身上。可能是他的飞行背带蹭到了生命之树。要不然……也许仅仅是在他的脑子里吧。永远留在了那儿。

喀密已经神志不清。路易让哈卡比帕洛林穿上喀密的抗冲击盔甲。刚才交战时蒂拉撕裂了它,但这样总比裸露的皮肤好些,毕竟这个女人要躺在一个神志不清的克孜人身边。

这件抗冲甲可不止一次救了她的命。喀密朝她抓了几把，因为她看起来太像蒂拉了。但她尽力照顾克孜人，拿压力服的头盔给他喂水、喂营养剂。到第四天喀密才恢复理智，但虚弱不堪，而且饿得不行。人类压力服里面的那点营养液，对他根本不够。

他们一共花了四天才到达"探针号"的大致位置，又花了一天来穿墙破壁，最后才找到一整块烧融的玄武岩。

经过一个星期，熔岩已经凝固了，但它还是暖和的。路易把货盘和上面的乘客远远留在隧道下面，来到蒂拉拖放"探针号"的位置，双手举起粉碎机，按下了扳机。他戴着压力服的头盔，里面吹拂着干净的空气。

一阵阵尘埃的飓风朝他扑面吹来，一个大洞在他前面随之形成，他走了进去。

洞里没什么可看的，也没有声音，只有玄武岩不停崩解的粉尘，呼啸着从他身边吹过，空气中的电子欢呼着重新活跃起来，在他身后激起一阵阵闪电。蒂拉到底朝他们倾泻了多少熔岩？他感觉已经工作了好几个小时。

他突然撞到了什么东西。

这就对了。他正透过一扇窗户，看着一个陌生的地方。这是一间客厅，配有沙发，还有一张浮在空中的咖啡桌，但每件东西都多少显得有些柔软，没有尖锐的边缘，也没有任何坚硬的表面——没有任何位置会让一个大活人撞到膝盖。远处还有另外一扇窗户，透过那里，能看到高大的建筑，以及建筑之间的黑色天空。皮尔森的傀儡师在街头上成群结队。不过所有东西都是上下颠倒的。

那堆他被当作沙发的东西中，有一件其实不是。路易把激光手电筒开到低强度,不断打开又关上。差不多过了一分钟也没有动静,接着出现了一只平坦的白色脑袋和脖子,在一只浅口的碗里喝水,突然愣住,然后猛蹿到肚皮底下。

路易等着。

傀偏师站了起来。他领着路易来到船壳周围——他们走得很慢,因为路易要用粉碎机来开路——一直走到船壳的外放置踏碟发射器。路易点了点头。他又回到了伙伴们那边。

十分钟后,他在船里了。十一分钟后,他和哈卡比帕洛林都像克孜人一样大吃起来。喀密的饥饿简直无法形容,卡瓦勒斯克森嘉约克看着他,目瞪口呆,而哈卡比帕洛林根本没有注意到。

这是太空船的早晨。一艘航天器,埋葬在凝固的熔岩中,在远离阳光几十英里的地下。

"我们的医疗设施都瘫痪了,""幕后人"说,"喀密和哈卡比帕洛林必须好好调养一下。"

他这是在驾驶舱内,通过内部对讲系统说话,这可能没什么特别的意义。蒂拉已经没了,环形世界有可能得救。傀偏师未来的日子变得很长,需要小心保护。与外星人来往是被禁止的。

"我跟登陆船和探测器都失去了联系,"傀偏师说,"陨石防御系统爆发的时候,登陆船正好停止发送信息,不知那意味着什么。损坏的探测器发出的信号在蒂拉·布朗尝试进入'探针号'之后也停止了。"

喀密好好睡了一觉(在水床上,完全独自一人),也好好吃了一顿。他那身毛皮将再次带上有趣的伤痕,但伤口都在愈合。他说:"蒂拉看见探测器,一定要马上摧毁,她不可能违背本能,留个危险的敌人跟在她身后。"

"在她身后？是谁？"

"'幕后人'，她说你比克孜人更危险。这无疑是为了侮辱我们俩的一种策略。"

"真的吗？"两只扁平的头互相看着对方的眼睛，看了好一会儿，"好吧。我们的资源现在只剩下'探针号'本身和唯一一个探测器，那个探测器被留在空中之城附近的一座山峰上，它的传感器还能正常工作，我已经发信号招它返回，以备万一。应该在当地时间六天以后能回来。

"与此同时，似乎我们最初的问题又回来了——线索更多，也更复杂——如何恢复环形世界的稳定？相信我们已经抵达了正确的起点，""幕后人"说，"难道不是吗？蒂拉的行为，有悖于一个高度智慧的生命……"

路易·吴不置可否。今天上午，路易很安静。

卡瓦勒斯克森嘉约克跟哈卡比帕洛林两人盘腿靠墙坐着，挨得很近，他们的手臂触到一起。哈卡比帕洛林的手臂上包扎着一个垫子，吊在脖子上。那男孩不时瞥她一眼，她迷惑不解，这让他很焦虑。她吃了止痛药，当然这并不足以解释她的木然。路易知道自己应该跟那孩子谈一谈……只是不知道该说些什么。

两个造城族人在货舱里睡了。出于对坠落的恐惧，哈卡比帕洛林无论如何都不愿意使用睡眠场。路易跟他们一起吃早餐时，她曾提议过"瑞色舍那"，但并不是很急迫的样子。"只是要小心我的胳膊，路威-吴。"

在路易的文化中，拒绝性活动是需要一定技巧的。他说怕把她胳膊弄坏了，这倒是真的。同样真实的是，他好像无法提起一点兴致。他怀疑生命之树已经极大地影响了他。但他又感到自己对那黄色的根茎并没有欲望，甚至对导线带来的涓涓电流也一点没兴趣。

这个清晨，他似乎没有任何强烈的欲望。

一万五千亿人……

"幕后人"说："让我们接受路易对蒂拉·布朗的判断。蒂拉把我们带到了这里。她带着和我们一样的意图，尽她所能，给了我们很多线索。但都有些什么线索呢？她两面作战。她创造出三个保护者，然后又杀掉其中两个……这重要吗，路易？"

路易陷入沉思，感到四个尖锐的东西刺着他颈动脉上面的皮肤。他说："你说什么？"

"幕后人"重复了一遍。路易猛地甩了甩头，"她杀掉他们用的是陨石防御系统。她让陨石防御系统发射了两次，但不是对着需要杀死的我们。她是想趁我们还没被锁在静力场的时候，让我们目睹这件事。这是她给我们的一条提示。"

喀密问道："你是说，她本来可以选择其他的武器？"

"武器、时间、情景、参与的保护者人数——她有很多选择。"

"别兜圈子了，路易。如果你知道点什么，为什么不告诉我们？"

路易抱歉地看了看造城族那边，看到哈卡比帕洛林在拼命保持清醒，而卡瓦勒斯克森嘉约克也在专心地听着。一对自告奋勇的英雄，正等待着机会去拯救世界。该死！他说道："一点五万亿的人。"

"为了救28.5万亿，还有我们自己。"

"你并不认识他们，喀密。再说也没有那么多。我希望你们能意识到这一点，我的脑海里一直在翻腾着，想要看到一些……"

"认识他们？谁？"

"瓦拉佛尔吉琳、金叶洛芙、巨人王、玛尔·柯茜尔、拉丽思卡里尔利亚和弗塔拉李思普利亚，还有那些牧族人、食草巨人、两栖族、倒挂人、夜族人、夜猎人……我们要杀死百分之五，以拯救百分之九十五。这些数字是不是听起来很熟悉？"

回答的是傀儡师，"环形世界的位置调节系统只有5%功能正常。蒂拉的维修小组在环形世界5%的圆弧上重新安装调节器。那段圆弧上的人就是必死的吗，路易？"

哈卡比帕洛林和卡瓦勒斯克森嘉约克都难以置信地张大了眼睛。路易摊开双臂，无助地说："我很抱歉。"

男孩哭了起来，"路威-吴！为什么？"

"我答应过她，"路易说，"如果我没有答应过，或许还可以现在来决定。我告诉过瓦拉佛尔吉琳我会去救环形世界，不管代价是什么。我也答应了如果可能的话，会去救她，但我没法救她，因为我们没有时间去找她。我们等得越久，把环形世界推离中心的力量就越大。她在那段弧上，空中之城也在那段弧上，还有机器族的帝国、小红人食肉族、巨人食草族。他们都会这么死掉。"

哈卡比帕洛林揉搓着手掌，"可他们正是我们在这世界上认识的人，即使只是听过名字！"

"对我也是这样。"

"但他们是唯一值得救的人啊！为什么他们必须死？怎么死？"

"死就是死，"路易说，"辐射中毒。一万五千亿人，二三十个种族。但我们必须把每一步都做对。先得搞清楚我们在哪里。"

傀儡师理智地问道："我们应该在哪里呢？"

"两个地方。一是控制陨石防御的地方。我们得想法引导等离子射流,也就是太阳耀斑。我们要断开引发等离子体射流的子系统。"

"我已经找到这样的地方了,""幕后人"说,"在你们离开的时候,陨石防御系统又发射过一次,可能是为了击毁登陆船。磁场效应烧掉了我一半的传感器。不过我还是跟踪到脉冲的起源。太阳耀斑的触发和导引都可能来自环形世界地基里面的大规模电流,这种电流是从火星区域的北极点之下产生的。"

喀密说:"也许那里的设备需要冷却——"

"靠!会产生激光效果吗?"

"那里的活动要几小时后才发生:小规模的、有规律的电力效应。我告诉过你这个来源。按飞船的方位,它就在我们头顶。"

"我猜,我们必须断开这个系统。"喀密说。

路易哼了一下,"这倒很容易,我可以用一只激光手电筒,或炸弹,或是粉碎机。但要搞明白如何制造太阳耀斑,那才是最困难的部分。那些控件肯定不是为傻瓜设计的,而我们的时间并不是太多。"

"然后呢?"

"然后我们就拿这个大喷灯对着有人居住的土地"。

"路易!细节!"

他这是在对十几个种族判死刑。

卡瓦勒斯克森嘉约克不肯把脸露出来,而哈卡比帕洛林的脸则似乎石化了。她说:"非做不可就做吧。"

于是他说了出来:"位置调节系统只有5%在运行。"

喀密等待着。

"它们运行的燃料是从太阳喷射过来的热质子流,也就是太阳风。"

傀儡师说:"对,我们让太阳发生耀斑,产生二十倍的燃料摄入量。耀斑底下的生命会被毁掉,或产生大幅变异。推进力也同样增加数倍。方向调节器要么把我们带到安全位置,要么爆炸掉。"

"我们没时间考虑安全设计了,'幕后人'。"

喀密插嘴道:"也许这不相干,除非路易完全错了……蒂拉安装这些电机的同时也在查看它们。"

"是的,如果它们不够强,她就说服自己增加超量设计的安全系数,以防碰巧出现的大规模太阳耀斑。她知道这是可能的。又是双重思想!"

"引导耀斑对于我们是没必要的,仅仅是出于方便,"克孜人继续说,"让生成激光的子系统断开,然后如果需要的话,可以把'探针号'开到我们希望耀斑打击的位置,用它来作目标:一直加速,直到陨石防御系统开火。反正'探针号'是固若金汤的。"

路易点点头,"我们要更精确点。干得越快,死的人就越少。但是……对,我们能做到的——能做到。"

"幕后人"自告奋勇,跟他们一起查看陨石防御系统的组成。他们从"探针号"拆卸来的传感设备必须由一个傀儡师的口舌进行操作。当他提议教路易使用夹子和镊子来操作时,路易还嘲笑他。

"幕后人"在"探针号"的隔离区待了几个小时,然后跟着他们从隧道穿出去。他的鬃毛被染成了一百种颜色的发光条纹,并精心梳理,很漂亮。路易想,人们都想在自己的葬礼上看起来漂亮点吧,而"幕后人"觉得自己的葬礼就是现在。

没有必要对激光的子系统使用炸弹。寻找到关闭的切换开关花了"幕后人"一整天的时间,拆卸下来的仪表堆满一个货盘。最后,总算找到了开关。

超导电缆网络的系统中枢位于火星区域的北极之下二十英里,在司克力斯层里面。他们发现了一根中心支柱,有二十英里高,是一层司克力斯护套,包裹着火星区域的冷却泵。它底部的结构肯定就是控制中心了,他们判定。他们发现了一个由层层巨大的气闸构成的迷宫,要通过任何一个气闸都必须先解决某种设计上的谜题。"幕后人"解决了这些问题。

他们通过了最后一层门。出了这道门,外面是一个被照得透亮的圆顶,里面是干燥的泥土,中间有一座高台。路易闻到了一种让他天旋地转的气味,开始逃命一般地跑起来,卡瓦勒斯克森嘉约克困惑不已,被路易抓着瘦小的手腕一路奔逃。男孩还没开始反抗,气闸就关闭了。路易拍打着他的头,还在继续狂奔,跑过了三道气闸门才停下来。

不一会儿喀密也过来了,"那条路穿过人工太阳下面的一块有泥土。自动栽培系统发生了故障,只有少量植物还活着,但我认出了它们。"

"我也认出了。"路易说。

"我知道那气味。闻起来不太愉快。"

男孩却哭了,"我什么也没有闻到!你为什么把我推来推去?你为什么要打我?"

"呃!"路易说。好一阵他才明白过来,卡瓦勒斯克森嘉约克还太年轻,生命之树的气味对他没有任何意义。

因此这个造城族男孩就跟几个外星伙伴留在一起。但路易·吴并没有看到控制室里发生了什么。他独自回到了"探针号"。

探测器还在环形世界远方,相距好几光分。在"探针号"外面的黑色玄武岩墙壁上,一个全息影像窗口在幽幽地发着光,是从探测器的摄像头望出去的视图:这是一幅亮度降低了的望远镜视图,那个太阳看上去多多少少比地球太阳的活跃度要低。一定是"幕后人"在他离开之前设定了这个视图。

哈卡比帕洛林的手臂里面的骨头愈合得有点歪,蒂拉的旧式医疗箱无法解决这个问题,但它还是在愈合。路易担心得更多的是她的情感状态。

她的周围完全没有什么是来自她自己的世界的,而无情的火焰即将带走她记忆中的一切——暂且称之为文化冲击吧。他发现她在水床上看放大了的太阳。他跟她打招呼,她点点头。过了几个小时,她还是一动不动。

路易试着让她讲话。这样不行。她在设法忘记自己的过去,全部过去。

他试图解释目前的物理学局面,发现这是个更好的办法。她懂得一些物理学。他没有使用"探针号"的计算机和全息设备,所以他在墙壁上画起示意图来。他不停地挥舞着双臂。她似乎都明白。

在他返回后的第二个晚上,他醒来看到她在水床上盘腿而坐,若有所思地看着他,腿上搁着激光手电筒。他迎向她那呆滞的凝视,然后抢了抢手臂,带动身子侧过去,再次入睡。第二天早上他照常醒来,一切如常。

那天下午,他和哈卡比帕洛林看着太阳中升起火焰,火舌不停地向四周舐舐。他们几乎没有说话。

尾　声　一个法兰之后:环形世界旋转十次

　　在环形世界远方的弧线上,二十一根蜡烛的火苗明亮地闪烁着,某一段阴影方块的四个边上溢出的阳光同样耀眼。太阳依然过度活跃。

　　"探针号"仍然嵌在火星区之下的玄武岩中。船员们在全息影像窗口观看着,这是探测器的摄像头传来的图像。探测器已经停歇在火星区的悬崖边,停在二氧化碳的雪中,那儿不太可能受到火星人的打扰。

　　那两排火苗之间的植物、动物以及人们都会死亡。还有巨大数量的植物会枯萎或变异生长,其数量之大,人类世界与之相比就是空无一物。昆虫和动物们还将继续繁衍,但不再遵循它们的种属特性。瓦拉佛尔吉琳会奇怪父亲为什么会死,为什么她常常呕吐,这是否就是末日厄运的一部分,以及,那些"星族"人到底对这里干了什么?

　　但是那一切在5700万英里之外都看不到。他们只看到巴萨德冲压发动机喷射着充足的燃料。

　　"我很高兴地宣布,""幕后人"说,"环形世界的重心正在向太阳返回,再过六、七次自转,我们就可以按我们发现的方式来设定陨石防御系统并开火。方向调节器功率的百分之五将足以维持建筑的位置不变。"

喀密满意地哼了一声。路易和造城族人则继续充满敬畏地看着黑色玄武岩中的全息图。

"我们胜利了。""幕后人"说，"路易，你给了我一个任务，其规模之宏大，唯有环形世界本身的建设可以与之相比，而你也把我的生活放到了危机之中。既然我们赢了，我就可以接受你的傲慢了，但还是有些限制。我得先听到你恭喜我，否则我就切断你的气管。"

"恭喜。"路易·吴说。

他身边两侧的女人和小男孩都哭了起来。

喀密嗤笑着，"属于胜利者的，还有幸灾乐祸的权力，这是最基本的权力。那些死去的和垂死的人让你难受吗？记住，那些值得你尊重的人，是会自愿死去的。"

"我没有给他们机会。我也没有要求你感到内疚——"

"我为什么要内疚？恕我冒昧，那些死亡的和垂死的都是原始人类，他们不是你的种族，路易，当然也不是我的种族，也不是幕后人的。我是个英雄，我拯救了相当于两个宜居世界那么大的地方，而他们都是与我类似的种族。"

"好吧，我明白你的意思。"

"现在，有了先进技术作为后盾，我打算开拓出一个帝国来。"

路易发现自己在笑，"当然啦，为什么不呢？就在克孜区域上。"

"我想到了这一点。我相信我更喜欢地球区。蒂拉告诉过我们，是克孜人的探险者统治了地球区域。从精神上看，他们更像我那些征服世界的族人，而不是克孜区域上那些颓废堕落的克孜后裔。"

"你可能是对的。"

"进一步说，地球区的那些人也实现了我们族人一个久远的白日梦。"

"哦？"

"当然是征服地球啊，你这个白痴。"

路易·吴已经很久没有大笑过了。征服平地的人猿！"世间荣耀，转眼成空①。你打算怎么去那里？"

"把'探针号'取出来并开向奥林帕斯山，这应该不是什么难事——"

"那是我的船，""幕后人"温和地说，但他的声音还是打断了喀密，"它得由我控制。我去哪儿，'探针号'就去哪儿。"

喀密的声音里透着某种威胁，"那么，你会去哪里呢？"

"哪里都不去。我没什么强烈冲动来证明自己，""幕后人"说，"我们种族不同。而且，你打算怎么伤害我？再烧一次我的超光速引擎吗？不过，既然你是我的盟友，我就解释一下吧。"

喀密已经扑到了前壁，全神贯注盯着傀儡师，爪子伸了出来，脖子上的毛耸了起来。

"我已经违反了传统，""幕后人"说，"当死神随时都可能碰到我的时候，我还在继续工作。我的生命岌岌可危近二十年，而且危险一直在加速增加。现在危险过去了，而我也开始流亡，但是毕竟活了下来。现在我想休息了。你能否同情我的需要，我想长长地睡一觉？在'探针号'里面我有许多家一般的享受，那是我再也看不到的安慰。现在我的船妥帖地埋在岩石里，夹在

---

①原文为拉丁文，为教皇的加冕辞。

两层司克力斯之间,它们跟'探针号'本身的船壳力量相当,在那里既安静又安全。如果以后我想到处看看,十亿立方英里的环形世界维修中心就在外面。这里就是我想去的地方,我就留在这里了。"

路易和哈卡比帕洛林当晚进行了"瑞色舍那"。(不,他们是做爱了。)他们已经有一阵没做。路易曾担心他的冲动已经没有了。

完事后,她对他说:"我已经跟卡瓦勒斯克森嘉约克交配过了。"

他注意到了。但她的意思似乎是长期维持下去。"恭喜啊。"

"这儿不是养育孩子的地方。"她没有费心去说"我怀孕了"。她当然怀孕了。

"造城族一定遍布环形世界。你可以在任何地方安居下来。事实上,我愿意跟你们一起去。"路易说,"我们拯救了世界,我们都会成为英雄的,假设有人相信我们。"

"但是,路易,我们没法离开! 我们甚至不能在地面上呼吸,我们的压力服都成了碎片,而我们还在'大洋'中间啊!"

"不要绝望,"路易说,"我们又不是光着身子被抛到了麦哲伦星云。'探针号'并不是我们唯一的交通工具。那种飘浮的大圆盘有成千上万,还有一个巨大的飞船,大得在深度雷达上'幕后人'可以看到细节。我们总能找到一个运输器的。"

"你的双头盟友会阻止我们吗?"

"相反。'幕后人',你在听吗?"

天花板说:"在。"哈卡比帕洛林跳了起来。

路易说:"这里是环形世界上可以想象的最安全的地方。你自己也是这么说的。你所面临的最难预料的威胁,肯定就是你船上的外星人。你想摆脱我们吧?"

"的确。我有些提议,要不我弄醒喀密?"

"不用了,我们明天再谈吧。"

悬崖边上的水开始冷凝,从那里向下流,变成一条垂直的河流,一道二十英里高的瀑布,瀑布底部是一片苍茫无边的迷雾,延伸几百英里,一直到大海那边。

探测器的摄像头俯瞰着火星区边缘,画面里没有别的,只有不断下落的水和白色的雾。

"但在红外成像里面,画面就不同了。""幕后人"说,"请看。"

浓雾里藏着一艘船。一块狭窄的三角形船,奇怪的设计。没有桅杆。等一下,路易想着。往下二十英里……"那东西一定有整整一英里长!"

"差不多,""幕后人"表示同意,"蒂拉告诉我们,她偷了一条克孜人的殖民船。"

"好吧。"路易迅速做出决定。

"我从探测器里取下了一块完好的氙过滤器,那个探测器后来被蒂拉毁掉了,""幕后人"说,"我可以给那艘船加注燃料。蒂拉的旅程是痛苦的,但你们不必那么痛苦了。货盘你们可以拿去做下探索,到岸后还可以用于贸易。"

"好主意。"

"你想要一只正常工作的电流罩吗?"

"永远不要再问我这个,听见没有?"

"好吧,你逃避得很成功。"

"好了。你能不能从'探针号'上卸下一对踏碟,安装在那艘船上？要是我们遇到真正的麻烦，它能给我们一些依靠和退路。"他看到傀儡师又在眼对眼地看着自己，于是补充说，"这也可以救你的生命。毕竟还有一个保护者活着，而且多亏了我们，他是无法离开环形世界的。"

"我同意，""幕后人"说，"嗯，这是去往大陆的正确方式吗？"

喀密说："是的。一段远航……十万英里的旅程。路易，地球人都觉得海上的航行是宁静的。"

"在这片海域上，应该是有趣的吧。我们也不必直奔顺旋方向。在逆旋方向，不到两倍的距离，还有一个未知的世界。"路易对造城族人微笑着，"卡瓦勒斯克森嘉约克、哈卡比帕洛林，我们要不要亲自去证实一下那些传说呢？弄不好还能制造一些新的呢。"

词汇表

顺旋： 环形世界旋转的方向。

逆旋(反旋)：与环形世界的旋转相反的方向。

右舷： 面向顺旋方向时,右边的方向。

大拱弧:从地表上看到的环形世界。某些土著民族相信他们的世界是一个平坦的面,被一条狭窄圆弧围着。

ARM:联合国警察管辖范围限于地-月系统。

小行星带人:太阳系小行星带的居民。

兹尔堂布朗:造城族发明的一种器械,以某种光束开路,让固态的物体、飞行器、旅客等都可以穿透环形世界的基地材料司克力斯。

电流罩： 一种小型设备,可以插入一个电流成瘾者的头骨内。其目的是控制引导电流,输往成瘾者大脑的快乐中枢。

风暴眼:陨石撞击环形世界地基造成穿孔,在穿孔附近形成的风暴模式。

肘根:环形世界生长的一种植物,可以种来当栅栏。

行星舰队:傀儡师世界的五个星球。

飞行摩托:一种单人交通工具,在第一次环形世界探险时使用过。

伏器石椅：一种石头长凳，遍布克孜人的狩猎公园里。

人类空间：人类居住的星际空间。

已知空间：人类和其他智慧生命通过探险而知悉的星际空间。

登陆船：一种从行星地面到其环绕轨道的飞行器的通称。

局外族：一种智慧生命形态，其生物化学机制以液态氦和温差效应为基础。局外族人的飞船以亚光速在星际间漫游，贩卖信息。

局外族超空间引擎：是局外族人制造的超光速驱动引擎，局外族自身从来没有使用过，他们只是卖给那些在已知空间进行星际穿越的种族，并得到他们的广泛使用。

左舷：在环形世界上，面对顺旋方向（环形世界旋转的方向）时的左边。

量子二号超空间引擎飞船：由皮尔森的傀儡师发明的宇宙飞船，其速度远比局外族的超空间引擎更快。"大运号"是其雏形，它是第一艘去到银河核心的飞船。

维修中心：环形世界的维护和控制中心。

瑞色舍那：指跨族类性行为，限于类人种族之间。

司克力斯：环形世界的建构材料，位于环形世界的地球化内表面之下。边缘墙的材料也是司克力斯，密度极高，其拉伸强度与原子内部将原子核束缚起来的力量相当。

踏碟：傀儡师的行星舰队上使用的一种瞬时移动系统。其他已知族类使用的是一种稍微低级的瞬移方式，即封闭的传送亭。

溢山：边缘墙上的山脉。它们自成生态系统，是海底淤泥循环的一个阶段。

静力场：一种时空状态,里面的时间流逝非常缓慢,五亿年的真实时间相当于静力场中的几秒。处于静力场中的任何物体几乎是坚不可摧的。

塔斯普：一种手持武器,可从远处发射,使得被打击者的大脑快乐中枢受到的刺激而产生极乐的感觉。

地球化：对外星环境进行改造,使之与地球类似。

推进器：一种无反作用力的宇航推进器,基本上替代了除战机以外所有飞行器上的核聚变发动机 。

薇妮茹：一种环形世界植物,类似甜瓜或黄瓜,但成串生长,从节点上长出根簇,生长于潮湿区域。可食用。

环形世界基本参数

30小时 = 环形世界1天

1转 = $7\frac{1}{2}$天 = 环形世界自转一周

75天 = 10转 = 1法兰

质量 = 2×10^{30}克

半径 = 0.95×10^8英里

周长 = $5.97\times10^?$英里

宽度 = 997000英里

边缘墙高度 = 1000英里高。

内表面积 = 6×10^{14}平方英里≈地球面积的3×10^6倍

表面重力 = 31英尺/秒^2= 0.992地球引力G